KB123290

경판방각본

현수문전

경판방각본

현수문전

신해진 역주

현대어역 통한 고전의 감상, 교정과 역주 통한 고전의 이해
경판 75장본 파리동양어학교본

보고사
BOGOSA

머리말

　이 책은 읽기 어려운 방각본 국문고소설에 대한 온전한 감상과 이해를 위한 텍스트로 기여하기를 바랄 뿐이다. 그간 국문 고소설 가운데 가정소설, 우화소설, 영웅소설이라고 일컬어지는 작품유형에 대해 관심을 갖고 선주서(選注書)를 간행해 왔다. 특히, 영웅소설은 지속적으로 관심을 가졌던 유형인데, 2009년 〈소대성전〉(지만지)과 〈장풍운전〉(지만지), 2010년 〈용문전〉(지만지) 등에 대해 현대어역과 주석 작업을 한 바 있다. 이러한 작업은 어떤 차원에서든 전공자나 비전공자에게 꽤 중요한 의미가 있음에도 제대로 대접받지 못한 것이 현실이었다. 그렇지만 기초 토대가 튼실해야 함은 누구나 동의하는 것도 현실이다. 그렇다면 제대로 하는 것이 중요할 터, 현대어 역문과 그 역문에다 주석 작업을 한 뒤에 원문을 교정하지 않은 채 단순히 그대로 옮겨놓는 활자화 방식은 바람직하지 않은 것 같다. 나 스스로가 그렇게 해왔었다. 그래서 현대어 역문은 고전의 분위기를 살리면서 그 맛을 제대로 느낄 수 있도록 하되, 원문에 대해 정교하고도 치밀하게 교정을 하면서 그 원문에 주석 작업을 병행하는 방식으로 모색했다. 이렇게 하면 원문을 제대로 이해하지 못하여 적당히 뭉갠 채로 현대어역은 하지 않을 것이다. 그에 따른 것으로 2018년도에는 〈완판방각본 유충렬전〉(보고사)과 〈완판방각본 이대봉전〉(보고사)을 출간한 바 있었고, 2019년도에는 개별 작품이 아니라 다섯 작품을 선별하여 묶은 선집(選集)으로 〈경판방각본 영웅소설선〉을 출간한 바 있다. 곧 〈금방울전〉, 〈백학선전〉, 〈쌍주기연〉, 〈장경전〉, 〈정수정전〉 등 다섯 작품이다.

이번에는 경판방각본 〈현수문전〉이다. 75장본인 파리동양어학교본을 대본으로 삼은 것이다. 이 이본은 송나라 황제가 죽고 새 황제로 즉위한 태자가 간신의 말을 듣고 현수문의 둘째아들을 죽여 젓을 담가 보내어 대립하지만, 현수문과 그 아들이 끝까지 송나라에 충성을 다하는 인물로 그려진 텍스트이다. 그렇지만 현수문이 아들의 죽음을 보고 일시적이나마 황제에 대해 분노하거나 제후왕이 된 이후 늙은 몸으로도 전투해야 하는 등 군신관계가 다른 영웅소설의 그것과는 달리 묘사되어 있다. 또한 송나라의 멸망을 방관하던 현수문, 원나라 태조를 도와 원나라의 개국공신이 되는 현수문의 아들이 그려지던 필사본이나 구활자본의 〈현수문전〉과도 달리 묘사되어 있다. 그리고 일반적으로 영웅소설에서 '영웅의 일생' 구조를 보여주는 가운데 어느 정도 가난한 사위와 처가와의 갈등 해결에 관심을 보인 것에 비해서, 경판방각본 〈현수문전〉은 외적에 의한 전란, 간신과 종실에 의한 반란 등 황제국의 유달리 많은 시련을 막아내는 현수문 부자의 활약에 중심을 둔 작품이라 하겠다. 결국 경판방각본 〈현수문전〉은 왕조교체 서사를 보여주는 것이 아니라 왕조유지 서사를 보여주면서도 군신간의 절대적 결속을 보여주지 않는 이본이라 하겠다.

영웅소설 작품을 제대로 읽고 맛을 볼 수 있도록 하면서 원전 텍스트를 정밀하게 살펴볼 수 있도록 나름대로 최선을 다했지만 그럼에도 여전히 미진한 면이나 오류가 없지 않을 것인바, 대방가의 질정을 청한다.

특히, 올해는 코로나 19로 인해 출판계가 많은 어려움을 겪고 있는 것으로 안다. 그런데도 언제나 따뜻한 마음으로 수고를 넘치게 해주신 김홍국 사장, 박현정 편집장, 이경민 대리 등 보고사 가족들의 노고에 심심한 고마움을 표한다. 어느덧 2년 되어 전남대학교 인문대학 류재한 학장과 조경순 부학장이 그 소임을 훌륭하게 마무리하는 시점인 바, 그간의 노고에 위로와 감사의 마음을 전한다. 또한 인문학연구원 정미라 원장이 출판 지원을 해주어 감사함을 전한다.

2020년 12월 빛고을 용봉골에서
무등산을 바라보며 신해진

차례

현수문전

현대어역

원문과 주석

일러두기

이 책은 다음과 같은 요령으로 엮었다.

1. 현대어역은 원문에 근거함을 원칙으로 하되, 가급적 원전의 뜻을 해치지 않는 범위 내에서 호흡을 간결하게 하고, 더러는 의역이나 보충을 통해 자연스럽게 풀고자 했다. 참고한 기존 역주서는 다음과 같다.

   『현수문·소대성전·장경전』, 이윤석·김유경 교주, 이회, 2005.

2. 원문은 저본을 충실히 옮기는 것을 위주로 하였다. [ ]를 통해 교정하고 { }를 통해 풀이하여 원문만으로도 읽을 수 있도록 하였다. 이 책의 대본은 다음과 같다.

   〈현수문전〉: 경판 75장. 『景印古小說板刻本全集 5』(김동욱 편) 957-991면.

3. 원문표기는 띄어쓰기를 하고 句讀를 달되, 그 구두에는 쉼표(,), 마침표 (.), 느낌표(!), 의문표 (?), 홑따옴표(' '), 겹따옴표(" "), 가운데점(·) 등을 사용했다.

4. 주석은 원문에 번호를 붙이고 하단에 각주함을 원칙으로 했다. 독자들이 사전을 찾지 않고도 읽을 수 있도록 비교적 상세한 註를 달았다.

5. 주석 작업을 하면서 많은 문헌과 자료들을 참고하였으나 지면관계상 일일이 밝히지 않음을 양해 바라며, 관계된 기관과 여러분께 진심으로 감사드린다.

6. 이 책에 사용한 주요 부호는 다음과 같다.

   1) ( ) : 同音同義 한자를 표기함.
   2) [ ] : 異音同義, 出典, 교정 등을 표기함.
   3) { } : 의미 풀이 등을 표기함.
   4) " " : 직접적인 대화를 나타냄.
   5) ' ' : 간단한 인용이나 재인용, 강조나 간접화법을 나타냄.
   6) 〈 〉 : 편명, 작품명, 누락 부분의 보충 등을 나타냄.
   7) 「 」 : 시, 제문, 서간, 관문, 논문명 등을 나타냄.
   8) 《 》 : 문집, 작품집 등을 나타냄.
   9) 『 』 : 단행본, 논문집 등을 나타냄.

현수문전

현대어역

권상

송(宋)나라 신종(神宗) 시절의 이부시랑(吏部侍郎) 현택지는 태학사(太學士) 현광의 손자이자, 우승상(右丞相) 현범의 아들이다. 그 부인 장씨는 병마대도독(兵馬大都督) 장기의 딸이다. 공(公)은 사람됨이 너그럽고 후하여 큰 인덕을 지닌 사람이고, 부인은 또한 어질고 자애로운 요조숙녀이었다. 부부가 화목하게 즐거이 살았으며 재산도 넉넉하였다.

그러나 나이가 40세에 이르도록 슬하에 아들이고 딸이고 자식이 없어 재미를 보지 못해 만사에 뜻이 없었는지라 벼슬조차 귀하게 여기지 않았다. 오로지 이름난 산에 있는 유명한 절을 찾아다니며 정성을 무수히 들였고, 어쩌다가 우연히 불쌍한 사람을 보면 재물을 주어 구제한 일도 많았지만 끝내 아무런 효험이 없었다. 부부가 언제나 슬퍼하고 탄식하며 말했다.

"우리가 무슨 죄악을 지었기에 단 하나라도 자식을 낳지 못해 후사(後嗣)가 끊어지게 되었으니, 어찌 슬프지 아니하랴."

그리고는 술을 내와서 마셔도 어지러운 심사를 좀처럼 가라앉히지 못하였다.

뜻하지 아니하게 어느 날 노승(老僧)이 문 앞에 이르러서 시주하라고 하자, 시랑(侍郎)이 본디 시주하기를 좋아했기 때문에 즉시 부르니, 그 노승이 두 손바닥을 마주 대고 절하며 말했다.

"소승은 천축국(天竺國) 대성사 화주승(化主僧)이옵니다. 절을 다시 손질하여 고치려하는데 경비가 부족하와 상공께 도와주시기를 바라오니, 천 리나 되는 머나먼 길을 헛수고만 하고 가는 걸음이 되지 않게 하소서."

시랑이 웃으며 말했다.

"존사(尊師)께서 부처를 위하여 여기까지 이르셨거늘, 내 어찌 존사의 마음에 감동치 아니하겠소? 존사께 정성을 표하리로다."

그리고서 비단 백 필(百疋)과 은자(銀子) 일천 냥을 권선문(勸善文: 보시를 청하는 글)에 기록하더니 즉시 내어 주며 말했다.

"이것이 비록 적으나 정성으로 소원을 비는 것이니, 존사는 허물을 들어 나무라지 마시오."

그 노승이 거듭거듭 절하며 고맙다면서 말했다.

"소승이 시주하심을 많이 보았지만 상공 같으신 이를 보지 못하였거니와, 다들 각기 소원을 기록하고 불전(佛殿)에 빌어 희망대로 이루어지기를 원하옵니다. 상공은 어떤 소원이라도 기록하여 주옵시면 그대로 축원하오리이다."

시랑이 탄복하여 말했다.

"약간 재물을 시주하고 어찌 소원을 바라리오만, 나의 팔자(八字)가 사나워 죽은 뒤의 일을 맡길 곳이 없으니 병신(病身) 자식이라도 있으면 대를 잇지 못했다는 막대한 죄명(罪名)을 면하고자 하나, 어찌 바랄 수 있으리오."

노승이 말했다.

"상공의 소원대로 축원하겠나이다."

이렇게 말한 뒤 노승은 하직하고 갔다. 시랑이 내당(內堂)에 들어가 노승과 있었던 일의 자초지종을 이르고 서로 위로하였다.

그해 가을에 부인에게 태기(胎氣)가 있자, 시랑이 크게 기뻐하며 10

달을 기다렸다. 어느 날 상서로운 구름이 집을 두르더니, 부인이 한 옥동자(玉童子)를 낳았다. 시랑 부부가 기뻐해 마지않았는데 옥동자의 이름을 '수문'이라 하고 손안에 있는 보옥처럼 사랑하니, 친척들과 노복들이 즐거워하더라.

수문이 점점 자라서 다섯 살에 이르러 총명함이 매우 뛰어나 모르는 것이 없었고 글을 읽게 되자 사서삼경(四書三經)을 훤히 알았지만, 손오병서(孫吳兵書)와 육도삼략(六韜三略)을 좋아하고 더러 산에도 올라 말 달리기와 활쏘기를 익히니, 부모는 이를 좋아하지 않으면서도 더욱 대견스러워해 마지않더라. 수문이 비록 다섯 살 어린아이이나, 조숙한 것이 어른과 가깝더라.

이때 황숙(皇叔: 황제의 숙부) 연평왕이 의롭지 못한 마음을 품어 우사장군 장흡과 반역을 꾀하다가 발각되었는데, 연평왕에게 독약을 내려 스스로 죽게 하고 그 아들을 먼 곳으로 귀양을 보냈다. 그 잔당을 잡아다 목을 베어 죽이는 형벌을 처할 때, 이부시랑 현택지 또한 역적을 처벌하는 형률에 연루되어 벗어나지 못하였다. 그래서 시랑을 잡아다가 심문하려 하자, 시랑이 뜻밖에도 생각지 않은 화(禍)를 당하여 머리를 조아려 울면서 말했다.

"신(臣)의 집안이 칠대(七代)째 나라의 은혜를 입사와 신(臣) 또한 벼슬이 이부시랑에 이르렀사오니 분수에 넘침이 있사오나 공경하고 삼가며 나라의 은혜를 저버리지 아니하옵고, 신(臣)의 집안 재산이 자연 도주(陶朱: 월나라 범려)와 의돈(猗頓: 노나라 대부호)의 재물에 못지아니하여 이 한 몸에 너무나 다복함을 조심하옵거늘, 어찌 역모에 뛰어들어 집을 보전치 아니하오리까? 엎드려 바라옵건대 성상(聖上)께서는 신(臣)의 사정을 살피시어 7대 동안 이어진 군신(君臣)의 의리를 헤아려 주옵소서."

황제가 말했다.

"경(卿)의 집안과 관계된 일은 짐이 아는 바이라 특별히 형률을 시행치 않을 것이니, 경은 안심하라."

도어사(都御史) 정학이 아뢰었다.

"현택지가 비록 역모에 참여한 것이 분명하지 않더라도 이름이 역모 중에 있사오니, 마땅히 관작(官爵)을 빼앗고 먼 곳으로 귀양살이를 보내옴이 좋을까 하나이다."

황제가 마지못하여 유배지를 무량도로 정하여 귀양을 보내라고 하였다.

이때 금오관(金吾官: 의금부 관리)이 급히 서둘러 길을 떠날새 집에 가지 못하고 곧장 유배지로 향하였다. 부인과 아들을 보지 못하여 아득한 심사를 가라앉히지 못한 채 어느 곳에 다다르니, 몹시 험한 바위가 겹겹으로 쌓인 낭떠러지는 하늘에 닿았고 풍랑(風浪)은 크게 일어나서 서로의 말을 알아들을 수가 없더라. 시랑이 더욱 슬퍼하며 무량도에 이르렀는데, 악풍(惡風: 나병, 곧 한센병)과 토질(土疾: 풍토병)이 심하여 사람으로 하여금 견디기 어렵게 하였으나 소무(蘇武: 전한의 충신)의 절개를 본받아 흔들림 없이 마음을 그대로 보전하려고 하였으니, 그 충의(忠義)를 가히 알겠더라.

이때 장 부인이 이 소식을 듣고 그지없는 슬픔에 잠겨 아들 수문을 데리고 밤낮으로 슬퍼하니, 수문이 모친을 위로하여 말했다.

"소자가 있사오니 너무 지나치게 슬퍼 마소서."

그리고는 활쏘기와 말달리는 재주를 익혔는데, 부인이 그 재주를 칭찬하면서 세월을 보냈으나 시랑의 일을 생각하면 슬퍼하는 눈물이 비단치마에 줄줄이 흐르니 어찌 가슴 아프지 않겠는가.

각설(却說). 운남왕(雲南王)이 반란을 일으켜 중원(中原)을 침범하니,

동군 태수(東郡太守)가 이를 급히 보고하였다. 이에, 황제가 크게 놀라서 대사도(大司徒) 유원충으로 대원수(大元帥)를 삼고, 표기장군(驃騎將軍) 이말로 선봉(先鋒)을 삼고, 영주 도독(營州都督) 한희로 운량관(運糧官)을 삼고, 청주 병마도위(青州兵馬都尉) 조광본으로 후군 도총사(後軍都總使)를 삼고, 정예병 20만과 철기군 10만을 징발하여 반적(叛賊)을 치라 하니, 유원충이 대군(大軍)을 지휘하여서 금릉(金陵: 남경)에 다다랐다. 벌써 운남(雲南)의 선봉장(先鋒將) 곽자희가 16주(十六州)를 쳐 항복받고 금릉을 범하였다.

이때 장 부인은 시랑이 귀양살이하러 유배지에 갔으므로 아들 수문을 데리고 금릉 땅에 내려와 살았는데, 미처 생각지도 않았던 난을 당하자 몹시 놀라 얼굴빛이 하얗게 질려 수문을 데리고 황축산으로 피난하려 하였다. 중로(中路)에서 도적을 만나자, 부인이 갈팡질팡 어쩔 줄 몰라 달아나 숨었더니, 도적이 수문의 얼굴 생김새가 비범함을 보고 놀라며 말했다.

"이 아이는 뒷날에 반드시 귀히 되리로다."

이렇게 말하며 수문을 데리고 가니, 장 부인이 크게 놀라 마지아니하여 통곡하다가 혼절하였다. 시비 채섬도 공자(公子)의 생사를 알지 못하여 통곡하다가 부인을 보살펴 깨어나도록 했지만 갈 곳을 알지 못하였다. 이윽고 도적이 물러가자, 부인이 채섬을 붙들고 집을 찾아오니라.

이때 반적의 장수가 금릉(金陵)을 쳐서 차지하고 송나라의 군진(軍陣)과 마주하였는데 짙푸른 강을 사이에 두고 진(陣)을 치고서 큰 소리로 질책하여 말했다.

"우리 운남왕은 송황제와 더불어 골육지친(骨肉之親)이라. 연평왕을 죽이고 그 세자까지 죄로 다스렸는데, 어질지 못함이 이러하고서도 황제의 가까운 친척들을 예외 없이 죽였으니 어찌 차마 할 바이겠는가? 너의 천자가 만일 마음을 고치지 아니하면 당당히 송나라를 무찔러 무도한 송나라 황제를 없애버리고 우리 대왕으로 천자를 삼고자 하나니, 너희들도 하늘로부터 받은 좋은 기회임을 짐작하거든 빨리 항복하여 남아있는 목숨이라도 보존하도록 하라!"

유원충이 크게 화를 내어 꾸짖었다.

"이 무지한 오랑캐! 감히 천자의 위엄을 거스르고 천하에 용납하지 못할 역적이 되었으니, 천벌을 어찌 면하겠느냐? 나의 칼은 사사로운 정이 없나니, 빨리 나와 칼을 받아라!"

이렇게 말하고 백설부운총(白雪浮雲驄: 구름처럼 날랜 백마)을 몰아 힘차게 달려 나오니, 적진 중에서 한 장사가 맞이하러 나왔다. 이는 운남왕의 둘째아들 조승이었는데 삼척양인도(三尺兩刃刀)를 들고 큰 소리로 외쳐 말했다.

"우리 구태여 천자를 해치고자 함이 아닐러라. 송나라 황제가 전일 허물을 고치지 아니함은 너희 등이 간하지 아니함이요, 간신을 가까이 하고 현신을 멀리함은 너희 등이 반역을 꾀할 의사를 둠이니, 부끄러워하지 아니하고 어찌 나를 대적하고자 하느뇨?"

송나라 군진(軍陣) 중에서 이 말을 듣고 부끄러워한 기색이 온 얼굴에 가득하여 싸울 마음이 없었는데, 부장(副將) 적의가 분한 마음이 크게 일어나 곧바로 조승을 취하려 하였다. 조승이 문득 말고삐를 잡고 말했다.

"끝내 내 말을 듣지 아니하면 후일 뉘우침이 있을진대, 믿지 못하는 것이로다."

그리고는 말을 돌리어 자신의 진영(陣營)으로 갔지만, 송나라 군진(軍陣)의 장졸(將卒) 가운데 한 명도 대적하지 못하였다. 문득 적진 중에서 한 대장이 말을 타고 나오며 큰 소리로 외쳤다.

"송나라 장수는 내닫지 말고 내 말을 들으라."

모두 보니 이는 산양인 범영이라. 본디 적의와 더불어 동문수학했던지라, 적의가 깜짝 놀라 물었다.

"아우님이 어찌 이곳에 와 있느뇨?"

범영이 흐느껴 울며 말했다.

"이제 송나라 황제가 덕망을 잃고 무도하여 제후를 공경하지 아니하는데다 재물을 탐하여 선비를 대접하지 아니하니, 어찌 임금의 정사(政事)라 하겠소이까? 우리 운남왕은 송나라 황실의 골육지친(骨肉之親)이외다. 일찍이 사리에 맞지 않은 적이 없었고, 인자한데다 공손하고 검소하여 천자가 구하는 재보(財寶)와 미녀(美女)를 보내지 않은 바가 없소이다. 표문(表文)을 올려 간했던 것이 한두 번이 아니로되 심지어 사자(使者)를 참하고는 듣지 아니하였기 때문에 마지못하여 신하된 자로서 군사를 일으켜 임금을 치는 것이니, 그대는 천자가 잘못을 뉘우쳐 고치실 수 있도록 간(諫)하여 주사이다."

소매에서 봉한 표문 한 통을 꺼내어주며 말했다.

"이 표문을 천자께 드려 허물을 아르시게 하사이다."

그리고는 군사를 돌려서 갔다. 적의가 자신의 진영에 돌아와 원수에게 표문을 올리고 범영의 말을 전하니, 유원충이 다 들은 뒤에 고개를 숙이고 아무런 말을 하지 않고 있다가 문득 군사를 거두어 본국에 돌아와 천자에게 표문을 올렸다. 황제가 그릇한 것을 깨달아서 황제국의 조서(詔書)를 내리니, 운남국이 진군하던 군사들을 멈추어 두고 움직이지 않았다.

각설(却說). 장 부인이 수문을 잃고 집에 돌아오니, 도적이 와 세간살이를 약탈해가서 집에 남아있는 것이라고는 없었다. 장 부인이 더

욱 슬퍼서 하늘을 향해 울부짖으며 통곡하다가 정신을 차려 채섬을
붙들고 말했다.

"나의 팔자가 기구하여 상공께오서는 유배지에 계시고 아들은 난리
통에 잃은 데다 집에 돌아왔지만 집안의 물건들이 없어져 죽을 줄 알
거니와, 무량도를 찾아가서 상공을 만나보고 죽으리라."

그리고는 채섬을 데리고 서역 지방의 무량도로 향하니라.

재설(再說). 수문이 도적에게 잡히어서 진중(陣中)에 있었는데, 그
도적이 회군하여 자기 나라로 돌아가게 되자 수문을 구계산 아래에
버리고 가며 말했다.

"나중에 너를 데려가는 것이 좋겠으나, 당장 군중(軍中)에 이로울 것
이 없으므로 이곳에 두고 가나니 너는 무사히 있어라."

그리고는 가버리자, 수문이 말했다.

"갈 바를 알지 못하는데, 모친의 종적을 찾으려 해도 어찌 알 수 있
단 말인가?"

여러 날 동안 먹지도 못하고 눈물만 흘리며 사방으로 다니다가 날이
저물자 수풀 속에 들어가 밤을 지내는데, 문득 노인이 곁에서 불러 말
했다.

"너는 어린 아이이거늘, 어찌 이곳에 누워 슬피 우느냐? 나와 함께
있음이 어떠하느뇨?"

이렇게 말하며 소매 안에서 과일을 꺼내어 주었는데, 수문이 받아
먹으면서 두 번 절하고 말했다.

"대인군자께서는 뉘시기에 여러 날 동안 굶주린 아이를 구제하시니
은혜가 한이 없거니와, 또한 함께 지내면서 보살펴주시겠다고 말씀하
시니 난리 통에 잃은 모친을 만난 듯 반갑기가 헤아릴 길이 없나이다."

노인이 웃고 말했다.

"네 모친이 무사히 있으니, 너는 염려 말라."

그리고서 함께 돌아오니, 두서너 칸의 초옥(草屋)이 가지런히 있고, 학(鶴)의 울음소리가 들리더라. 노인이 수문을 데려온 이후로 심히 사랑하며 짧은 피리를 내어 노랫가락을 가르치니, 오래지 아니하여 온갖 곡조를 통하였다. 노인이 즐거워하며 말했다.

"네 재조를 보아하니 족히 큰 사람에 이르리로다. 매양 태평한 때이기만 하지 않으리니, 네 이것을 높이어 받들어라."

그리고는 한 권의 책과 한 자루의 단검을 주었다. 수문이 받아 보니, 그 칼에는 서기(瑞氣)가 어려 있고, 그 책은 전에 보던 책과 같았으나 병서(兵書)에 모르는 대목이 있더라.

수문은 낮이면 병서를 공부하고 밤이면 칼 쓰기를 익혔다. 세월이 아랑곳없이 흘렀지만 노인이 베풀어주는 은혜에 힘입어 자기 한 몸은 편안하고 탈이 없었다. 그러나 부친은 유배지에 계실 것으로 짐작하지만 모친은 난리 통에 뿔뿔이 흩어져 살았는지 죽었는지 알지 못하니, 설움을 견디지 못하여 눈물이 그지없이 흘러내리나 마음으로는 억지로 참고서 요행히 만날 수 있기를 빌었다.

어느 날 노옹(老翁)이 수문을 불러 말했다.

"내 너를 데려온 지 어느덧 아홉 해일러라. 함께 있을 인연이 다하였으니 오늘 헤어지는 것이야 면치 못하려니와, 장부(丈夫)가 해야 할 일을 잊지 말거라."

수문이 이 말을 듣고 몹시 놀라서 말했다.

"대인군자께서 못난 저를 사랑하심이 넘치셔서 배운 일이 많사와 한없는 은혜를 잊지 못하는데, 이제 떠나라고 말씀하시니 향할 바를 알지 못하겠사옵니다. 어느 날 대인군자께서 베풀어주신 은덕을 보답하옵기를 바라나이다."

노인이 수문의 말을 듣고서 애처롭고 불쌍함을 보지 못하여 말했다.

"나는 일광대사요, 이 산의 이름은 남악 화산(南岳華山)이라. 벌써 너를 위하여 이곳에 있었는데, 이제 네 재주가 비상함을 보았으니 실로 염려는 없구나. 그러나 다가오는 액화(厄禍)를 피하지 못할 것이니, 만일 위태함이 생기거든 이를 떼어 보라."

즉시 세 개의 봉한 글을 주었다. 수문이 이를 받아보니, 그 속 내용은 알지 못하나 겉봉에는 제차(第次: 차례)가 씌어 있었다. 드디어 하직하면서 눈물을 흘리고 거듭거듭 고마워하며 모친에 대해 묻고자 하였지만, 문득 온데간데없었다. 수문이 크게 놀라 허공에 대고 하직인사를 하고 길을 떠나야 하니, 그 향할 곳을 알지 못하여 슬퍼하는 행동이 비길 데가 없더라.

각설(却說). 현 시랑(玄侍郞: 현택지)이 유배지에 가 겨우 두서너 칸의 초옥(草屋)을 얻어 귀양살이를 하였는데, 수하(手下)에 시중드는 이 아무도 없었던 데다 바다에서 나는 독한 기운에 견디기가 어려움은 말할 것도 못되거니와, 고요하고 쓸쓸한 산중에서 추위와 더위를 견디며 부인과 아들 수문을 생각하고 밤낮으로 통곡하였다. 어느 날 무량도를 지키는 군사가 알리러 와서 말했다.

"어떤 부인이 찾아와 시랑을 뵈려 하나이다."

시랑이 이를 듣고 놀라 의아하게 여기며 말했다.

"나는 천자께 득죄한 죄인이거늘, 수천 리나 되는 먼 길을 어떤 부인이 와서 찾는단 말인가."

군사를 좋은 말로 달래어 들여보내도록 하였다. 이윽고 왔거늘 보니, 다름이 아니라 곧 장 부인이었다. 얼떨떨한 듯 아무 말도 하지 못하더니, 서로 붙들고 통곡하다가 인사를 차리지 못하였다. 장 부인이 겨우 정신을 수습하여 그간의 자초지종을 이르니, 시랑이 하늘을 우러러 탄식하며 말했다.

"나의 팔자가 갈수록 사나워 칠대(七代)까지 독자(獨子)로 내려오다가 내게 와서 후사(後嗣)를 보지 못하게 되었더니, 하늘이 불쌍히 여기시어 늦게야 아들 수문을 얻으매 불효를 면할까 하였소이다. 그런데 자손에게까지 미치는 재앙을 면치 못하여 난리 통에 잃으매 그 생사를 알지 못하고, 아울러 나는 나라로부터 반역에 연루되었다는 죄명으로 다른 곳에 있어 하늘과 해를 보지 못하니, 어느 날에 함께 모이기를 바라리오."

말을 마치며 혼절(昏絕)하고 말았다. 장 부인이 여러 가지 좋은 말로 위로하며 시랑을 뫼시고 함께 머무니 적막함이 어느 정도 없어졌는지라, 다만 수문을 생각하고 살았다가 요행히 서로 만나볼 수 있기를 하늘에 두 손 모아 빌더라.

재설(再說). 수문이 일광대사와 이별하고 정처 없이 다녔다. 괴나리봇짐 속에 반전(盤纏: 노잣돈)조차 없는데다 굶주림이 더욱 심하니, 몸이 몹시 지쳐 고단하여 반석(盤石: 넓고 평평한 큰 돌) 위에 누워 쉬었다. 문득 잠이 들었는데, 한 노인이 갈건야복(葛巾野服: 거칠고 소박한 옷차림)으로 대지팡이를 짚고서 수문을 깨워 말했다.

"너는 어떤 아이이기에 바위 위에서 잠을 자느냐?"

수문이 놀라 일어나 두 번 절하며 말했다.

"소자는 난리 통에 부모를 잃고 정처 없이 다니다가 이곳에 왔삽고, 성명은 현수문이로소이다."

노인이 수문의 얼굴 생김새가 비범함을 보고 말했다.

"네 말을 들으니 심히 측은하구나. 여러 곳을 다니지 말고 나와 함께 있는 것이 어떠하느뇨?"

수문이 공경히 대답하여 말했다.

"소자는 친척도 없고 빌어먹는 아이이온데, 대인께서 더럽다 하지 않으시고 거두어 주시고자 하시니 은혜가 하해와 같나이다."

노인이 이로 인하여 수문을 데리고 집에 돌아왔다. 원래 이 노인은 성명이 석광위인데, 벼슬이 참지정사(參知政事)에 있더니 남의 시비를 피하여 고향에 돌아왔다. 부인 조씨가 딸아이 하나를 낳았으니, 이름은 '운혜'요 자는 '월궁선'이라. 어질고 너그러운 행실은 태임(太妊: 주나라 문왕의 어머니)을 본받아 아름다움이 있었는지라, 일찍 모친을 여의고 계모(繼母) 방씨를 섬기는데 효행이 지극하였으니, 석공은 매양 사윗감을 고르는데 애쓰고 있었다.

이날 우연히 물가에 노닐다가 수문이 영웅인 것을 알고 데려온 것일러라. 석공이 방씨에게 말했다.

"내 우연히 아이를 얻으니 천하의 영웅이라, 운혜의 배필을 삼고자 하오. 멀지 아니한 가까운 장래에 날짜를 잡아서 혼인하게 할 것이니, 부인은 그리 아소서."

방씨가 마음속으로 생각하였다.

'운혜를 매양 미워하였거늘, 또 저와 같은 짝을 얻을진대 내 어찌 참고 있으리오.'

그리고는 거짓으로 성난 양 얼굴빛을 띠어 말했다.

"운혜는 세상에 덕이 특출한 아이이온데, 이제 그런 아이를 얻어 사위를 삼으면 남이 알아도 그 계모가 사윗감을 고르지 않은 것이 나타나리니, 바라건대 상공(相公)은 이름 있는 집안의 군자를 골라서 사위를 삼음이 좋을까 하나이다."

석공은 얼굴빛이 바뀌면서 못마땅하게 여겨 말했다.

"이 아이가 비록 홀몸으로 의지할 곳이 없으나 현 시랑의 아들이오. 후일 반드시 가문을 빛낼 것이니, 부인은 다시 말하지 마오."

그리고는 즉시 소저(小姐)를 불러 온화한 안색으로 어루만지며 말했다.

"내 너를 위하여 호걸(豪傑)스러운 사람을 얻었으니, 평생에 한이 없으리로다."

소저가 머리를 숙이고 대답하지 못하더라.

석공이 방씨를 아내로 맞아들인 후로 두 딸과 아들 하나를 낳았으니, 장녀의 이름은 '휘혜'요, 차녀의 이름은 '현혜'요, 일자의 이름은 '침'이라. 석공이 매양 집안일을 보살펴 처리하는 것이 근엄하였기 때문에 온 집안사람들이 모든 일을 마음대로 하지 못하였다. 석공이 수문을 데려온 뒤로부터 지극히 사랑하고 대접하며 별당(別堂)을 정하여 머물게 하고서 서책을 주어 공부하라 하였는데, 수문의 글 짓는 재주가 날로 빼어나니 석공이 더욱 사랑하나, 다만 방씨는 수문의 재조를 밉게 여겨 앙갚음하려는 마음을 품더라.

어느 날 석공이 수문을 불러 물어 말했다.

"네가 어려서 부모를 뿔뿔이 흩어져 그 근본을 알지 못하거니와, 이 늙은이의 첫째부인 조씨에게 딸아이 하나가 있으니 나이가 15세라. 비록 아름답지 못하나 군자의 배필 되는데 부끄럽지 않으리니, 그윽이 생각하건대 너와 혼인하고자 하나니라. 알지 못하겠지만, 네 뜻이 어떠하느뇨?"

수문이 듣기를 다 마친 뒤에 감격해 마지않아 두 번 절하고 말했다.

"대인께서 소자를 위로하고 도와주시고자 이같이 말씀하시니 황공하여 몸 둘 데가 없사오나, 일개 걸인(乞人)을 거두어 천금(千金) 같은 귀한 따님의 짝을 삼고자 하시니, 감당하지 못함을 이기지 못하리로소이다."

석공이 웃으며 말했다.

"이는 하늘이 주신 인연일러라. 어찌 다행치 아니하겠느냐?"

그리고는 즉시 날짜를 택하여 혼인의 의식을 지냈다. 신랑의 늠름한 풍채는 사람의 눈을 부시게 하고, 신부의 어여쁘고 아리따운 태도는 자리에 가득한 사람들을 황홀하게 하니, 짐짓 한 쌍의 아름다운 배필일러라. 석공이 매우 기뻐해 마지아니하여 부인 방씨를 돌아보며 말했다.

"또 딸아이가 둘이 있으니, 저 어진 신랑과 같은 사위를 얻으면 얼마나 좋겠소?"

이에 방씨 부인이 마음속으로 생각하였다.

"저와 같으면 무엇에 쓰겠는가."

다만 고개만 끄덕이고 대답은 하지 않더라. 날이 저물자, 두 사람이 첫날밤을 치르도록 새로 차린 방에 나아가니 원앙(鴛鴦)과 비취(翡翠)가 깃들임과 같더라.

세월이 흐르는 물과 같아서 봄철의 경치가 여러 번 지나자, 방씨가 낳은 두 딸도 자라서 어른이 되어 혼인하였다. 큰딸은 통판(通判) 이경의 며느리 되고, 둘째딸은 참지정사(參知政事) 진관오의 며느리 되었는데, 두 사위의 사람됨이 주색잡기에 빠져 행실이 좋지 못하여 어진 이를 보면 좋아하지 아니하고 아첨하는 이를 보면 즐거워하니, 방씨는 매양 사위들이 좋지가 않아 현생(수문)의 일을 점점 밉게 여기고 박대할 마음이 날로 간절하였으나 석공이 집안일을 보살펴 엄히 처리하는 것을 두려워서 행치 못하더라.

석공이 나이 칠십에 이르렀으니, 하늘의 정한 수명의 기한을 어찌면할 수 있으랴. 갑작스럽게 병에 걸려 좋다는 약을 다 써도 병이 낫지않으니, 스스로 건강을 회복하지 못할 줄 알고서 부인과 현생(수문) 부부와 아들 '침'을 불러 좌우에 앉힌 뒤 눈물을 흘리며 말했다.

"내 이제 죽어도 무슨 한이 있으랴만, 다만 아들 '침'의 혼인함을 보지 못하니 이것이 생전의 남은 한일러라. 그러나 어진 사위 현생(수문)의 너그럽고 후한 덕을 믿나니 죽어도 염려하는 마음이 없거니와, 부인은 모름지기 집안일을 이전과 같이 하면 어찌 고마움을 깊이 느끼지 아니하리오."

그리고는 장녀 운혜를 가까이 앉히고서 귀에 대고 일러 말했다.

"네 모친이 끝내 부모로서의 도의에 어긋나는 일을 행하리니, 시시비비는 어진 남편의 말을 듣고 어려운 일일랑 생각지 말라."

그리고 현생(수문)을 돌아보며 소저의 일생을 당부하니, 현생이 눈물을 흘리면서 말했다.

"못난 사위가 장인어른을 모시고 오래도록 있고자 하였사온데, 가르치시는 말씀을 듣사와 어찌 잊을 리가 있으리까? 그렇지마는 대인(大人)의 은혜를 갚지 못하였사오니, 어찌 사람의 자식 도리라 하리까?"

석공이 오열하고 길게 탄식하며 말했다.

"그대는 영웅이니 오래지 않아서 이름이 온 세상에 떨치리라. 만일 딸아이의 변변하지 못함을 생각하지 않으면, 이는 나를 잊지 않는 것일러라. 그대는 오래도록 아무 탈 없이 잘 지내라."

이렇게 말하고는 침상에 누워 목숨이 다하니, 향년 76세이었다. 방씨 부인이 통곡하여 초상났음을 알리자 소저(小姐)가 혼절하니, 모든 자녀와 노복들이 한없이 애통해하였다. 현생(수문) 또한 애통해하는 것이 부모의 상사(喪事)와 다름이 없었고 초상을 치르는데 필요한 물품을 극진히 마련하며 예(禮)로써 선산(先山)에 안장하니, 일가의 친척들이 칭찬하지 않는 이가 없더라.

이때 방씨는 현생(수문)이 지극히 보살펴주는 것을 도리어 마음에 들어하지 아니하였는데, 무슨 일이든 어렵게 여겨 꺼리지 않고서 박대하는 것이 더욱 심하고 심지어 노복들이 해야 할 일도 시켰다. 아들

침이 나이가 십 세였는데, 모친을 붙들고 옳지 못함을 말하였다.

"이제 매형이 우리집에 있으면서 무슨 일이든 곤란하고 위험하기가 소자보다 더하거늘, 태태(太太: 어머님)께서는 매형을 천대하시는 것이 노복과 같게 하시니, 어찌 부친께서 남기신 마지막 부탁을 저버리시나이까?"

방씨가 몹시 노하며 꾸짖어 말했다.

"현가(수문)는 축생(畜生: 짐승 같은 놈)으로 본디 식사량이 많은 놈이니, 밥만 많이 먹는데 공연히 집에 있어서 무엇에 쓰겠느냐? 그저 두고 볼 수 없어서 자연히 일을 시키는 것이거늘, 너는 어미를 그르다 하고 그 놈과 한마음이 되니 어찌 사람의 자식 도리라 하겠느냐?"

침이 다시 말을 못하고 물러나더라. 방씨가 갈수록 보채는 것이 심하여 나무를 하여 오라고도 하고 거름을 치우라고도 하였지만, 현생(수문)이 사양하지 않고 공손히 온순하게 행하였으니, 현생의 어짊이 이와 같더라. 반면, 방씨는 이생(휘혜의 남편)과 진생(현혜의 남편)을 보면 크게 반기며 대접을 가장 후하게 하지만, 유독 현생에게만 구박함이 더욱 심하였다.

어느 날 노복이 산골짜기에 가 밭을 갈다가 큰 범을 만나 죽을 뻔한 자초지종을 고하니, 방씨 이 말을 듣고 그윽이 기뻐하며 현생(수문)을 그곳에 보내면 반드시 범에게 죽으리라 여기고서 즉시 현생을 불러 거짓으로 위로하는 척 말했다.

"상공(相公: 지아비)이 세상을 떠나신 후로 집안일을 내 직접 도맡았으나 어진 사위를 자주 위로치 못하였으니 심히 서먹하거니와, 요사이 봄갈이를 다 못하여 아무 산 아래의 밭이 농사를 짓지 못할 지경에 이르렀으니 어진 사위가 그 밭을 갈아줌이 어떠하느뇨?"

현생(수문)이 기꺼이 허락하고는 쟁기를 지고 그곳에 이르러 밭을 갈았다. 돌로 만든 상자가 문득 드러나서 현생이 놀라 자세히 보니 글자가 새겨졌는데, '한림학사(翰林學士) 병부상서(兵部尙書) 겸 대원수(大元帥) 바리왕 현수문은 열어 보라.' 하였다. 현생이 의아하였지만 열어보니 그 속에 갑옷과 투구며 삼척보검이 들어있는지라, 그제야 남악노인(南岳老人)의 말을 생각하고는 크게 기뻐하며 가지고 집에 돌아와 깊이 보관해두고 방에 앉아 있었다. 방씨는 날이 저물도록 현생이 돌아오지 않음을 기뻐하고 필시 호랑이에게 당하는 화를 피하지 못했으리라 여겼는데, 갑자기 제 있던 별당에서 글 읽는 소리가 나거늘 의심하여 노복으로 하여금 그곳에 가보게 하였더니, 과연 그 밭을 다 갈고 온 것이었다.

방씨는 마음속으로 희한하다고 여겼지만 또 다른 계교로 없애고자 하였는데, 문득 한 가지 계교를 생각하고 서얼 4촌 남동생 방덕을 불러 말했다.

"우리 상공(相公)이 살아생전에 망령된 일을 하여 괴이한 아이를 길에서 데려다가 장녀 운혜의 짝을 삼았다. 그 꼴이 보기 싫음이 심하여 눈엣가시가 되었으니 이로 인하여 내게 크나큰 근심거리가 되었거니와, 네가 아내를 잃은 이후로 지금까지 새 아내를 맞이하지 못하였으니 그 현가(수문)를 없애고 그의 처를 취하면 어찌 좋지 아니하겠느냐?"

방덕이 크게 기뻐하며 그를 없앨 수 있는 계교를 물으니, 방씨가 일러주었다.

"네가 독한 약을 얻어주면, 내 스스로 처치할 방도가 있으니 너는 힘써 구하라."

이튿날 방덕이 과연 약을 얻어 왔거늘, 방씨가 약을 밥에 섞어 내보냈다.

이때 현생(수문)이 방씨의 괴롭힘을 견딜 수 없어 탄식해 마지않다가 지난날 사부(師父: 일광대사)가 주던 봉서(封書: 봉한 서신)를 생각하고 첫 번째 서찰을 떼어보니, 이러하였다.

'석공이 죽은 후로 방씨의 심한 간계(奸計)가 있으리니, 밥 먹을 때에 피리를 내어 불면 자연 좋아지리라.'

현생(수문)이 밥상을 받아 곁에 놓고 피리를 부니, 방안에 상서로운 기운이 일어나고 그릇에 담은 밥이 사라졌다. 현생이 몹시 괴이하게 여기면서 그 밥에 약을 섞은 것으로 짐작하고도 태연히 상을 물리고 앉아 있었다. 방씨는 일마다 이루지 못하자 분노하여 괜히 운혜 소저를 모욕하더라.

이때 현생(수문)이 방씨가 해치고자 하는 것을 면치 못할까 염려하여 소저에게 말했다.

"이제 방씨의 흉계가 심하니 내 스스로도 피할 것만 같지 않으나, 그대의 일신도 무사치 못할 것이오. 이로 인하여 근심하여이다."

소저가 눈물을 흘리며 말했다.

"서방님께서 피하고자 하실진대, 어찌 첩을 생각하시나이까? 다만 가시는 곳을 알지 못하니 근심스럽고 슬퍼짐이 비할 데가 없거니와, 먼 길을 떠나는데 노잣돈이 없으리니 이를 팔아 가지고 떠나소서."

그리고는 옥낭을 불러 옥으로 만든 가락지와 봉황을 새긴 금비녀를 팔도록 하여 받아온 은자(銀子) 100여 냥을 현생(수문)에게 주며 말했다.

"이제 서방님께서 떠나시면 장차 어디로 향할 것이오며, 돌아오실 기약은 언제로 하시리까?"

현생이 답하여 말했다.

"내 한 몸은 길 위를 떠돌아다닐 것이니 갈 곳을 정할 수 없거니와, 어느 날에 만날지 알 길이 없으니 그대는 그 사이에 몸을 잘 보전하시오."

이렇게 말하고 눈물을 흘리자, 소저 또한 슬픈 마음을 금하지 못하여 눈물을 흘리며 말했다.

"이제 한 번 이별하고 나면 세상사를 알지 못하나니, 신물(信物: 정표)이 있는 것이 좋지 않을까 하나이다."

비녀를 꺾어 반씩 나누어 가지고 애달프게 이별하였는데, 현생이 받아 가지고 시 한 수를 지어 소저에게 주었으니, 그 시는 이러하였다.

칠 년 동안 재성각에 의탁하였거늘
오늘 서로 헤어지니 언제 만날거나.
부부 은혜 막중하여 산과 바다 같으니
십년 헤어졌다 만나더라도 응당 꿈일러라.

소저가 이를 받아 잘 보관하고 두 뺨이 구슬 같은 눈물로 뒤범벅되어 아무 말을 이루지 못하니, 현생(수문)이 다시 당부하여 말했다.

"그대는 방씨의 불측한 화를 당할지도 모르니 삼가 조심하시오."

침을 불러 보고 이별한 뒤, 안채로 들어가 방씨에게 절하고 이별인사를 하며 말했다.

"못난 사위가 존문(尊門)에 있은 지 여러 해 동안 베풀어주신 은공이 적지 아니하오나, 오늘 귀한 처갓집을 떠나오니 그리 아소서."

조금도 미워하는 빛이 없으니, 방씨는 마음속으로 즐거워하며 말했다.

"상공(相公)이 세상을 떠나시어 자연히 어진 사위를 대접하지 못했는데, 이제 떠나려 하니 어찌 붙들어 두겠는가?"

그리고는 옥으로 만든 술잔에 술을 가득 부어 권하니, 현생이 받아 앞에 놓고 소매에서 옥피리를 꺼내며 말했다.

"소생이 이별곡을 불어드리고 하직하겠나이다."

곧바로 한 곡조를 부니, 소리가 심히 맑고 고왔다. 문득 술잔 가운데에서 푸른 기운이 일어나 독한 기운이 사람에게 쏘이니, 현생이 피리 불기를 그치고 소매를 떨치며 거침없이 나갔다. 방씨는 그의 거동을 보고 매우 괴이쩍어 분한 마음을 금치 못했으나, 다만 다시 보기를 당부하더라.

현생(수문)이 다시 재성각에 들어가 소저를 위로하고 대문을 나섰는데, 하늘에 떠다니는 구름 같은 처지가 되어 어디로 가야할 지를 알지 못하여 서쪽 하늘을 바라보며 갔다. 날이 저물어서 구계촌 주막집에 도착하니, 한 비구니승이 들어와 권선문(勸善文: 보시를 청하는 글)을 펴 놓고 말했다.

"빈승(貧僧)은 금산사 칠보암에 있사온데 시주(施主)해주시기를 바라나이다."

이에, 현생이 말했다.

"길가는 나그네라 가진 것이 많지 않지만, 어찌 그저 보내리오."

그러고서 그가 가지고 있던 은(銀)이 든 봉지를 내어 주며 말했다.

"이것이 적으나 주나이다."

비구니승이 고마워하며 말했다.

"사는 곳과 성명을 기록하여 주시면 소원을 빌어드리이다."

현생이 이 말을 듣고 즉시 권선문(勸善文: 보시를 청하는 글)에 기록하였으니, 이러하다.

'절강(浙江) 소흥부(紹興府)에 있는 현수문이라.'

또 기록하였다.

'그의 처는 석씨라.'

그 비구니승이 거듭 절을 하며 고마워하고 갔다. 현생(수문)이 본디 너그럽고 후덕하였으므로 그 은자(銀子)를 다 주고 괴나리봇짐 속에 한 푼의 반전(盤纏: 노잣돈)도 없었으니, 이리저리 정한 데 없이 길을 떠나 가니라.

재설(再說). 방씨는 현생(수문)이 나간 후에 방덕과 한 언약이 이루어질 수 있을 것으로 여기고 크게 기뻐하며 시비 난향을 재성각에 보내어 소저를 위로하였다. 어느 날 방씨가 소저의 침소에 와 홀로 있음을 위로하고 말했다.

"사람의 한평생 운수는 미리 알 길이 없거늘 너의 부친이 그릇 생각하시고 현가(수문)로 배필을 정하셨으니, 실로 너의 앞길을 방해하신 것일러라. 이리하여 너의 일생을 염려하였는데, 과연 제 스스로 집을 버리고 나가 다시 만날 길이 없게 되었으니 너의 청춘이 아깝구나. 어미의 마음에 어찌 원통치 아니하겠느냐. 나에게 서얼 남동생이 있는데, 인물이 비범하고 재주가 남달리 뛰어나 고을사람들이 추앙하지 않는 이가 없으나 일찍 아내를 여의고 다시 아내를 맞이하지 못하였으니, 너로 하여금 혼인케 하려 하나니라. 네 내 말을 들을진대 화(禍)가 변하여 복(福)이 되리니, 어찌 즐겁지 아니한 것이겠느냐?"

소저가 그 말을 다 듣고서는 분한 마음을 참지 못하여 벼락이 뒤통수 한 가운데에 떨어진 듯하고, 더러운 말을 귀로 들었지만 영천수(潁川水)가 없어서 한스러웠으나, 본디 효성이 타고난 것이어서 계모(繼母)의 심보를 알고 얼굴빛이 달라지면서도 대답하여 말했다.

"모친이 소녀를 위하신 것이지만 옳지 않은 말씀으로 가르치고 훈계하시니, 어찌 받들어 행하오리까?"

말을 마치면서 일어서자, 방씨가 몹시 노해 꾸짖어 말했다.

"네가 끝내 내 말을 듣지 아니하면 오늘 밤에 겁측할 수도 있을 것이니, 네 그것을 장차 어찌할 것이냐?"

이처럼 이르며 한없이 못 견디게 괴롭히고 들어가니, 소저가 분함을 이기지 못하였지만 벗어날 계교를 생각하였다. 이윽고 침이 들어와 소저를 보고 말했다.

"오늘 밤에 방덕이 이러이러하리니, 누나는 바삐 피할 방도를 마련하소서."

소저가 이 말을 듣고 혼비백산하여 급히 유모를 불러 의논하다가 문득 부친의 유서를 생각해내어 떼어보니, 이러하였다.

'만일 급한 일이 생기거든 남복(男服)으로 바꾸어 입고 도망하여 금산사 칠보암으로 가면 저절로 구할 사람이 있으리라.'

소저가 춘섬을 불러 자초지종을 이르고 급히 남자 의복으로 바꾸어 입고서 담을 넘어 달아 나니라.

이날 밤에 방덕이 방씨의 말을 듣고 밤들기를 기다렸다가 마음을 졸이며 가만히 담장을 넘어 소저의 침소로 들어가 동정을 살펴보니, 인적이 없어 고요하고 비단 창가에 등불이 희미하거늘 방문을 열고서 들어가자 소저의 행방을 알 수가 없었으므로 몹시 놀라 얼굴빛이 하얗게 질려 부득이하게 돌아왔다. 방씨 또한 놀라고 어이없어 방덕을 도로 보내고는 운혜 소저의 도망함을 괘씸하게 여기더라.

차설(且說). 석 소저는 춘섬을 데리고 밤이 새도록 정한 곳도 없이 도망갔다. 여러 날 만에 한 곳에 다다르자, 경치가 비할 수 없을 만큼 뛰어났으니 보기 드문 신기한 꽃들이 산에 가득한 가운데 수목(樹木)이 하늘로 높이 솟아서 늘어서 있었다. 노비와 주인이 서로 붙들고 들어가니 향기로운 바람이 이는 곳에 풍경 소리가 은은히 들렸는데, 필시 절이 있을 것으로 여기고 점점 들어갔다. 한 노승이 두 손바닥을 마주 대고 절하며 말했다.

"공자(公子)는 어디에서 이곳에 이르시니까?"

소저가 민망히 답례하고 말했다.

"우리는 우연히 지나다가 경치가 신비스럽고 그윽하여 절로 찾아들었으니, 존사(尊師)는 허물치 마소서."

노승이 답하여 말했다.

"이곳은 낯선 손님이 머물지 못하거니와, 들어와 머물러 가심이 어떠하시니까?"

소저가 매우 다행으로 여기고 함께 들어가니 심히 정결하였다. 노승이 머물 곳을 정해 주며 차를 내와 권하니, 은근한 정이 예전부터 알고 지내던 사람 같더라.

어느 날 노승이 소저에게 말했다.

"공자의 행색을 보니, 여자가 남자로 탈바꿈한 듯하오. 이곳 승당(僧堂)은 낯선 사람의 출입이 없으니 공자는 염려치 마소서."

소저가 깜짝 놀라 말했다.

"나는 석상서의 아들이오니, 존사(尊師)께서 하시는 말씀을 알지 못하겠소이다."

이렇게 서로 말을 주고받았다. 이날 모든 승려들이 부처 앞에 공양(供養: 음식물)을 올리고 축원하는 소리를 들으니, 소흥현 벽계촌에 사는 현수문과 부인 석씨를 일컬었다. 이에, 소저가 크게 의아하게 여겨 비구니승에게 물었다.

"어찌 남의 성명을 알고 축원하느뇨?"

여러 승려들이 권선문(勸善文: 보시를 청하는 글)을 보이며 말했다.

"이처럼 기록하였기에 절로 알게 되었소이다."

그래서 소저가 자세히 보니 과연 현생(수문)의 성명이 있어서 그 까닭을 묻자, 비구니승이 답하여 말했다.

"빈승(貧僧)이 부처를 위하여 권선문(勸善文)을 가지고 두루 다니다가 구계촌에 이르러서 한 상공을 만났는데, 다만 괴나리봇짐에 은자 백 냥만 있었지만 정성이 거룩하여 모두 주었사옵니다. 그 정성으로 절을 수리한 후로도 그 상공이 오래 사시도록 복을 빌거니와, 공자는 어찌 자세히 묻나이까?"

소저가 답하여 말했다.

"이 사람은 과연 나의 가까운 일가붙이인지라, 성명을 보니 절로 반가워 묻나이다."

비구니승이 이 말을 듣고 더욱 공경하더라. 소저가 그 후로 법당에 들어가 그윽이 축원하면서, 간혹 심심하면 매화를 그려 족자(簇子)를 만들어 파니 일신의 괴로움이 조금도 없었으나, 밤낮으로 현생을 생각하고 슬퍼하더라.

각설(却說). 현수문이 은자(銀子)를 모두 시주하고 괴나리봇짐에 한 푼의 노잣돈도 남아있지 않았는데, 이리저리 헤매어 돌아다니며 가야 할 곳을 알지 못하고 여기저기서 얻어먹었으니 그 애처로운 모습이 비할 데 없더라.

이때 천자가 운남왕의 표문(表文)을 보고 자신의 허물을 고치면서 어진 이를 대접하고자 천하의 호걸을 뽑으려고 문무과(文武科)를 실시하니, 황성으로 올라가는 선비가 무수한지라. 그 중 한 선비가 현생(수문)을 보고 물었다.

"그대는 과거를 보러 가는 것 같으니, 나와 함께 가는 것이 어떠하느뇨?"

현생(수문)이 과거 보러 간다는 말을 듣고는 마음속으로 기뻐하며 함께 가기로 하였는데, 여러 날 만에 황성에 이르렀다. 그랬더니 문득 한 사람이 내달려 나와 현생을 붙들고 말했다.

"내 집이 비록 누추하나 머물 곳으로 정하시면, 먹고 마시는 것들에 대해서 값을 받지 아니 하오리니 그리 아옵소서."

이렇게 말하며 청하였는데, 현생(수문)은 남에게 은혜를 끼치는 것이 바람직하지 않았지만 이때를 당하여 도리어 다행스럽다고 여기지 않을 수 없었으니 머물 곳으로 정하였다. 그러하자 과거를 볼 때 필요한 여러 가지 도구들을 하나하나 갖추어 주니, 현생은 도리어 불안하면서도 주인의 은혜를 잊지 못해 기리어 말하더라.

과거시험 날이 되자, 천자는 황극전(皇極殿)에 나아가 앉고 문과(文科)를 살피면서, 연무대(鍊武臺)에 무과(武科)를 베풀고 명관(命官)으로 하여금 살피게 하였다. 현생(수문)이 과거시험장에 나아가 시험문제를 보고 마음속으로 크게 기뻐하여 순식간에 글을 지어 바치고서 자신의 임시거처로 찾아오는데, 연무대의 무과 시험 장소를 보자 마음이 쾌활해져 구경하다가 남의 활과 화살을 빌어 들고 과거 보기를 원했다. 이때 명관(命官) 유기가 좌우에 있는 사람들에게 호령하여 내치라고 하자, 사예교위(司隷校尉)가 만류하며 말했다.

"지금 천하의 인심이 흉흉하여 황상께서 근심하시고 문무 인재를 뽑고자 하시거늘 일찍이 합격 후보자 명단을 올리지 못해 호명하지 못하거니와, 저의 재주를 시험해보는 것이 좋을까 하나이다."

명관(命官)이 옳다고 여겨 현생(수문)을 불러 시험을 보이니, 화살 다섯 개가 한 구멍에만 꽂힌 듯이 과녁에 맞추었다. 과거 시험장에 가득했던 사람들이 얼굴빛이 하얗게 질리도록 몹시 놀랐으며, 명관은 그 재주를 칭찬하며 장원으로 정하였다.

이때 황제가 수만 장의 글을 고르다가 현생의 글에 이르러는 크게 기뻐하며 글자마다 붉은 점을 찍고 봉해진 답안지 봉투를 떼어보고서 장원 급제자를 부르도록 재촉하였다. 그때 수문이 미처 임시거처로 가지 못했는데 호명하는 것을 들어 황궁의 뜰 아래에 이르니, 황제가 수문의 얼굴 생김새를 보고 더욱 크게 기뻐하며 과거급제자에게 행하는 예식을 거행하였다. 또한 무과(武科)를 시행한 곳에서 합격자 명부

를 주달하였는데, 황제가 보니 장원은 소흥 현수문이라 하였다. 황제
는 마음이 크게 기뻐 그 희한함을 이르고서 좌우에 있는 이들을 돌아
보며 말했다.

"짐이 만고(萬古)의 역대(歷代)를 많이 보았으되 한 사람이 과거를 보
아 문무과에 모두 급제한 것을 보지 못하였나니, 어찌 나라를 길이 보
존할 재주가 기특하지 않으리오."

이어서 계수나무 꽃과 청삼(靑衫)을 주시며 벼슬을 내렸는데 춘방한
림학사(春坊翰林學士) 겸 사의교위를 내리니, 수문이 땅에 엎드려 아뢰
었다.

"신(臣)은 멀리 떨어진 고을의 미천한 사람으로 우연히 문무과의 급
제자 명단에 모두 들었사와 매우 두렵사옵거늘, 더구나 중한 벼슬을
주옵시니 무슨 타고난 복록(福祿)으로 감당하오리까? 엎드려 바라옵건
대 황상께서는 신의 벼슬과 관직을 거두시어 세상에 용납될 수 있게
하소서."

황제가 수문의 아뢰는 말을 듣고 더욱 기특히 여겨 물었다.

"경(卿)의 조상 가운데 벼슬에 오른 이가 있느뇨?"

한림(翰林: 수문)이 아뢰었다.

"신(臣)이 다섯 살 때 난리를 만나 부모와 뿔뿔이 흩어졌사와 조상의
세대에서 벼슬한 이를 기록하지 못하였사오며, 신(臣)의 아비는 세상
이 어지럽기 이전에 잃어버려서 헤어졌사와 알지 못하나이다."

황제가 말했다.

"경(卿)이 부모를 잃고 헤어졌으니, 능히 장가를 들어 아내를 얻지
못하였으리로다."

한림이 아뢰었다.

"의지할 곳 없는 홀몸이 도로에서 이리저리 바빠서 의탁할 곳이 없

었는데, 참지정사(參知政事) 석광위가 불쌍히 여겨 어루만져 보살펴주었으므로 그 여식을 아내로 맞아들였나이다."

황제가 말했다.

"석광위는 충성과 효성을 아울러 갖춘 재상이었지만 벌써 안타깝게도 고인(故人)이 되었으나, 경(卿)을 얻어 사위를 삼았음은 예사롭지 않도다."

그리고는 쌍개(雙蓋: 화려하게 장식한 두 개의 일산)와 이원풍악(梨園風樂: 축하 연주)을 내려주었다. 한림이 마지못해 받은 뒤 황제의 은혜에 감사를 드리고 조정에서 물러나와 임시거처로 돌아오는데, 길에 구경하는 자들이 희한한 과거(科擧)도 있다 하며 떠들썩하게 칭찬하더라.

한림은 지체가 높아지고 귀해졌지만 부모를 생각하니 절로 눈물이 줄줄 청삼(靑衫)에 떨어졌는데, 임시거처의 주인이 위로하고 말했다.

"상공이 소복(小僕)을 알지 못하시겠지만, 소복은 대상공의 노비 차복이로소이다. 대상공께서 유배지로 가실 때 이 집을 맡겼사온데, 수일 전에 꿈 하나를 꾸었사오니, 대상공 댁의 공자라 하여 문 앞의 돌 위에 앉아 쉬었다가 이윽고 황룡을 타고 하늘로 올랐사옵니다. 이에 놀라 깨어 날이 밝은 후 저 돌에 앉아 쉬는 사람을 기다렸더니, 과연 상공이 그 돌에 앉아 쉬시는 것을 보고 반겨 뫼신 것이옵니다. 이제 상공이 문무(文武) 양과(兩科)를 장원급제하시어 가문을 다시 회복하시리니, 소복도 어찌 즐겁지 않으리까?"

한림이 갑자기 이 말을 들으니 몹시 반가워 물었다.

"그대는 대상공의 휘자(諱字: 이름자)를 알 것이고, 무슨 일로 유배지에 가셨느뇨?"

차복이 말했다.

"그 이름자는 택지요, 벼슬이 이부시랑(吏部侍郎)이었나이다. 뜻밖에 황숙(皇叔) 연평왕이 반역을 꾀하였는데 대상공의 이름이 역적의 진술 조서에 있어서 무량도로 보내어 귀양살이를 하도록 하였으니, 그 훗일은 소식을 알지 못하나이다."

한림이 다 듣고 나서 속으로 헤아렸다.

'부친이 적거하셨단 말을 들었어도 희미하더니, 과연 이 말을 들으니 옳도다.'

그리고는 자초지종을 자세히 물어 알고 난 뒤에 차복에게 공이 있다고 추켜세웠다. 과거 급제자로서 받은 3일 휴가 후에 표문(表文)을 올려 부모 찾고자 하는 것을 아뢰니, 황제가 말했다.

"경(卿)은 효성이 지극하여서 뿔뿔이 흩어진 부모를 찾고자 하나, 아직은 국사를 보살피고 훗날 말미를 얻어 부모를 찾아서 천륜을 완전히 하라."

한림이 마지못해 다시 아뢰지 못하고 관직에 나아가 임무를 다했으나, 매양 부모를 생각하며 석 소저를 잊지 못하여 그 마을에 찾아갈 수 있기를 원하더라.

이때 남만왕(南蠻王)이 반역할 뜻이 있음을 황제가 근심하여 조정의 모든 벼슬아치들을 모으고 위유사(慰諭使)를 정하고자 하니, 대신(大臣)이 아뢰었다.

"남만(南蠻)은 강국이오니 달래기 어려울 것이온데, 이제 현수문 곧 아니면 그 소임을 감당하지 못할 것이오니 그를 보내시는 것이 좋을까 하나이다."

황제가 이 말을 옳다고 여겨 현수문으로 남만 위유사(南蠻慰諭使)를 임명하였다. 한림이 즉시 황제에게 작별인사하고 길 떠날 준비를 차리는데, 황제가 당부하여 말했다.

"짐(朕)이 경(卿)의 충성을 아나니 뛰어난 말재주로 남만을 달래어 반역함이 없을진대 경의 공을 잊지 않으려니와, 이름이 육국(六國)에 떨쳤던 소진(蘇秦: 전국시대의 유세가)의 공명을 누르고 첫째 자리를 차지하리니 어찌 만대(萬代)에 허술한 공이겠는가?"

한림이 황제의 하교(下敎)를 받자와 작별인사를 하고 길을 떠나서 여러 달 만에 남만국(南蠻國)에 이르렀는데, 남만왕이 여러 신하들을 모아놓고 의논하였다.

"송(宋)나라 천자(天子)가 위유사(慰諭使)를 보내었으니, 좌우에 도부수(刀斧手)를 매복하였다가 만일 뜻과 같지 않으면 당당히 죽일 것이리라."

그리고서 천자의 사신을 보려는데, 위유사가 들어 가니라. 남만왕이 그대로 의자에 걸터앉아 천자의 사신을 맞거늘, 위유사가 몹시 노해 꾸짖어 말했다.

"족하(足下)는 한 나라의 작은 왕이요, 나는 천자의 사신이라. 조서(詔書)를 받들고 왔거늘 당돌히 의자에 걸터앉아 천자의 사신을 맞이하니, 그러한 예법(禮法)이 없음을 알거니와 그윽이 족하를 위해서도 취할 도리가 아니노라."

남만왕이 노기를 크게 띠고 '빨리 내어다 베라' 했는데, 위유사는 얼굴빛이 조금도 변하지 않고 꾸짖기를 마지아니하더라. 남만왕이 천자 사신의 사람됨을 살피려고 하다가 점점 체면을 잃고 있음을 깨닫고서 그제야 뜰에 내려가 사죄하며 말했다.

"과인(寡人)의 무례함을 용서하소서."

위유사가 비로소 알고 공경히 말했다.

"복(僕: 저)이 대왕의 정성스러운 마음을 아나니 무슨 허물이 있으리까? 이제 우리 황상께서는 지극히 성스럽고 신(神)과 같은 존재로서 문무에 통달하여 은덕의 혜택이 여러 제후국에 미쳤거늘, 왕은 어찌 그것을 알지 못하고 공순(恭順)하심이 적으시느뇨?"

남만왕이 매우 고마워하며 말했다.

"과인(寡人)이 군신 간의 예를 모르지 아니하되, 황상께서 과인의 나라를 아끼지 않으시어 절로 공순하지 못한 생각을 품었으나 이제 황상의 교지(敎旨)를 이같이 받자오니, 어찌 감히 태만함이 있으리까?"

그리고는 황금 1천 냥과 비단 1천 필을 주었다. 위유사가 받아 가지고 길을 떠나니, 남만왕이 멀리 나와 전송하더라.

위유사가 본국으로 돌아오는데, 길에서 먼저 무사히 돌아간다는 내용의 표문(表文)을 올려 알렸다. 황제가 표문을 보고 크게 기뻐하여 또 교지(敎旨)를 내렸으니, 이러하다.

「돌아오는 길에 각처의 민심을 진정하되, 혹여 굶주리는 백성이 있거든 창고를 열어 곡식을 주어서 구제하라.」

어사(御史: 수문)가 교지를 받자와 황궁을 향해 감사함을 표하고 여러 고을을 순행(巡行)하였는데, 위엄 있는 차림새를 물리치고 자기의 정체를 숨기며 돌아다니니, 각각의 군현(郡縣)들이 잘 다스려지지 않을 리가 없고 백성들이 어사의 공덕을 기리지 않는 사람이 없더라.

두루 다니다가 한 곳에 다다랐는데, 이곳은 금산사 칠보암이었다. 여러 승려들이 관원의 일행이 도착하는 것을 알고 갈팡질팡 피하고자 하였는데, 어사가 대청 위에 앉고서 여러 승려들을 불러 물었다.

"이 절을 수리할 때에 권선문을 가지고 다니던 승려가 변함없이 지금까지 있느냐?"

그 승려들 가운데 한 노승이 답하기를,

"소승이 과연 그이거니와, 상공이 어찌 하문하시나이까?"

그러면서 어사를 자세히 보니 3,4년 전에 구계촌에서 은자(銀子)

100냥을 시주하던 현 상공인지라, 몹시 놀라면서도 크게 기뻐하여 다시 두 손바닥을 마주 대고 네 번 절하며 말했다.

"소승이 천한 나이가 많아서 눈이 어두워 미처 알지 못하였거니와, 은자(銀子) 100냥을 시주하시던 현 상공이나이까?"

어사가 노승의 말을 듣고 깨달아 그 사이에 아무런 사고 없이 평안히 지낸 것을 기뻐하며 물었다.

"아까 법당(法堂)에서 한 젊은 선비가 나를 보고 피하니, 그 어떤 사람이뇨?"

노승이 답하여 말했다.

"그 사람이 이 절에 머무른 지 오래되었지만 사는 곳과 성명을 알지 못하오나, 간혹 불전(佛前)에 축원할 때 상공의 성씨(姓氏)와 명자(名字)를 듣고는 가장 반가워하더이다."

어사가 이 말을 듣고 문득 놀라며 생각했다.

'내 잠깐 볼 때에도 얼굴이 설지 않고 심히 익어서 괴이하게 여겼더니 무슨 얽힌 복잡한 사정이 있도다.'

그리고서 그 젊은 선비 보기를 원하니, 노승이 즉시 어사를 인도하여 그 젊은 선비의 처소로 갔다.

이때 석 소저가 어사의 행차를 구경하다가 서로 눈이 마주치자 낯이 심히 익었으므로 가군(家君: 지아비)을 생각하고 잠자리에 누웠는데, 문득 비구니승이 급히 들어와 말했다.

"어느 날 일가(一家)라 하고 반겼던 현 상공이 어사(御史)로 마침 와 계셔서 공자(公子)를 위하여 뵈시고 왔나이다."

소저가 미처 대답하기도 전에 어사가 들어가 보니, 비록 옷차림새를 고쳤으나 어찌 밤낮으로 사모하던 석 소저를 몰라보겠는가, 반가움을 이기지 못하여 한참이나 말을 이루지 못하더니만 오랜 후에야 정신을 차리고 석 소저를 마주하여 말했다.

"그대의 모습을 보니 방씨로부터 화를 당하여 피하였음을 짐작하거니와, 이곳에서 만날 줄 어찌 생각이나 했겠소?"

석 소저가 그제야 현생(수문)인 줄 알고 눈물이 비 오듯 흠뻑 울다가 말했다.

"첩의 팔자야 기구함 때문이오니 어찌하오리까마는, 그 사이 군자(君子: 서방님)는 무슨 벼슬을 하시어 이곳을 지나시나이까?"

어사가 탄식하고 자초지종을 자세히 이르며 말했다.

"천자의 은덕이 워낙 크셔서 문무과에 함께 급제하였는데, 분수에 넘치게도 중요한 벼슬을 맡게 되어 위유순무도어사(慰諭巡撫都御史)를 내리시어 마침 이곳에 이르러 그대를 만났으니, 이는 하늘이 지시한 듯해 어찌 아주 다행스럽지 않겠소?"

소저가 내심으로 기뻐서 그간에 일어난 일들을 이르며 말했다.

"첩(妾)이 이곳에 몸을 숨기고 있다가 천우신조(天佑神助)로 군자(君子: 지아비)를 만났으니, 이제 죽어도 무슨 여한이 있사오리까?"

그리고는 구슬 같은 눈물이 줄줄 흘러 옷깃을 적시었다. 그래서 어사가 즉시 본 고을에 명령을 내렸다.

"품격에 맞게 탈것 등을 갖추어 오라."

그런 뒤에 여러 승려들을 불러 그 은공을 기리며 금은을 내어 주니, 여러 승려들이 거듭 절하며 고맙다면서 말했다.

"천하에 희한한 일도 있도다."

그러면서 여러 해 동안 깊은 정이 쌓였는데 하루아침에 이별함을 슬퍼하여 눈물을 흘리더라.

이윽고 본 고을에서 탈것이 왔는데, 석소저와 춘섬이 부처에게 하직인사를 하고 여러 승려들에게 이별한 뒤에 교자(轎子: 가마)를 타고 금산사를 떠나니, 행차의 거룩함으로 사찰의 온 경내가 야단스럽게 떠들썩하더라.

여러 날 만에 황성(皇城)에 이르렀는데, 석 부인(석 소저)은 차복의 집으로 가게하고 어사는 바로 황제 앞에 나아가 황명을 받들어 처리한 결과를 보고하였다. 황제가 어사를 불러 만났는데 남만왕을 위로하여 타일렀던 일과 각 고을을 돌아다니며 위로했던 일을 묻고 크게 기뻐하여 말했다.

"만약 경(卿)이 곧 아니었던들 어찌 이 일을 감당하였으랴?"

즉시 벼슬을 돋우어 문현각 태학사를 삼았다. 학사(수문)가 여러 번 사양하였지만 황제가 그의 청을 허락하지 아니하자 마지못하여 사은숙배(謝恩肅拜)하였다. 그리고 처 석씨를 만난 일을 아뢰었는데, 황제가 듣고 더욱 희한히 여겨서 부인에게 직첩(職牒)을 내렸다. 학사의 은총이 조정에 진동하더라.

각설(却說). 북쪽의 토번왕이 반란을 일으켜 철기병(鐵騎兵) 10만을 거느리고 북방을 쳐들어와서 여러 군현(郡縣)들이 도적에게 빼앗긴 바가 되니, 인주자사(麟州刺史) 왕평이 급히 글로 아뢰었다. 황제가 보고 크게 놀라 반적을 토벌할 일을 의논하였는데, 신하들의 반열에서 한 사람이 혼자 나아와 황제에게 아뢰었다.

"신이 비록 재주가 없사오나 도적을 격파할 것이오니, 엎드려 바라옵건대 성상께옵서 일지군(一枝軍: 한 떼의 군사)을 주시면 폐하의 근심을 덜도록 하겠나이다."

모두 보니, 문현각 태학사 현수문이었다. 황제가 기특히 여기어 말했다.

"짐(朕)이 덕이 부족하여 도적이 쳐들어와 경(卿)을 생각했으나 나이가 젊은 것이 마음에 걸렸거늘, 이제 경(卿)이 스스로 출전하기를 원하니 짐(朕)은 심히 기쁘도다."

그리고서 대원수(大元帥)를 봉하고 정동장군(征東將軍) 양기로 부원수(副元帥)를 삼으면서 정예병 80만을 징발해 주시며 말했다.

"짐(朕)이 경(卿)의 충성을 아느니, 쉬이 도적을 격파하고 돌아오면 강산의 반을 나누어주리라."

대원수가 머리를 땅에 닿도록 절하며 황제의 은혜에 사례하고 대군을 지휘하여 여러 날 만에 감몽관에 이르러 진을 쳤는데, 적진이 벌써 진을 굳게 치고 있었다. 대원수가 큰 소리로 외쳐 말했다.

"적장은 빨리 나와 칼을 받으라."

그리고는 황금투구에 쇄자갑(鎖子甲: 철사로 작은 고리를 만들어서 서로 꿴 갑옷)을 입고 손에는 삼척장검(三尺長劍)을 쥐었으니, 위엄 있는 기세가 사나운 호랑이 같았고 군대의 운용이 엄숙하였다. 북쪽의 토번왕이 바라보니, 비록 소년대장이나 의기가 충천하여 천신(天神)이 하강한 듯했다. 아무리 여러 고을을 얻어 승승장구하였을지라도 마음이 이미 꺾여 싸울 뜻이 없었는데, 선봉장(先鋒將) 약대가 창을 겨누어 들고 말을 타고 나아가 큰소리로 외쳐 말했다.

"송나라 장수 현수문은 빨리 나와 자웅을 겨루자."

그러면서 앞으로 힘차게 뛰어나오거늘, 대원수가 크게 노하여 맞아 싸웠다. 두어 차례 겨루지 않아서 적장이 맞서서 겨루지 못할 줄 알고 달아나거늘 원수가 따라가 맞서 싸우니, 칼이 닿는 곳에는 적장의 머리가 추풍낙엽 같이 떨어졌고 호통이 이는 곳에는 북쪽의 토번왕이 사로잡힌 바가 되었다. 대원수가 본진에 돌아와 승전잔치를 끝내고, 황제에게 표문(表文)을 올리더라.

이때 또 석상왕이 반란을 일으켜 정예병 10만을 거느리고 대국(大國)을 쳐들어왔다. 강한 군사에다 용맹한 장수들이 무수히 많았으므로 지나는 곳마다 멀리 바라보고 놀라서 싸우지도 않고 귀순하거나 항복해버리니, 황제가 듣고 크게 놀라 말했다.

"도적이 곳곳에서 말썽을 일으키니 이를 장차 어찌해야 하랴?"

우승상(右丞相) 경필이 아뢰었다.

"아직 초적(草賊)을 다 격파하지 못하였는데 이제 또 북적(北狄)이 쳐들어와 조정에 당할 장수가 없사오니, 현수문이 돌아오기를 기다려 격파하는 것이 좋을까 하나이다."

황제가 한참 있다가 말했다.

"현수문이 비록 용맹하나 남만국(南蠻國)에 다녀와 곧바로 전쟁터에 나갔거늘, 무슨 힘으로 또 이 도적을 격파하랴? 짐(朕)이 직접 정벌코자 하나니 경(卿)들은 다시 말하지 말라."

그리고는 먼저 현 원수(元帥)에게 사자(使者)를 보내어 이 사태를 알리도록 한 뒤, 황제가 친히 대장(大將)이 되어 경필로 부원수(副元帥)를 삼고, 표기장군(驃騎將軍) 두원길로 중군장(中軍將)을 삼고, 거기장군(車騎將軍) 조경으로 도성(都城)을 지키게 하고서 출정할 날짜를 택하여 떠났는데, 각종 깃발이 중천(中天)에 펄럭이고 북소리와 나팔소리가 하늘을 진동할 정도로 요란하였다.

여러 날 만에 양해관에 이르렀는데, 적장 왕가가 송나라 천자(天子)가 직접 정벌하러 나왔다는 것을 듣고 의논하여 말했다.

"우리 군대 안에 용맹한 장수가 헤아릴 수 없거늘, 천자가 아무리 친히 와 싸우고자 하나 우리를 어찌 당할 수 있으랴?"

포를 한 번 쏘는 소리가 나더니 진영의 문을 크게 열고 한 장수가 힘차게 달려 나와 덤벼들어 싸움을 돋웠는데, 이는 양평공이었다. 황제가 이를 보고 부원수 경필로 하여금 나아가 싸우게 하니, 두원길이 앞으로 나아와 말했다.

"폐하는 근심 마옵소서. 신(臣)이 먼저 싸워 적장의 머리를 베어오리이다."

그리고는 말에 올라 칼을 휘두르며 힘차게 달려 나와 큰 소리로 말했다.

"적장은 나의 말을 들어라! 우리 천자께서 지극히 성스럽고 신(神)과 같은 존재로서 문무에 통달하여 은덕의 혜택이 미치지 않은 나라가 없거늘, 너 같이 무도한 오랑캐가 그 은덕의 혜택을 알지 못하고 감히 군사를 일으켜 한 지방을 요란케 하니, 내 너를 베어 국가의 근심을 없애리라."

말을 마치자마자 곧바로 양평공과 마주하자, 양평공이 두원길을 맞아 싸워 50여 차례에도 승부를 짓지 못하였다. 적진 중에서 또한 장수가 힘차게 달려 나와 양평공을 도우니, 두원길이 이리저리 닥치는 대로 싸웠지만 끝내 몇 차례 못 되어 죽은 바가 되었다. 황제가 근심하여 진동장군(鎭東將軍) 하세청으로 하여금 나아가 싸우게 하니, 하세청이 두원길의 죽는 양을 보고 분한 마음이 크게 일어나 말에 올라 내달리며 큰 소리로 말했다.

"어제 싸움에서 우리 장수를 죽였거니와, 오늘은 너를 죽여 두원길의 원수를 갚으리라."

그리고는 적을 맞아 싸우는데 40여 차례에 이르자, 황제가 지휘대에서 양진(兩陣)의 싸움을 보다가 날이 저물어가니 하세청이 행여 다칠까 염려하여 징을 쳐 군대를 거두었다. 날이 밝자, 하세청이 분한 마음을 이기지 못하여 힘차게 달려 나가 싸움을 돋우며 소리쳐 말했다.

"적장 양평공은 어제 결정짓지 못한 싸움을 결정짓자."

그리서 싸웠는데, 몇 차례 못 되어 양평공의 칼이 번뜻거리자 하세청의 머리가 말 아래로 떨어졌다. 황제가 이를 보고 크게 놀라 여러 장수들을 돌아보며 말했다.

"뉘 능히 적장의 머리를 베어 두 장수의 원수를 갚을꼬?"

좌우가 말없이 잠잠하고 나와 싸울 장수가 없었다. 황제가 탄식할 즈음에 적진이 사방을 에워싸고 큰 소리로 말했다.

"송나라 황제는 빨리 나와 항복하라!"

이제 어찌 될지 다음 차례를 분석하라.

권중

차설(且說)。 천자가 적진에 포위되어 위급함이 조석에 달려 있었다. 마침 현 원수가 북쪽의 토번왕을 토벌하여 평정하고 승전고를 울리며 천천히 회군하여 형주(荊州) 땅에 도착하였다. 그때 황궁에서 파견한 사관(辭官)이 교지(敎旨)를 받들어 와서 전하거늘, 현 원수가 황궁을 향해 네 번 절하고 떼어 보니, 이러하였다.

「그 사이 또 석상왕이 반란을 일으켜 12개 고을을 항복받고 양해관에 쳐들어와 노략질하매, 황상이 친히 정벌하시고자 떠나려 하니 원수가 만일 싸움에서 이기고 귀국하거든 황상을 도우라.」

이러한 조서(詔書)이었다. 원수가 이 조서를 다 읽고 나서 크게 놀라 차사(差使)를 돌려보낸 뒤, 즉시 선봉장 양기를 불러 조서의 내용을 이르며 말했다.

"이제 황상께서 친히 정벌하시려 하나 석상왕의 강한 군대를 맞서기가 어려우시리로다. 내 혼자 말을 타고 먼저 급히 달려가 황상을 구하리니 그대는 대군을 거느리고 뒤를 좇아오라."

그리고는 말을 달려 서평관을 향하다가 양경 땅에 이르러서 피란을 가는 백성에게서 말을 들었다.

"천자가 양평관에서 싸우시는데 적진에 포위되어 위태함이 시각을 다투고 있다."

　현 원수가 이 말을 듣고 천지가 아득했지만 급히 말을 채찍질하여 바로 양평관에 다다르니, 과연 천자가 여러 겹의 적진에 에워싸여 거의 위태하였다. 현 원수가 분노하여 칼을 들고 소리를 크게 지르며 적진을 마구 짓이기니, 적진의 장수와 병졸들이 뜻밖의 변을 당해 죽는 자가 헤아릴 수 없었다. 현 원수가 홀로 말을 타고 달려들어 10만 적병을 아무도 없는 것처럼 아무런 거리낌 없이 마음대로 병졸들을 풀 베듯 하였으니, 그 용맹을 가히 알 수 있었다. 적장 양평공이 군사를 거두어 물려서 진을 치고는 현 원수의 용맹을 칭찬하더라.

　현 원수가 즉시 황제에게 땅에 엎드려서 말했다.

　"신(臣)이 북쪽의 토번을 격파한 후로 다른 변란이 없으리라 여겼사온데, 또 석상 도적이 반란을 일으켜 폐하께서 친히 정벌하신다는 것을 듣고 빨리 오지 못해 폐하의 귀하신 몸이 곤궁함에 처하셨는데도 미처 구완하지 못했사오니, 신(臣)의 죄는 만 번 죽어도 아까울 것이 없으리로소이다."

　황제가 적진에 포위되어 이미 항복하려고 하니 한 번 더 살피기를 간하는 여러 장수들의 말을 들었지만 넋을 잃고서 정신을 차리지 못하여 다만 길게 탄식하고 눈물을 흘릴 따름이었는데, 갑자기 군대의 안이 요란하면서 적병들이 물러가는 것을 보고 천신(天神)이 도와서 송나라 황실을 보전하려는 것인가 여기며 길게 한숨을 짓고 있었다. 그때 문득 현 원수가 땅에 엎드려 아뢰는 말을 듣고서 꿈을 꾸는 것인가 의심하며 반가움을 이기지 못한 황제는 현 원수의 손을 잡고 눈물을 흘리며 말했다.

　"경(卿)이 국가를 위하여 공을 세운 것이 한두 번이 아니었으니 경(卿)의 충성을 칭찬하였더니라. 이제 경(卿)이 또 짐(朕)의 위태로운 것을 구하여 종묘사직을 아무 탈 없이 지키고 보호한 것은 만고(萬古)의 큰 공로이니 어찌 보필지신(輔弼之臣: 임금을 보좌한 신하)이 아니랴?"

현 원수가 머리를 조아리며 아뢰었다.

"신(臣)이 적장의 모습과 기세를 보건대 지금 힘들지 않고 쉽게 격파하기가 어려울 듯하여 내일 당당히 적장을 베어 올 것이니, 폐하께서는 근심치 마옵소서."

그리고는 군사를 정돈하며 여러 장수들을 불러 약속을 정하고자 하였다. 이윽고 북쪽의 토번왕을 격파한 대군이 이르렀거늘, 원수가 군사들을 합하여 한 사람씩 이름을 불러가면서 조사하니 정예병이 100만이요 용맹한 장수가 수십 명이었다. 소와 양을 잡아서 대규모의 군사들에게 나누어주어 위로하고 난 뒤, 그 이튿날 현 원수가 말에 올라 군진(軍陣)의 문을 활짝 열고 나아가 싸움을 돋우니, 적장 양평공이 현 원수의 쉽게 범하기 힘든 기세를 보고는 기꺼이 대적하려 하지 않았다. 그 순간 한 장수가 앞으로 힘차게 달려 나와 현 원수를 맞아 싸웠는데, 이는 바로 적장 약대이었다. 현 원수가 소리를 크게 지르고 서로 맞붙어 싸운 지 80여 차례에 이르도록 승부를 결정짓지 못하였는데, 날이 저물자 양 진영에서 징을 쳐 군사를 거두어들였다. 현 원수가 돌아와 황제에게 말했다.

"신(臣)이 거의 적장을 잡게 되었사온데, 어찌 군사를 거두어들이시니까?"

황제가 말했다.

"적장 약대는 용맹한 장수인지라, 혹여 실수라도 있을까 하여 군사를 거두어들인 것이니라."

이에 현 원수가 아쉬워해 마지않으면서 물러나왔다.

현 원수가 그날 밤에 여러 장수들을 불러 적진을 격파할 계교를 의논하였는데, 선봉장 유기를 불러 말했다.

"그대는 5천 명의 병사를 거느리고 서쪽으로 30리만 가면 화산이란 산이 있으니, 그곳에 매복하였다가 여차여차하도록 하라."

또 후군장 장익을 불러 말했다.

"그대는 철기군(鐵騎軍) 5천을 거느리고 하람원에 매복하였다가 이리이리하면, 가히 적장을 사로잡을 수 있으리라."

황제가 거짓으로 중군이 되어 군마를 거느리고 적진 앞에 나아가 싸움을 돋우도록 약속을 정하였다. 날이 밝은 후에 군진(軍陣)의 문을 활짝 열고 나아가 싸움을 돋우니, 약대가 분노해 마지않고서 양평공에게 말했다.

"오늘 싸움에서 송나라 장수 현수문을 사로잡지 못하면, 맹세코 돌아오지 않겠나이다."

말을 다하고 나서 군진 밖으로 힘차게 달려 나가려 하자, 양평공이 말했다.

"장군은 적을 업신여겨 함부로 대적하지 말라."

약대가 응낙하고 말을 달려 앞으로 힘차게 나가며 큰 소리로 말했다.

"적장은 결정짓지 못한 승부를 오늘 결정짓자!"

그리고는 약대가 힘차게 앞으로 달려 나가자, 현 원수가 냉소하고 맞아 싸웠지만 70여 차례에도 승부를 짓지 못하였다. 현 원수가 말을 돌려 달아나고 약대가 뒤따르는데, 문득 좌우에서 함성이 진동하며 쇠뇌가 한꺼번에 비 오듯 쏟아지자 군사가 헤아릴 수 없을 정도로 죽었다. 약대도 타고 있던 말발굽이 걸려 거꾸러져서 갑옷과 투구가 다 깨지고 방천검(方天劍)이 부러졌지만 겨우 목숨을 건지고 도망하여 자신의 군진에 돌아가니, 양평공이 위로하여 말했다.

"장군이 큰 소리를 치기에 내 염려하였거늘 불행히도 패하는 것을 보았도다. 이후로는 적을 업신여겨 함부로 대적하지 말라!"

현 원수가 계교로써 약대를 잡으려는 찰나에 제 본디 용맹하여 사로잡히지 않고 도망한 것을 분개하여 또 어떤 계교로 약대를 붙잡을지 의논하더라.

이때 양평공이 송나라의 군진(軍陣)을 격파할 묘책을 의논하였다. 밤이 깊은 후 문득 자하산에 함성이 일어났는데, 양평공이 놀라 무슨 일인지 알아보도록 하였지만 아무도 없었으니, 심히 괴이하게 여기며 혹 귀졸(鬼卒)인가 하였다. 또 자하산의 좌측에서 일제히 지르는 고함 소리가 나니, 적진의 장수와 병졸들이 앞으로 힘차게 달려가서 막고자 하였다. 알아보러 갔던 병졸이 와서 보고하였다.

"그 산에는 군사 한 명도 없고 다만 눈에 재 같은 것이 보이더이다."

이에 양평공이 크게 의심하며 수상히 여겨 말했다.

"송나라 장수 현수문은 이름난 장수이니, 재조를 부려 우리를 놀라게 함이로다."

그리고는 여러 장수들을 불러 말했다.

"모든 군사들이 요동치 못하게 하라!"

한편, 현 원수도 여러 장수들을 불러 말했다.

"내 아까 술법(術法)을 행하여 적장의 마음을 놀라게 하였으니, 지금 우리가 한꺼번에 협공하면 제 반드시 나와 싸울 것인데 적장 잡기를 어찌 조심해야 하겠느냐?"

그리고는 대군을 거느리고 일제히 크게 함성을 지르며 한꺼번에 마구 쳐들어갔다. 적진이 처음에는 헛일로 여겨 대비하지 않다가 10만 대군이 지체 없이 쳐들어오자, 미처 손을 놀리지도 못한 채 죽은 장수와 병졸들이 헤아릴 수 없을 정도였고 그 나머지는 사방으로 흩어져 재빨리 달아났다. 양평공이 크게 노하여 약대를 거느리고 죽기를 각오하고 싸웠는데, 불길이 하늘을 찌를 듯이 몹시 맹렬하게 일어났고 함성이 물 끓듯 하였으니 주검이 쌓여 산을 이루고 유혈(流血)이 모여 내가 되었다. 현 원수가 양평공을 취하려 하니, 양평공이 당하지 못하여 달아났다. 석상왕이 현 원수의 용맹함을 보고 싸울 마음이 없어져 달아나니, 날이 이미 새었더라.

한 장수가 한 무리의 군사들을 거느리고 마구 들이닥치니, 석상왕이 달아날 길이 없었다. 양평공이 석상왕에게 일러 말했다.

"사태가 위태로우니, 왕께서는 잠깐 요술을 부리소서."

석상왕은 그것이 더 낫다고 여겨 진언(眞言)을 외우니, 문득 안개가 자욱하여 지척(咫尺)을 분간할 수가 없었다. 현 원수가 뒤를 따르다가 날이 밝는 것을 다행으로 여겼는데, 문득 안개가 자욱하여 길이 희미해지며 보이지 않는 것을 보고는 소매에서 짧은 피리를 꺼내어 불자 안개가 사라지고 햇빛이 밝아지더라. 현 원수는 그제야 적장의 달아나는 모양을 보고 비바람이 몰려오는 것과 같이 빨리 뒤쫓으니, 석상왕이 그 피리소리를 듣고 몹시 놀라 얼굴이 하얗게 질려서 말했다.

"이제는 우리들이 이곳에서 명(命)을 마치리로다. 송나라 대장 현수문의 재주를 오늘에서야 시원스레 알지로다. 나의 술법(術法)은 다만 안개를 피울 줄만 알았거늘, 현수문의 피리소리는 서역국(西域國) 일광대사의 옥피리 소리이니 어찌 놀랍고 두렵지 않으랴? 내 10년 동안 공부하여 재주를 배웠으므로 나를 대적할 자가 없을 것으로 여겼거늘, 이제 단념할 수밖에 달리 어찌할 도리가 없으니 어찌 아깝고 슬프지 아니하랴?"

이렇게 말하며 길게 탄식해 마지않다가 달아났지만 군마(軍馬)가 지쳐서 멀리 가지 못하였다. 현 원수의 대군이 다다르니, 한 번도 싸우지 못하고 현 원수의 자룡검(紫龍劍)이 미치는 곳에 약대의 머리가 떨어지더라. 양평공이 몹시 놀라 얼이 빠지고 정신이 없어서 어찌할 줄 모르다가 석상왕에게 말했다.

"우리가 군사를 일으킨 후로 싸움을 하면서 송나라 장수 현수문만 못하지 아니하였사온데, 오늘 피리소리의 한 곡조에 명장(名將) 약대가 죽고 우리 또한 죽게 되었사오니 누구를 원망하겠나이까? 이른바 하늘이 우리를 망하게 하려는 것이지 결코 잘못 싸운 것이 아니옵니다."

말을 다 하고나서 스스로 목을 찔러 죽고자 하였지만, 한 곡조의 나팔소리에 석상왕과 양평공이 사로잡힌 바가 되고 말았다. 현 원수가 군사들을 호령하여 두 사람을 함거(檻車: 죄인을 호송하는 수레)에 넣고 대군(大軍)을 돌려 자신의 진영(陣營)으로 돌아오는데, 승전한 북소리가 산천을 들썩이더라.

이때 황제는 현 원수가 오랫동안 돌아오지 않는 것을 근심하고 부원수 양기를 보내어 돕고자 하였다. 날이 새고서 사시(巳時: 오전 10시 전후)가 지나도록 소식이 없자 크게 근심하였는데, 문득 현 원수가 약대의 머리를 베어들고 승전하여 돌아오는 것을 보고서 반가움을 이기지 못해 마중 나와 현 원수를 맞았다. 현 원수가 급히 말에서 내려 땅에 엎드리니, 황제가 말했다.

"만약 경(卿)이 곧 아니런들 짐(朕)의 목숨이 지금 살았겠으며, 경(卿)의 용맹이 곧 아니었으면 어찌 적장 약대를 베었겠느냐? 짐(朕)이 그 공을 미루어 생각하면, 천하의 반을 나누어 주어도 다 갚지 못하리로다."

현 원수는 황제의 훈유(訓諭: 가르쳐 타이름)하는 명(命)이 이와 같으니 그 은혜가 한이 없어 머리를 조아리며 아뢰었다.

"신(臣)이 황상의 은혜를 입사와 조정에 들어왔사오니, 세상이 어지러운 때를 만나면 전쟁터에 나아가 도적을 싹 쓸어 없애는 것이 임금과 신하 사이의 도리에 떳떳한 일이옵니다. 폐하께서 어찌 훈유(訓諭)하는 말씀을 지나치게 하시어 신(臣)의 몸이 일어나지 못하도록 하시나이까?”

황제가 현 원수의 충성된 말을 더욱 기특히 여겼으며, 모든 장수와 군사들을 모아서 소를 잡고 술을 걸러 전군(全軍)에게 주면서 위로한 뒤에 사로잡힌 적장들을 원문(轅門: 陣營) 밖에서 처참하도록 하고는 그날로 회군하였는데, 자사(刺史)나 수령(守令)이 자신의 경계에서 맞이하기 위해 기다렸다.

행군하여 충주에 이르니, 충주자사 연숙이 황제에게 아뢰었다.

“근래에 매우 흉흉하여 곳곳마다 도적이 횡행하와 굶주려 서로 헤어져 흩어지는 백성이 많사오되 유독 심한 곳은 서천(西天) 땅이오니, 엎드려 바라옵건대 폐하께서는 진무사(鎭撫使)를 보내어 백성을 어루만져 구호하소서.”

황제가 충주자사의 아뢰는 말을 듣고 근심하여 도성에 돌아간 후 안찰사(按察使)를 선발하여 보내고자 하였는데, 현 원수가 아뢰었다.

“이제 도적을 평정하였지만, 서천(西天)이 흉흉하면 천하의 백성들이 편안치 못 하오리다. 신(臣)이 비록 전쟁으로 인하여 잠시도 쉬지 못하였사오나 서천으로 가 백성을 진정시켜 굶주림을 면케 하오리니, 폐하께서는 근심치 마소서.”

황제가 현 원수의 몸이 전쟁에 시달려 고달플 것이었으므로 서천에 보내는 것을 안타까이 여겨 말했다.

“경(卿)이 어찌 또 그 소임을 감당하려 하는가? 경(卿)을 위하여 허락지 않나니, 경(卿)은 아무 염려하지 말라.”

그러나 현 원수가 굳이 가기를 원하니, 황제가 마지못하여 바로 서천으로 보내었다. 이윽고 황제가 황성(皇城)으로 돌아왔는데, 모든 장수와 군사들에게 상을 내리고 만조백관(滿朝百官)을 모아 승전을 축하하며 만세를 부르더라.

각설(却說). 장 부인이 무량도로 가서 현 시랑과 함께 서로 의지하였지만, 부부가 매양 수문을 생각하고 슬픈 눈물이 마를 날이 없어서 거의 죽게 되었는데 시간이 흐를수록 팔자가 불행하여 석상왕의 난을 만났다. 무량은 서천 땅이요 석상국과도 가까웠는데, 석상왕이 일으킨 난리를 만나게 되니 밥을 먹을 수가 없어서 여러 날 동안 굶주림을 견디지 못하고 부부가 서로 빌어먹으러 다니며 주린 배를 채웠다.

어느 날 그곳 백성들이 헤어져 흩어지며 오야촌으로 가는지라. 현 시랑의 부부도 함께 오야촌으로 갔는데, 도적이 들판에 가득하여 사람을 죽이고 양식을 탈취하였다. 현 시랑이 도적을 만나 약간 얻은 양식을 도적에게 잃고 부인 장씨를 찾으니 간 곳이 없더라. 사방으로 찾았지만 만나지 못하자 필시 도적에게 죽었는가 싶어 밤낮으로 통곡하였다. 하지만 멀리 나가지 못하는 죄인이었으니, 다만 무량을 떠나지 못하였다.

천자가 친히 정벌하러 가서 도적을 격파하고 황성(皇城)에 다시 돌아왔는데, 지난날 시랑 현택지가 무죄였음을 깨닫고 특별히 죄명(罪名)을 사면하고는 계양태수를 제수하였다. 사관(辭官: 어명을 전달하는 벼슬아치)이 급히 내려와 현 시랑을 찾아서 계양으로 부임하게 하였는데, 현 시랑이 황궁을 향하여 황제의 은혜에 감사인사를 하고 계양에 부임하니 어찌 즐겁지 않으랴만, 부인 장씨가 수만 리나 되는 유배지에 내려왔다가 또 헤어져 흩어진 것을 생각하니 눈물이 샘솟 듯하고 애를 태우며 어느 날엔가 만나기를 바라더라.

이 즈음에 장 부인이 도적에게 쫓기어 현 시랑을 잃고 찾을 길 없어 오야촌에서 있었더니라. 순무어사(巡撫御史: 수문)가 내려와 고향을 떠난 백성은 제 본고장으로 돌려보내고, 굶주린 백성은 창고를 열어 구제하였는데, 장 부인이 도로 무량으로 가게 되었다. 순무어사(巡撫御史)가 친히 일일이 확인해가며 보내는데, 어사가 문득 장 부인의 턱 아래에 혹이 있음을 보고서 마음이 절로 슬퍼져 자기 모친을 생각하고 가까이 오게 하여 따로 앉도록 하고는 물었다.

"부인의 모습을 보니 보통집의 사람은 아닌 것 같은데 무슨 일로 이곳에 사시니까?"

장 부인이 어사(御史)가 직접 묻는 것을 듣고서 감격해 마지않아 눈물을 흘리며 말했다.

"첩은 본디 황성(皇城) 사람으로 가군(家君: 지아비)이 귀양살이를 하게 되어 다만 아들을 데리고 금릉(金陵) 땅에 살았는데, 운남의 난을 만나 아들을 잃고서 의지할 곳이 없는지라 이곳 가군(家君)의 유배지로 왔더니이다. 세월이 지날수록 팔자가 기구하여 또 난을 만나서 가군을 잃고 이곳에 혼자 의지한 지 오래지는 않았지만, 이제 어사(御史)의 하문(下問)을 받자와 참된 사정을 말하려니 어찌 슬프지 않으리까?"

그러면서 눈물을 비 오듯 흘리더라. 어사가 그 부인의 말을 듣고는 절로 슬퍼져 가슴 속이 막혀오며 호흡을 제대로 하지 못하였는데, 문득 가졌던 봉함서찰을 떼어보니, 이러하였다.

「갑자년(甲子年) 추구월(秋九月) 이십사일(二十四日)에 도적을 격파하고 크나큰 공을 이룬 후 오야에 들어가 이별한 부모를 찾으리라.」

어사가 이를 보고 놀라 즉시 장 부인 앞에 가까이 앉으며 물었다.

"그러하오면 아들의 이름이 무엇이며 몇 살이나 되었었나이까?"

장 부인이 탄식하며 말했다.

"아들의 이름은 수문이요, 성은 현이요, 겨우 다섯 살 되어 잃었나이다."

어사가 이 말을 듣고서 섬돌 아래로 내려가 두 번 절하고 통곡하며 말했다.

"불초자(不肖子) 수문이로소이다."

그리고는 모친을 붙들고 목 놓아 크게 우니, 장 부인이 전혀 꿈에서도 생각지 못한 아들 수문이 왔음을 알고서 한편으로는 반갑고 다른 한편으로는 놀라 어찌할 줄을 알지 못하며 자세히 보았다. 과연 어려서의 모습이 있거늘, 어사의 손을 잡고 통곡하며 말했다.

"내 너를 잃은 지 벌써 13년인데도 살았는지 죽었는지 알지 못하여 밤낮으로 서러워하였더니라. 이제 몸이 저렇듯 그 사이에 영화롭고 귀하게 되어 산 낯으로 모자가 서로 만났으니, 이는 하늘이 도우심이로다."

어사가 울며 말했다.

"소자가 어려서 모친의 무릎에 앉아 매양 모친의 턱 아래에 있는 혹을 만지며 놀던 일과, 모친이 소자를 안으시고 이르시되, '네 부친이 유배지에 계시면서 너를 오죽 보시고 싶으랴?' 하시던 말씀이 생각나지만 희미하여도 누구에게 물을 곳이 없었더니이다. 소자가 과거를 볼 때에 마침 노복 '차복'이라 하는 자가 후히 대접하며 자세히 가르쳐 주기로 부모 찾기를 원했사오나, 분수에 넘치게도 벼슬살이를 하게 되었고 그 뒤로 전쟁 통에 세상이 요란하여 갑옷과 투구를 벗을 날이 많지 않아서 미루고 지체하였더니이다. 이제 모친은 만났거니와 부친을 어느 날에나 만나리까?"

그런 뒤에 임시 거처했던 집주인을 불러 그 사이의 은혜를 일컬으며 은자(銀子)를 주어 정을 표했다. 그리고 탈것을 갖추어 모부인을 모시고 올라오려고 했는데, 먼저 황제에게 표문(表文)을 올려 서천(西天)의 여러 고을들이 안정되었음을 아뢰었고, 다음으로 잃었던 모친을 만나게 된 사연을 아뢰었다. 어사가 모부인을 모시고 올라오는데, 지나온 군현(郡縣)의 사람들이 경계에서 기다리며 천하에 희한한 일도 있다면서 떠들썩하게 치하하더라.

여러 날 만에 소흥현에 다다랐는데, 문득 석공을 생각하고 그 집의 소식을 물으니, 어떤 사람이 대답했다.

"석 참지정사(參知政事)의 부인 방씨가 한 집안의 재산을 다 없애어 살길이 어려워지자 동네의 백성에게 부쳐 먹고자 재물을 구하는데 혹여 주지 않기라도 하면 잔인한 형벌로 해치니, 동네의 백성들이 살길 없어 도망하기도 하고 욕하기도 하였소이다. 그 사이에 불행한 사람이 있었으니 그 집에 잡히어 잔인한 형벌을 당하다가 죽었는데, 살인에 얽혀 그 집의 석생이 살인을 저지른 진범으로 몰렸소이다. 지금 옥중에 갇히었으니 살지 못할 것이외다."

어사가 그의 말을 다 들은 뒤에 방씨의 요사하고 악독함을 짐작하였지만, 악장(岳丈: 장인)의 유언을 생각하고 그 석침을 불쌍히 여기어 즉시 태수로 하여금 석침을 풀어주게 하고서 석침을 불러 보더라. 석침이 이를 알지 못하고 다만 머리를 조아리며 풀어준 은혜에 고마운 뜻을 표하니, 원수가 말했다.

"네 나를 알소냐? 얼굴을 들어 자세히 보아라!"

석침이 이런저런 복잡한 까닭을 알지 못하고 잠깐 눈을 들어 보니, 여러 해 동안 자나 깨나 잊지 못하던 매부(妹夫) 현생과 방불하였지만 그 실제 모습을 알지 못하여 잠자코 아무 대답도 하지 않자, 원수가 말했다.

"나는 곧 네 매형이러니, 어찌 몰라보느뇨?"

그리고는 처가 가족들의 안부를 물으니, 석생이 반가움을 이기지 못하여 눈물만 흘릴 뿐 말을 꺼내지 못하다가 한참 후에 정신을 차려 말했다.

"어진 형이 나가신 후로 소식을 알지 못하였는데, 이제 매형이 이렇듯 영화롭고 귀하게 되어 죽을 인생을 살게 해주셨으니 은혜는 잊을 수 없사오나, 누나는 모친의 너그럽지 못한 마음으로 인하여 화(禍)를 당했사오니 매우 부끄러워함을 이기지 못하리로소이다."

원수가 즉시 석침을 대청 위로 오게 하여 자초지종을 묻는 한편, 자사(刺史)에게 명을 전했다.

"제사의 의식을 차리되, 석 참지정사(參知政事)의 산소에 가서 미리 준비하고 기다리도록 하라."

각설(却說). 황제는 황성으로 되돌아온 후로 현 원수가 돌아오기를 날마다 기다렸다. 현 원수가 문득 표문(表文)을 올렸거늘 황제가 보니, 서천(西天)의 백성을 안정시키고 달랬으며, 난리 통에 잃고 헤어졌던 모친을 만나 함께 돌아온다는 표문이었다. 황제가 표문을 다 읽고서 그 충성을 다하여 나라를 보전한 것을 이루 다 말할 수 없을 정도로 칭찬하면서 또한 모친을 만난 것을 희한하게 여겨서 말했다.

"대원수 현수문은 문무가 겸하여 갖추어지고 충효가 모두 그대로 고스란하여 만고의 드문 인물이니, 어찌 송나라 황실을 보필하는 신하가 아니겠느냐?"

그리고는 벼슬을 높여 금자광록대부(金紫光祿大夫) 우승상(右丞相) 겸 계림후 위국공 삼도순무어사(三道巡撫御史)를 제수하고, 그 모친에게는 정경부인(貞敬夫人)의 직첩(職牒: 임명장)을 내려서 사관(辭官: 어명을 전달하는 벼슬아치)으로 하여금 밤낮으로 달려가 전하게 하였다. 이때 사관(辭官)이 교지(敎旨)를 받들어서 대원수를 찾아 내려오다가 소흥현에 이르러 대원수의 행차를 만나니라. 대원수가 사관을 맞아서 교지를 받잡고 황궁을 향해 네 번 절하며, 황제가 베푼 은혜의 융성함이 망극하여 눈물을 흘렸다. 여러 고을의 수령들이 추앙하지 않는 이가 없었는데, 행여 무슨 죄에 걸릴까 저어하더라.

우승상(수문)이 사관(辭官)을 돌려보내고 모부인(母夫人)에게 이 승진 소식을 고한 뒤 즉시 석공 분묘(墳墓: 산소)에 올라가니, 벌써 돗자리와 제사 물품·음식 등을 미리 준비하여 기다리고 있더라. 승상이 석공의 묘소 앞에 나아가 제문(祭文)을 지어 제사하였는데, 그 제문은 이러하였다.

「모년 모월 모일의 금자광록대부(金紫光祿大夫) 우승상(右丞相) 겸 삼도순무어사(三道巡撫御史) 소서(小壻: 못난 사위) 현수문은 삼가 악장(岳丈: 장인) 석공의 묘소 아래에서 고하옵나이다.

오호(嗚呼)라! 소자가 일찍 부모를 잃고 헤어져 의지할 데라고는 없이 오직 홀몸으로 정처 없이 다녔으니, 그 추한 모양이 사람의 무리에 섞이지 못하였사옵니다. 그럼에도 악장(岳丈)께서 소자를 거두어 사랑하시니 그 은공은 태산(泰山)이 가볍고 하해(河海)가 얕았거늘, 하물며 천금(千金) 같은 재주 있는 딸로 혼인하도록 허락하시니 뼈를 빻고 몸을 부순들 어찌 은혜를 갚을 수 있으리까? 그러나 소자의 운수가 불길함을 면치 못하여 잠깐 은혜를 잊고 귀댁(貴宅: 처가)을 떠날 수밖에 없었사온데, 우연히 문과와 무과에 모두 급제하여 분수에 넘치게도 벼슬살이를 하게 되었사옵니다. 그리하여 전쟁터에 나아가 도적을 격파하고 벼슬이 일품(一品)에 이르렀사오니, 천자의 은혜가 망극하옵니다. 악장(岳丈)께서 불쌍히 여기고 베풀어주신 은택이 있지 않았다면, 어찌 목숨을 보전하여 이에 이르렀겠나이까?

오호통재(嗚呼痛哉)라! 악장께서 남기신 말씀을 받들어 행하면서 모든 일마다 악장의 영험(靈驗)하심을 보오니 어찌 아시는 것이 이 같사오며, 또한 아내가 정절을 지키려는 행실은 그 위에 더할 수가 없어서 여자가 변장하여 남자로 된 것을 보았으니 어찌 감동치 않겠나이까? 그러나 오늘 침 처남을 만나니, 악장을 만나 뵈는 것과 같았나이다. 슬프도다! 지난날의 은공을 어찌 잊겠사오리까? 만일 악장의 영혼이 계실진대, 한 잔의 술을 받아서 드시옵소서.」

읽기를 마치고는 한바탕 통곡하니 산천이 슬퍼하는 듯했다. 석생 또한 옛일을 생각하고 슬피 통곡하니, 승상이 위로하고 산에서 내려와 석생의 집에 이르렀다. 장 부인이 벌써 석생의 집에 와서 아들 현 승상이 돌아오기를 기다리고 있더라.

이때 방씨가 현생(수문)이 떠나간 후로 마음의 시원하여 앓던 이 빠진 것 같았는데, 세월이 꽤 지난 후에 어찌 귀한 몸이 되어 석공의 산소를 찾아가 제사를 지내고 또 집에 당도하리라는 소식을 듣고는 크게 놀랐으니, 놀란 가슴이 진정되지 않아 한 숟가락의 물도 먹지 못한 채 지난날을 생각하고 어찌할 줄 몰랐다. 이윽고 현 승상이 들어와 인사하거늘, 방씨가 허둥지둥 답례하고 부끄러이 열없어하며 앉아 있었다. 현 승상이 방씨의 그러한 기색을 알고서 안부 묻는 말을 마치자, 방씨가 말했다.

"내 지난날 어진 사위를 일부러 애써 괄시함이 없었는데, 자네 스스로 집을 버리고 나가니 내 마음이 심히 편치가 않았거니와, 딸아이 또한 자네의 생사를 알지 못하여 밤낮으로 슬퍼하다가 병으로 일어나지 못하고 세상을 버린 지 벌써 3년이 지난다네. 이제 저토록 자네가 몸이 영화롭고 귀하게 된 것을 보니, 제 살아 있었으면 영화를 함께 누렸을 것이로다. 이 일을 생각하면 어찌 슬프지 아니하겠는가?"

그리고는 눈물을 흘리거늘, 현 승상이 이 말을 듣고 짐짓 모르는 체하여 놀라는 척 말했다.

"못난 사위의 팔자가 사나워서 5세에 부모를 잃고 정처 없이 다녔는데, 그 추한 몰골이 사람 같지 아니하였지만 상공이 거두어 아끼며 길러주시고는 귀댁의 소저(小姐)로 짝을 삼아주셨으니, 상공께서 남겨주신 가르침을 잊지 않고 소저를 찾아 부귀를 함께 지낼까 하였더니이다. 이제 못난 사위로 말미암아 소저가 세상을 버렸다고 하니, 못난 사위가 무슨 낯으로 악장(岳丈: 장인)의 분묘에 가 뵈오며 악모(岳母: 장모)를 대할 수 있으리까? 그러나 그 소저의 산소나 가르쳐 주소서."

방씨가 이 말을 듣자니 언사(言辭)에 큰 덕을 지녔음을 알고 무슨 말로 대답해야 할지 마음속으로 헤아리느라 잠자코 아무 대답도 하지 않다가 한참 후에 '아, 슬프도다!' 탄식하며 말했다.

"저 죽은 후에 자네의 생사도 알지 못하고 또한 핏줄조차 없었으니 임자 없는 시체라서 화장(火葬)을 하였다네. 이 일을 생각하면 더구나 면목이 없어 미처 다 말을 못하겠네."

현 승상이 방씨의 간사하고 악독함을 알지만 본디 너그럽고 후덕한데다 점잖은 사람이라 조금도 불쾌히 여기지 아니하고, 석생을 불러 가져온 바의 금은을 주며 그 사이에 노모를 잘 봉양하라 하였다. 그리고 재성각에 가 이전에 지냈던 처소를 보니, 자취가 완연하고 석공의 가르쳐주었던 말이 들리는 듯해 마음이 슬프고 서운하여 눈물이 관대(冠帶)를 따라 흉배(胸褙)를 적셨다. 이어서 석공의 사당에 하직인사하고 방씨에게 말했다.

"못난 사위가 나랏일로 와서 귀중한 절월(節鉞: 符節과 節鉞)이 밖에 있는지라, 오래 지체하는 것은 옳지 않기 때문에 지금 떠나겠나이다."

그리고는 모부인 장씨와 함께 길을 떠났다. 당초 장 부인이 시비 채섬을 데리고 무량으로 갔었는데, 난리 통에 뿔뿔이 흩어져서 함께 오지 못하였더니, 어찌 이 일을 알고 뒤를 따라 왔다. 장 부인이 반가워해 마지않아 함께 올라가려고 채섬을 보교(步轎: 가마)에 태우더라.

지나가는 여러 고을마다 태수가 명함을 들이고 경계에서 기다렸다. 계양에 이르자 태수가 역시 공장(公狀: 관직명을 적은 편지)과 명함을 들였는데, 현 승상이 보니 '계양태수 현택지'라 하였다. 현 승상이 크게 의아하게 여기며 혹 같은 성씨도 있는가 하고 길게 탄식해 마지않았다. 이때 모부인 장씨가 급히 현 승상을 불러 말했다.

"아까 꿈을 꾸었는데 너의 부친이 이르되, '아들 수문을 데려왔다.'고 하며 통곡하여 놀라서 깨어나니 마음이 어지러워 너를 부른 것으로 오늘 무슨 소식을 들을 듯싶도다."

현 승상이 말했다.

"아까 이 고을 태수의 명함을 보니 부친의 성함과 같아서 심히 괴이하였더니이다."

장 부인이 또한 의아하여 근심스러운 기색이 얼굴에 가득하자, 현 승상이 절로 기가 막혀 호흡을 할 수가 없었는데 문득 봉함편지를 생각해내고 떼어보니, 이러하였다.

「갑자년 동십일월(冬十一月)에 우승상 위국공에 이르러서 계양 땅을 지나다가 부자가 상봉하리라.」

현 승상이 다 읽고 난 뒤 봉함편지의 신기함에 탄복하여 크게 놀라며 몹시 기뻐해 마지않고 즉시 태수를 청하여 들어오게 하였다. 태수가 황공해 하며 무슨 죄가 있는가 생각하고 섬돌 아래에 이르러 인사하자, 현 승상이 급히 뜰에 내려가 허둥지둥 답례하고 함께 대청에 올라와서 자세히 보니, 백발노인으로 얼굴이며 태도가 단아하고 수려하였으며 기품과 위세가 엄숙한데다 온통 하얀 수염이 무릎에 가까웠다. 현 승상이 태수를 한번 보자마자 눈물을 흘리며 말했다.

"감히 묻잡나니 자제가 있나이까?"

태수가 말했다.

"소관(小官)이 본디 아들이고 딸이고 간에 두지 못한 것을 한스러워하다가, 늦게야 아들 하나를 두어 대를 이을 것으로 여겼더니이다. 제 다섯 살 때에 이르러 소관이 무량도로 귀양살이를 가게 되었는데, 집을 다녀가지 못했기 때문에 제 얼굴을 보지 못하고 처에게도 이별을 이르지 못한 채 바로 유배지에 내려가서 집안 소식을 전해지지 못했더니이다. 아내 장씨가 난리를 만나 아들을 잃고 의지할 곳이 없어 소관의 유배지로 찾아와 적적함은 면했사오나, 귀히 여기던 자식을 잃었사오니 벌써 죽어 뼈도 남아있지 않았을 것이외다. 그럼에도 죽지 않고 모진 목숨을 보전하여 황상의 은덕이 베풀어지기를 바랐지만, 갈수록 흉한 운수가 계속되어 석상왕의 난을 당했소이다. 또 그곳에서 아내를 잃고 마음을 진정하지 못했사온데, 천자의 은혜가 한없어 소관의 죄명을 씻어주시고 다시 벼슬자리에 등용하시어 이 고을 태수를 내리시니, 마지못하여 도임은 하였지만 처자식을 생각하며 세월을 보내나이다. 오늘 승상 나리의 행차가 왕림하시어 물으시니, 소관의 마음이 절로 좋지 못하나이다."

현 승상이 다 듣고 난 뒤에 태수가 부친인 것을 짐작하고 또 물었다.

"아들의 이름을 무엇이라 하시니까?"

답하여 말했다.

"수문이로소이다."

현 승상이 급히 대청에서 내려가 두 번 절하고 통곡하며 말했다.

"못난 아들 수문이로소이다."

그리고는 목 놓아 크게 울자, 태수가 얼떨떨하여 앉아 있다가 그제야 아들 수문임을 알고서 붙들어 통곡하니, 여러 고을의 수령들 모두가 이 일을 보고서 희한하게 여기더라.

태수는 수문을 붙들고 자초지종을 자세히 무르며 신기하게 여겼는데, 현 승상이 모부인 장씨를 만나 모시고 왔다는 말에 이르러는 태수가 더욱 목 놓아 통곡하였다. 시비 채섬 또한 통곡하였으며 듣고 보는 사람이 다 우니, 모두가 우는 분위기일러라. 현 승상 부자와 장 부인이며 시비 채섬이 한자리에 모여 지난 일을 이야기하며 하루가 다하도록 즐겼다. 날이 밝은 후, 현 승상이 또 표문(表文)을 올려 부친 만난 사연을 아뢰었는데, 황제가 표문을 보고 희한히 여기며 말했다.

"현택지가 수문의 부친인 줄 벌써 알았던들, 어찌 무량도에 오래 두었겠으며 벼슬을 돋우지 아니하였겠소?"

그리고는 현택지로 양현후 초국공을 봉하고 사관(辭官: 어명을 전달하는 벼슬아치)을 보내니, 사관이 밤낮을 가리지 않고 이틀거리를 하루에 달려가 계양에 이르렀다. 태수와 현 승상이 교지를 받자와 황궁을 향해 네 번 절하고 황제의 은혜에 감사함을 못내 일컬으며 사관을 돌려보냈다. 태수가 새로 부임한 관리와 교체하고 길을 떠나 함께 올라오면서, 금릉(金陵)의 선산에 올라가 산소를 찾아 제사하고 고향집을 찾아보았다. 그 집 모습은 옛날 그대로 변함이 없으나 풀이 사방에 무성하였으니 한탄하고 슬퍼함을 마지않았다. 그리고 이웃 백성을 불러 금은을 주며 옛정을 표하고, 여러 날 만에 황성의 도달하였다. 황제가 현 승상의 부자가 돌아온다는 것을 듣고 궐문 밖까지 나와 맞으니, 현 승상의 부자가 땅에 엎드려 절하여 감사의 뜻을 표하였다. 황제가 반가위하며 현 승상의 손을 잡고 말했다.

"짐(朕)이 경(卿)을 만 리 밖에 보내놓고 마음을 놓지 못하였더니, 여러 차례에 걸쳐 올린 표문(表文)을 보고야 여러 고을의 백성들을 무사히 어루만져 안정시켰음을 알았도다. 또 경(卿)의 효성이 지극하여 뿔뿔이 흩어졌던 부모를 찾아 함께 돌아온다는 것을 들으니 만고에 희한한 일일러라. 어찌 기쁘지 않겠느냐? 그러나 짐(朕)이 경(卿)의 부친을 제대로 잘 알지 못하여 오래도록 무량도의 모진 바람을 쏘이게 하였으니, 짐(朕)이 어찌 어리석음을 면할 수 있겠는가?"

현 승상의 부자가 관(冠)을 벗고 이마가 땅에 닿도록 머리를 조아리며 말했다.

"신의 부자는 황상의 은혜가 망극하여 분수에 넘치게도 높은 벼슬에 나아갔지만, 복이 졸아들까 두려워서 공경하고 삼가며 매우 조심하느라 몸 둘 바를 알지 못하나이다. 황상께서 갈수록 황명을 이와 같이 내리시지만 도리어 후회하실까 두려워하나이다."

황제가 더욱 기특히 여기고 만조백관을 모아 크게 잔치를 열었는데, 출전했던 여러 장수들을 불러들여 벼슬을 돋우고 군사들에게 상을 내리고는 조회(朝會)를 파하였다. 현 승상의 부자가 조정의 조회에서 물러나 차복이 있는 곳으로 오니, 모부인 장씨가 석 부인과 함께 말하고 있었다. 또한 집을 크게 고쳤으니, 이는 벌써 나라에서 고쳐준 것이었다. 차복이 초국공과 현 승상을 지극히 모시고 섬기니, 집안의 사사로운 일을 모두 살피도록 하였다.

이때 황제가 현 승상의 공을 기려 기린각(麒麟閣)에 화상(畫像)을 걸고 단서(丹書: 공신가문의 면죄부) 7권을 종묘(宗廟)에 두어서 자손만대에 길이 전하도록 하고는, 현 승상을 황명으로 불러서 말했다.

"짐(朕)이 경(卿)의 공을 갚은 것이 적어서 이제 위왕을 봉하나니, 경

(卿)은 위나라에 가서 나라를 잘 다스리고 백성을 편안하게 하면 짐(朕)이 마음에 걸리는 것이 없어지리로다."

그리고는 대완마(大宛馬) 1,000필을 내려 주니, 현 승상이 관(冠)을 벗고 이마가 땅에 닿도록 절하고서 감사하여 말했다.

"신이 머나먼 외진 고을의 벼슬 없는 서생(書生)으로서 우연히 문과와 무과의 과거를 치렀는데 약간의 공이 있다 하와 일품(一品) 벼슬에 제수된 것만도 분수에 넘쳐 황공하여 몸 둘 데가 없사옵거늘, 이제 황상께서 또 제후왕으로 나아가라 하시니 이는 죽사와도 감히 당치 못하오리이다. 황상께서 어찌 이런 조서(詔書)를 내리시어 신의 외람함을 더하고자 하시나이까?"

황제가 허락하지 않고 조회에서 물러나게 하니, 현 승상이 옥섬돌에 머리를 조아려서 흐르는 피가 이어졌지만, 황제는 또다시 허락하지 않았다. 현 승상이 마지못하여 황제의 은혜에 감사하고 조정에서 물러나와 본가로 돌아와서는 부친 초국공과 모부인에게 탑전(榻前)에서 있었던 이야기의 내용을 고하였는데, 고할수록 황제의 은혜가 망극함을 일컫더라.

각설(却說). 제남후 '조길'은 황제의 지친(至親)으로 늘 황제의 자리를 빼앗으려고 반역할 뜻을 두었는데, 병마(兵馬)를 많이 모아 연습하고 용맹한 병사들을 모아 반란을 일으키고자 하되, 다만 현수문을 두려워하여 감히 마음을 먹지 못하였다. 이때 한 사람이 있었는데 성명이 '우사기'로 용맹스러움이 남보다 뛰어나서 일찍 별장(別將)을 하였다. 현 승상이 토번을 칠 때에 장계(狀啓)를 더디 올린 죄로 죽이려 하다가 용서하여 곤장 40대를 치고 내쳤었다. 벼슬도 못하게 되자 제남후를 찾아가 만나서 함께 반역을 꾀하였는데, 제남후가 그 용맹과 재주를 기특히 여겨 괴수(魁帥: 역모의 장수)를 삼았었다. 이때 현수문이

나라에 공을 세운 것을 믿게 여겨 우사기로 하여금 없애고자 하였는데, 제남후가 칼을 주며 말했다.

"그대가 이 칼을 가지고 황궁에 가서 이리이리하면 천자가 반드시 현수문을 죽이지 않으면 머나먼 곳으로 귀양을 보내리니, 그대는 이 일을 행하라."

우사기가 응낙하고 가니라. 이때 황제가 미양궁에 있었지만 재화(災禍)가 생기자, 이를 피하려고 태양궁으로 옮겼다. 태양궁은 대궐문(大闕門)에서 깊지 않았다. 우사기는 본디 용감한 능력이 있어 능히 10장(丈)을 뛰어넘었다. 우사기가 칼을 들고 황궁의 담을 뛰어넘어 미양궁을 찾아다녔는데, 대궐문을 지키는 장수에게 잡힌 바가 되었다. 황제에게 알려지자, 황제가 크게 노하여 급히 오천문에 나와 앉고서 그 놈을 잡아들여 국문(鞠問)하라 하니, 우사기가 말했다.

"승상 현수문이 신(臣)에게 이르되, '내 국가를 위하여 매우 많은 도적을 격파하여 그 공이 적지 아니하였건만 황제가 거짓으로 대접하는 척하여 좋지도 않은 위왕을 시키니 마지못해 위나라로 가려니와, 실로 나를 위한 것이 아니니 네가 이 칼을 가지고 황궁 안에 들어가 황제를 죽이면 그 공으로 너를 높은 벼슬자리에 앉히리니, 부디 내 말을 허술하게 알지 말라.' 하거늘, 신(臣)이 그 말을 듣고서 이에 왔사오니 다른 일은 없나이다."

황제가 이 말을 듣고 마음속으로 생각했다.

'이는 필시 어떤 역적이 있어 현수문을 없애고자 함이로다.'

황제가 성을 내며 노여워하여 먼저 이 놈을 엄한 형벌에 중하게 처하였으니, 제 어찌 견디겠는가. 죄를 낱낱이 자백하는 말이 현수문을 모함하는 말이 아닌 것이 없더라. 황제가 크게 노하여 급히 우사기를 목 베어 죽이고 군대를 출동시켜 제남후 조길을 잡아 죽이려 하면서 급히 위왕 현수문을 황명으로 불렀다. 이때 위왕(수문)이 본가에 있다가 위나라로 가려고 길 떠날 채비를 하였는데, 뜻밖에 이런 변고가 생겼음을 듣고서 위왕 부자가 황궁 밖에 이르러 죄를 기다렸다. 문득 부르는 패문(牌文: 공문서)을 보고서 절하고 엎드려 말했다.

"이제 수문이 반역자란 죄명을 벗지 못한 채 예사로이 황상 곁에 들어가 모시는 것은 신하 된 자의 도리가 아니오니, 황상의 명을 받들어 잇지 못하리로다. 이 일을 그대로 아뢰어라."

그리고는 위왕(수문) 부자가 관(冠)을 벗고서 땅에 초석(草席: 거적자리)을 깔고 황궁 밖에 엎드리자, 명관(命官: 왕명을 전달하는 관원)이 들어가 이대로 아뢰었다. 황제가 듣고 크게 놀라 말했다.

"위왕 현수문은 나의 다리와 팔만큼 중히 여기는 신하인데, 비록 흉적(凶賊)이 있어 참소(讒訴)하는 자가 있을지라도 그의 충심과 효행은 거울 같이 훤히 알고 있을지니, 어찌 그런 거조(擧措)를 하여 나의 마음을 편치 않게 하랴?"

그리고서 위왕에게 조서(詔書)를 내리어 위로하며 빨리 입시하기를 재촉하니, 위왕(수문) 부자가 황공하여 즉시 관(冠)을 갖추고 황제의 자리 앞에 와서 엎드렸다. 황제가 반기어 말했다.

"짐(朕)이 경(卿)의 충성을 아나니, 비록 참소하는 말이 있더라도 옛날 증삼(曾參)의 모친이 베 짜던 북을 던지고 달아났던 것을 본받지 않으리로다. 경(卿)은 안심하고 직무를 두루 살피도록 할지어다."

위왕이 다시 일어나 절하고 아뢰었다.

"황상의 명이 이와 같으시니 아뢸 말씀은 없거니와, 신(臣)의 이름이 벌써 죄인의 진술서에 적혔사오니 엎드려 바라옵건대 황상께서는 신(臣)의 벼슬을 빼앗으시어 후인들을 징계하소서."

황제가 허락하지 않고 말했다.

"이제 제남후 조길이 반역을 꾀하려하나 경(卿)의 용맹을 꺼려 경(卿)을 없애고자 한 것이니, 급히 조길을 잡아 죽이고자 하나니라. 경(卿) 곧 아니면 능히 당할 자가 없으니, 경(卿)은 모름지기 행하라."

정히 조서를 내릴 즈음에, 좌승상 설개가 급히 들어와 아뢰었다.

"난데없는 도적이 황성 밖에 이르러 백성을 무수히 죽이고 있나이다."

이에 황제가 크게 놀라 급히 위왕(수문)으로 하여금 어림군(御林軍: 황제 직속의 근위대) 3천 명을 풀어 주며 그 도적을 잡으라 하였으니, 이 도적은 제남후 조길이 벌써 모사가 발각된 줄 알고 일으킨 반란군일러라.

위왕이 군사들을 거느리고서 군복을 갖추어 입고 토산마를 타고는 전에 쓰던 자룡검을 비껴들고 나아갔다. 조길의 군마가 개미 같이 왕래하거늘, 위왕이 목소리를 높여 크게 꾸짖어 말했다.

"무지한 필부(匹夫)가 분수에 넘친 뜻을 품고 군사들을 일으켜 대궐을 침범하였으니, 네 어찌 살기를 바라겠느냐?"

그리고는 달려드니, 조길이 답하여 말했다.

"천자가 의리도 없는데다 도리에 어긋나 막되어 나 같이 충성과 신의가 있는 신하를 멸시하고 간신을 가까이하니 오래지 않아서 천하가 다른 사람에게 돌아갈 줄 알고, 차라리 나 같은 황친(皇親)이나 가짐이 좋을까 하여 하늘의 명을 받잡고 옥새(玉璽: 황제의 도장)를 차지하려 하거늘, 네 어찌 천시(天時: 하늘이 준 기회)를 알지 못하고 나에게 항거하고자 하느뇨? 이제 네 머리를 베어 나의 위엄을 빛내리라."

그리고서 달려들어 몇 차례 싸웠는데, 위왕의 자룡검이 번뜩하더니 조길의 머리가 땅에 떨어졌다. 그 머리를 깃발에 달고 들어와 황제에게 아뢰니, 황제가 초국공(현백지)과 더불어 이야기하다가 위왕이 반나절 안에 반적(叛賊)의 머리를 베어온 것을 크게 기특히 여겨 말했다.

"경(卿)의 용병술(用兵術)은 고금에 매우 드문 것이로다."

위왕이 말했다.

"이 조길 같은 도적은 쥐나 개처럼 몰래 물건을 훔치는 좀도둑이오니, 어찌 족히 근심거리이오리까?"

황제가 기뻐하면서도 위왕이 위나라로 내려가면 조정이 도리어 비게 되는 것을 슬퍼하였지만 마지못해 떠나가기를 재촉하였다. 위왕 또한 슬펐으나 하직인사 한 뒤에 부친 초국공과 모부인 장씨와 부인 석씨와 시비들을 거느리고 길 떠날 채비를 차려 위나라로 내려가니, 풍성한 행차 행렬이 거룩하더라.

각설(却說). 이보다 앞서 석상왕이 반란을 일으켜 현 원수와 맞붙어 싸우다가 패하였는데, 약대와 양평공이 죽은 후로 그 가족들을 찾아 처참하였더라. 약대의 딸은 이름이 '노양춘'으로 나이가 열여섯 살이고 양평공의 딸은 '계양춘'으로 나이가 열일곱 살이니 미처 시집을 가지 못하고 집에 있었는데, 자식까지 다 잡아 죽이려는 것을 보고 도망하여 무계산의 들어가 숨고서 둘이 약속하였다.

"우리 조상이 다 번국(藩國)의 신하들이었는데 우리 부친이 불행한 때를 만나 현수문에게 죽은 바가 되었거니와, 우리는 비록 남자는 아니나 아비의 원수를 갚지 못하면 저승에 돌아가서도 무슨 면목으로 부친을 뵙겠는가? 요사이 듣건대 현수문이 그 공으로써 위왕에 봉해져 위나라로 온다 하니, 수문은 본디 젊은이인지라 우리 얼굴이 비록 곱지 못하더라도 제 우리를 보면 반드시 마음을 기울여 가까이 보기를 구하리니, 이때에 우리 소원을 이루면 그 날 죽어도 여한이 없으리니, 어찌 다행치 않으랴?"

그리고는 위나라로 가서 원수 갚을 일을 꾀하더라.

재설(再說). 위왕이 길을 떠나자 서천(西天)의 군마와 여러 신하들이 호위하였으니, 행차 모습의 거룩함이 진실로 제후왕의 행렬임을 가히 알 수 있었다. 마침 소흥으로 지나게 되었는데, 전군에 명령하여 석 참지정사(參知政事)의 집을 묵을 곳으로 정하라 하니라. 이때 방씨는 가산을 점점 다 써서 없애어 아침저녁 끼니조차 이루지 못하였는데 뜻밖에도 위왕의 행차가 이른다 하거늘, 방씨가 놀라 말했다.

"내 집이 비록 빈한하나 벼슬이 높은 사람의 집이거늘, 무슨 일로 내 집을 묵을 곳으로 정하니 실로 괴이하도다."

그러면서 허둥지둥 당황해 마지않았다. 이윽고 위왕이 바로 안채로 들어오는데 앞에서 아들 침이 인도하여 들어오거늘, 다른 사람이 아니라 바로 현생(수문)일러라. 건장한 차림새는 전보다 더하였으니 면류관(冕旒冠)에 곤룡포(袞龍袍)를 입고 백옥홀(白玉笏)을 쥐었는데, 봉(鳳)의 눈을 치켜뜨지 아니하고 아름다운 수염이 가슴까지 닿은 채 단정한 걸음으로 대청 위에 오르려 하자, 방씨 황망히 대청 아래로 내려섰다. 위왕이 대청 위로 오르게 청하려고 예(禮)를 갖추고는, 방씨가 어찌할 줄 알지 못한 채 마음에 두려워하여 감히 입을 열지 못하자, 위왕이 물었다.

"아까 침 처남을 만나보고 악모(岳母: 장모)의 안녕하심은 알았거니와, 그 사이에 조상의 제사를 끊지 아니하고 죽은 딸의 제사를 빠뜨리지나 아니하였나이까?"

방씨가 답하여 말했다.

"위왕이 옛일을 잊지 않으시어 이처럼 찾아보며 조상의 제사를 받들어 모신 범절(凡節)을 물으시니 황공하고 감사하거니와, 아무리 빈한하나 죽은 딸의 제사는 이때까지 빠뜨리지 아니하였으니 제 죽은 날을 맞게 되면 소첩(小妾)이 슬퍼하나이다."

바로 이런 이야기를 하고 있을 때에 시비가 고하였다.

"위나라의 중전낭랑(中殿娘娘)께서 시비 춘섬을 데리고 오시나이다."

이에 방씨가 말했다.

"춘섬은 죽은 소저의 시비로 소저와 같이 세상을 이별하였거늘, 네 어찌 그릇보고 와 분주히 구느냐?"

이렇듯 꾸짖었다. 이윽고 위나라의 왕비가 칠보화관(七寶花冠)에 운무의(雲霧衣)를 입고 쌍옥패(雙玉佩)를 찼으니, 무산선녀(巫山仙女)가 요지(瑤池)에 내려온 듯하고, 월궁항아(月宮姮娥)가 옥경(玉京)에 오른 듯하니라. 방씨가 보기에 황홀하여 무슨 곡절인지 알지 못하고 땅에 박힌 듯이 그대로 서 있다가 말했다.

"중전낭랑께서 향촌(鄕村)의 외로운 사람을 보고 이처럼 공경하시니 황공하여 몸 둘 데가 없나이다."

낭랑이 미처 대답하기도 전에 춘섬이 급히 들어와 고하였다.

"중전낭랑은 곧 석 소저이온데, 부인께서는 어찌 몰라보시나이까?"

이렇게 말하며 문안을 드리자, 방씨가 이 말을 듣고 몹시 놀라 얼굴색이 달라지더니 안색(顔色)이 흙빛과 같고 눈을 멀겋게 떠서 위나라 왕비와 춘섬을 그윽이 보다가 다만 두 손을 비볐는데 서서 죽은 사람 같거늘, 위왕(수문)이 자리에 앉았다가 그 거동을 보고 즉시 침을 부르니라. 침이 섬돌 아래에 이르러 모친이 속인 죄에 대해 처벌받기를 청하니, 위나라 왕비가 침이 처벌받기를 청하는 것을 보고 친히 대청에서 내려와 그의 손을 잡고 눈물을 흘리며 함께 당으로 올라와 곁에 앉히고는 위로하여 말했다.

"너를 그 사이 오래 보지 못하였었는데 이처럼 장성하였으니 어찌 기특하지 않으랴?"

그리고 방씨 앞에 나아가 위로하여 말했다.

"태태(太太: 어머니)는 지나치게 염려하지 마소서! 이미 지나간 일을 생각하시어 겸연쩍고 부끄럽게 여기시나, 다 소녀의 운수가 불길하였기 때문이옵니다. 생각하오면 일장춘몽(一場春夢)이거늘, 어찌 부모와 자식 간의 도리에 매우 부끄러운 것을 품으리까?”

그리고서 침아를 불쌍히 여겨 눈물을 흘리거늘, 방씨가 이 말을 듣고 더욱 창피하여 볼 낯이 없어 아무 말도 대답지 못하더라. 이날 위왕과 왕비는 석공의 사당에 나아가 함께 찾아뵙고 슬피 통곡한 뒤 재성각에 가 밤을 지냈는데, 옛일을 생각하니 비통한 감회가 이리저리 몰리어 눈물 흐르는 것조차 깨닫지 못하더라. 날이 밝은 후에 위왕과 왕비가 방씨에게 하직인사하고 길을 떠나 여러 날 만에 위나라에 이르니, 문무백관이 모이여 천세(千歲)를 부르더라.

어느 날, 왕비가 위왕에게 말했다.

“첩의 계모 방씨는 비록 마음씨가 어질지 못하나 이제 우리가 영화롭고 귀하게 된 것을 보시고 매우 부끄럽게 여기시니, 침아에게 모시고 오라 하여 두서 달이라도 모시는 것이 어떠하겠나이까?”

위왕이 옳게 여겨 글월과 탈것을 보냈더니, 그 사이에 방씨가 애끓다 죽어 홀로 석생이 상중(喪中)에 있어서 석생만 데려왔다 하거늘, 왕비가 침의 손을 붙들고 통곡하며 침을 불쌍히 여겨 위나라에 함께 있더라. 위왕이 위나라에 즉위하여 그 부친 초국공으로 태상왕(太上王)을 봉하고 나라를 다스렸는데, 백성이 평안하여 길에 떨어진 것을 줍지 아니하고 산에 도적이 없었으니, 위왕의 어진 덕을 가히 알지라.

각설(却說). 이때 계양춘 등이 무계산에 숨어 지냈는데, 위왕이 위나라로 내려와 즉위한 것을 듣고는 노양춘과 함께 남자의 의복으로 갈아입고서 서동(書童: 학동)처럼 꾸며 형제라 일컫고 위나라에 이르러 한 사람을 찾아 임시거처를 정하였으니, 이 사람은 위나라 궁녀(宮女)의 아비일러라. 그 서동들이 도로 여자의 의복을 갖추고서 의탁하기를 바라니, 그 임시거처의 주인이 이때 자녀가 없었기 때문에 심히 사랑하여 부녀지의(父女之義)를 맺고는 함께 있었다. 계양춘 자매의 인물이 뛰어난 미인이었음으로 동네사람들이 칭찬하지 않은 이가 없었으니, 자연스레 위나라의 궁녀들도 자주 불러 보아서 소문이 파다하여 위왕도 알게 되었더라.

위왕이 보고자 하여 그 여아들을 부르라 하니, 계양춘 등이 마음으로 기뻐하며 제 소원을 이룰까 하고 단장하기를 예쁘게 하여 위왕 앞에 이르니라. 위왕이 눈을 들어 자세히 보니, 두 아이의 얼굴이 과연 아름답고 태도도 심히 정숙하나 눈썹 사이에 살기(殺氣)가 어슴푸레한 데다 요사스러운 기운이 서려있었다. 위왕이 한 번 보고서 괴이하게 여겨 물리치니, 양춘들이 물러나와 소원을 이루지 못한 것을 한탄하다가 문득 한 계교를 생각하고 의논하며 말했다.

"우리들이 궁녀가 되면 반드시 왕을 가까이에서 모시리로다. 왕이 비록 여색(女色)을 좋아하지 않으나, 흉허물 없이 가까이 지내는 것은 간절한 마음만 먹는다면 왕의 마음을 돌이키기 쉬우리니, 어찌 좋은 때가 없으랴?"

그리고서 궁녀 되기를 자원하였는데, 과연 궁녀의 수효에 채우게 되자 거짓으로 동류(同流: 동배)를 사랑하고 사람으로서의 도의를 갖추었으니, 모든 궁녀들도 다행히 여기더라.

이때 좌승상(左丞相) 노상경이 아뢰었다.

"요사이 궁중에 요사스럽고 기이한 기운이 있사온데, 신이 헤아리옵건대 궁녀 중 무슨 요망스러운 사람이 있는가 하오니, 전하는 살피소서."

위왕이 크게 의아하게 여겨 궁녀들을 가려보니, 과연 전에 불러보던 계양춘 자매가 있었다. 위왕이 그 요녀(妖女)들을 죽이고자 하였지만 죄를 범한 것이 아니었음으로 멀리 내치라고 하였다.

계양춘 등이 어찌할 수 없어 나왔지만 분노해 마지않아 도로 남복으로 바꾸어 입고 진국을 찾아 가니라. 진왕이 본디 황제를 원망하며 군사를 일으킬 생각을 가졌으나, 두 나라가 현수문에게 망하는 것을 보고 품은 마음조차도 입 밖으로 내지 못하였더니라. 이때 양평공의 딸 계양춘이 진국에 와서 궁녀가 된 것을 듣고는 계양춘을 불러보니, 천하에 보기 드문 뛰어난 미인일러라. 드디어 첩을 삼고, 노양춘으로 대장 우골대의 첩을 삼게 하니라.

진왕이 밤낮으로 계양춘에게 홀딱 반하여 놀며 말했다.

"너의 부친이 현수문에게 죽었으니, 너의 마음이 어찌 섧지 아니하랴?"

계양춘이 울며 말했다.

"첩의 평생소원이 아비의 원수를 갚는 것이었지만 계집의 소견이 매양 좁기로 생각을 꺼내지 못하였더니, 이제 왕께서 첩을 위하여 한번 수고를 아끼지 않으신다면 천자를 치는 일이 좋을까 하나이다."

진왕이 기뻐하며 물었다.

"무엇을 이르는 것이냐?"

계양춘이 고하였다.

"이제 현수문이 조정을 떠나 수천 리 떨어진 곳에 있으니, 이때를 틈타 군사를 일으켜 바로 황성을 치면 조정에 감당할 장수가 없는지라 반드시 송나라 황제를 항복 받으리이다. 왕께서 스스로 천자의 황위에 오르시면 현수문을 죽이기는 손바닥을 뒤집는 것 같사오니, 어찌 이를 생각지 않으시나이까?"

진왕이 다 듣고 난 뒤에 무릎을 치며 말했다.

"내 과연 잊었거늘, 이제 네 말을 들으니 마음속 깊이 품은 생각을 터놓고 오늘부터 일을 행하리라."

드디어 모든 장수와 군졸들을 징발하였다. 우골대로 선봉장을 삼고, 마골대로 후군장을 삼고, 호골대로 중군장을 삼아서 정예병 10만 명을 징발하여 황성으로 행군하였는데, 진왕이 스스로 대원수가 되어 여러 장수들과 의논하여 말했다.

"우리 이제 행군하여 송나라 황제를 잡으려 하는데 일이 발각되면 대사를 이루지 못하리니, 밤이면 행군하고 낮이면 산에 숨어 사람들 모르게 행진하여 바로 황성을 치면 천자가 미처 피하지 못하고 사로잡히리니, 여러 장수들은 영을 어기지 말라!"

그리고서 행군을 재촉하니, 이때 노양춘이 우골대에게 말했다.

"장군이 병사들을 거느리고 황성으로 향하니, 첩 또한 말 뒤를 좇고자 하나이다. 옛날 초패왕(楚霸王: 項羽)도 우미인(虞美人)을 데리고 전쟁터에 다녔으니 족히 부끄럽지 않으리이다. 따라 다니기를 바라나이다."

진왕이 옳게 여겨서 함께 떠나니라. 우골대 등이 낮이면 산에 숨고 밤이면 길을 행군하니, 지나는 곳의 자사(刺史)와 수령(守令)들이 알지 못하고 또한 위나라가 수천 리 밖에 있어서 위왕도 아득히 모르니, 어찌 송나라 황실이 위태치 않으랴.

이즈음에 진왕이 군대를 몰아 함곡관에 이르니, 관을 지키는 장수 조현이 막거늘 불과 접전한 지 한 차례 만에 베고 달려 황도(皇都)에 도달하니라. 이때 황제가 뜻밖에 변란을 만나서 성문(城門)을 굳게 닫고 어찔할 줄 몰랐다. 황제가 하늘을 우러르며 탄식하고 말했다.

"짐(朕)이 매양 진국을 꺼렸는데, 이제 반란을 일으켜 적병이 황성 아래에 이르렀지만 조정에 당해낼 장수가 없고 수문은 수천 리 밖에 있으니, 누구를 믿고 종묘사직을 편히 보전하리오!"

말을 마치자 눈물이 마구 흘러내리니, 신하들의 반열에서 한 사람이 혼자 나아와 아뢰었다.

"신이 비록 재주가 없사오나 한 무리의 군사들을 주시면 적병을 소멸하고 폐하의 근심을 덜겠나이다."

모두 보니, 정동장군(征東將軍) 양기이었다. 상이 크게 기뻐하며 말했다.

"경(卿)이 예전에 현수문을 따라 양국의 도적을 격파할 때 젊은 대장으로 그 날카롭고 굳센 기세를 믿었거니와, 이제 벌써 수염이 하얀 늙은 장수일망정 남은 용맹심이 있어서 급한 도적을 격파하고자 하니, 어찌 아주 다행스럽지가 않으랴!"

즉시 황성을 지키는 군사 10만 명을 징발하여 반적을 격파하라고 하니, 양기가 군사들을 거느리고 대포 한 방 쏘는 소리에 서문을 활짝 열고 앞으로 힘차게 달려가 큰소리로 말했다.

"내 비록 늙은 장수이나 너 같은 쥐새끼 무리는 지푸라기같이 알거늘, 너의 오랑캐가 감히 나를 대적하려느냐?"

그리고는 맞아 싸웠지만 80여 차례에도 승부를 짓지 못하더니, 우골대가 거짓 패하여 달아나는 척하다가 도로 돌아서며 칼을 들어 양기의 머리를 베어버리고 이리저리 마구 무찌르며 송나라 황제에게 항복하기를 재촉하는데도 능히 당할 자가 없었다. 황제가 눈물을 흘리며 말했다.

"조정에는 훌륭한 장수가 없고 밖에는 도적이 육박하니, 이를 장차 어찌하랴? 사람을 위나라에 보내어 위왕 현수문을 청하면 이 도적이야 근심할 바가 아니지만 수천 리 밖에 어찌 사람을 보낼 것이며, 비록 황성에서야 보낼 수 있다 하더라도 도적들이 죽이고 보내지 않을 것이로다. 어찌 300년의 종묘사직이 오늘에 이르러 망할 줄 알았으랴?"

그리고는 슬피 통곡하니, 조정의 신하들이 능히 말을 이루지 못하고 다만 눈물을 흘리며 슬피 울 따름이더라.

각설(却說). 위왕이 본국인 위나라에 있은 지 벌써 수년이 되어서 천자에게 조회(朝會)하려고 군마를 거느려 황성으로 나아갔는데, 진교역에 이르러 밤을 지내며 꿈을 꾸니 문득 한 백발노인이 갈건야복(葛巾野服)의 소박한 옷차림으로 훌쩍 나타나 말했다.

"나는 남악 화산(南岳華山)의 일광대사이러니 급히 전할 말이 있기로 왔노라."

그리고서 또 말했다.

"이제 진국이 반란을 일으켜 조용히 황성을 침범하여 그 위태로움이 시각에 달려있거늘, 왕은 어찌 알지 못하고 구하지 않느뇨?"

그리고는 밖으로 나가버리거늘, 위왕이 일광대사를 보아서 반가워 다시 말을 묻고자 하다가 놀라 깨어나니 잠을 자면서 잠깐 꾼 꿈이었다. 마음이 서늘하여 잠을 이루지 못하고 뜰에 내려가 천문을 살펴보니, 과연 자미성(紫微星)이 희미해 쇠한 것이 특히 심하였다. 무슨 변고가 일어났음을 그제야 알고서 급히 군마를 물리고 천리 토산마를 채찍질해 청수강을 건너려는데, 진관(津官)이 아뢰었다.

"진번이 반란을 일으켜 황성을 쳤사온데, 황제의 생사가 어찌된 줄 모르오니 왕께서 급히 구하소서!"

위왕이 크게 놀라 말을 채찍질해 달려가니, 하루 동안 밤낮을 가리지 않고 1천3백 리를 달렸다. 토산마가 지쳐 능히 가지 못하거늘, 위왕이 잠깐 쉬며 피란하는 백성들에게 물으니 답하였다.

"도적이 서문을 치고 무수히 장수를 베어 궁성을 앗았으니, 황성이 몹시 위태하외다."

위왕이 이 말을 듣고 망극하여 나는 듯이 송나라 진영에 이르니라. 벌써 송나라 장수 양기가 도적에게 죽었고, 병마사 조철이 군사들을 거느리고 나와 싸울 마음이 없어 갈팡질팡 어쩔 줄 모르기를 그지없다

가 위왕이 홀로 말을 타고 군진을 헤치며 들어오는 것을 보고는 반가
워해 마지않으면서 울며 황상의 위태로움을 이르니, 위왕이 물었다.

"황상께서는 어디 계시느뇨?"

조철이 말했다.

"적병이 서문으로 들어와 나아가 싸웠는데, 황상께서는 어느 곳으
로 피하신지 알지 못하나이다."

위왕이 이 말을 듣고서 분기(憤氣)가 가슴에 마구 일어 조철에게 군
사를 거느리고 뒤를 따르라 하고는 서문에 이르러 적진을 별안간 습격
하여 죽였다.

이때 진왕이 서문루(西門樓)의 올라 여러 장수들을 모아놓고 송나라
황제에게 항복하기를 재촉하고서 즐거워하며 계양춘에게 말했다.

"네 만약 남자로 태어났을진대 지혜가 뛰어나 족히 천하를 얻어 용
루봉궐(龍樓鳳闕: 궁궐)에 높이 앉아서 육국(六國)의 제후로부터 조공을
받았으리로다. 네 한 번 묘책을 내어 내가 천하를 얻게 되었으니, 이
는 천고의 드문 일일러라. 내 보위(寶位)에 오르는 날 너로써 황후를
봉하여 백년을 기뻐하고 즐거워하리로다."

계양춘이 이 말을 듣고 뽐내며 거들먹거렸다. 문득 서문이 요란해
지더니 한 대장이 칼을 들고 진중을 모조리 무찌르자, 장수와 병졸이
무수히 죽고 호골대 또한 죽었다. 이에 진왕이 크게 놀라 얼굴빛이 하
얗게 질려 마골대로 하여금 나가 싸우게 하니, 마골대가 진 밖으로 내
달려 나가며 꾸짖어 말했다.

"네 무지한 필부(匹夫)가 하늘의 뜻을 알지 못하고서 송나라 황제의
항복을 받은 우리에게 항거하느뇨?"

위왕은 노여움이 치솟아 머리카락이 관을 찌르자, 황금 투구에 은
으로 된 갑옷을 입고 천리 토산마를 타고는 손에 자룡검을 들고서 내

달리니, 사람은 천신(天神) 같고 말은 비룡(飛龍) 같더라. 큰소리로 꾸짖어 말했다.

"나는 위왕 현수문이로다. 너희 무도한 오랑캐가 감히 황성을 범하였으니, 어찌 하늘이 두렵지 않으랴? 빨리 나와 목숨을 재촉하라!"

그리고는 맞아 싸웠는데, 몇 차례 되지 않아서 자룡검이 이르는 곳에 마골대의 머리가 말 위에서 떨어지더라. 위왕이 이리저리 마구 찌르고 싸우며 적진을 짓밟으니, 주검이 뫼 같고 피 흘러 내가 되었더라. 위왕이 바로 진왕을 베고자 하여 무인지경 같이 이곳저곳을 마구 짓이기니, 적진의 장수와 병졸들이 현수문이란 말을 듣고 당황하여 겁에 질려 싸우지 아니하였다. 위왕이 그제야 서문의 이르러 대궐문을 열라고 하니, 대궐문 지키는 장수가 굳이 막아서 명을 전하도록 하였다.

"위왕 현수문이 왔다는 것을 황상께 아뢰어라."

이윽고 대궐문이 열리더라.

이때 황제가 성 밖으로 나가 피하지 못한 채 위왕 현수문만 생각하고 눈물을 흘리며 항복하고자 하였는데, 문득 현수문이 달려와 적진을 물리치고서 서문을 열어 달라고 하는 말을 듣고는 크게 기뻐하며 꿈인가 생시인가 하다가 대궐문 밖에까지 나가 맞이하더라. 위왕이 말에서 내려 땅에 엎드린 채로 눈물을 흘리니, 황제가 위왕의 손을 잡고 눈물을 흘리며 말했다.

"경(卿)이 위나라에 있어서 수천 리 밖이라 기별을 보내지 못했는데도 경(卿)이 어찌 알고 이곳에 이르러 짐(朕)의 위급함을 구하니, 이는 하늘이 경(卿)을 내시사 짐(朕)을 위해 주심이로다."

위왕이 울며 아뢰었다.

"폐하께서 곤욕을 치르신 것은 다 신(臣)이 더디 온 죄로소이다."

그러면서 알고 온 전모를 아뢰었다. 황제가 더욱 희한히 여기며 반적을 격파할 일을 의논하니, 위왕이 말했다.

"이제 적병이 황성 밖으로 10리를 물려서 진을 쳤으니, 폐하께서는 근심치 마르소서!"

그런 뒤에 토산마를 끌어내었는데 그 말이 죽었으니, 위왕이 붙들고 통곡하며 말했다.

"내가 네 공에 힘입어 천자를 위하였거늘, 네 오늘 뜻밖에도 나를 버리고 죽으니 내 어찌하랴?"

위왕이 슬퍼해 마지않으니, 황제가 이를 보고 크게 놀라 타던 대완마를 내려주었다. 또 철기군(鐵騎軍) 3천 명을 주고는 임기로 선봉장을 삼아 적진을 격파하라 하였다. 위왕이 사은숙배하고 즉시 군사들을 거느리고서 황성의 문을 나서니, 적진의 장수와 병졸들이 멀리 바라보고 범하기 힘든 위왕의 기세에 눌리어 강을 건너서 진을 치고는 나오지 아니하였다. 위왕이 적진을 따라 강을 건너 진치고는 여러 장수들을 불러 말했다.

"여기서 10리만 가면 '사곡'이란 들이 있는데 무성한 갈대가 100리에 걸쳐 이어진 곳이다. 오늘 사경(四更: 새벽 2시 전후)에 군사 하나씩 흩어져 가서 그곳에 매복하였다가 내일 싸움이 벌어지면 적군이 그 앞을 지나리니, 일시에 불을 놓아 그 뒤를 치면 가히 진왕을 사로잡을 수 있으리라."

임기가 명령을 듣고 물러나왔다.

이때 진왕이 현수문에게 온 군대가 대패한 것에 분노하여 우골대로 선봉장을 삼고 싸움을 돋우니, 위왕이 진영(陣營)의 문을 활짝 열고서 말에 올라 크게 꾸짖으며 말했다.

"너희 무도한 오랑캐가 어찌 나를 당할소냐? 빨리 나와 내 칼을 받아라!"

그리고는 맞아 싸웠지만 30여 차례에도 승부를 짓지 못하였다. 우골대가 기운이 다하고 군사와 말이 피로하고 지치자 군대를 돌리어 자기 진영(陣營)으로 달아나는데, 위왕이 급히 뒤따르니 적진이 사곡으로 지나게 되었다. 문득 사곡에서 대포 쏘는 소리가 나며 동시에 불이 일어나고 사방에서 함성이 물 끓듯 하자, 적진이 당황하고 겁에 질려 서로 대오를 떠나 사방으로 흩어져 재빨리 달아나더라. 진왕이 우골대를 붙들고 계양춘을 돌아보며 말했다.

"이를 장차 어찌하면 좋단 말인가? 사방에 불길이 하늘을 치솟고 매복병이 여기저기서 마구 일어나니, 비록 날개가 있어도 살기를 도모치 못하리로다."

그리고는 목 놓아 크게 울어대니, 장수와 병졸들이 다 넋을 잃고 어찌할 줄 모르더라. 위왕은 불길이 치솟는 것을 보고 승승장구하여 적진을 마구 쳐부수며 자룡검을 들어 우골대의 머리를 베어 내리치니, 진왕이 우골대의 죽는 모습을 보고 하늘을 우러러 통곡하며 말했다.

"하늘이 나를 망하게 하려는 것이지, 결코 내가 잘못 싸운 것이 아니로다."

그런 뒤에 칼을 **빼어**서 계양춘을 베고 스스로 멱을 찔러 죽으니라. 모든 군사가 손을 묶어 살기를 빌자, 위왕이 그 항졸(降卒: 항복한 병사)들을 살려 보내고는 진(陣)을 거두어 돌아왔다. 진왕의 머리를 베어 깃발에 달고 승전고를 울리며 회군하는데, 문득 한 계집이 슬프게 울고 있어서 자세히 보니 지난날 위국에서 보았던 양춘이었다. 몹시 괴이하게 여기고 인하여 죽인 뒤로 황성에 들어와 적진을 모조리 다 죽였음을 아뢰니, 황제가 크게 기뻐하여 말했다.

"먼저 경(卿)이 여기에 오는 것을 짐(朕)이 보고야 마음이 놓이더니, 이제 또 승전한 소식을 들어 마음이 더욱 평안하니, 경(卿)의 충성이 하늘에 이어진 것일러라. 적병을 격파하고 오늘 진국의 도적도 격파하여 짐(朕)의 위태함을 구했으니 천고에 둘도 없는 크나큰 공이로다. 무엇으로 갚을 수 있으랴?"

그리고는 모든 장수와 군사들에게 상을 내리며 만조백관(滿朝百官)을 모아 크게 잔치하고, 사방에 방(榜)을 붙여 백성을 어루만지고는 조회를 파하였다. 위왕이 황제의 은혜에 대해 매우 감사하고 축하하는 마음을 나타내고는 위나라로 돌아가려 하였다. 황제가 10리 밖에까지 나와 전송하면서 위왕이 떠나는 것을 심히 서운해 하여 눈물을 흘리니, 위왕이 또한 눈물을 흘리고 이별하여 자기의 나라로 돌아오니라.

태상왕(太上王: 현택지) 부부와 왕비며 석침이 반기며 무사히 위나라로 돌아온 것을 이루 다 말할 수 없이 칭찬하더라. 위왕이 매양 침을 사랑하여 벼슬을 주었었는데, 이날 그 벼슬을 돋우어 우승상을 삼으니라. 위왕의 용맹함과 어진 은덕의 혜택이 천하에 진동하더라.

권하

차설(且說)。 위왕의 부모가 세상을 떠나자, 위왕은 부모의 상(喪)을 당하여 슬픔으로 몸이 손상할 정도로 지극하니, 황제가 듣고 3년 동안 조공(朝貢: 때를 맞춰 예물을 바치던 일)을 못하게 하고서 조문(弔問)하였다. 위왕이 황제의 은혜를 기리고 삼년상(三年喪)을 마친 후로 1년에 한 번씩 조회에 참여하니, 황제가 말했다.

"짐(朕)이 이제 나이가 매우 많아 경(卿)을 오래 보지 못하리니 한심하거니와, 태자(太子)가 있어 족히 종묘사직(宗廟社稷: 왕실과 나라)을 이음직하나 아는 것이 많지 않아서 나라를 다스리는 것에는 염려되나니 경(卿)의 아들 하나를 조정에 보내주어 태자를 돕게 하면 짐(朕)의 마음이 미더울까 하노라."

위왕이 머리가 땅에 닿도록 절하고 아뢰었다.

"신(臣)의 자식이 여럿이 있사오나 다 변변하지 못하오니 어찌 감당하오리까마는, 둘째아들 '현담'으로 태자를 모시게 하오면 반드시 유익함이 있을 듯싶사옵니다. 또 세 사람을 천거하오면 '백마천'과 '기수하'와 '여동위'이니, 이 사람들이 족히 태자를 보필할진대 무슨 염려가 있으리까?"

황제가 크게 기뻐하여 사자(使者)를 보내어 '현담'을 부르고, 세 사람을 불러서 만나보고는 말했다.

"그대들을 위왕이 천거한 것은 태자를 돕게 하려는 것이니, 그대들은 종묘사직을 보전케 하라."

네 사람은 황제의 은혜에 감사하고 태자를 뫼시니라. 위왕이 본국인 위나라에 돌아가기 위해 하직인사를 하니, 황제가 눈물을 흘리며 말했다.

"짐(朕)도 나이가 많고 경(卿)도 나이가 많으니, 피차 세상에 오래 살지 못하리로다. 어찌 슬프지 않으랴?"

위왕 또한 슬픈 마음을 가누지 못하였으나, 곧이어 하직인사를 하고 본국으로 돌아가더라.

슬프다! 황제는 갑작스럽게 병이 생기자 회복되어 건강을 되찾지 못할 줄 알고서 태자를 불러놓고 눈물을 흘리며 말했다.

"내 죽은 후에 너를 믿나니라. 네 이제 장성하였으니 모든 일을 알려니와, 곁에는 현담과 백마천 등이 있으니 그들이 간하는 말을 믿어 곧이듣고, 그러고도 어려운 일이 있거든 위왕 현수문과 의논하면 천하가 태평하리로다. 삼가 나의 유언을 잊지 말라!"

그리고는 세상을 떠나니, 나이가 75세일러라.

태자가 애통하기 그지없어하며 선릉(先陵: 선대 황제의 능)에 장례를 치른 뒤 보위(寶位)에 오르니, 임자년(壬子年) 겨울 11월 갑자일(甲子日)이었다. 문무백관이 태자의 즉위에 축하하는 것을 마치고 만세를 큰 소리로 부르더라.

황숙(皇叔: 연평왕의 아들) 등이 산중에 피하였었는데 황제가 세상을 떠났다는 소식을 듣고 황성으로 들어와 새 황제를 도우며 아첨하는 말로 새 황제에게 붙어 간신이 되었다. 새 황제가 부왕(父王)의 유언을 조금도 돌아보지 않고 잊고서 간신의 말을 믿으니, 정사(政事)가 날로 어지러웠다. 현담 등이 자주 직간하여도 듣지 않고 대신과 백마천 등의 벼슬을 파직하며 현담의 죄를 의논하니, 간신 등이 아뢰었다.

"위왕 현수문은 비록 조그마한 공로가 있으나 선황제의 크나큰 은덕으로 제후왕의 벼슬을 내려주었으니 그 은혜가 죽어서 백골이 되어도 잊을 수 없거늘, 일 년에 한 번씩 행하던 조회를 폐하였사와 만일 수문을 그저 두면 후환이 될 것이므로 서천(西天)의 한중(漢中)을 도로 들이라 하시고, 예물로 바치던 비단을 타국(他國)의 선례(先例)대로 거행하게 하소서!"

상이 옳게 여기고 즉시 조서(詔書)를 내리어 사관(辭官)을 통해 보냈다.

각설(却說). 위왕이 황제가 세상을 떠났다는 소식을 듣고 목 놓아 통곡한 뒤 황성에 올라가 새 황제에게 조회하려 하는데, 문득 사관(辭官)이 내려와 새 황제의 교지(敎旨)를 전하거늘, 위왕이 황궁을 향해 네 번 절하고 조서(詔書)를 보니, 이러하였다.

「슬프다! 국운이 불행하여 선황제께서 세상을 떠나시고 짐(朕)이 즉위하니 어찌 망극하지 아니 하리오? 경(卿)이 신하 된 자로서 한 번도 문안하고 정사를 아뢰지 아니하니, 이는 선황제의 크나큰 은덕을 저버린 것이오. 마땅히 그 죄를 물어야 할 일이로되 아직은 용서하고 서천의 한 곳을 환수할 것이며, 매년 예물을 바치는 것은 타국의 선례대로 행하오.」

위왕이 마음속으로 생각했다.

'조정에 간신이 있어서 새 황제의 총명을 가린 것이니 어찌 분하고 한스럽지 않으랴?'

즉시 새 황제에게 아뢰는 글을 지어 보내니, 이러하였다.

「위왕 현수문은 머리가 땅에 닿도록 거듭거듭 절하고 글을 새 황상의 탑하(榻下)에 올리옵나이다. 오호(嗚呼)라. 신(臣)이 선황제의 크나큰 은덕을 입어 벼슬이 제후왕에 있사와 충성을 다하여 나라의 은혜를 갚고자 하오니 새 황상의 조서(詔書)대로 받들어 행하지 않으리까마는, 선황제께옵서 서천(西天)을 신(臣)에게 주신 것이옵고 신(臣)은 그 서천으로써 왕업(王業: 왕이 이룩한 통치의 대업)을 이룩하였사온데 이제 새 황상께서 선황제의 유언을 잊으시고 신(臣)을 부족하게 여기시어 선황제께서 베풀어주신 땅을 앗고자 하시니 어찌 황공하고 두렵지 않으리까? 엎드려 바라옵건대 새 황상께서는 선황제의 유언을 생각하시어 조정의 신하들이 그릇 간하는 것을 듣지 마시고, 신(臣)이 차지한 땅을 보존케 하소서.」

새 황제가 다 읽고 난 뒤에 여러 신하들에게 보이고 의논하니, 여러 신하들이 아뢰었다.

"위왕의 표문(表文)을 보건대, 그 첫째는 폐하를 원망하여 사리에 밝지 않은 임금으로 취급한 것이요, 둘째는 조정에 간신이 있어서 국정(國政)의 기강이 무너져버렸다고 일컬은 것이니, 지극히 제 분수에 지나친 것이옵니다. 그러나 현수문은 선황제께서 총애하던 신하라서 가볍게 다스리지 못하리니, 먼저 현담을 잡아 가두고 그 땅을 환수한다 하시면 제 어찌 거역하리까?"

새 황제가 옳게 여기어 즉시 현담을 구리산에 가두니라. 백마천 등 세 사람이 태자(太子: 현담)를 버려두고 위국으로 돌아와 새 황제의 무도함을 이르니, 위왕이 이 말을 듣고 선황제가 자신을 잘 대우해 주던 은혜를 생각하고서 충성된 눈물을 흘리며 탄식하더라. 또 사관(辭官)이 이르렀다 하거늘, 위왕이 이전과 똑같이 해서 사관을 돌려보내었다. 새 황제가 듣고 대노해 군대를 일으켜서 죄를 묻고자 하니, 만조 백관들이 일시에 안 된다고 말했다.

"만약 군대를 일으키면 반드시 위왕에게 패하리니, 현담을 죽여 젓 담아 수문에게 보내면 수문이 보고 분노하여 제 스스로 군대를 일으킬 것이옵니다. 이때의 수문을 잡아 죽이는 것이 아주 안전하고 완전한 계책일 것으로 생각하나이다."

새 황제가 크게 기뻐하여 즉시 현담을 죽여 젓 담아 위나라에 보내니, 위왕이 이를 보고서 크게 통곡하며 승상 석침을 돌아보고 말했다.

"이제 새 황제가 자식을 죽여 아비에게 보이는 것은 나의 마음을 흔들어 분노케 하여 군대를 일으키도록 하려는 것이로다. 내 아무리 그래도 신하 된 자로서 군사를 일으켜 황제를 치지는 않으리니, 그대로 고하게 하라."

사관(辭官)이 돌아와 위왕의 말을 고하였다. 새 황제가 듣고서 한편으로는 부끄러웠지만 그래도 분한 생각을 참지 못하자, 여러 신하들이 아뢰었다.

"위왕 현수문이 만약 군사를 일으키면 그 용맹과 능력을 감당할 자가 없사오리다. 먼저 서번국에 사관(辭官)을 보내어 위나라를 치라고 하시오면 서번국이 반드시 위나라를 칠 것이니, 그때 함께 대군을 일으켜 좌우에서 치면 현수문이 비록 용맹과 능력이 있을지라도 어찌 양국의 대병을 당하리까?"

새 황제가 크게 기뻐하며 사관을 서번국에 보냈는데, 그 명은 이러하다.

「모월 모일에 위나라를 치면 대국의 병마를 보내어서 호응해 싸우리라.」

이에 서번왕이 마지못해 진골대로 선봉장을 삼고 구골대로 후군장을 삼아서 정예병 10만 명을 징발하여 위나라로 나아갔더니, 벌써 대국의 병마가 와 있더라.

이때 위왕이 선황제를 생각하고 세상일이 그릇되고 있음을 슬퍼 눈물을 흘리면서 행여 하늘의 뜻이 돌아설까 하여 탄식해 마지않았다. 그때 문득 보고하였다.

"서번국이 군대를 거느리고 우리나라의 지경에 이르렀나이다."

또 보고하였다.

"새 황제의 대군이 이르렀나이다."

위왕이 크게 놀라면서 급히 미리 지키고 대비하였는데, 첫째아들 현후를 불러 말했다.

"너는 3천군을 거느려서 한중(漢中)에 진(陣)을 치고 이리이리 하여라."

또 셋째아들 현우를 불러 말했다.

"너는 3천의 철기군(鐵騎軍)을 거느리고 서강원에 가서 진(陣)을 치되, 남주성의 백성들을 다 피란시켜라."

이렇게 계교를 이르며 위왕은 대군을 거느리고 성문을 나아가 진을 치더라. 과연 서번국의 대장 진골대가 급히 군사를 몰아 남주성에 들어가니, 백성이 하나도 없고 성안이 텅 비어 있었다. 진골대가 크게 놀라 도로 진영(陣營)으로 돌아가고자 하는데, 현후가 서번군이 성안으로 들어가는 것을 보고서 군사들을 급히 출동시켜 에워싸며 산위에 올라가 소리쳐 말했다.

"서번이 어찌 감히 우리를 당할소냐? 옛날 양평공과 우골대가 다 내 칼에 죽었거늘, 네 맞아 죽고자 하니 어린 강아지가 맹호(猛虎)를 모르는 격이로다. 제 죽은 혼일망정 나를 원망치 말고 새 황제를 원망하여라."

그리고는 불화살을 재빨리 쏘니, 성안에 화염이 하늘에 퍼져 가득하여 모두 불길일러라. 적군이 견디지 못하여 불길을 무릅쓰고 달아나는데, 또 위왕의 군진을 만나니 정신을 차리지 못하여 서로 짓밟혀 죽은 자를 이루 다 셀 수가 없었다. 진골대 탄식하며 말했다.

"위왕은 만고의 영웅이라서 사람의 힘으로는 미칠 바가 아니로다."

이렇게 한탄하고 항복하여 말했다.

"우리 왕이 구태여 싸우려 한 것이 아니라 새 황제가 시킨 것이니, 바라건대 위왕은 쇠잔한 목숨을 살리소서."

위왕이 말했다.

"서번국과 과인(寡人)의 나라는 본디 친하여 꺼리고 미워하는 것이 없기로 놓아 보내거니와, 차후로는 아무리 새 황제의 조서(詔書)가 있더라도 기병할 마음을 먹지 말라."

그리고는 돌려보내느라.

이때 새 황제의 군대가 구골대의 군대와 합병하여 화음현에 도착하였는데, 백성들이 길에서 울고 있는지라 그 까닭을 물으니 답하여 말했다.

"위왕이 서번국에 패하여 거창산에 들어가 백성들을 모아 군사를 삼으니, 저마다 도망하다가 처자식을 잃고서 절로 슬퍼 우나이다."

구골대가 이 말을 듣고 크게 기뻐하여 위왕을 잡으려 거창산으로 군대를 몰아 들어가니, 길이 험하고 수목이 무성하여 행군하기기 꽤 어려웠다. 그래도 점점 들어가니, 과연 산위에 깃발과 창칼들이 무수히 꽂혔고 진중이 고요하여서 크게 고함치며 쳐들어갔지만, 군사가 다 짚으로 만든 허수아비였고 사람은 하나도 없었다. 구골대가 몹시 놀라 어찌할 줄 몰랐는데, 문득 산위에서 대포 쏘는 소리가 나고 불이 사방에서 일어나며 화살과 돌이 비 오듯 하였다. 구골대가 하늘을 우러르며 탄식하여 말했다.

"내 어찌 이곳에 들어와 죽을 줄을 알았으랴?"

그리고는 죽기로써 불길을 무릅쓰고 산의 어귀를 나서니, 또 좌우에서 함성을 크게 지르며 뒤쫓아 왔다. 구골대가 능히 대적하지 못하여 투구를 벗고 말에서 내려 땅에 엎드려 살기를 빌자, 위왕이 크게 꾸짖고 중곤(中棍)으로 볼기를 30대 쳐서 내치니라. 구골대가 거듭 절하며 고맙다는 뜻을 표하고 돌아가다가 인하여 죽었다. 양국의 대병이 대패하자, 서번왕이 탄식하며 말했다.

"내가 새 황제의 조서를 받고서 망령되이 군사를 일으켰다가 아까운 장수와 군졸만 죽였으니, 어찌 분하고 한스럽지 않으랴? 이후로는 위나라 땅을 침범치 못하리로다."

이때 새 황제는 세 방면의 군대가 대패한 것을 듣고서 크게 놀라 탄식하고 한탄하며 말했다.

"위왕은 과연 천신(天神)이로니, 뉘 능히 당할 수 있으랴?"

여러 신하들이 아뢰었다.

"황상께서 위나라를 쳐서 모조리 다 죽이고 위나라 땅을 환수하고자 하시다가 되레 패하여 여러 나라들의 비웃음을 면치 못하게 되었사오니, 신(臣)들 또한 매우 부끄럽나이다."

새 황제는 탄식하고 한탄해 마지않더라.

각설(却說). 이때 흉노(匈奴) 묵특이 새 황제가 어리석고 못나서 사리에 어둡다는 것을 듣고 대군(大軍)을 징발하였는데, 왕굴통으로 대장을 삼고 진고란으로 참모장군을 삼아 먼저 옥문관을 쳐 항복받고는 하남성에 이르렀다. 새 황제가 크게 당황하여 겁에 질려서는 장기백으로 대원수를 삼고 우홍으로 후군장을 삼아 10만 군사를 주며 북호(北胡)를 격파하라 하니, 장기백이 대군을 거느리고 하남에 이르렀다.

마침 적장 왕굴통이 진영의 문을 열고 달려 나와 소리쳐 말했다.

"너의 황제가 법도 도리도 없이 포악하여 나라의 체면을 무너뜨려 버렸으니, 하늘이 나 같은 장수를 내시어 무도한 황제를 소멸케 하시었나니라. 너희 무리가 죽기를 재촉하거든 빨리 나와 칼을 받으라."

그리고는 힘차게 앞으로 달려 나오니, 장기백이 크게 노하여 칼을 들고 맞아 싸웠지만 불과 몇 차례 되지 않아서 적장을 감당치 못할 줄 알고 달아나더라. 왕굴통이 그 기회를 타서 물밀듯 쳐들어오니, 새 황제가 몹시 놀라서 얼굴빛이 하얗게 질려 황성의 문을 굳게 닫고 나서지 않았다. 그러자 왕굴통이 군사들을 재촉하여 황성을 겹겹이 에워싸고 별안간 습격하여 죽이니, 뉘 능히 당할 수 있으랴. 이에, 새 황제가 하늘을 우러러 탄식하며 말했다.

"이제 강성한 적병이 황성 아래에 다다랐으니, 어찌 종묘사직을 보존할 수 있으랴?"

그리고는 시신(侍臣: 황제 가까이서 모시는 신하)들을 거느리고 이날 밤에 도망하여 구리산으로 들어갔는데, 왕굴통이 새 황제가 도망하여 구리산으로 들어간 것을 알고 군사들을 몰아 급히 뒤쫓아 가니라.

이즈음 진단이란 사람은 벼슬이 승상(丞相)에 이르렀지만 조정을 하직하고 수양산에 은거하였었는데, 흉노의 군대가 강성하여 새 황제가 위태한 것을 듣고는 천리마(千里馬)를 타고 위나라에 이르러 위왕에게 말했다.

"지금 새 황상께서 비록 도리에 어긋나 막되지만, 우리는 조상 대대로 나라에서 주는 녹봉을 받은 신하이라서 간절한 마음을 놓지 못하였소이다. 이제 흉노가 군사를 일으켜 황성에 쳐들어왔는데, 새 황상께서 구리산으로 피란하시어 위급함이 조석에 있지만 조정에는 책략이 있는 신하나 용맹한 장수가 없으니 송나라 황실이 망할러라. 위왕이 아니면 회복하지 못하리니, 지난 일일랑 마음에 두어 생각지 말고 선황제를 생각하여 새 황상을 구하소서."

위왕이 얼굴에 엄정한 빛을 띠며 말했다.

"새 황상이 까닭 없이 복(僕: 저)의 자식을 죽여 젓 담아 보내놓고도 그 일을 알지 못한 채 또 군사를 일으켰으니, 이는 적국인 것이오. 현형(賢兄)은 다시 이르지 마소서."

진단이 말했다.

"왕의 아들은 곧 복(僕)의 사위이니 사람으로서 어찌 제대로인 상태일 수 있으리오만, 한 자식을 위하여 선황제를 저버리지 못할지니 왕은 재삼 생각하소서."

위왕이 그 충성된 말을 듣고 눈물을 흘리며 말했다.

"복(僕)이 선황제의 한없는 은혜를 잊음이 아니로되, 형장(兄丈: 형의 존칭어)의 충직하고 바른 말에 감동하여 새 황제를 구하리이다."

그리고는 즉시 군마를 정돈하여 구리산으로 향하는데, 깃발과 창검들이 햇빛을 받아 빛나더라.

이때 새 황제는 적진에 포위되었고, 군량이 떨어져 시신(侍臣)들이 많이 굶주려 죽었다. 새 황제가 하늘을 우러르며 탄식하고 항복하려 하였는데, 문득 먼지를 일으키며 대진(大陣)이 바람같이 달려와 왕굴통과 싸웠다. 새 황제가 성루(城壘: 요새)에 올라 자세히 보니, 다른 사람이 아니라 곧 위왕 현수문이었다. 자룡검이 이르는 곳에 장수와 군졸의 머리가 가을바람에 떨어지는 나뭇잎 같더니, 불과 몇 차례가 되지 않아 왕굴통의 머리가 말에서 땅으로 떨어지더라. 흉노(匈奴)가 위왕이 구원하러 왔음을 알고 몹시 놀라 넋을 잃어 약간의 군사를 데리고서 쥐 숨듯 달아나더라. 위왕이 흉노를 격파하고서 산 어귀에 진을 치고 왕굴통의 머리를 새 황제에게 보내며 말했다.

"나는 위왕 현수문으로 오늘 이곳에 와 새 황상을 구함은 선황제의 유언을 받든 것이오니, 다시 보기가 어려울 것이옵니다."

그리고는 대진(大陣)을 돌리어 본국인 위나라로 돌아갔는데, 새 황제가 이 거동을 보고 크게 칭찬하며 말했다.

"위왕은 실로 충성스럽고 마음이 밝은 영웅이로다. 만일 위왕 곧 아니었으면, 어찌 흉노를 파할 수 있었으랴?"

이렇게 말하며 사관(辭官)을 보내어 고맙다는 뜻을 표시하고자 하였거늘, 승상 조진이 간하여 말했다.

"현수문이 비록 공이 있으나 선황제만 위하고 황상은 위하지 아니하온데, 어찌 그런 번신(藩臣)에게 치하하리까?"

새 황제가 옳다고 여겨 그대로 환궁하였고, 만조백관을 모아 치하하더라.

각설(却說). 노양춘이 진국의 대장 우골대가 죽은 후에 겨우 목숨을 보전하여 천리마를 타고 여진국으로 향하였는데, 진강산 아래에 이르러 길이 홀연 끊어져 갈 수 없게 되니 하늘을 우러르며 탄식하여 말했다.

"내 여자의 몸으로 세상에 비길 데 없는 일을 하다가, 이제 이곳에서 죽어야 하는구나."

그리고는 슬퍼 통곡하는데, 문득 한 노옹(老翁)이 산 위에서 내려오는지라 반기며 가는 길을 물으니, 노옹이 말했다.

"그대는 아비의 원수를 갚으려고 여자의 몸으로 남자 행세를 하며 천하를 두루 돌아다니는데 어찌 길을 나에게 묻느뇨?"

노양춘이 크게 놀라 말했다.

"선생이 벌써 저의 근본을 아시니, 어찌 꺼리어 숨기리까?"

그리고서 그간에 있었던 일들을 자세히 이르니, 노옹이 말했다.

"위왕 현수문은 일광대사의 술법을 배웠으니, 뉘 능히 당할 수 있으리오? 내 천문(天文)을 보건대, 송나라 태자가 위왕을 푸대접하여 망하기에 이르렀으니 어찌 하늘이 관심을 두지 않을 수 있으랴? 위왕이한 번 공을 갚겠지만 그 후에는 다시 돕지 않으리니, 그대는 여진국에가면 반드시 황후(皇后)가 되리로다. 천기(天機)를 누설치 말라."

이어서 환약(丸藥) 세 알을 주며 말했다.

"첫 번째 환약은 개용단(改容丹)이니 여진국에 갈 때 먹고, 그 다음의환약들은 대국(大國: 송나라)과 싸울 때 자객을 먹이면 천하를 도모할것이로다. 그대가 가는 길에 또 도인을 만나리니, 성명은 신비회일러라. 부디 그 사람을 데려가도록 하라."

이윽고 이별하였는데, 노양춘이 감사의 뜻을 표하며 하직인사를 하고 한 곳에 다다르니 강물이 가로질러 있어 건너기가 망연하였다. 문득 한 사람이 낚싯대를 들고 물가에 앉았다가 배를 대어 건너려 하자, 노양춘이 노옹의 말을 생각하고 사례하니, 그 사람이 말했다.

"오늘 우연히 만나 강물을 건너거니와, 공자(公子)는 소원을 이루소서."

그리고는 가버렸다. 노양춘은 낚시꾼을 이별하고 여러 날 만에 여진국에 이르러 개용단(改容丹)을 먹으니 미색이 천하의 가장 뛰어난 미인이 되었는데, 여진국의 궁녀들이 노양춘을 다투어 구경하였다. 왕이 이 말을 듣고 불러 보니 과연 뛰어난 미인이라서 한번 보고도 크게반하여 함께 취침하여 정이 비할 데가 없더라. 노양춘이 아들을 낳으니, 여진왕은 본디 자식이 없던 차 노양춘에 빠져 더욱 미혹되었다.

어느 날 노양춘이 여진왕에게 말했다.

"이제 군마와 장수가 매우 많으니, 한 번 중원(中原)의 강산을 다투어 변방의 좁은 곳을 벗어나는 것이 좋을 듯싶사옵니다."

여진왕이 말했다.

"내 또한 뜻이 있으되, 매양 위왕 현수문을 꺼리노라."

노양춘이 웃으며 말했다.

"왕이 어찌 이다지도 널리 보지 못하고 듣지 못하셨나이까? 천자가 수문을 박대한 것이 너무 심하였지만, 수문은 충신이라서 선황제의 은혜를 생각하고 흉노(匈奴)의 난에서 새 황제의 위급함을 구하였거니와, 다시는 돕지 아니할 것이니 염려치 마소서."

여진왕이 다 듣고 난 뒤에 몹시 기뻐하여 말했다.

"그대는 짐짓 여자 가운데 군자로다. 내 어찌 군사를 일으키지 않으랴?"

노양춘이 말했다.

"왕이 군사를 일으킬진대 책사(策士)를 얻어야 하리니, 듣자온즉 화룡강의 신비회란 사람이 있어 재주와 도술을 닦은 능력이 제갈무후(諸葛武侯: 제갈량)보다 뛰어나다 하오니 청하소서."

여진왕이 예단(禮緞: 예물로 보내는 비단)을 가지고, 저 유비(劉備)가 제갈량(諸葛亮)을 군사(軍師)로 맞이하기 위해 오두막집을 세 번이나 찾아보았다는 예(禮)를 행하여 함께 돌아왔다. 여진왕은 노양춘의 말이 다 신기함을 아름다이 여기고는 아골대로 선봉장을 삼고 신비회로 책사를 삼아서 날짜를 택하여 군대를 출동시켰는데, 노양춘도 군복을 입혀 군대와 함께 가도록 하니라.

재설(再說). 새 황제가 위왕의 도움으로 흉노의 핍박으로부터 벗어나 종사를 보전하였지만 간신의 말을 듣고 위왕을 대접하지 아니하였으나, 위왕은 한중(漢中)을 떼어 새 황제에게 바쳤다. 이에 새 황제가 조정의 신하들을 모아놓고 즐거워하였는데, 문득 기마정찰병이 급하게 보고하였다.

"여진국의 아골대가 대군(大軍)을 거느리고 우리 땅에 이르렀나이다."

새 황제가 크게 놀라 만조백관을 모아 의논하였지만, 뉘 적병을 막을 자가 있으랴. 마침 대사마(大司馬) 장계원이 조정의 신하 반열에서 나아와 아뢰었다.

"신이 비록 재주가 없사오나 적장의 머리를 베어오리이다."

새 황제가 기뻐하여 60만 대군과 1천여 명의 장수를 징발하여 주니라. 그리하여 장 원수가 풍수성에 이르렀는데, 적장 아골대가 군마를 거느려 진을 쳤고 여진왕은 10만 대병을 거느려 뒤에서 응원군이 되었으니, 오랑캐의 기세가 1,000리에 놀랍더라. 그러하더라도 장 원수가 진영(陣營)의 문을 활짝 열고 나와 큰 소리로 말했다.

"반적(叛賊) 여진은 빨리 나와 내 칼을 받아라. 나는 송나라 조정의 대원수(大元帥) 장계원이로다. 너 같은 쥐새끼 무리들을 없애고자 하나니, 만일 나를 두렵게 여기거든 미리 항복하여 목숨을 보전하여라."

이렇듯 싸움을 돋우니, 아골대가 이 말을 듣고서 분노하여 칼을 들고 앞으로 힘차게 달려 나오며 말했다.

"나는 여진국의 장수 아골대이로다. 너의 황제가 사람으로서 지켜야 할 도리에 어긋나 막되므로 하늘이 나 같은 장수를 내시어 송나라 황실의 더러운 임금을 없애고 천하를 진정코자 하시거늘, 너는 하늘의 뜻을 알지 못하고 당돌한 말을 하느냐?"

서로 맞아 싸우는데, 두 장수 칼날의 번쩍거리는 빛이 번개 같았으니, 아닌 게 아니라 정말로 적수(敵手)이었다. 70여 차례를 싸우고도 승부를 짓지 못하고 각각 자기 진영으로 돌아왔다. 신비회가 아골대에게 말했다.

"송나라 장수 장계원의 재주를 보니 힘들지 않고 쉽게 잡기가 어려울 것 같소이다. 이제 한 계교가 있으니, 그대는 군대를 거느려 구리성에 진을 치고, 후군장(後軍將) 신골대는 1,000명의 군사들을 거느려 백룡강을 건너가 이리이리하시오."

그리고 아골대에게 말했다.

"그대는 여차여차 하시오."

여러 장수들이 크게 기뻐하며 책사(策士) 신비회의 신출귀몰한 계교에 탄복하고 물러나더라.

날이 밝자, 장 원수가 분한 마음을 참지 못하여 갑옷만을 차려입은 채로 창을 들고서 말 타고 나아가 싸움을 돋우니, 아골대 또한 분노하여 앞으로 힘차게 달려 나와 말했다.

"어제는 너의 목숨을 불쌍히 여겨 돌려보내었거니와, 오늘은 당당히 용서치 않으리라."

그리고는 10여 차례 싸우다가 아골대가 거짓으로 패한 척하여 달아나자, 장 원수가 급히 그 뒤를 따랐는데 갑자기 땅이 무너지며 수천 인마(人馬)가 땅 구덩이에 빠져 한 무리의 군사들이 대패하였다. 적진의 장수와 병졸들이 한꺼번에 마구 짓이기니, 장 원수가 투구를 잃고 얼굴이 상하여 거의 죽게 되었다가 여러 장수들의 구해준 것에 힘입어 남은 군사를 거느려 백룡강을 바라며 달아나 30여 리를 갔다. 배고픔과 목마름을 참지 못해 다투어 강물을 마셨는데, 문득 거대한 세찬 물결이 닥쳐와 죽은 군사가 셀 수 없는 지경이었다. 장 원수가 겨우 수십 기병을 거느리고 도망하여 황성으로 올라오더라.

아골대가 승승장구하여 무인지경 같이 달려 함곡관(函谷關)에 다다라서 진을 치고 군사들을 쉬게 하면서 여러 고을의 창고를 열어 군량미로 삼으니, 위태로움이 조석에 달려 있었다.

이때 새 황제는 장 원수가 패하여 돌아온다는 소식을 듣고서 크게 근심하여 여러 신하들을 모아놓고 도적을 격파할 방안을 의논하는데, 또 보고가 들어왔다.

"도적이 함곡관(函谷關)에 이르러 진(陣)을 치고 여러 고을의 창고를 열어서 무기와 양식을 꺼내어 마음대로 처리하여 없애니, 위태로움이 조석에 달려 있나이다."

새 황제가 듣고서 몹시 놀라 얼굴이 하얗게 질려 하늘을 우러러 탄식하고 눈물을 흘리며 말했다.

"짐(朕)의 운수가 불길하여 허다한 전쟁을 겪었으되, 위왕 현수문 곧 아니면 종묘사직을 보전하지 못하였을 것이로다. 그런데도 그 공을 미처 생각지 못하고 현수문에게 그른 일을 많이 하여 앙화(殃禍)가 이처럼 미쳤으니, 아무리 위급한들 무슨 낯으로 다시 구원해주기를 청하겠는가?"

그리고는 눈물을 흘리며 어찌할 줄 몰랐지만 좌우에 있던 여러 신하들은 잠자코 아무 대답도 하지 않았는데, 문득 한 사람이 아뢰었다.

"현수문은 충성과 효성을 모두 갖춘 사람이니, 폐하께서 비록 저를 저버렸으나 저는 이런 사태인 줄 알면 반드시 구하오리이다. 이제 급히 사관(辭官)을 선정하여 위나라에 구원해주기를 청하시면 도적을 파할 것이려니와, 이제 만일 그렇게 하지 아니하시면 송나라 황실을 보전치 못하오리이다. 엎드려 바라옵건대 폐하께서는 익히 생각하소서."

새 황제가 이 말을 듣고 얼굴에 부끄러워하는 기색이 가득한 채로 자세히 보니, 병마도총(兵馬都總) 박내신일러라. 마지못하여 조서(詔書)를 지어서 사관(辭官)에게 주어 위나라로 보내고는, 다시 군마(軍馬)를 징발하여 장계원으로 대원수를 삼고 박내신으로 부원수를 삼아서 적병을 격파하라 하였다. 두 장수가 대군을 거느려 함곡관(函谷關)에 다다르니, 정예병이 100만이었고 용맹한 장수가 수십 명이었다. 두 장수가 군진의 세력을 엄숙히 하고 싸움을 돋우니, 적진이 송나라 진영의 위세를 보고는 굳건한 벽으로 둘러싸인 곳에서 나오지 않으며 격파할 계교를 의논하였는데, 노양춘이 여진왕에게 말했다.

"첩(妾)이 아무 지식이 없사오나 송나라 군진(軍陣)의 형세를 보니, 비록 먼저 한번 이기기는 하였으나 다시 격파하기가 어려우리다. 첩(妾)이 오늘 밤에 두 장수의 머리를 베어 오리이다."

여진왕이 이 말을 믿지 아니하고 모책 신비회를 돌아보며 말했다.

"여자가 어찌 두 장수의 머리를 베겠소?"

그리고는 미소만 지을 뿐 대꾸하지 않자, 노양춘이 고하였다.

"첩(妾)이 만일 그렇게 하지 못할진대 군법(軍法)을 면치 못하리니, 왕은 염려치 마소서."

이어서 조용히 진도관을 불러 말했다.

"내 그대의 재주를 아나니, 오늘 밤에 자객이 되어 송나라의 군진에 들어가 두 장수의 머리를 베어 오겠소?"

진도관이 말했다.

"들어가기만 한다면 베어 오려니와, 들어가기가 어려우니 근심하오이다."

노양춘이 말했다.

"내게 기이한 약이 있으니, 이름은 변신보명단(變身保命丹)이라 하오이다. 이를 먹으면 곁에 있는 사람들도 몰라보나니, 어찌 들어가기를 근심하겠소?"

진도관이 승낙하고는 약을 받아가지고 밤을 기다렸다가 비수(匕首)를 품고 송나라의 진영으로 나아갔다. 그 약을 먹으니 과연 곁에 있는 군사들까지도 알지 못하거늘, 진도관이 마음 놓고 태연히 장대(將臺: 지휘대)에 이르러 보았다. 박내신은 불을 밝히고서 병서를 읽고 있었으며, 장계원은 상처를 입고서 책상에 의지하여 앓는 소리를 내고 있었다. 진도관이 비수를 날려 두 장수의 머리를 베어들고 태연히 나왔지만, 군중에서 알 까닭이 없더라. 진도관이 자기 진영에 돌아와 두 장수의 수급(首級: 베어 얻은 적군의 머리)을 노양춘에게 바치니, 여진왕이 이 말을 듣고 크게 기뻐하여 노양춘에게 말했다.

"그대는 과연 신선의 딸이로다."

또 진도관을 보고 말했다.

"네 비록 약을 먹었을지라도 수많은 군사들 속으로 들어가 두 장수의 머리를 주머니 속에 있는 물건 취하듯 하였으니, 어찌 제일가는 공이라고 하지 않으랴?"

그리고는 그 수급을 깃발에 달아 송나라 군사들에게 보이며 말했다.

"너희 대장의 머리를 얻어왔으니, 비록 쓸데없을지라도 찾아 가라!"

이를 본 송나라 군사들이 크게 놀라 서로 도망하거늘, 생각하니 어찌 가련치 않으랴.

이때 아골대는 한 번도 싸우지 않고 양장의 머리를 얻어서 마음이 상쾌하여 송나라의 진영을 마구 쳐 죽이니, 한 차례도 되지 않아서 모조리 다 죽이고 군대를 몰아 쳐들어왔다. 또 창덕현을 격파하고 물밀 듯 황성에 이르니, 감히 나와 맞서 싸울 자가 없더라.

이때 새 황제가 이 말을 듣고 통곡하며 말했다.

"적세가 강성하여 우리나라의 이름난 장수들을 다 죽이고 황성을 쳐들어온다 하니, 짐(朕)에게 이르러 300년 왕업(王業)이 망할 줄 어찌 알았으랴?"

그리고는 눈물을 흘리니, 조정에 가득한 여러 신하들도 눈물을 흘리지 않는 이가 없더라.

각설(却說)。 위왕 현수문은 새 황제가 인정이 없고 쌀쌀한 것을 몹시 한스럽게 여겼지만 조금도 원망치 아니하였으며, 매양 새 황제의 뜻이 손상되는 것을 원통하게 여기고 국운이 오래지 않을까봐 슬퍼하면서 여러 아들을 불러 타일러서 주의하도록 말했다.

"늙은 아비가 세상에 태어나서 허다한 고초를 많이 겪었지만 일찍 문무과 과거시험에 참여하여 장수도 되고 재상도 되었으니, 이는 선황제의 은혜가 한없는 것일러라. 갈수록 선황제의 은혜가 융성하여 벼슬이 제후왕작에 이르렀으니, 이는 선비에게는 몹시 분에 넘치는 것일러라. 이리하여 목숨이 마치도록 나라를 돕고자 하나니, 너희들은 충성을 다하고 있는 힘을 다 바쳐 새 황상을 섬기고 대수롭지 않은 현담의 일일랑 생각지 말아라!"

그리고서 눈물을 흘리는데, 문득 보고하였다.

"새 황제의 사관(辭官)이 이르렀나이다."

위왕이 놀라 마음속으로 생각하였다.

'새 황제가 또 어느 땅을 들이라고 하시는가!'

이윽고 성 밖에 나가 맞으니, 사관(辭官)이 조서(詔書)를 드리며 말했다.

"새 황상께서 지금 여진의 난을 만나 적병이 황성에 가까이 이르렀으니, 그 위태함이 조석에 달려있기에 급히 구원해주기를 청하시더이다."

위왕은 새 황제의 사관(辭官)이 하는 말을 듣고서 크게 놀라 황궁을 향해 네 번 절하고 조서(詔書)를 떼어보니, 그 조서는 이러하였다.

「짐(朕)이 불행하여 또 여진의 난을 당했는데, 적세가 크게 강성하여 황성의 아래에 이르렀으니 종묘사직의 위태함이 조석에 달려있도다. 당장 조정에는 적장 아골대를 당할 장수가 없으니, 어찌 종묘사직을 보전할 수 있으리오? 이는 다 짐(朕)이 스스로 만들어 그렇게 된 죄이니, 누구를 한하며 누구를 원망할 수 있으리오? 허물며 경(卿)은 선황제의 충신이요 만고(萬古)의 기둥이었거늘, 짐(朕)이 잠깐 동안 생각지 않고 간신의 말을 좇아서 경(卿)을 만만하게 여기며 그 아들을 죽여 것 담아 보내었노라. 첫째는 선제(先帝)께서 남기신 가르침을 저버린 죄요, 둘째는 스승을 죽인 죄요, 셋째는 선제(先帝)의 충신을 업신여긴 죄요, 넷째는 서천(西天)을 거두어들인 죄이니, 이러한 중죄를 짓고도 어찌 편안히 보전되기를 바라리오! 그렇지마는 이왕에 스스로 지은 죄는 잘못을 뉘우쳤거니와, 이제 위태함을 당하여 부끄러움을 무릅쓰고 사관(辭官)을 경(卿)에게 보내노라. 경(卿)이 비록 나이가 많아서 용맹이 지난날만 못하더라도 그 재주는 늙지 아니하였으리니, 만일 노여움을 거두고 원망을 두지 않았을진대, 한번 군사를 일으켜 수고를 아끼지 않으면 족히 천하를 보존하리로다. 국가의 안위는 이 하나의 계책에 달려 있으니, 모름지기 경(卿)은 익히 생각하여 짐(朕)의 허물을 용서하고 선제(先帝)의 유언을 돌아보는 것이 어떠하느뇨?」

위왕이 다 읽고 난 뒤에 한편으로는 놀라고 다른 한편으로는 슬퍼 흐르는 눈물이 흰 수염을 따라 이어지며 잠자코 아무런 말이 없더니, 한참 지난 후에 표문(表文)을 지어 주고 사관(辭官)을 돌려보냈다. 그리고는 급히 군사를 출동하여 새 황제를 구하고자 했는데, 첫째아들 현후로 후군장(後軍將)을 삼고, 셋째아들 현우 좌익장(左翼將)을 삼고, 승상 석침으로 군사장군(軍師將軍)을 삼아서 철기군 10만 명을 거느리고 급히 행군하여 황성으로 향하였다. 위왕이 머리는 세었으나 얼굴은 곱고 윤기 나서 자못 씩씩하였으니, 갑옷과 투구를 단단히 감싸 바르게 하고 손에 자룡검을 잡아서 사람은 천신(天神) 같고 말은 비룡(飛龍) 같았다. 군대의 운용이 엄숙한 가운데 깃발들은 하늘을 가리고 징과 북 소리는 하늘까지 울렸는데, 가는 길에 비록 도적이 있을지라도 위엄 있는 풍채며 기세로 쓰러지니 위왕의 조화술(造化術)이 있음을 가히 알 만하다. 여러 날 만에 황성에 이르러 진(陣)을 치고 적진의 형세를 살펴보니, 여진왕이 아골대와 더불어 진영의 형세를 웅장히 하고 기운이 활달하여 천지를 흔들 듯싶었다. 위왕이 군사들에게 명령을 내리며 말했다.

"적진이 비록 싸움을 돋울지라도 절대로 대열에서 이탈하여 움직이지 말라."

그리고는 진법(陣法)을 팔문금사진(八門金蛇陣) 형태로 바꾸어 친 뒤에 새 황제에게 표문(表文)을 올리면서 군사들을 쉬게 하더라.

차설(且說). 천자가 적의 형세로 말미암아 위태한 것을 보고는 어찌할 줄 알지 못하고서 다만 하늘을 우러러 긴 한숨만 쉬면서 눈물을 흘리며, 요행히 위왕의 구원병이 이를까 기다려 황성의 궁문을 굳게 닫고 밤낮으로 기다렸다. 과연 위왕이 10만 대병을 거느리고 황성 밖에 이르러 표문(表文)을 올린다 하자, 새 황제가 크게 기뻐하여 그 표문을 떼어보니, 이러하였다.

「위왕 현수문은 삼가 표문을 황상의 용탑(龍榻) 아래에 올리옵나이다. 신(臣)이 본디 멀리 떨어진 지방에서 태어난 미천한 자로 선황제의 망극한 은혜를 많이 입었지만, 그 갚을 바를 알지 못하여 목숨이 마치도록 선황제의 은혜를 잊지 않으려 하옵더니이다. 이제 새 황상께옵서 선황제의 뒤를 이으셨는데 신(臣)의 변변하지 못함을 아시고 서천(西天)의 한 곳을 도로 거두시면서 죄를 자식에게 미루어 묻고 그 뒤를 끊고자 하셨나이다. 신(臣)의 마음이 어찌 두렵지 않으리까마는 본디 충성을 지키는 뜻이 간절했던 까닭에 저 흉노(匈奴)의 난을 평정하고 새 황상의 위태로움을 구하였으나, 뵈옵지 않고 그대로 간 것은 새 황상께서 신(臣)을 보기 싫어하는 뜻을 헤아린 것이러이

다. 이제 또 여진이 반란을 일으켜 황성에 이르러서 그 위태해진 것을 보시고 구원해주기를 청하시니, 신(臣)이 어찌 적병이 이른 줄 알면서도 편히 있기를 취하리까마는, 천한 사람이 나이가 벌써 칠순에 가까웠나이다. 다만 힘이 지난날만 못한 것을 두려워하여 두 아들들을 데리고 군사를 일으켜 이르렀으나 옛날 황충(黃忠: 劉備의 무장)만 못하지 않으리니, 바라건대 새 황상께옵서는 근심치 마소서.」

새 황제가 표문을 다 읽고 난 뒤에 크게 칭찬하여 말했다.

"위왕은 만고의 충신이거늘, 짐(朕)이 무슨 낯으로 위왕을 대하리오!"

그리고는 멀리 나가 맞고자 하나, 적병이 강성하여서 두려워 감히 움직이지 못하고 길게 탄식해 마지않았다. 조정의 신하 가운데 한 사람이 대신의 반열에서 나아와 아뢰었다.

"이제 위왕 현수문이 대군을 거느리고 와 진(陣)을 치자, 적장 아골대가 그 대군의 형세가 엄숙한 것을 보고 10리를 물려서 진을 쳤나이다. 그가 겁을 먹었음은 짐작하오리니, 황상께옵서 한 무리의 군사를 주시면 신(臣)이 한번 싸움터에 나아가 위왕의 한쪽 팔꿈치 힘이라도 도울까 하나이다."

모두 보니, 이는 병마도총(兵馬都總) 설연이더라. 새 황제가 기뻐하여 즉시 군사를 나누니 겨우 수천의 기병이었지만 당부하여 말했다.

"적장 아골대는 지략과 모사가 남달리 뛰어나고 책사 신비회는 뜻을 펼치는 국량이 신묘하니, 삼가 함부로 대적하지 말라!"

설연이 새 황제의 은혜에 사례하고 군사들을 거느려 위왕의 진영에 이르니, 위왕이 반기며 적진을 격파할 계교를 의논하고 여러 장수들을 불러 말했다.

"적장 아골대는 아닌 게 아니라 정말로 지략과 모사가 있는 장수이어서 우리 군사가 수천 리를 달려왔으므로 반드시 그 피곤했을 것을 알고 쉬지 못하도록 싸움을 돋우었는데, 내 또한 그 뜻을 알고 3일 동안 진영 밖으로 나가지 않은 것이지만 내일 싸울 것인데 여러 장수들은 나의 뒤를 따르라!"

날이 밝은 후, 대포 한 방 쏘는 소리가 나자 진영(陣營)의 문을 활짝 열고 말에 올라 앞으로 힘차게 달리며 큰소리로 말했다.

"적장 아골대는 빨리 나와 내 칼을 받으라. 나는 위왕 현수문이러라. 나의 자룡검은 본디 사사로운 정이 없기로 반적(叛賊)의 머리를 무수히 베었거늘 하물며 너 같은 무도한 오랑캐 목숨은 오늘 내 칼 아래 달렸으니, 바삐 나와 칼을 받으라."

큰소리가 우레 같으니, 아골대가 분노해 진영 밖으로 힘차게 달려 나오며 꾸짖어 말했다.

"나는 여진국 대장 아골대이러라. 우리 왕께서 하늘로부터 명을 받아 무도한 송나라 천자를 멸하고 천하를 다스리고자 하시어 벌써 삼십육도(三十六道) 군장(君長)을 쳐 항복받았고 이제 황성을 무찔러 천자를 잡고자 하거늘, 너는 천시(天時: 하늘이 주는 좋은 기회)를 알지 못하고 무도한 황제를 구하고자 하니 이른바 걸왕(桀王: 하나라 폭군)을 도와 잔학한 짓을 하는 것일러라. 네 어찌 늙은 소견이 이다지도 모르는 것이냐?"

그리고는 서로 맞아 싸우는데, 70여 차례에 이르러도 승부를 짓지 못하였다. 위왕이 비록 늙은 장수이기는 하나 용감한 능력이 족히 젊은 아골대를 당하는데, 칼빛이 번개 같아 동쪽을 치는데 서쪽에서 응하고 남쪽을 치는데 북쪽의 장수를 베니, 그 용감한 능력을 가히 알지라.

날이 저물자, 각각 자기 진영(陣營)으로 돌아가더라. 위왕이 분한 마음을 가누지 못해 모든 장수와 군졸들을 모으고 의논하여 말했다.

"내가 서번 도적을 칠 때에 초인(草人: 짚으로 된 가짜 사람)을 나처럼 만들어 적진을 속였나니 이제 또 그처럼 속일 것인데, 그대는 약속을 잊지 말라!"

며칠이 지난 뒤에 철기군 백만을 거느려 진영 좌편의 호인골짜기에 매복하고 후군장 현후를 불러 말했다.

"너는 군사들을 거느리고 적진과 싸우다가 이리이리 하라!"

그리고는 밤이 깊어지기를 기다려 싸움을 돋우며 큰소리로 말했다.

"적장 아골대는 며칠 전에 결정짓지 못한 승부를 오늘 결정짓자!"

곧바로 자룡검을 들고 힘차게 앞으로 달려 나가니, 여진왕이 아골대에게 말했다.

"위왕 현수문이 심야에 싸움을 재촉하는 것은 무슨 계교가 있어서이니, 삼가 함부로 대적하지 말라!"

아골대가 여진왕의 말을 듣고는 말에 올라 진영의 문을 열고 앞으로 힘차게 달려 나가 싸우는데, 등불이 눈부시게 번쩍이는 가운데 위왕이 엄숙한 거동이 씩씩하고 상쾌한데다 징과 북 소리는 산천을 흔들고 함성은 천지를 진동하니, 번개 같은 칼날 빛은 횃불이 무색하고, 어수선하게 뒤섞인 말발굽은 피아(彼我)를 알 수 없더라. 서로 30여 차례를 싸우더니 위왕이 거짓으로 패한 척하여 달아나는데, 아골대는 기회를 타서 급히 뒤를 따르고 위왕을 거의 잡을 듯해 수십 리를 따라가면서 아골대의 칼이 위왕 목에 이르기를 한두 번이 아니었는데도 끝내 베어지지 아니하였다. 아골대가 이를 의심하여 수상히 여겨서 군사들을 돌리고자 하였는데, 문득 뒤에서 함성이 일어났고 또 위왕이 여진왕의 머리를 베어 들고서 군사들을 몰아 짓밟고 있었다. 앞에서는 현후와 현우, 병마도총 설연이 치고 뒤에서는 위왕이 치니, 아골대가 비록 용맹하나 가짜 위왕과 싸우는 것도 어렵거든 하물며 실제로 위왕의 일광대사 술법을 당할 수 있으랴. 위왕의 칼이 이르는 곳에 장수와 병졸의 머리가 칼날의 빛을 따라 떨어지니, 아골대가 몹시 놀라서 넋을 잃고 동쪽을 향해 달아나더라. 위왕이 군사를 재촉하여 따르니, 아골대가 대적하지 못할 줄 알고 말에서 내려 항복하여 말했다.

"이제 우리 왕이 벌써 죽었고 소장도 기세가 꺾이고 힘이 다 빠졌사오니, 바라건대 위왕은 모진 목숨을 살리소서."

위왕이 아골대를 잡아 꿇리고 꾸짖어 말했다.

"너의 임금과 함께 반란을 일으켜 대국(大國: 송나라)을 침범하였으니 마땅히 죽일 것이로되, 항복한 자는 죽이지 않는다 하였으니 차마 죽이지 못하고 놓아 보내나니라. 너는 돌아가 마음을 고쳐먹고 행실을 닦아서 어진 사람이 되도록 하라!"

등을 80대 쳐서 진영의 문 밖에 내치고는 전군(全軍)을 모아 상을 내리고 방(榜)을 붙여 백성을 어루만져 위로하고서 승전한 표문(表文)을 올리더라.

이때 새 황제가 적진에 포위되어 황성 안의 백성들이 많이 굶주려 죽으니라. 이리하여 새 황제가 자주 통곡하며 위왕이 승전하기를 하늘에게 두 손바닥을 마주 대고 빌었는데, 이날 위왕이 여진왕을 죽이고 아골대를 사로잡아 항복받은 표문(表文)을 보고서 크게 기뻐하여 만조백관을 데리고 황성 문까지 나가 위왕을 맞았다. 위왕이 땅에 엎드려 통곡하니, 새 황제가 수레에서 내려 위왕의 손을 잡고 부끄러워하는 기색이 얼굴에 가득하여 눈물을 흘리며 말했다.

"짐(朕)이 어리석고 못나서 사리에 어두운데다 포악하여 경(卿) 같은 만고의 충신을 대접하지 아니하였고, 또 경(卿)의 어진 아들을 죽였으니 무슨 낯으로 경(卿)을 대하리오! 이리하여 짐(朕)의 죄를 하늘이 밉게 여기어 송나라 황실을 위태하게 하심이로되, 경(卿)은 추호도 꺼려

미워하지 아니하여 지난번 흉노의 난을 소멸하였고 이제 또 여진의
흉적을 격파하였도다. 경(卿)의 충성은 만대가 지나도 썩지 아니할 것
이지만 짐(朕)의 허물은 후세에 침 뱉기를 면치 못할 것이리니, 어찌
부끄럽지 않으리오!"

위왕이 새 황제가 너무 자책하는 것을 보고 울며 아뢰었다.

"신(臣)이 본디 충성하기를 본받아서 법으로 삼고자 하였지만, 선황
제의 한없는 은혜를 갚지 못하였기로 목숨이 마치도록 나라를 위하려
하였나이다. 어찌 새 황상의 약간 그릇됨을 꺼려 미워하오리까마는,
지난번에 흉노를 격파하고 새 황상을 뵙지 않고 곧바로 위나라에 돌아
간 것은 세상에 공명을 드러내지 않고자 함이었나이다. 갈수록 나라
의 운수가 불행함을 면치 못하여 또 여진의 난을 만나서 위태하시다는
것을 들었사온데, 신(臣)이 비록 천한 몸으로 나이가 많을지라도 어찌
전쟁터를 두려워하리까? 이제 새 황상의 크나크신 복(福)으로 도적을
격파한 것이오니, 이는 하늘이 도우신 것이나이다. 신(臣)의 공이 아니
로소이다."

새 황제가 더욱 칭찬하며 함께 궁궐 안으로 들어와 또다시 치하하였
는데, 위왕의 공을 이루 다 말할 수 없을 정도로 일컬으며 황금 1,000
냥과 비단 500필을 내려 보내도록 하고 말했다.

"짐(朕)이 경(卿)의 공을 생각하면 무엇으로 갚을 바를 알지 못하나
니, 이제 경(卿)의 나이가 들어서 몸이 쇠약하였거늘 해마다 조공(朝貢)
하는 예를 폐하고 마음 편히 위나라를 잘 보살필지어다."

위왕이 머리가 땅에 닿도록 절하며 감사인사를 하고 이어 하직하고
는 본국으로 돌아갔다.

재설(再說). 아골대가 겨우 목숨을 부지하여 책사 신비회와 노양춘
을 찾아서 데리고 함께 여진국에 들어가 분해 마지않으며 말했다.

"우리 노양춘의 말을 듣고 백만의 대병을 일으켜 대국(大國: 송나라)을 쳤지만 위왕 현수문의 칼 아래 귀신이 다 되었고, 다만 살아 돌아오는 사람은 우리 몇 사람이니 어찌 분하고 한스럽지 않겠소?"

그리고는 다시 반역을 꾀하더라.

위왕이 본국 위나라에 돌아가 현후, 현우 두 아들이 무사히 돌아온 것과 석침 또한 성공하고 함께 돌아온 것을 기뻐하여 모든 자녀를 거느리고 잔치를 베풀어 크게 즐기면서 왕비 석씨를 돌아보며 말했다.

"왕비와 과인(寡人)이 옛날 일을 생각하면 한바탕의 봄꿈일러니 어찌 이처럼 귀히 될 것을 뜻했으리오? 다만 한스러워하는 바는 송나라 황실이 오래 누리지 못할까 두렵다오. 이제 과인(寡人)은 나이가 팔순이라서 오래지 아니하여 황천길을 면치 못하리니, 어찌 슬프지 않으리오?"

왕비 또한 비통한 감회가 이리저리 몰리어 말했다.

"신첩(臣妾)이 당초 계모의 화를 피하여 칠보암에 있을 때, 노승의 두터운 은혜를 입사와 우리 부부가 서로 만나게 되었으니, 이를 생각하면 그 은혜가 적지 않사옵니다. 이제 사람을 그 절에 보내어 부처에게 공양하고 여러 승려들에게 은혜를 갚고자 하오니, 바라옵건대 전하(殿下)는 신첩의 간청을 살피소서."

위왕이 왕비의 말을 옳게 여겨 금은채단(金銀綵段)으로 옛정을 표하여 보내더라. 이때 모든 벼슬아치들이 위왕과 왕비의 훌륭한 덕을 칭송하고서 조회를 마치고 잔치를 파하니라. 위나라의 사람들이 복 받은 것이라며 칭송하지 않는 이가 없더라.

어느 날 위왕이 마음에 자연히 슬픈 느낌이 있어 이전에 입던 갑옷과 투구 그리고 자룡검을 꺼내어 보니, 저절로 삭아 조각이 떨어지고 칼이 부스러져 썩은 풀 같았다. 이에 위왕이 크게 놀라 탄식하며 말했다.

"수십 년 전에 내가 타던 말이 죽어서 의심하였더니 그 후로 과연 선황제께서 세상을 떠나셨는데, 또 이제 성공한 갑옷과 투구와 칼이 저절로 삭아 쓸데없게 되었으니, 이는 반드시 나의 명이 다한 것인 줄 알 수 있을지라. 슬프다! 세상 사람들은 제각각 타고난 수명이 정해져 있나니, 내 어찌 홀로 면할 수 있으랴?"

즉시 현후를 봉(封)하여 세자(世子)를 삼고, 석침으로 좌승상(左丞相) 을 삼았는데, 침상에 눕고 일어나지 못하더니 스스로 회복하지 못할 줄 알고서 왕비와 후궁을 부르고 모든 아들을 불러 눈물을 흘리며 말 했다.

"과인이 초년 운수는 비록 사나웠으나 이제 벼슬이 제후왕작에 이 르렀고 슬하에 아들 9형제를 두었으니 무슨 여한이 있으랴? 그러나 송나라 황실이 장구하지 못할까 근심하나니, 저세상으로 돌아가는 마 음이 가장 슬프도다. 너희는 모름지기 대(代)를 이어 충성으로 나라를 받들고 정사(政事)를 잘 돌보아 백성을 평안하게 하라."

침상에 누운 채 목숨이 다하였으니 나이가 78세라. 왕비와 모든 자제가 머리를 풀고 슬피 우니, 위나라의 신하와 백성들이 통곡하지 않는 이가 없고 해와 달도 슬퍼 빛을 발하지 않더라. 왕비 석씨가 한바 탕 통곡하고는 혼절하였는데 시녀들의 도움으로 겨우 정신을 차렸다. 그러자 왕비가 세자 현후를 불러 말했다.

"사람의 타고난 수명은 피하기 어려우니, 세자는 모름지기 과도히 슬퍼 말고 만수무강하여라."

곧이어 세상을 떠나니, 모든 자녀와 군신들의 애통함은 말할 것도 없고, 석침이 슬퍼함은 부모상(父母喪) 만난 듯이 지극히 애통해하며 장사를 치르는 도구들을 차려서 신릉(新陵: 현수문의 능)에 안장하였다.

재설(再說). 새 황제가 위왕의 너그럽고 인자한 덕을 오래 잊지 못해 해마다 사신을 보내어 위로하고 문안하였다. 그러던 어느 날 천문관(天文官)이 새 황제에게 아뢰었다.

"금월 모일에 서방(西方)으로 두우성(斗牛星: 북두칠성과 견우성)이 떨어지오니 심히 괴이하나이다."

새 황제가 천문관의 말을 듣고 괴이하게 여겼는데, 문득 위왕이 세상을 떠났다는 주문(奏文)을 보고 목 놓아 통곡하며 즉시 조문사(弔問使)를 보내어 예단(禮緞)을 후히 보냈다. 이웃나라 또한 위왕이 세상을 떠났다는 소식을 듣고 슬퍼해 마지않으며 제각각 부의(賻儀)를 보내니 하도 많아서 이루 셀 수가 없었다.

새 황제가 위왕의 첫째아들 현후를 봉하여 위왕을 삼고서 종묘사직을 이으라고 하였다. 현후가 새 황제의 교지(敎旨)를 받자와 황궁을 향해 사은숙배하고 이어서 왕위에 올랐으니, 임신년(壬申年) 추구월(秋九月) 갑자일(甲子日)이라. 모든 문무 벼슬아치들이 모여 천세(千歲)를 큰소리로 부르면서 축하 올리는 것을 마쳤다. 새 위왕이 자못 아버지와 어머니를 골고루 닮은 모습이 있는 까닭에 정사(政事)를 잘 다스렸으니, 사방에 아무런 사건이 없고 백성이 태평하더라.

이때 새 황제가 위왕 현수문이 세상을 떠난 후로 그 공을 차마 잊지 못하여 친히 제문을 짓고, 사관(辭官)을 명하여 위왕의 묘에 제사지내라고 하였다. 사관(辭官)이 달려 위나라에 이르자, 새 위왕이 맞이하며 새 황제의 은혜에 감사인사를 하고 함께 능침(陵寢: 현수문과 석씨의 능)에 올라 제사를 지내니, 그 제문은 이러하였다.

「모년 모월 모일에 송나라 천자(天子)는 사신을 보내어 위왕 현공의 묘소에 제사하나니, 오호통재(嗚呼痛哉)라!
왕의 충성이 하늘에 사무침이여, 선제(先帝)가 귀히 대접하시도다.

도적이 자주 기병(起兵)함이여, 수고를 아끼지 아니하도다.

송나라 황실의 위태함을 붙듦이여, 족히 천하를 반분하리로다.

갑주를 벗은 날이 드묾이여, 그 공이 만고에 희한하도다.

두 조정을 도와 사직을 안보함이여, 큰 공이 하늘에 닿았도다.

허다한 적장을 베임이여, 이름이 사해의 진동하도다.

충효겸전함이 고금에 드묾이여, 은덕의 혜택이 만민에 미쳤도다.

왕의 충절이 변하지 않음이여, 맑음이 가을 물결 같도다.

원망을 두지 않음이여, 늙도록 마음이 변치 아니하도다.

여진을 격파함이여, 짐의 위급함을 구하도다.

갈수록 공이 높음이여, 갚을 바를 알지 못하도다.

짐의 사리 어두움이 심함이여, 충량한 신하를 몰라보도다.

죄의 실상이 무궁함이여, 후회막급이로다.

왕의 음성이 귀의 쟁쟁함이여, 지하의 돌아가 만나보기 부끄럽도다.

슬프다! 왕이 한 번 하늘로 돌아갔지만, 어느 날인들 그 공을 생각하지 않으랴. 이제 짐이 구차한 정성으로나마 차마 잊지 못하여 한 잔의 맑은 술을 표하나니, 위로받은 영혼은 흠향할지어다.」

제문 읽기를 다하자 새 위왕과 여러 신하들이 일시에 통곡하니, 산천초목이 슬퍼하는 듯하였다. 새 위왕이 사관(辭官)을 위하여 예단(禮緞)을 후하게 주고, 새 황제의 은혜가 망극함을 못내 일컬으며 멀리 나와 전송하더라.

재설(再說)。 새 황제가 위왕 현수문이 죽은 후로 다리와 팔에 비길 만한 중신(重臣)을 잃어서 마음이 번뇌스럽고 매양 변방을 근심하였다. 조정에서는 간신이 권세를 잡아서 충성스럽고 선량한 신하들을 모해하며 불의를 일삼으니, 새 황제가 아무리 총명하고 비범하더라도 어찌 간신에 의해 가려지는 것을 면하랴. 이때 종실(宗室) 조충이 아뢰었다.

"위왕 현수문이 비록 싸움터에서의 공이 있으나, 선황제께서 거룩하고 신묘하며 문무를 구비하신 은덕의 혜택으로 왕위를 주신 것이오니, 이는 저에게 과도한 복이옵니다. 혹자(或者)도 적이 있으면 한번 싸움터에 나아가 싸워서 반드시 이기고 공격해서 반드시 빼앗는 것은 임금과 신하 사이의 이치에 떳떳한 것이거늘, 수문이 죽은 후로 또 그 아들로 왕위를 전하게 하셨나이다. 그 아들 현후가 천자의 은혜가 망극함을 알지 못하고 도리어 뜻이 교만해 천자를 업신여기고 마음을 분수에 넘치게 먹었으니, 반드시 제어할 도리가 없사오리다. 엎드려 바라옵건대 황상께서는 현후의 제후왕작을 거두시어서 범을 길러 근심됨이 없게 하소서."

새 황제가 다 듣고 난 뒤에 잠자코 아무 대답도 하지 않았다. 이때 조정은 조충의 말이 두려워 그른 줄 알면서도 부득이 그대로 좇아서 행하더니, 이날 조충이 아뢰는 말을 듣고 그저 가만히 있지 못하여 그 말이 옳은 줄로 아뢰자, 새 황제가 한참 후에 말했다.

"짐(朕)이 종묘사직을 보전하기는 현수문 곧 아니었으면 어찌 할 수 있었으랴. 그러나 선황제께옵서 심히 사랑하신 바이라, 이제 그 공을 잊지 아니하고 그 아들로 종묘사직을 잇게 한 것일러라. 경(卿)들의 말을 들으니 심히 의심되도다."

조충이 또 아뢰었다.

"현후도 또한 용력이 있는 자이라서 제 동생 현담을 죽여 젓 담은 혐의(嫌疑)를 매양 생각하고 황상을 원망하여 분한 마음을 드러내고자 하였으나, 제 아비의 교훈이 엄숙하여 미처 못했던 것이나이다. 이제는 그의 아비가 죽어서 아무런 거리낌이 없어 반드시 그저 있지 않으리니, 그 근심됨이 적지 아니할 것이옵니다. 폐하께서는 익히 생각하소서."

새 황제가 이 말을 듣고 그렇게 여기어 그 힘을 차차 **빼앗고자** 하여, 서천(西天)의 한 곳을 도로 바치라 하면서 조서(詔書)를 내렸다.

각설(却說). 위왕 현후가 부왕의 충성을 본받아서 새 황제의 은혜가 융성함을 망극하게 여기고 위나라를 다스리니, 위나라의 백성들이 풍속의 아름다움을 즐겨 은덕을 칭송하지 않는 이가 없더라.

어느 날, 새 위왕이 조회를 파한 후에 서안(書案)에 의지하였다가 꿈을 꾸었더니, 문득 백발 노옹이 청려장(靑藜杖)을 짚고 난간을 따라 방안으로 이르렀다. 새 위왕이 잠깐 보건대 차림새가 엄숙하니, 황망히 일어나 서로 인사를 나누고 자리를 정하였다. 새 위왕이 물었다.

"존공(尊公)은 어디 계시관대, 어찌 이리 오시나이까?"

노옹이 말했다.

"나는 남악 화산(南岳華山)에 있는 일광대사로 그대 부친이 나의 제자가 되어 재주를 배울 때에 정(情)이 부자간(父子間) 같아서 8년을 함께 지냈는데, 그 정성이 지극함을 탄복하여 혹 어려운 일을 가르침이 있었더니라. 하늘이 도와서 한 몸에 영화와 부귀를 누리다가, 세월이 무정하여 어느덧 80세를 사는 복을 누리고 천상에 올라갔으니 가장 슬프거니와, 또 그대를 위하여 이를 말이 있기로 왔노라."

새 위왕이 노옹의 말을 듣고서 다시 일어나 두 번 절하고 말했다.

"대인(大人)께서 돌아가신 부친의 스승이라 하오니 반갑기가 헤아릴 수 없거니와, 무슨 말씀을 이르고자 하시나이까?"

일광대사가 말했다.

"그대가 부왕(父王)의 뒤를 이어 왕위에 있으니, 그 한없는 복록은 비할 데 없거니와, 이제 새 황제가 어리석고 못나 사리에 어두운데다 막되어서 간신이 그릇 아뢰는 일을 믿고 들으나 그 형세는 오래가지 못할지라. 그대의 충성스럽고 선량함을 알지 못하고 크게 의심을 하여 제후왕작을 거두고자 하시는데, 만일 위태한 일이 있거든 그대 부왕(父王)이 가졌던 단소(短簫)가 있으리이다. 그 피리는 곧 당초 석 참지정사(參知政事)가 보관했었던 것으로 그대의 부친에게 전해진 것이라오. 이를 가져다가 내어 불면 위태함이 없으리니, 그대는 마음에 깊이 새겨두어 잊지 말라!"

그리고는 또 소매에서 환약(丸藥) 한 개를 꺼내어 주며 말했다.

"이 환약의 이름은 회생단(回生丹)이니, 새 황상에게 환후가 있거든 이 환약을 쓰라."

이어서 하직하고 갔다. 새 위왕이 신기하게 여겨 다시 말을 묻고자 하다가 홀연 섬돌 아래에서 나는 학의 울음소리로 말미암아 놀라 깨어나니, 잠을 자면서 잠깐 꾼 꿈이더라. 새 위왕이 정신을 차려 자리를 보니 환약이 놓여 있어 마음속으로 의아하였지만 집어 간수하고는, 즉시 좌승상(左丞相) 석침을 어명으로 불러들여 꿈속의 이야기를 이르며, 부왕(父王)이 가졌던 피리를 내어 보고서 탄식해 마지않았다.

몇 달이 지난 후에 갑자기 새 황제의 사자(使者)가 이르렀다 하여 새 위왕이 그를 맞이하였는데, 사관(辭官)이 말했다.

"황상께옵서 위왕의 지방이 좁고 길이 멂을 염려하시어 우선 서천(西天)의 한 곳을 환수하라 하셨고, 위왕을 보지 못하는 것을 한스럽게 여기셔서 특별이 사관을 보내어 함께 올라오기를 기다리시나이다."

그리고는 조서(詔書)를 들였는데, 새 위왕이 조서를 보고 황궁을 향해 네 번 절하고 의아해 마지않아서 말했다.

"황상의 망극한 은혜가 이처럼 미쳤으니, 어찌 황공하고 두렵지 않을 수 있겠소?"

그리서 사관(辭官)과 함께 길을 떠났는데, 좌승상 석침을 데리고

황성으로 향하니라. 여러 날 만에 황성에 다다랐는데, 갑자기 수천 군
마가 힘차게 달려 나와 새 위왕을 에워싸서 말할 수 없이 절박하거늘,
새 위왕이 크게 놀라 문득 일광대사의 가르친 일을 생각하고 단소(短
簫)를 내어 부니라. 소리가 심히 처량하여 사람으로 하여금 마음을 풀
어지도록 이끄니, 여러 군사들이 일시에 흩어지니라. 이는 종실(宗室)
조충이 본디 외람한 뜻을 두었으나 매양 위왕 부자를 꺼리다가, 이제
비록 현수문이 죽었으나 그의 아들 현후를 시기하여 새 황제에게 헐뜯
고 죄 있는 것처럼 고하여 바친 것이다. 이날 가만히 새 위왕 현후를
잡아 없애고자 하다가 갑자기 단소소리를 듣고 스스로 마음이 풀어진
바가 되었으니, 천도(天道)가 무심치 않음을 가히 알지라.

새 위왕이 그 위급한 화를 면하고 바로 궐내에 들어가 새 황제 앞에
엎드리니, 새 황제가 보고 한편으로 반기며 다른 한편으로 부끄러워
말했다.

"경(卿)을 차마 잊지 못하여 가까이 두고자 한 것인데, 이제 짐(朕)의
몸이 평안치가 않아서 말을 이르지 못하겠노라."

그리고는 도로 용상(龍床)에 누어 혼절하니, 위급함이 시각에 달려
있었다. 만조백관들이 허둥지둥 어찌할 줄 몰랐는데, 새 위왕 또한 새
황제의 위급함에 크게 놀랐지만 문득 환약을 생각하고 주머니 속에서
꺼내어 새 황제를 받드는 신하에게 주며 말했다.

"이 약이 비록 좋지 못하나 응당 효험이 있을 듯하니, 갈아서 잡수
시게 하는 것이 어떠하느뇨?"

만조백관이 다 허둥지둥하는 가운데 혹 다행이라 여기기도 하며 혹
의심을 내기도 하였는데, 곁에 조충이 있다가 이를 보고 생각하였다.

'만일 황상이 깨어나지 못할진대, 새 위왕을 없애려는 일을 이룰 수
있는 조짐을 만남이니 어찌 다행치 않으랴!'

그리고는 급히 환약을 받아 시녀(侍女)로 하여금 갈아서 새 황제에게 먹이게 하였더니, 오래지 않아 호흡이 능히 통하고 또 정신이 씩씩하여져 오히려 전보다 심사가 상쾌해졌다. 급히 새 위왕을 불러 만나며 말했다.

"짐이 아까 혼절하였을 때에 한 도관(導管)이 이르되, '송나라 천자가 충성스럽고 선량한 신하를 몰라보고 난신적자(亂臣賊子: 나라를 어지럽히는 불충한 무리)를 가까이 하는 죄로 오늘 문죄하고자 하였더니, 송나라의 위왕 현후의 충성이 지극하여서 환약을 주어 구하라.'고 하였으니 급히 나가라 하거늘, 깨어 생각하니 경(卿)이 무슨 약으로 짐(朕)의 위급한 병을 구했느뇨."

새 위왕이 아뢰었다.

"마침 환약이 있사와 다행히 황상의 몸에 있는 환후의 위급하심을 구했사오나, 이는 다 황상의 거룩한 덕이로소이다."

새 황제가 희한히 여겨 말했다.

"경(卿)의 부친이 충효가 지극하여 선황제와 짐(朕)을 도운 공이 태산(泰山)이 오히려 가볍고 하해(河海)가 오히려 얕아서 그 깊을 바를 알지 못하였는데, 그 아들 경(卿)이 또 충효를 모두 갖추어 적을 격파한 공은 이를 것도 없는 데다 선약(仙藥)을 얻어 짐의 죽을 뻔한 병을 살려내니 만고에 없는 일대 충신일러라. 무엇으로 그 공을 갚으랴?"

그리고는 좌우를 돌아보니 조충 등 80여 인이 다 간신이더라. 새 황제가 그 환약을 먹은 뒤로 흐리던 정신이 맑아지고 어두운 마음이 온전하여 누구는 그르며 누구는 옳은지 판단하였다. 이리하여 자연 천하가 매우 잘 다스려지더라.

이날 새 위왕이 본국 위나라로 돌아가기를 아뢰며 새 황상의 은혜에 감사하고 조정에서 물러나오려는데, 새 황제가 위로하여 말했다.

"짐(朕)이 망령되어 경(卿)에게 사신을 보내어 서천(西天) 땅을 들이
라 하였는데, 이제 경(卿)을 만난 후로 짐(朕)의 잘못한 일을 환하게 깨
달았으니, 경(卿)은 의심치 말고 안심하고서 나라를 다스리도록 하라."

이윽고 조서(詔書)를 거두시며 금은채단(金銀綵段)을 많이 상으로 내
리니, 새 위왕이 새 황제의 은혜에 감사인사하고 석침과 함께 본국 위
나라로 돌아가서는 여러 대군을 모아놓고 형제들이 서로 새 황제가
하던 일을 이르면서 일광대사의 기이한 일을 기리더라.

어느 날 좌승상 석침이 아뢰었다.

"신(臣)이 선왕(先王: 현수문)의 두터운 은혜를 입사와 벼슬이 좌승상
의 지위에 이르렀사오니 은혜가 망극하오이다. 그러나 오랫동안 부친
의 산소에 다녀오지 못하였으니, 바라건대 전하께서는 몇 달의 말미
를 주시면 다녀올까 하나이다."

새 위왕이 이 말을 듣고 허허 탄식하며 말했다.

"선왕(先王: 현수문)께옵서 매양 석 참지정사의 산소에 자주 친치 가
시던 것을 과인(寡人)이 잊지 아니하였으나, 그 사이 삼년상을 치르고
또 새 황제의 명초(命招)하심으로 인하여 자연이 잊은 모양 같았더니,
이제 승상의 말을 듣고는 과인(寡人)도 선왕께옵서 하시던 일을 본받
아 함께 가리라."

즉시 길을 떠나 석 참지정사의 산소에 가 정성으로 제사지내고 돌아
와 정사를 다스리니, 위나라가 태평하여 격양가(擊壤歌)를 부르더라.

세월이 물 흐르듯 빨라 새 위왕의 나이가 40세 되었으니 삼자일녀
(三子一女)를 두었고, 여러 형제들이 각각 자녀를 많이 두어 은총이 무
궁하니 천하의 이런 복록이 어디 있으랴. 대대로 충신(忠臣)과 열사(烈
士)가 자자손손이 이어받더라.

천자 또한 위왕 부자의 크나큰 공을 잊지 아니하였으니, 그 화상(畵

像)을 그려 기린각(麒麟閣)에 걸었고, 단서(丹書: 임금의 명령을 일반에게 알리는 글) 7권을 만들어 만고의 충신이라 하여서 사적을 기록하고 종묘(宗廟)에 보이도록 하니라.

현수문전

원문과 주석

권지샹

디숑(大宋) 신종[1] 년간(年間)의 니부시랑(吏部侍郎) 현틱지는 틱학수(太學士) 현광의 손(孫)이요, 우승상(右丞相) 현범의 아들이라. 그 부인 당시는 병마디도독(兵馬大都督) 쟝긔의 녜(女ㅣ)니. 공(公)의 위인(爲人)이 관후디덕(寬厚大德)ᄒ고 부인이 ᄯᅩ흔 인ᄌ(仁慈)흔 슉녀(淑女)로, 부뷔 화락(和樂)ᄒ며 가산(家産)은 유여(有餘)ᄒ되.

연긔(年紀) 수십의 슬ᄒ(膝下)의 남녀간(男女間) ᄌ미ᄅᆞᆯ 보지 못ᄒᆞ여 만ᄉ(萬事)의 뜻이 업고 벼슬을 귀(貴)이 넉이지{여기지} 아니ᄒ며. 명산 디찰(名山大刹)을 ᄎᆞᆽ 졍셩(精誠)을 무슈이 드리며, 혹 불샹흔 ᄉᆞᄅᆞᆷ을 보면 지믈(財物)을 쥬어 구제(救濟)흔 일이 만ᄒ되{많되} 맛참ᄂᆡ 효험(效驗)이 업스므로. 부뷔 미양 슬허{슬퍼} 탄왈(嘆曰),

"우리 므슴{무슨} 죄악(罪惡)으로 일졈혈식[2](一點血息)을 두지 못ᄒᆞ여 후ᄉ(後嗣)ᄅᆞᆯ ᄭᅳᆫ케{끊게} 되여시니 엇지 슬프지 아니ᄒ리오."
ᄒ며, 술을 ᄂᆞ와 마시며 심ᄉ(心思)ᄅᆞᆯ 졍(定)치 못ᄒᆞ더니.

홀연(忽然) 노승(老僧)이 문젼(門前)의 이르러 시쥬(施主)ᄒ라 ᄒ거늘, 시랑(侍郎)이 본디 시쥬ᄒᆞ기ᄅᆞᆯ 조아ᄒᆞᄂᆞᆫ 고로 즉시 불러 보니, 그 즁이 합장비례(合掌拜禮) 왈,

"소승(小僧)은 텬츅국[3] 디셩ᄉ 화쥬[4]옵더니. 졀을 즁슈[5]ᄒ오미 지믈(財

---

1) 신종(神宗): 北宋의 6대 황제. 王安石을 등용하여 국정 개혁에 나섰고, 왕안석은 制置三司條例司를 세워 新法을 제정해 반포하였다. 이로 인해 지주, 상인세력과 그곳 출신인 관료들의 엄청난 반대를 불러 일으켰는데, 이들을 舊法派라 부른다.
2) 일졈혈식(一點血息): 一點血肉. 자기가 낳은 단 하나의 자녀.

物)이 부족ᄒ기로 상공(上公)게 젹션[6]ᄒ시믈 ᄇᄅ오니 쳔 니(千里)의 허

행[7]을 면(免)케 ᄒ소서."

ᄒ거늘, 시랑이 소왈(笑日),

"존식(尊師ㅣ) 붓쳐[부처]롤 위ᄒ여 이의[이에] 니ᄅ러거늘, 니 엇지 마

음의 감동치 아니ᄒ리오. 존ᄉ의 졍셩(精誠)을 표(表)ᄒ리라."

ᄒ고, 치단[8] 빅 필(百疋)과 은자(銀子) 일쳔 냥을 권션문[9]의 긔록ᄒ고 즉

시 니여 주며 왈,

"이거시[이것이] 비록 젹으나 졍셩(精誠)을 발원[10]ᄒ미니, 존ᄉ는 허믈

치 말나."

그 즁이 백비ᄉ례(百拜謝禮) 왈,

"소승(小僧)이 시쥬(施主)ᄒ시믈 만이 보와시되 상공 갓ᄒ시[같으신] 니

[人]롤 보지 못ᄒ와거니와, 다 각기 소원을 긔록ᄒ여 불젼(佛殿)의 츅원

(祝願)ᄒ옵ᄂ니. 상공은 무슴 소원을 긔록ᄒ여 쥬옵시면 그디로 ᄒ오리

이다."

시랑이 탄왈(嘆日),

"약간 직물을 시쥬ᄒ고 엇지 소원을 ᄇᄅ리오ᄆᄂ, ᄂ의 팔지(八字ㅣ)

ᄉ오ᄂ와 후ᄉ[11]룰 젼ᄒ 곳이 업스니 병신(病身) 자식이ᄅ도 이시면[있으

---

3) 텬축국(天竺國): 예전에 印度를 부르던 옛 명칭.

4) 화쥬(化主ㅣ): 化主僧. 인가에 다니면서 사람들로 하여금 法緣을 맺게 하고, 시주를 받
   아 절의 양식을 대는 승려.

5) 즁슈(重修): 건축물 따위의 낡고 헌 것을 손질하며 고침.

6) 젹션(積善): 착한 일을 많이 함.

7) 허행(虛行): 헛수고만 하고 가거나 오는 걸음.

8) 치단(綵緞): 온갖 비단을 통틀어 이르는 말.

9) 권션문(勸善文): 신자들에게 보시를 청하는 글.

10) 발원(發願): 신이나 부처에게 소원을 빎.

11) 후ᄉ(後事): 죽은 뒤의 일.

면〕 막디흔 죄명(罪名)을 면코져 ㅎㄴ, 엇지 ㅂㄹ리요."

노승 왈,

"상공의 소원더로 ㅎ리이다."

ㅎ고, ㅎ직ㅎ고 가거늘. 시랑이 닉당(內堂)의 드러가 노승의 수말(首末)을 니르고 셔로 위로ㅎ더니.

츠년(此年) 츄(秋)의 부인이 틱긔(胎氣ㅣ) 이시미, 시랑이 디희(大喜)ㅎ여 십 삭(十朔)을 기다리더니. 일일은 상셔(祥瑞)의 구름이 집을 두루고 부인이 일긔(一個) 옥동(玉童)을 생(生)ㅎ니, 시랑 부뷔 불승환열(不勝歡悅)ㅎ여 일홈을 슈문이라 ㅎ고 장중보옥(掌中寶玉) 갓치 스랑ㅎ니, 친쳑(親戚)과 노복(奴僕)드리 즐겨ㅎ더라.

슈문이 점점 자라 오 세(五歲)의 니르미 총명영미(聰明英邁)ㅎ여 모를 거시 업고, 글을 읽으미 칠셔[12]룰 능통ㅎ며 손오병셔(孫吳兵書)와 뉵도삼약[13]을 조아ㅎ고〔좋아하고〕 혹 산의 올ㄴ 말 달니기와 활쏘기룰 닉이니〔익히니〕, 부뫼 조와ㅎ지 아니ㅎㄴ 더욱〔더욱〕 두굿기믈[14] 마지 아니ㅎ니. 슈문이 비록 오 세(五歲) 소이(小兒ㅣ)ㄴ 슉셩(夙成)ㅎ미 큰 스룸의 갓갑더라.

츠시(此時) 황숙(皇叔) 연평왕이 불의지심(不義之心)을 두어 우스장군 쟝흡 등으로 반역(叛逆)을 꾀ㅎ다가 발각(發覺)ㅎ미 되미, 연평왕을 스스(賜死)ㅎ시고 기즈(其子)룰 원찬[15]ㅎ시며. 녀당(餘黨)을 잡아 쳐참(處斬)ㅎ실시, 이부시랑 현틱지 쏘흔 역율(逆律)의 연좌(連坐)룰 면치 못ㅎ미. 시랑을 나문[16]ㅎ실시, 시랑이 불의지화(不意之禍)룰 당ㅎ여 고두읍왈(叩頭

---

12) 칠셔(七書): 四書三經을 말함. 곧, 《논어》·《맹자》·《중용》·《대학》의 四書와 《주역》·《서경》·《시경》의 삼경을 이른다.

13) 뉵도삼약(六韜三略): 중국의 兵書. 《육도》와 《삼략》을 아울러 이르는 말이며 중국 고대 兵學의 최고봉인 '武經七書' 중의 2書이다.

14) 두굿기믈: 두굿김을. '두굿김'은 '흐뭇함. 대견스러워함. 매우 기뻐함'의 뜻이다.

15) 원찬(遠竄): 먼 곳으로 귀양살이를 보냄.

泣曰),

　"신(臣)의 집이 칠디(七代)로붓허 국은(國恩)을 닙스오미 신 쏘흔 벼슬이 니부시랑의 참녀(參預)ᄒ오니 외람(猥濫)ᄒ오미 잇스오나 동동촉촉[17]ᄒ여 국은을 져ᄇ리지 아니ᄒ옵고, 신의 가산(家産)이 자연 도쥬[18]·의돈[19]의 지물만 못지아니ᄒ와 일신(一身)의 너무 다복(多福)ᄒ오믈 조심ᄒ옵거늘, 엇지 역모(逆謀)의 투입(投入)ᄒ여 집을 보젼(保全)치 아니ᄒ오리잇가? 복망셩샹(伏望聖上)은 신의 ᄉ졍(事情)을 살피샤 칠디 군신지의(君臣之義)를 ᄒ렴[20]ᄒ옵소셔."

　샹이 굴아샤디,

　"경(卿)의 집일은 짐이 아는 비라 특별이{특별히} 물시(勿施)ᄒ나니, 경은 안심ᄒ라."

　도어ᄉ(都御史) 정학이 쥬왈(奏曰),

　"현틱지 비록 이미(曖昧)ᄒ오나 죄명(罪名)이 잇스오니, 맛당이 관쟉(官爵)을 삭(削)ᄒ옵고 원찬(遠竄)ᄒ오미 조흘가{좋을까} ᄒ나이다."

　샹이 마지 못ᄒ여 무량도로 졍비[21]ᄒ라 ᄒ시니.

　ᄎ시(此時) 금오관[22]이 급히 모라{몰아} 길을 써ᄂᆞᆯ시 집의 가지 못ᄒ고

---

16) 나문(拿問): 죄인을 잡아다가 심문함.
17) 동동촉촉(洞洞燭燭): 매우 공경하고 삼가 조심스러운 모양.
18) 도쥬(陶朱): 越나라 재상 范蠡를 달리 이르는 말. 벼슬은 그만두고 陶의 땅에서 살아 朱公이라 일컬은 데서 온 말이다. 재산을 모으는 재주가 있어 많은 재산을 모아 부호의 표본으로 일컬어진다.
19) 의돈(猗頓): 춘추시대 魯나라 대부호. 이름은 頓이다. 猗氏라는 고을에서 재산을 일으켰기 때문에 의돈으로 불린다. 그는 陶朱公에게 商術을 배운 뒤 목축업으로 거부가 되었다 한다.
20) ᄒ렴(下念): 윗사람이 아랫사람을 염려하여 줌.
21) 졍비(定配): 유배지를 정하여 죄인을 유배시킴.
22) 금오관(金吾官): 의금부 관리.

브로 비소(配所)로 향ᄒ니 부인과 아자(兒子)를 보지 못ᄒ고 아득ᄒ 심ᄉ (心思)를 진정(鎭靜)치 못ᄒ여 ᄒ 곳의 다다르니, 층암결벽(層巖絕壁)은 ᄒ 늘의 다ᄒ고 풍낭[23]이 디작(大作)ᄒ여 셔로 언어(言語)를 아지 못ᄒ더라. 시랑이 더옥 슬허ᄒ며 무량의 니르니, 악풍토질[24]이 심ᄒ여 ᄉ롬으로 ᄒ 여곰 견디기 어려오나 소무[25]의 결기(節槪)를 효측(效則)ᄒ여 마옴을 온젼 (穩全)케 ᄒ니, 그 튱의(忠義)를 가히 알니러라.

ᄎ시(此時) 쟝부인이 이 쇼식을 듯고 망극(罔極)ᄒ여 아자(兒子) 슈문을 다리고[데리고] 쥬야(晝夜)로 슬허ᄒ니, 슈문이 모친(母親)을 위로ᄒ여 왈,

"소지(小子ㅣ) 잇ᄉ오니 너모[너무] 과도이 슬허 마르쇼셔."

ᄒ며, 궁마지지[26]를 닉이니[익히니], 부인이 그 지조(才操)를 일ᄏ르며 ᄂ 과 달을 보너나 시랑의 일을 생각ᄒ며 슬허ᄒᄂ 눈물이 나상[27]의 이음ᄎ 니[28] 엇지 참연[29]치 아니ᄒ리오.

각셜(却說). 운남왕(雲南王)이 반(叛)ᄒ여 중원(中原)을 침범ᄒ니 동군 티쉬(東郡太守ㅣ) 급히 상달(上達)ᄒ온디. 샹이 디경(大驚)ᄒᄉ 디ᄉ도(大司 徒)와 유원튱으로 디원슈(大元帥)를 ᄒ이시고, 표긔장군(驃騎將軍) 니말노 선봉(先鋒)을 ᄒ이시며, 영쥐 도독(營州都督) 한희로 운량관(運糧官)을 ᄒ 이시고, 쳥쥐 병마도위(靑州兵馬都尉) 죠광본으로 후군 도총ᄉ(後軍都總

---

23) 풍낭(風浪): 해상에서 바람에 의해 일어나는 파도.

24) 악풍토질(惡風土疾): 癩風 곧 한센병과 풍토병.

25) 소무(蘇武): 중국 前漢의 명신. 武帝의 명을 받고 흉노의 지역에 사신으로 갔을 때, 單于 에게 붙잡혀 服屬할 것을 강요당하였으나 이에 굴하지 않아 北海(바이칼호) 부근에 19년 간 유폐되었다. 흉노에게 항복한 지난날의 동료 李陵이 설득하였으나 굴복하지 않고 절개 를 지켜 귀국했다.

26) 궁마지지(弓馬之才): 활 쏘고 말달리는 재주.

27) 나상(羅裳): 얇고 가벼운 비단으로 만든 치마.

28) 이음ᄎ니: 줄줄이 이어지니.

29) 참연(慘然): 슬프고 참혹한 모양.

使)롤 삼아 정병(精兵) 이십만, 쳘긔(鐵騎) 십만을 조발³⁰⁾ᄒᆞ여 반젹(叛賊)을 치라 ᄒᆞ시니 유원츙이 디군(大軍)을 휘동(麾動)ᄒᆞ여 금능의 다다르미, 운남 선봉장(雲南先鋒將) 곽자희 십뉵 쥬(州)롤 쳐 항복밧고 금능³¹⁾을 취(取)ᄒᆞ니.

ᄎᆞ시(此時) 쟝부인이 시랑이 젹소(謫所)의 가므로 아자(兒子) 슈문을 다리고 금능(金陵) ᄯᅡ희 나려와 ᄉᆞ더니, 불의(不意)에 난을 당ᄒᆞ미 디경실식(大驚失色)ᄒᆞ여 슈문을 다리고 황츅산의 피ᄂᆞᆫᄒᆞᆯᄉᆡ. 중노(中路)의셔 도젹을 만나미 부인이 황황망조³²⁾ᄒᆞ여 닷더니, 도젹이 수문의 상뫼(相貌ㅣ) 비범(非凡)ᄒᆞᆯ믈 보고 놀나 니르디,

"이 아히 타일(他日)의 반다시[반드시] 귀(貴)히 되리로다."

ᄒᆞ고, 다리고 가니, 쟝부인이 디경망궁[大驚罔極]ᄒᆞ여 통곡(痛哭)ᄒᆞ다가 혼졀(昏絶)ᄒᆞ니. 시비 치셤이 공자(公子)의 생ᄉᆞ(生死)롤 아지 못ᄒᆞ고 통곡ᄒᆞ다가 부인을 구호(救護)ᄒᆞ여 향ᄒᆞᆯ ㅂ롤 아지 못ᄒᆞ더니. 이윽고 도젹이 믈너가거놀 부인이 치셤을 붓들고 집을 ᄎᆞ자오니라.

ᄎᆞ시(此時) 젹장(敵將)이 긍능[金陵]을 쳐 엇고[얻고] 송진(宋陣)을 디ᄒᆞ미 벽ᄒᆞ(碧河)롤 ᄉᆞ이의 두어 진(陣)치고 디즐왈(大叱曰),

"우리 운남왕(雲南王)이 송황졔(宋皇帝)로 더부러 골육지친(骨肉之親)이라. 연평왕을 죽이고 그 셰자(世子)롤 안치(按治)ᄒᆞ니, 불인(不仁)ᄒᆞ미 이러ᄒᆞ고 황친국족(皇親國族)³³⁾을 일뉼(一律)노³⁴⁾ 죽이니 엇지 ᄎᆞ마 ᄒᆞᆯ 비리오? 너의 텬지(天子)가 만일 마음을 곳치지[고치지] 아니ᄒᆞ면 당당이[堂堂

---

30) 조발(調發): 전쟁 혹은 徭役에 사람·馬匹·물품 등을 징발하는 것.
31) 금능(金陵): 南京의 다른 이름.
32) 황황망조(遑遑罔措): 마음이 급하여 어찌할 줄을 모르고 허둥지둥함.
33) 황친국족(皇親國族): 황제의 가까운 친척.
34) 일뉼노: 일뉼(一律)노. 일률적으로. 예외 없이.

히] 송국(宋國)을 뭇질너{무찔러} 무도(無道)흔 송졔(宋帝)롤 업시 ㅎ고 우
리 디왕(大王)으로 텬자(天子)롤 삼고져 ㅎ나니 너희들도 텬시(天時)롤 짐
작ㅎ거든 썰니 항복ㅎ여 잔명(殘命)을 보존(保存)ㅎ라.”

유원츙이 디로(大怒)ㅎ여 쑤지져 왈,

“이 무지(無知)흔 오랑키. 감히 텬위(天威)롤 역(逆)ㅎ여 텬ㅎ(天下)의 용
납지 못홀 역젹(逆賊)이 되민, 텬벌(天罰)을 엇지 면ㅎ리오? 나의 칼이 ᄉ
졍(私情)이 업나니, 썰니 나와 칼홀 브드라.”
ㅎ고, 백셜부운총[35]을 모라 니다라니, 젹진(敵陣) 즁의셔 흔 장식 마자 나
오미. 이ᄂᆞᆫ 운남왕의 졔이자(第二子) 조승이라, 삼쳑양인도[36]롤 들고 디
호왈(大呼日),

“우리 굿ㅎ여{구태여} 천자(天子)롤 범(犯)ㅎ미 아니라. 숑졔(宋帝) 젼일
(前日) 허믈을 곳치지 아니ㅎ믄 여등(汝等)의 간(諫)치 아니ㅎ미오. 간신
(奸臣)을 갓가이ㅎ고 현신(賢臣)을 멀니ㅎ믄 여등(汝等)의 모역(謀逆)홀 의
ᄉ(意思)롤 두미니, 붓그럽지 아녀 엇지 나롤 디젹(對敵)고져 ㅎ나뇨?”

숑진(宋陣) 즁의셔 ᄎ언(此言)을 듯고 참식(慙色)이 만면(滿面)ㅎ여 쏘홀
마ᄋᆞᆷ이 업더니, 부장(副將) 젹의 분긔디발(憤氣大發)ㅎ여 브로 조승을 취
ㅎ니. 조승이 믄득 말혁[37]을 잡고 닐너 왈,

“죵시(終是) 니 말을 듯지 아니ㅎ니 후일 뉘우츠미 잇시나, 밋지 못ㅎ
리로다.”
ㅎ고, 말을 도로혀{돌리어} 본진(本陣)으로 가거늘, 숑진(宋陣) 장졸(將卒)
이 디젹(對敵)지 못ㅎ더니. 믄득 젹진(敵陣) 즁의 일원 디장(一員大將)이
츌마디호(出馬大呼) 왈,

---

35) 백셜부운총(白雪浮雲驄): 털빛이 희고, 뜬구름 같이 날랜 말.

36) 삼쳑양인도(三尺兩刃刀): 양면을 갈아 날을 세운 3자 칼.

37) 말혁: 말안장 양쪽에 장식으로 늘어뜨린 고삐.

"송장(宋將)은 닷지 말고 니 말을 드르라."

모다[모두] 보니, 이는 산양인 범영이라. 본디 적의로 더부러 동문슈학[38]호지라, 적의 경문왈(驚問曰),

"현제[39] 엇지 이곳의 참녜(參禮)호엿나뇨?"

범영이 체읍(涕泣) 왈,

"이제 송제(宋帝) 실덕무도(失德無道)호여 졔후(諸侯)를 공경치 아니호고 지물(財物)을 탐호여 션비를 디졉(待接)지 아니호니, 엇지 님군의 졍시(政事 ㅣ)라 호리오. 우리 운남왕은 송실지친(宋室之親)이라. 일즉[일찍] 그론 일이 업고, 인자공검(仁慈恭儉)호무로 텬자의 구호는 지보미녀(財寶美女)를 보니지 아닌 비 업스며, 표(表)를 올여 간(諫)호미 혼두 번이 아니로되 심지어 사자(使者)를 참(斬)호고 듯지 아니호기로 마지 못호여 이신벌군[40]호니, 그디는 텬자의 기과(改過)호시믈 간(諫)호라."

호고 스미로좃ᄎ 일봉(一封) 표(表)를 너여쥬며 왈,

"이 표를 텬자게 드려 허믈을 아르시게 호라."

호고, 회군(回軍)호여 가거늘. 적의 본진(本陣)의 도라와 원슈긔 표(表)를 드리고 범영의 말을 니르니, 원슈이 청파(聽罷)의 고기를 슉이고 아모 말을 니지 아니호더니 믄득 군을 거두어 본국(本國)의 도른와 텬자게 표(表)를 올넛더니. 샹이 그릇호시믈 씨다르샤 졔국(帝國)의 됴셔(詔書)를 나리오시니, 운남국이 안병부동[41]호더라.

각셜(却說). 쟝부인이 슈문을 닐코 집의 도른오미, 도적이 와 세간을 노략(擄掠)호여 가고 집이 뷔여거늘. 부인이 더옥 망극[罔極]호여 호늘을

38) 동문슈학(同門修學): 한 스승 밑에서 같이 학문을 닦고 배움.
39) 현제(賢弟): 아우뻘 되는 사람이나 남의 아우를 높여 이르는 말.
40) 이신벌군(以臣伐君): 신하된 자로서 군사를 일으켜 임금을 침.
41) 안병부동(按兵不動): 진군하던 군사들을 멈추어 두고 움직이지 않는다는 뜻으로, 모든 준비를 마치고 적절한 때를 기다림을 이르는 말.

부르며 통곡ᄒ더니 정신을 찰혀[차려] 치셤을 붓들고 왈,

"나의 팔지(八字ㅣ) 긔구[42]]ᄒ여 상공게오셔는 적쇼(謫所)의 계시고 공자(公子)는 난즁(亂中)의 닐코[잃고] 집의 도릭오미 가즁지믈(家中之物)이 업셔스니 죽을 쥴 알거니와, 무량도롤 츠자 상공을 만나보고 죽으리라."

ᄒ고, 치셤을 다리고 셔쳔 무량으로 향ᄒ니라.

지셜(再說)。 슈문이 도젹의게 잡피여 진쥬[陣中]의 잇더니, 그 도젹이 회군(回軍)ᄒ여 본국(本國)으로 가미 슈문을 구계산 ᄒ(下)의 ᄇ리고 가며,

"나즁의 너롤 다려가미 조ᄒ나, 군즁(軍中)의 무익(無益)ᄒ므로 이곳의 두고 가ᄂᆞ니[가나니] 너는 무ᄉ이 이시라[있어라]."

ᄒ고 가거ᄂᆞᆯ, 슈문이 왈,

"갈 ᄇ롤 아지 못ᄒ여, 모친(母親)의 죵젹(蹤迹)을 츠즈되 엇지 알니오."

여러 놀 먹지도 못ᄒ고 눈물만 흘니며 ᄉ면(四面)으로 단니다가 놀이 져물미 슈풀 쇽의 드러 밤을 지ᄂᆡ더니, 홀연 노인이 겻ᄒᆡ셔[곁에서] 불너 왈,

"너는 어린 아히로 엇지 이곳의 누어 슬피 우ᄂᆞᆫ냐? 놀과 ᄒᆫ가지로[함께] 이시미 엇더ᄒ뇨?"

ᄒ고, ᄉ미로죳ᄎ 실과(實果)롤 니여쥬거ᄂᆞᆯ, 슈문이 ᄇ다[받아] 먹으며 지ᄇᆡ(再拜) 왈,

"ᄃᆡ인(大人)은 뉘시완ᄃᆡ 여러 놀 쥬린 아히롤 구졔ᄒ시니 은혜 망극ᄒ옵거니와, ᄯᅩ흔 양휼(養恤)ᄒ시믈 니ᄅ시니 난즁(亂中)의 닐흔[잃은] 모친을 만ᄂᆞᆫ 듯 반갑기 층냥(測量) 업도소이다."

노인이 웃고 왈,

"네 모친이 무ᄉ이 이시니, 너는 넘녀(念慮) 말나."

---

42) 긔구(崎嶇): 세상살이가 순탄하지 못하고 가탈이 많음.

호고, 호가지로[함께] 도르오니[돌아오니], 슈간 쵸옥(數間草屋)이 단정[43]
이 잇고 학(鶴)의 소리 들니더라. 노인이 슈문을 다려온[데려온] 이후로
심히 스랑호며 단져룰 니여 곡죠(曲調)룰 가르치니, 오러지 아니호여 온
갓[온갖] 곡조룰 통호니. 노인이 즐겨 왈,

"네 지조(才操)룰 보니 죡히 큰 스룹의 니룰지라. 미양 티평(太平)호 씩
가 업스리니, 네 이거슬[이것을] 숭상(崇尙)호라."

호고, 일권칙(一券冊)과 일쳑검(一尺劍)을 쥬거늘. 슈문이 바다보니[받아
보니], 그 칼의 셔긔(瑞氣) 엉긔엿고[엉기었고] 그 칙은 젼의[전에] 보던 칙
갓호나[같으나] 병셔(兵書)의 모룰[모르는] 디문[대목]이 잇더라.

슈문이 낫이면[낮이면] 병셔룰 공부호고 밤이면 칼 쓰기룰 조아호니[좋
아하니]. 무졍(無情)호 셰월의 노인의 이휼(愛恤)호믈 힘닙어 일신(一身)은
안한[44]호나. 엄친(嚴親)은 젹소(謫所)의 계시믈 짐작호고 모친은 난즁(亂
中)의 실산(失散)호여 존망(存亡)을 아지 못호니, 셜우믈[설움을] 견디지
못호여 눈물을 흐르믈 억졔(抑制)치 못호나 마음을 강잉[45]호여 요행(僥倖)
만나뵈오믈 축원(祝願)호더라.

일일은 노옹(老翁)이 슈문을 불너 왈,

"니 너룰 다려온 지 어닛덧[어느덧] 아홉 히라. 호가지로[함께] 이실[있
을] 인연(因緣)이 진(盡)호여시니 오늘 니별(離別)을 면치 못호려니와, 장
부(丈夫)의 스업(事業)을 일치[잃지] 말나."

슈문이 이 말을 듯고[듣고] 악연(愕然) 왈,

"디인(大人)이 소자(小子)룰 스랑호시미 과도(過度)호샤 비혼[배운] 일이
만스와[많사와] 망극[罔極]호 은혜룰 닛지[잊지] 못호더니, 이졔 쩌나믈 니

43) 단정(端整): 깨끗이 정리되어 가지런함.
44) 안한(安閑): 평안하고 한가로움.
45) 강잉(强仍): 억지로 참음. 마지못하여 그대로 함.

르시니 향홀 브롤 아지 못ᄒ오미. 어ᄂ 날 디인 은덕(恩德)을 보은(報恩)
ᄒ오믈 원(願)ᄒ나이다."

노인이 슈문의 말을 듯고 잔닝⁴⁶⁾ᄒᄆᆯ 니긔지 못ᄒ여 왈,

"나는 일광디시요, 이 산 일홈[이름]은 남악 화산⁴⁷⁾이라. 발셔[벌써] 너
롤 위ᄒ여 이곳의 잇더니, 네 이졔 지죄(才操ㅣ) 비상(非常)ᄒ믈 보미 실
노 넘녀(念慮)는 업는지라. 그러나 오는 액화⁴⁸⁾롤 피(避)치 못ᄒ리니, 만
일 위티(危殆)ᄒ미 잇거든 이롤 쩌혀[떼어] 보라."

ᄒ고, 즉시 세 봉 글을 쥬거늘. 슈문이 ᄇ다보니[받아보니], 그 속은 아지
못ᄒ나 것봉의 졔ᄎ⁴⁹⁾롤 썻더라. 드디여 ᄒ직(下直)홀시 눈물을 흘니고
백비ᄉ례(百拜謝禮)ᄒ며 모친의 말을 뭇고져 ᄒ더니, 믄득 간 곳이 업는
지라. 슈문이 크게 놀나 공중(空中)의 ᄒ직ᄒ고 길을 당ᄒ니, 그 향홀 브
롤 아지 못ᄒ여 추창⁵⁰⁾ᄒ 거동(擧動)이 비홀 디 업더라.

각셜(却說). 쟝시랑⁵¹⁾이 젹쇼(謫所)의 가 계우 슈간 초옥(數間草屋)을 어
더 머물미, 슈ᄒ(手下)의 아모 시쟈⁵²⁾도 업고 히즁독긔(海中毒氣)의 견디
지 못ᄒᄆᆫ 니로도 말고, 젹막(寂寞)ᄒ 산즁(山中)의 한셔(寒暑)롤 견디며
부인과 아자 슈문을 생각ᄒ고 쥬야(晝夜)로 통곡(痛哭)ᄒ더니, 일일은 무
량도 직흰[지키는] 군시(軍士ㅣ) 고(告)ᄒ되,

"엇던 부인이 ᄎ자와[찾아와] 시랑을 뵈와지라 ᄒ더이다."

ᄒ거늘, 시랑이 경아(驚訝) 왈,

---

46) 잔닝[자닝]: 애처롭고 불쌍하여 차마 보기 어려움.
47) 남악화산(南岳華山): 중국 陝西省 山陰縣 남쪽에 있는 산으로 五岳 가운데 하나.
48) 액화(厄禍): 액으로 입는 재앙.
49) 졔ᄎ(第次): 차례.
50) 추창(惆愴): 실망하여 슬퍼함.
51) 쟝시랑(장시랑): 현시랑의 오기.
52) 시쟈(侍者): 귀한 사람을 모시고 시중드는 사람.

"나는 텬자게 득죄(得罪)흔 죄인이여늘, 슈쳔 니 원노(遠路)의 엇던 부인이 와 츠자리오."

흐고, 군소롤 달니여 드려보니믈 니르니. 이윽고 왓거늘 보니, 다르니 아니오 곳{곧} 쟝부인이라. 어린 듯 아모 말을 닐우지 못흐더니, 셔로 붓들고 통곡흐며 인亽롤 찰히지{차리지} 못흐더니. 부인이 계오{겨우} 졍신을 슈습(收拾)흐여 젼후슈말(前後首末)을 니르니, 시랑이 앙텬탄왈(仰天嘆曰),

"나의 팔지(八字 l) 가지록{갈수록} 亽오나와 칠디(七代)가지 독자(獨子)로 니게 와 후亽(後嗣)롤 닛지{잇지} 못흐게 되여더니, 흐눌이 불상이{불쌍히} 넉이샤{여기사} 늦게야 아들 슈문을 어드미 불효(不孝)롤 면(免)흘가 흐여더니. 여앙[53]을 면치 못흐여 난즁(亂中)의 일흐미{잃으매} 그 생亽롤 아지 못흐고 겸흐여 나는 국가의 죄명으로 이쳐(異處)로 잇셔 텬일(天日)을 보지 못흐니, 어니 놀 흔가지로{함께} 모도이믈{모이기를} 브르리요?"

말을 맛츠며 혼졀(昏絕)흐니. 부인이 만단기유(萬端改諭)흐여 시랑을 뫼시고 흔가지로{함께} 머무니 젹막흐미 디강 업셔시나, 흔갓{다만} 슈문을 생각흐고 요행 亽르다가 셔로 만나보믈{만나봄을} 흐눌게 츅슈(祝手)흐더라.

직셜(再說). 슈문이 디亽(大士)롤 니별(離別)흐고 졍쳐(定處) 업시 단니미{다니매}. 행즁(行中)의 반젼[54]이 업스므로 긔갈(飢渴)이 자심(滋甚)흐니 몸이 곤뷔[55]흐여 흔 반셕(盤石) 우희 누어 쉬더니. 믄득 잠이 들미, 일위 노인(一位老人)이 갈건도복(葛巾道服)으로 죽장(竹杖)을 끄을고 슈문을 씨여 왈,

"너는 엇던 아희완디 브회{바위} 우희셔{위에서} 잠을 자는다?"

---

53) 여앙(餘殃): 자손에게까지 미치는 재앙.
54) 반젼(半錢): 아주 적은 돈을 비유적으로 이르는 말.
55) 곤뷔(困憊): 몹시 지쳐 피로함.

슈문이 놀나 니러 지비(再拜) 왈,

"소자는 난중(亂中)의 부모를 닐코{잃고} 졍쳐 업시 단니므로 이곳의 왓
삽나니, 셩명은 현슈문이로소이다."

노인이 슈문의 상뫼(相貌ㅣ) 비범ᄒᆞᆫ를 보고 닐너 왈,

"네 말을 드르니 심히 비감(悲感)ᄒᆞᆫ지라. 져쳐{諸處}로 단니지 말고 늘
과 ᄒᆞᆫ가지로{함께} 이시미{있음이} 엇더ᄒᆞ뇨?"

슈문이 공경 ᄃᆡ왈(對曰),

"소자는 친쳑도 업삽고 비러먹는{빌어먹는} 아ᄒᆡ라, ᄃᆡ인(大人)이 더럽
다 아니시고 거두어 쥬시고자 ᄒᆞ시니, 은혜 망극(罔極)ᄒᆞ도소이다."

노인이 인ᄒᆞ여 슈문을 다리고{데리고} 집의 도ᄅᆞ오니. 원ᄂᆡ 이 노인은
셩명이 셕광위라, 벼살이 참지졍ᄉᆞ(參知政事)의 잇더니 남의 시비를 피ᄒᆞ
여 고향의 도ᄅᆞ오민. 부인 조시[조씨] 일녀(一女)를 생ᄒᆞ니, 일홈{이름}은
운혜오 자(字)는 월궁션이라. 덕행이 ᄐᆡ임[56]을 효측[效則]ᄒᆞ여 아람다오
미{아름다움} 이시나{있으나}, 일즉[일찍] 모친을 녀희고{여의고} 계모 방
시를 셤기미 효행이 지극ᄒᆞ므로. 셕공이 미양 택셔[57]ᄒᆞ기를 힘써ᄒᆞ더니.

이ᄂᆞᆯ 우연이 물가의 노닐다가 슈문의 영웅을 알고 다려오미러라. 셕공
이 방시다려 왈,

"ᄂᆡ 우연이 아ᄒᆡ를 어드니{얻으니} 텬ᄒᆞ의 영웅이라, 운혜의 비필을 삼
고져 ᄒᆞ나니. 슈이[쉬이] 택일(擇日)ᄒᆞ여 셩혼(成婚)ᄒᆞ리니, 부인은 그리
아르소셔."

방시 ᄂᆡ심(內心)의 혜오되,

'운혜를 미양 싀긔[58]ᄒᆞ더니, 또 져와 갓흔{같은} 쌍{짝}을 어들진ᄃᆡ ᄂᆡ

---

56) ᄐᆡ임(太妊): 周나라 文王의 어머니. 周나라 태왕의 아들 왕계와 결혼하여 문왕을 낳았
   다. 태임의 성품이 뛰어나고 덕이 높았으며 특히 자식교육에 남달랐다고 한다.

57) 택셔(擇壻): 사윗감을 고름.

엇지 견디리오.'

ᄒ고, 거줏[거짓] 노식(怒色)을 띠여 왈,

"운혜논 녀중군지[59]라, 이졔 그런 아희롤 어더[얻어] 스회[사위]롤 삼으면 남이 아라도[알아도] 그 계모의 택셔(擇壻) 아니ᄒ미 낫타나오리니, 원(願)상공[60]은 명가군자(名家君子)롤 갈희여[골라서] 스회롤 삼으미 조홀가 ᄒ나이다."

석공이 변식(變色) 칙왈(責曰),

"이 아희 비록 혈혈무의[61]ᄒ나 현시랑의 아지(兒子ㅣ)라. 후일 반다시 문호(門戶)롤 빗너리니, 부인은 다시 니르지 말나."

ᄒ고, 즉시 소져(小姐)롤 불너 온화(穩和)을 어로만지며 왈,

"니 너롤 위ᄒ여 호걸(豪傑)의 스롬을 어더시니 평생 흔(恨)이 업도다."

소졔(小姐ㅣ) 아미[62]롤 숙이고 부답(不答)ᄒ더라.

석공이 방시롤 취(娶)ᄒ 후 이녀일자(二女一子)롤 생(生)ᄒ니, 장녀(長女)의 명(名)은 휘혜오 ᄎ녀(次女)의 명은 현혜오 일지(一子ㅣ) 이시니 일홈이 침이라. 공이 미양 치가(治家)ᄒ미 엄숙(嚴肅)ᄒ므로 가중(家中) 스롬드리 범스(凡事)롤 님의(任意)로 못ᄒ더니. 공이 슈문을 다려오므로붓터 지극히 스랑ᄒ고 디졉ᄒ며 별당(別堂)을 정ᄒ여 머물게 ᄒ고 셔칙(書冊)을 쥬어 공부ᄒ라 ᄒ니, 슈문의 문지(文才ㅣ) 눌노 샌혀나미 석공이 더옥 스랑ᄒ나, 다만 방시논 슈문의 지조(才操)롤 믜이[밉게] 넉여[여겨] 앙앙(怏怏)ᄒ 심스(心思)롤 품어더라[품었더라].

---

58) 싀긔(猜忌): 남이 잘되는 것을 샘하여 미워함.

59) 녀중군지(女中君子ㅣ): 덕이 높은 여자.

60) 상공(相公): 부인이 자기 남편을 높여 일컫는 말.

61) 혈혈무의(孑孑無依): 홀몸으로 의지할 데 없이 외로움.

62) 아미(蛾眉): 누에나방의 모양처럼 아름다운 미인의 눈썹.

일일은 석공이 슈문을 불너 문왈(問日),

"네 어려서 부모롤 실산(失散)ᄒ여 그 근본을 아지 못ᄒ거니와, 노뷔(老夫 ㅣ) 초취(初娶) 조시의 일녜(一女ㅣ) 이시니 츈광[63]이 삼외(三五ㅣ)라. 비록 아람답지 못ᄒ나 군자(君子)의 비필 되미 욕되지 아니리니, 그윽히 생각건 더 널과{너와} 셩혼(成婚)코자 ᄒ나니. 아지 못게라, 네 뜻이 엇더ᄒ뇨."

슈문이 청파(聽罷)의 감격ᄒ믈 니긔지 못ᄒ여 두 번 절ᄒ여 왈,

"디인의 위자[64]ᄒ시미 이갓치 니르시니 황공무지(惶恐無地)ᄒ오나, 일 기걸인(一介乞人)을 거두어 천금귀소져(千金貴小姐)로 비우(配偶)롤 졍(定) 코자 ᄒ시니 불감(不堪)ᄒ믈 니긔지 못ᄒ리로소이다."

석공이 소왈(笑日),

"이는 ᄒ놀이 쥬신 인연(因緣)이라. 엇지 다행치 아니ᄒ리오?"

ᄒ고, 즉시 택일셩녜(擇日成禮)ᄒ니. 신낭(新郎)의 늠늠(凜凜)ᄒ 풍치 스롬 의 눈을 놀니고, 신부(新婦)의 요요[65]ᄒ 티되 만좌(滿座)의 황홀ᄒ니, 진 짓 일쌍가위(一雙佳偶ㅣ)라. 공이 두굿기믈{기뻐함을} 마지아니ᄒ여 부인 방시롤 도르보며 왈,

"또 녀잇(女兒ㅣ) 둘이 이시니, 져 현낭(賢郎)과 갓흔 스회(사위)롤 어더 시면 조ᄒ리로소이다."

부인이 닉심(內心)의,

'져와 갓ᄒ면{같으면} 무어시 쓸이오{쓰리오}.'

ᄒ고, 다만 졈두부답[66]ᄒ더라. 놀이 져물미 양인(兩人)이 신방(新房)의 나 아가니 원앙비취(鴛鴦翡翠) 길드림{깃들임} 갓더라{같더라}.

---

63) 츈광(春光): 젊은 사람의 나이를 문어적으로 이르는 말.

64) 위자(慰藉): 위로하고 도와줌.

65) 요요(姚姚): 아주 어여쁘고 아리따움.

66) 졈두부답(點頭不答): 고개만 끄덕이고 대답은 하지 않음.

세월(歲月)이 여류(如流)ᄒ여 여러 츈광(春光)이 지니미, 방시 소생(所生) 두 소져(小姐)도 장셩(長成)ᄒ여 셩혼(成婚)ᄒ니. 장(長)은 통판(通判) 니경의 며나리 되고, 츠(次)는 참지졍ᄉ(參知政事) 진관오의 며나리 되미. 두 셔랑(壻郎)의 ᄉ롭되미 방탕[67]ᄒ여 어진 이룰 보면 조와[좋아] 아니ᄒ고 아당[68]ᄒ는 이룰 보면 즐겨ᄒ니, 방시 미양 조아[좋아] 아니ᄒ여 현생의 일을 졈졈 뮈이[밉게] 넉이고[여기고] 박디(薄待)ᄒᆯ 마음이 눌노 간졀ᄒ나 셕공의 치가(治家)ᄒᆯ 두려[두려워] 행치 못ᄒ더라.

셕공이 나히[나이] 칠십(七十)의 나르미[이르매] ᄒ눌의 졍혼 슈혼(壽限)을 엇지 면ᄒ리오. 졸연(猝然) 득병(得病)ᄒ여 백약(百藥)이 무효(無效)ᄒ니 스스로 회츈(回春)치 못ᄒᆯ 줄 알고 부인과 현생 부부와 아자(兒子) 침을 불너 좌우(左右)의 안치고[앉히고] 유체(流涕) 왈,

"니 이제 죽으나 무삼 혼(恨)이 이시리오마는, 다만 침아의 셩혼(成婚)ᄒᆯ을 보지 못ᄒ니 이거시 유혼(遺恨)이나. 그러나 현셔(賢壻) 현생의 관후 디덕(寬厚大德)을 밋나니[믿나니] 도르가는[돌아가는] 마음이 념녀(念慮) 업거니와, 부인은 모로미 가ᄉ(家事)룰 젼과 갓치[같이] ᄒ면 엇지 감격[69]지 아니ᄒ리요?"

ᄒ고, 장녀(長女) 운혜룰 갓가이[가까이] 안치고[앉히고] 귀의 다려[대어] 일너 왈,

"네 모친이 필경(畢竟) 불의지ᄉ(不義之事)룰 행ᄒ리니 시비(是非) 향낭[70]의 말을 듯고 어려온 일을 생각지 말나."

ᄒ고, 현생을 도르보아[돌아보아] 소져(小姐)의 일생(一生)을 당부(當付)ᄒ

---

67) 방탕(放蕩): 주색잡기에 빠져 행실이 좋지 못함.
68) 아당(阿黨): 남의 비위를 맞추거나 환심을 사려고 다랍게 아첨함.
69) 감격(感激): 고마움을 깊이 느낌.
70) 향낭: 문맥상 어색한 구절로 판단됨. '현낭(賢郎)'의 착종이 아닌가 한다.

니, 현생이 눈물을 흘니고 왈,

"소셰(小壻ㅣ) 악장[71]을 뫼시고 기리(길이) 잇슬가 ᄒᆞ여더니, 가르치시ᄂᆞᆫ 말삼을 듯ᄉᆞ오니 엇지 이즈미(잊음이) 잇스리잇고마는, 디인(大人)의 은혜ᄅᆞᆯ 갑지(갚지) 못ᄒᆞ와ᄉᆞ오니 엇지 인자(人子)의 도리라 ᄒᆞ리잇고?"

공이 오열장탄(嗚咽長歎) 왈,

"그디ᄂᆞᆫ 영웅이라, 오리지 아니ᄒᆞ여 일홈(이름)이 ᄉᆞ희(四海)의 진동(震動)ᄒᆞ리니, 만일 녀아(女兒)의 용열(庸劣)ᄒᆞᆷᄆᆞᆯ 생각지 아니면 이ᄂᆞᆫ 나ᄅᆞᆯ 닛지 아니미라(않음이라). 그디ᄂᆞᆫ 기리(길이) 무양(無恙)ᄒᆞ라."

ᄒᆞ고, 상(床)의 누으며 명(命)이 진(盡)ᄒᆞ니, 향년(享年)이 칠십뉵 셰라. 부인이 발상[72] 통곡(痛哭)ᄒᆞ고 소졔(小姐ㅣ) 혼졀(昏絕)ᄒᆞ니 모든 자여(子女)와 노복(奴僕)드리 망극이통(罔極哀痛)ᄒᆞ고. 현생이 ᄯᅩᄒᆞᆫ 이통ᄒᆞ미 친상(親喪)의 다람이(다름이) 업시 상슈(喪需)ᄅᆞᆯ 극진(極盡)이 ᄒᆞ며 녜(禮)로써 선산(先山)의 안장(安葬)ᄒᆞ니 일가친척(一家親戚)이 칭찬 아니리 업더라.

ᄎᆞ시(此時) 방시 현생의 지극히 보살피믈 도로혀 슬히(싫게) 넉여 무ᄉᆞᆫ 일의 긔탄[73]이 업스미 박디(薄待)ᄒᆞ미 자심(滋甚)ᄒᆞ고 심지여 노복(奴僕)의 소임(所任)을 식이니(시키니). 잇ᄯᅥ 아자(兒子) 침의 나히 십 셰(十歲)라, 모친을 붓들고(붙들고) 간왈(諫曰),

"이제 미형(妹兄)이 우리집의 이시미 무삼(무슨) 일의 간험[74]ᄒᆞ기ᄂᆞᆫ 소자도곤(小子보다) 더ᄒᆞ거ᄂᆞᆯ, 틱틱[75]ᄂᆞᆫ 천디(賤待)ᄒᆞ시미 노복(奴僕)으로 갓게(같게) ᄒᆞ시니. 엇지 부친 유교(遺敎)ᄅᆞᆯ 져ᄇᆞ리시ᄂᆞᆫ잇고."

71) 악장(岳丈): 장인. 아내의 아버지.
72) 발상(發喪): 상례에서 시체를 안치하고 나서, 상주가 머리를 풀고 곡을 하여 초상을 이웃에 알리는 의례.
73) 긔탄(忌憚): 어렵게 여겨 꺼림.
74) 간험(艱險): 곤란하고 위험함.
75) 틱틱(太太): 어머니를 예스럽게 이르는 말.

방시 디로(大怒)ᄒ여 ᄭᅮ지져 왈,

"현가 축생[76]이 본디 식양[77]이 너른 놈이라, 밥만 만히{많이} 먹고 공연이 집의 이셔 무어시 ᄡᅳ리오? 그져 두기 볼 슈 업기로 자연 일을 시기미 여ᄂᆞᆯ 너는 어미ᄅᆞᆯ 그르다 ᄒᆞ고 그놈과 동심(同心)이 되니 엇지 인자(人子)의 도리라 ᄒᆞ랴?"

침이 다시 말을 못ᄒᆞ고 믈너나더라. 방시 갈ᄉᆞ록 보치미{보챔이} 심ᄒᆞ미 혹 나무도 ᄒᆞ여 오라 ᄒᆞ며 거름도 치라 ᄒᆞ니, 현생이 ᄉᆞ양(辭讓)치 아니ᄒᆞ고 공슌(恭順)이 ᄒᆞ니 현생의 어질미 이 갓더라{같더라}. 방시 혹 니생과 진생을 보면 크게 반기며 디졉을 가장 후히 ᄒᆞ되, 홀노 현생의 이르러ᄂᆞᆫ 구박[78]ᄒᆞ미 자심(滋甚)ᄒᆞ더니.

일일은 노복(奴僕)이 산간(山間)ᄒᆡ 가 밧ᄒᆞᆯ{밭을} 갈다가 큰 범을 만나 죽을 번ᄒᆞᆫ 슈말(首末)을 고ᄒᆞ니, 방시 이 말을 듯고 그으기 깃거{기뻐} 현생을 그곳의 보니면 반ᄃᆞ시 범의게 죽으리라 ᄒᆞ여 즉시 현생을 불너 거즛{거짓} 위로ᄒᆞ고 니ᄅᆞ되,

"상공(相公)이 기세[79]ᄒᆞ신 후 가ᄉᆞ(家事)ᄅᆞᆯ ᄂᆡ 친집(親執)ᄒᆞ미 현셔(賢壻)ᄅᆞᆯ 자로{자주} 위로치 못ᄒᆞ니 심이 셔어[80]ᄒᆞ거니와, 요ᄉᆞ이 츈경(春耕)을 다 못ᄒᆞ여 아모 산ᄒᆞ(山下)의 밧치{밭이} 불농(不農)ᄒᆞ기의 니ᄅᆞ니 현셔ᄂᆞᆫ 그 밧ᄒᆞᆯ 갈아쥬미 엇더ᄒᆞ뇨?"

현생이 흔연(欣然) 허락ᄒᆞ고 장기[쟁기]ᄅᆞᆯ 지고 그곳의 니ᄅᆞ러 밧ᄅᆞᆯ{밭을} 갈ᄉᆡ. 믄득 석함(石函)이 낫ᄒᆞ나거ᄂᆞᆯ 생이 놀나 자시{자세히} 보니 글

---

76) 축생(畜生): 사람답지 못한 짓을 하는 사람을 짐승에 비유하는 말.

77) 식양(食量): 음식을 먹는 분량.

78) 구박(驅迫): 못 견디게 괴롭힘.

79) 기세(棄世): 세상을 버린다는 뜻으로, 웃어른이 돌아가심을 이르는 말.

80) 셔어(齟齬): 뜻이 맞지 아니하여 조금 서먹함.

자로 삭여시딘, 한님학ᄉ(翰林學士) 병부상서(兵部尙書) 겸 디원슈(大元帥)
바리왕 현슈문은 기탁[81)]ᄒ라 ᄒ여거늘. 현생이 경아(驚訝)ᄒ여 여러[열어]
보니, 그 속의 갑옷과 투고며 삼척보검(三尺寶劍)이 드러거늘[들었거늘],
그졔야 남악노인(南岳老人)의 말을 생각ᄒ고 크게 깃거[기뻐] 가지고 집의
도로와 깁히 간슈(看守)ᄒ고 방즁(房中)의 안자더니. 방시 늘이 져무도록
현생이 도로오지 아니믈 깃거 필연(必然) 호환(虎患)을 면치 못ᄒ리라 ᄒ
여더니, 믄득 제 엇던[있던] 별당(別堂)의셔 글쇼리 나거늘 의심ᄒ여 노복
으로 ᄒ여곰 그곳의 가보니, 과연 그 밧홀[밭을] 다 갈고 왓ᄂᆞ지라.

방시 마음의 희흔(稀罕)이 넉이나[여기나] 무삼 계교(計巧)로 업시코져
ᄒ더니, 믄득 일계(一計)ᄅᆞᆯ 생각ᄒ고 셔죵남[82)] 방덕을 불너 니로되,

"우리 상공(相公)이 생시(生時)의 망영[83)]된 일ᄅᆞᆯ ᄒ여 괴이ᄒᆞᆫ 아ᄒ㐓ᄅᆞᆯ 길
의셔 어더[얻어] 장녀(長女) 운혜로 비우(配偶)ᄅᆞᆯ 삼으미. 보기 슬으미[싫음
이] 심ᄒ여 눈의 가시 되여시니 일노[이로] ᄒ여 내게 디환(大患)이 되거니
와, 네 상쳐[84)]ᄒᆞᆫ 후로 잇ᄯᅥ가지[이때까지] 지취(再娶)치 못ᄒ여시니 그 현
가ᄅᆞᆯ 업시ᄒ고 그 쳐(妻)ᄅᆞᆯ 취(取)ᄒ면 엇지 조치[좋지] 아니ᄒ랴?"

덕이 디열(大悅)ᄒ여 그 업시ᄒᄂᆞᆫ[없애는] 계교(計巧)ᄅᆞᆯ 무ᄅᆞ니[물으니],
방시 왈,

"네 독ᄒᆞᆫ 약을 어더쥬면 니 스스로 쳐치홀 도리[85)] 이시니 너는 쥬션(周
旋)ᄒ라."

잇ᄒᆞᆫ날 덕이 과연 약을 어더 왓거늘, 방시 밥의 섯거 너여보ᄂᆞ니라.

---

81) 기탁(開坼): 봉해진 것을 뜯어 봄.
82) 셔죵남(庶從男): 본처가 아닌 몸에서 태어난 사촌 남동생.
83) 망영(妄靈): 늙거나 정신이 흐려서 말이나 행동이 정상을 벗어난 상태.
84) 상쳐(喪妻): 아내의 죽음을 당함.
85) 도리(道理): 어떤 일을 해 나갈 방도.

츠시(此時) 현생이 방시의 괴롭게 흐믈 견디지 못흐여 탄식흐믈 마지 아니흐더니 젼일(前日) 스부(師父)의 쥬던 봉셔(封書)룰 생각흐고 일봉(一封)을 쩌혀 보니, 흐여시되,

'석공이 죽은 후 방시의 심흔 간계(奸計) 이시리니[있으리니], 밥 먹을 쩌의 져(笛)룰 너여 불면 자연 조흐리라.'

흐여거눌, 생이 밥상을 ㅂ다[받아] 겻희[곁에] 노코[놓고] 져(笛)룰 부니, 방안의 셔긔(瑞氣) 일어나고 그릇시[그릇에] 담은 밥이 스르지거눌. 현생이 크게 괴이히 넉여 그 밥의 약을 섯거시믈[섞였음을] 짐작흐고 타연이[태연히] 상을 물니고 안자시니. 방시 일마다 일우지 못흐믈 분노흐여 공연이 운혜 소져룰 휘욕[86]흐더라.

츠시 현생이 방시의 화(禍)룰 면치 못홀가 져허[염려하여] 소져룰 보고 왈,

"이제 방시의 흉계(凶計) 심흐니 너 스스로 피(避)홀만 갓지 못흐나 그 디의 일신도 무스치 못흐리니. 일노 근심흐노라."

소졔(小姐 ㅣ) 유체(流涕) 왈,

"군지(君子 ㅣ) 피(避)코져 흐실진디 엇지 쳡(妾)을 생각흐시리오? 다만 거쳐(去處)흐시믈 아지 못흐니 초창[87]흐시미 비홀 디 업거니와, 길의 반 젼[88]이 업스리니 이룰 파라[팔아] 가지고 행(行)흐소셔."

흐며, 옥낭을 불너 옥지환[89]과 금봉츠[90]룰 파라 은자 백냥을 ㅂ다 현생을 주며 와[왈],

---

86) 휘욕[詬辱]: 꾸짖어서 욕함.
87) 초창(悄愴): 마음이 근심스럽고 슬픔.
88) 반젼(盤纏): 먼 길을 떠나 오가는데 드는 비용.
89) 옥지환(玉指環): 옥으로 만든 가락지.
90) 금봉츠(金鳳釵): 머리 부분에 봉황의 모양을 새겨서 만든 금비녀.

"이제 군지(君子ㅣ) 써나시면 장찻 어디로 향ᄒ오며, 도른오실 긔약(期約)은 어니 썬로 ᄒ시ᄂᆞ니잇가?"

생이 답왈,

"나의 일신이 도로(道路)의 표박[91]ᄒ니 정홀 슈 업거니와, 어니 눌 만나기 묘연[92]ᄒ니 그디ᄂᆞ 그 스이 보즁ᄒ라."

ᄒ고 눈물을 흘니거늘, 소제 쏘ᄒᆞᆫ 심ᄉᆞ(心思)를 정치 못ᄒ여 눈물을 흘녀 왈,

"이제 ᄒᆞᆫ번 니별ᄒᆞᄆᆡ 세상ᄉᆞ를 아지 못ᄒᆞ나니 신물(信物)이 이시미{있음이} 조홀가{좋을까} ᄒᆞ나이다."

ᄒ고, 봉ᄎᆞ(鳳釵)를 썩거 반식{반씩} 가지고 이연(哀然)이 니별ᄒ니, 현생이 ᄇᆞ다 가지고 시(詩) 일슈(一首)를 지어 소져를 쥬니, 그 글의 왈,

칠년의탁진성각(七年依託再成閣)ᄒ니
금일상별ᄒᆞ시봉(今日相別何時逢)고.
부뷔은즁여산ᄒᆡ(夫婦恩重如山海)ᄒ니
십진니회응위몽(十載이回應爲夢)이라.

ᄒᆞ엿더라.

소제 ᄇᆞ다{받아} 간슈ᄒ고 양협(兩頰)의 옥뉘(玉淚ㅣ) 종횡(縱橫)ᄒ여 아모 말을 일우지 못ᄒ니, 생이 다시 당부 왈,

"그디 방시의 불측(不測)ᄒᆞᆫ 화(禍)를 당홀지니 삼가 조심ᄒ라."

ᄒ고, 침을 보아 니별ᄒ며 닉당(內堂)의 드러가{들어가} 방시게 비별[93] 왈,

---

91) 표박(飄泊): 고향을 떠나 정처 없이 떠돌아다님.
92) 묘연(杳然): 소식이나 행방 따위를 알 길이 없음.
93) 비별(拜別): (높이는 뜻으로) 존경하는 사람과 작별함. 절하고 작별한 다는 뜻에서 나

"소셰(小壻ㅣ) 존문(尊門)의 이션[있은] 지 여러 히의 은공(恩功)이 젹지
아니ᄒ오나, 오늘눌 귀택(貴宅)을 쩌나오니 그리 아르소셔."
ᄒ고, 조곰도 불호(不好)ᄒ 빗치 업스니, 방시 심즁(心中)의 즐겨 왈,

"상공(相公)이 기셰(棄世)ᄒ시무로 자연 현낭(賢郎)을 ᄃᆡ졉(待接)지 못ᄒ
여, 이제 쩌나려 ᄒ니 엇지 말유(挽留)ᄒ리오?"
ᄒ고, 옥비(玉杯)의 슐을 가득 부어 권ᄒ니, 생이 바다[받아] 압희[앞에] 노
코[놓고] ᄉᆞ미로조ᄎᆞ[소매에서] 옥져(玉笛)ᄅᆞᆯ ᄂᆡ여 왈,

"소생이 이별곡을 부러[불어] ᄒ직(下直)ᄒᄂᆞ이다."
ᄒ고 ᄒ 곡조(曲調)ᄅᆞᆯ 부니, 소리 심이 청아(淸雅)ᄒ더라. 문득 잔 가온ᄃᆡ
로셔 푸른 긔운이 니러나 독ᄒ 긔운이 ᄉᆞ롬의게 쏘이니, 생이 져ᄅᆞᆯ 긋치
고 ᄉᆞ미ᄅᆞᆯ 떨쳐 표연(飄然)이 가니. 방시 그 거동(擧動)을 보고 십분의아
(十分疑訝)ᄒ여 분ᄒ 심ᄉᆞᄅᆞᆯ 억졔(抑制)치 못ᄒ고 다만 다시 보물 당부ᄒ
더라.

현생이 다시 지셩각의 드러가 소져ᄅᆞᆯ 위로ᄒ고 문을 나니[나서니], 부
운(浮雲) 갓흔 형용(形容)이 향홀 바ᄅᆞᆯ 아지 못ᄒ여 셔텬(西天)을 바ᄅᆞ고
가더니. 눌이 져물ᄆᆡ 구계촌 쥬졈(酒店)의 니ᄅᆞ니, ᄒ 니괴[94] 드러와 권션
문(勸善文)을 펴 노코[놓고] 왈,

"빈승[95]은 금산ᄉᆞ 칠보암의 잇삽더니 시쥬(施主)ᄒ시믈 바ᄅᆞᄂᆞ이다."
ᄒ거눌, 현생 왈,

"행인(行人)의 가진 거시[것이] 만치[많지] 아니ᄒ나 엇지 그져 보ᄂᆡ리요."
ᄒ고, 가진 은봉[96]을 ᄂᆞ어 쥬며 왈,

온 말이다.
94) 니괴(尼姑): 비구니를 낮잡아 이르는 말.
95) 빈승(貧僧): 덕이 높고 고승이 자신을 낮추어 부르는 말.
96) 은봉(銀封): 은을 싼 봉지.

"이거시 젹으나 쥬노라."

ᄒᆞ거ᄂᆞᆯ, 노승이 샤례 왈,

"거쥬(居住)와 셩명을 긔록(記錄)ᄒᆞ여 쥬시면 발원(發願)ᄒᆞ리로소이다."

ᄉᆡᆼ이 말을 듯고 즉시 권션문(勸善文)의 긔록ᄒᆞ되,

'졀강 소흥부의 잇ᄂᆞᆫ 현슈문이라.'

ᄒᆞ고,

'지쳐[其妻] 셕시라.'

ᄒᆞ엿더라. 그 즁이 ᄇᆡᆨᄇᆡ샤례(百拜謝禮)ᄒᆞ고 가니. 현ᄉᆡᆼ이 본ᄃᆡ 관후(寬厚)ᄒᆞ므로 그 은자(銀子)ᄅᆞᆯ 다 쥬고 ᄒᆡᆼ즁의 일픈 반젼(盤纏)이 업ᄂᆞᆫ지라, 젼젼[97]이 길을 ᄯᅥ나 ᄒᆡᆼ(行)ᄒᆞ니라.

ᄌᆡ셜(再說)。방시 현ᄉᆡᆼ의 나간 후로 방덕과 졍ᄒᆞᆫ 언약(言約)이 ᄯᅳᆺ과 갓치 될 쥴 크게 깃거 시비 난향으로 ᄌᆡ셩각의 보ᄂᆡ여 소져(小姐)ᄅᆞᆯ 위로ᄒᆞ더니. 일일은 방시 소져의 침소(寢所)의 와 외로오믈 위로(慰勞)ᄒᆞ고 왈,

"ᄉᆞ롬의 팔자(八字)ᄂᆞᆫ 미리 알 길 업ᄂᆞᆫ지라, 너의 부친이 그릇 ᄉᆡᆼ각ᄒᆞ시고 현가로 ᄇᆡ필(配匹)을 졍ᄒᆞ시미 실노 너의 젼졍(前程)을 작희[98]ᄒᆞ시미라. 이러므로 너의 일ᄉᆡᆼ을 념녀(念慮)ᄒᆞ더니, 과연 제 스ᄉᆞ로 집을 ᄇᆞ리고 나가시ᄆᆡ 다시 만ᄂᆞᆯ 길 업스리니 너의 쳥츈이 앗가온지라. 어믜{어미} 마옴의 엇지 원통치 아니ᄒᆞ오리오. 나의 셔종(庶從)이 이시니, 인물이 비범ᄒᆞ고 ᄌᆡ죄(才操ㅣ) 과인(過人)ᄒᆞ여 향당인(鄕黨人)이 츄앙(推仰)치 아니리 업스나 일즉{일찍} 상쳐(喪妻)ᄒᆞ고 ᄌᆡ취(再娶)치 못ᄒᆞ여시니, 널노{너로} ᄒᆞ여곰 셩친[99]코져 ᄒᆞ나니. 네 ᄂᆡ말을 드롤진ᄃᆡ 화(禍)가 변ᄒᆞ여 복(福)이 되리니, 엇지 즐겁지 아니ᄒᆞ랴?"

---

97) 젼젼(轉轉): 이리저리 정한 데 없이 옮겨 다님.

98) 작희(作戲): 남의 일에 방해가 되게 함.

99) 셩친(成親): 혼인함을 달리 이르는 말. 친척이 된다는 뜻에서 나온 말이다.

소제 청파(聽罷)의 분흔 마음을 참지 못ᄒ여 벽녁(霹靂)이 곡뒤[꼭뒤]의 누른 듯ᄒ고, 더러온 말을 귀로 드러시미 영천쉬[100] 업스믈 한(恨)ᄒ나, 본더 효셩(孝誠)이 츌텬(出天)ᄒ므로 계모(繼母)의 심ᄉ를 알고 변식더왈(變色對曰),

"모친이 소녀를 위ᄒ시미나 올치[옳지] 아닌 말ᄉᆷ으로 교훈(敎訓)ᄒ시니, 엇지 봉행(奉行)ᄒ오리잇가?"

말을 맛츠며 니러셔니, 방시 더로(大怒)ᄒ여 ᄶᅮ지져 왈,

"네 ᄂᆡ말을 듯지 아니ᄒ면 금야(今夜)의 겁칙[101]홀 도리 이실 거시니, 네 그를 장찻 엇지 홀소냐?"

이쳐로[이처럼] 니ᄅ며 무슈히 구박(驅迫)ᄒ고 드러가니, 소제 분ᄒᆞ믈 니긔지 못ᄒ여 계교(計巧)를 생각ᄒ더니. 이윽고 침이 드러와[들어와] 불너 왈,

"금야(今夜)의 방덕이 여ᄎ여ᄎ(如此如此)ᄒ리니, 져져[102]ᄂᆞᆫ 밧비 피홀 도리를 행ᄒ라."

소제 이 말을 듯고 혼비백산(魂飛魄散)ᄒ여 급히 유모를 불너 의논ᄒ더니 문득 부친 유셔(遺書)를 생각ᄒ고 ᄶᅥ혀보니, ᄒ여시되,

'만일 급흔 일이 잇거든 남복(男服)을 ᄀᆡ착(改着)ᄒ고 도망ᄒ여 금산ᄉ 칠보암으로 가면 자연 구홀 ᄉᆞᄅᆷ이 이시리라.'

ᄒ여거ᄂᆞᆯ, 소제 츈심[103]을 불너 슈말을 니ᄅ고, 급히 남복(男服)을 곳쳐 닙고 담을 너머 다ᄅ 나ᄂᆞ라.

ᄎᆞ야(此夜)의 방덕이 방시의 말을 듯고 밤들기를 기다려, 마음을 죄오

---

100) 영천쉬(潁川水ㅣ): 許由가 堯임금으로부터 천하를 맡아달라는 더러운 소리를 들어 귀를 씻었던 곳.
101) 겁칙[겁측]: 폭행이나 협박을 하여 강제로 부녀와 성관계를 갖는 일.
102) 져져(姐姐): 누나. 누이.
103) 츈심: 뒤에서는 계속 츈셤으로 나오는바, '츈셤'으로 통일함.

고{졸이고} 가마니{가만히} 소져의 침소(寢所)로 월장츌입(越墻出入)ᄒᆞ여 동졍(動靜)을 살펴보니, 인젹이 고요ᄒᆞ고 ᄉᆞ창(紗窓)의 등불이 희미ᄒᆞ거늘 방문을 열고 드러가미 종젹(蹤迹)이 업는지라 디경실식(大驚失色)ᄒᆞ여 부득이 도르오니. 방시 ᄯᅩᄒᆞᆫ 놀나고 어이업셔 방덕을 도로 보니고 운혜 소져의 도망ᄒᆞᄆᆞᆯ 괘심이 녁이더라.

ᄎᆞ셜(且說)。 셕 소제 츈셤을 다리고{데리고} 밤이 시도록 졍쳐(定處) 업시 가더니, 여러 놀 만의{만에} ᄒᆞᆫ 곳의 다다르니, 경기(景槪) 졀승(絶勝)ᄒᆞ여 긔화(奇花)ᄂᆞᆫ 만산(滿山)ᄒᆞᆫ 가온디 슈목(樹木)이 참텬[104]ᄒᆞ거늘. 노쥬(奴主ㅣ) 셔로 붓들고 드러가니 향풍(香風)이 니ᄂᆞᆫ 곳의 풍경[105] 소리 은은이 들니거늘, 필연 졀이 잇도다 ᄒᆞ고 졈졈 드러가니{들어가니}. 일위(一位) 노승이 합장비례(合掌拜禮) 왈,

"공자(公子)ᄂᆞᆫ 어디로좃ᄎᆞ 이곳의 니르시니잇고?"

소제 연망이[106] 답녜(答禮)ᄒᆞ고 왈,

"우리 우연이 지나더니 션경[107]을 범(犯)ᄒᆞ오미 존ᄉᆞ(尊師)ᄂᆞᆫ 허물치 말나."

노승이 디왈,

"이곳은 외객[108]이 머무지 못ᄒᆞ거니와, 드러와{들어와} 머무러{머물러} 가시미 엇더ᄒᆞ시닛고?"

소제 십분다행(十分多幸)ᄒᆞ여 ᄒᆞᆫ가지로{함께} 드러가니 심이 졍결(淨潔)ᄒᆞ더라. 노승이 쳐소(處所)ᄅᆞᆯ 졍ᄒᆞ여 쥬며 ᄎᆞᄅᆞᆯ 나와{내와} 권ᄒᆞ니, 은근ᄒᆞᆫ 졍이 녜{예전} 보던 ᄉᆞ롬 갓더라.

---

104) 참텬(參天): (하늘을 찌를 듯이) 공중으로 높이 솟아서 늘어섬.

105) 풍경(風磬): 처마 끝에 다는 작은 종.

106) 연망이[민망히]: 낯을 들고 대하기가 부끄러움.

107) 션경(仙境): 경치가 신비스럽고 그윽한 곳.

108) 외객(外客): 낯선 손님.

일일은 노승이 소져다려 왈,

"공자(公子)의 행식(行色)을 보니 녀화위남(女化爲男)ᄒ시미니, 이곳 승당[109]은 외인(外人)의 츌납(出入)이 업스미, 공자은 넘녀(念慮)치 마르소셔."

소제 경왈(驚曰),

"나는 셕 상셔의 아지(兒子ㅣ)라. 존스(尊師)의 니르는 말을 아지 못ᄒ미로다."

ᄒ고, 셔로 말ᄒ더니. 이늘(이날) 모든 승이 불젼(佛殿)의 공양(供養)ᄒ올 시 축원(祝願)ᄒ는 소리롤 드르니, 소홍현 벽계촌의 스는 현슈문과 부인 셕시롤 닐캇거늘. 소제 크게 의심ᄒ여 니고(尼姑)다려 문왈(問曰),

"엇지 남의 셩명을 알고 축원ᄒ는요?"

졔승(諸僧)이 권션문(勸善文)을 뵈며 왈,

"이쳐로 긔록ᄒ여기로 자연 알미로소이다(앎이로소이다)."

ᄒ거늘, 수졔[小姐] 자시 보니 과연 현생의 셩명(姓名)이 잇거늘 그 연고(緣故)롤 무른디, 니괴(尼姑ㅣ) 디왈(對曰),

"빈승(貧僧)이 불상(佛像)을 위ᄒ여 권션(勸善)을 가지고 두루 단니다가 구계촌의 니르러 흔 상공은 만나니, 다만 행중(行中)의 은자(銀子) 백 냥만 이스되 졍셩이 거록ᄒ여 모도(모두) 쥬옵시니. 졀을 즁슈(重修)흔 후로도 그 상공의 슈복(壽福)을 축원(祝願)ᄒ거니와, 공지(公子ㅣ) 엇지 자셔히 뭇나니잇고?"

소제 디왈(對曰),

"이 스룸이 과연 나의 지친(至親)이러니, 셩명을 보미 자연 반가와 무르미로다."

니괴(尼姑ㅣ) 이 말을 듯고 더욱 공경ᄒ더라. 소제 츠후(此後)로 법당(法

---

109) 승당(僧堂): 승려가 좌선하며 기거하는 집.

堂)의 드러가 그윽히 축원(祝願)호며, 혹 심심호면 믹화(梅花)롤 그려 슈자[簇子]롤 만드러 파니 일신(一身)의 괴로오미 반점(半點)도 업스나, 쥬야(晝夜)로 현생을 생각호고 슬허호더라.

각셜(却說)。 현슈문이 은자(銀子)롤 모도[모두] 시쥬(施主)호고 행즁(行中)의 일푼(一分) 반젼(盤纏)이 업스나, 동셔로 방황호여 지향(指向)홀 바롤 아지 못호고 젼젼(輾轉)이 긔식(寄食)호니 그 초창(怊悵)혼 모양이 비홀 더 업더라.

추시(此時) 텬지 운남왕의 표(表)롤 보시고 허믈을 고치시며 어진 이롤 디졉(待接)호샤 텬하(天下)의 호걸(豪傑)을 쌘실 시 문무과(文武科)롤 뵈시니, 황셩(皇城)으로 올나 가는 션비 무슈혼지라. 그 즁 혼 션비 현생을 보고 문왈,

"그디 과행[110]인가 시부니[싶으니] 놀과 혼가지로[함께] 가미[감이] 엇더호뇨?"

현생이 과행(科行)이론 말을 듯고 심즁(心中)의 깃거호여 허락호고, 여러 놀 만의 황셩(皇城)의 니르미. 믄득 혼 스롬이 너다라 현생을 붓들고 왈,

"너 집이 비록 누추호나 쥬인을 졍호시면[111], 음식지졀(飮食之節)이라도 갑슬[값을] 밧지[받지] 아니 호오리니 그리 아옵소셔."

호고 졍호거늘[청하거늘], 현생이 남의 은혜 기치미[끼침이] 불가(不可)호나 이쩌롤 당호여 도로혀 다행(多幸)호믈 니기지 못호여 쥬인을 졍호고 이시니. 장즁졔구(場中諸具)롤 낫낫치 추려 쥬거늘, 현생이 도로혀 불안호여 쥬인(主人)의 은혜롤 못너 일캇더라.

과일(科日)이 다다르니, 텬지 황극젼(皇極殿)의 어좌(御座)호시고 문과(文科)롤 뵈시며 연무디(鍊武臺)의 무과(武科)롤 비셜(排設)호샤 명관[112]으

---

110) 과행(科行): 과거를 보러 감.
111) 쥬인(主人)을 졍호시면: 잠시 머물러 잘 수 있는 집을 정함.

로 뵈게 ᄒ시니. 현생이 과장(科場)의 나아가 글졔룰 보고 심즁(心中)의 디희(大喜)ᄒ여 슌식(瞬息)의 글을 지어 밧치고 쥬인(主人)의 집을 ᄎᆞ자 오더니, 연무ᄃᆡ의 무소(武所)룰 보고 마음의 쾌활ᄒ여 구경ᄒ다가 남의 궁시(弓矢)룰 비러(빌어) 들고 과거 보기룰 원ᄒᆞᆫ디. ᄎ시(此時) 명관(名官) 유긔 좌우룰 호령ᄒ여 닉치라 ᄒ니, 스예교위[113] 말유(挽留) 왈,

"방금 텬ᄒ(天下) 인심(人心)이 황황(遑遑)ᄒ민 황샹(皇上)이 근심ᄒ샤 문무인지(文武人才)룰 ᄲᅢ시거눌 일즉 단자[114]룰 못ᄒ여 호명(呼名)ᄒ미 업거니와, 제 지조(才操)룰 보미 조흘가(좋을까) ᄒ나이다."

명관(名官)이 올히(옳게) 넉여(여겨) 불너 뵈니, 살 다삿시(다섯 개가) 흔 굼긔(구멍) 박힘 갓치 관혁(과녁)을 맛치니. 만장즁(滿場中)이 디경실식(大驚失色)ᄒ고, 명관이 그 지조룰 칭찬ᄒ며 장원(壯元)의 졍ᄒ니라.

ᄎ시(此時) 상이 슈만 장 글을 ᄭᅩ노시다가(고르시다가) 현생의 글의 니ᄅᆞ너는 샹이 디열(大悅)ᄒ샤 자자(字字)이 쥬졈(朱點)을 나리시고(찍으시고) 피봉(皮封)을 ᄶᅥ혀(떼어) 신니[115]룰 지촉ᄒ시니. ᄎ시 슈문이 밋쳐 쥬인(主人)의 가지 못ᄒ고 호명(呼名)을 드러(들어) 계ᄒ(階下)의 니ᄅᆞ니, 샹이 슈문의 상모(相貌)룰 보시고 더옥(더욱) 디열(大悅)ᄒ샤 신니룰 진퇴(進退)ᄒ시더니. 무소(武所)의 방(榜)을 쥬달(奏達)ᄒ여거눌, 상이 보시니 장원(壯元)은 소흥 현슈문이라 ᄒ여거눌 셩심(聖心)이 디열ᄒᆞᆺ 그 희한ᄒᆞᆫ믈 니ᄅᆞ시고 좌우룰 도ᄅᆞ보샤(돌아보시어) 왈,

"짐이 만고역ᄃᆡ[萬古歷代]룰 만히(많이) 보아시되(보았으되) 흔 스룸이

---

112) 명관(命官): 왕명을 받아 임금을 대신하여 일을 주재하는 관원. 특히 과거를 보는 경우 文科初試 때 시험관의 하나이다.

113) 스예교위(司隸校尉): 황도의 치안을 담당한 직책.

114) 단자(單子): 어떠한 사실을 조목조목 적어 받을 사람에게 올리는 문서. 여기서는 합격자 명단을 적은 문서를 가리킨다.

115) 신니(新來): 과거에 급제한 사람.

과거를 보미 문무과(文武科)의 참방[116]호믈 보지 못호엿나니, 엇지 장구

지슐[117]의 긔특지 아니호리오?"

호시고, 인호여 계화(桂花) 쳥삼(青衫)[118]을 쥬시며 벼살을 호이샤 츈방학

스(春坊學士)[119] 겸 스의교위를 호이시니, 슈문이 복지쥬왈(伏地奏曰),

"신(臣)이 호방(遐方) 미쳔흔 스룸으로 우연이 문무방(文武榜)의 참녜(參

預)호오미 황공송율(惶恐悚慄)호옵거늘, 더고나[더구나] 즁(重)흔 벼살을

쥬옵시니 무삼 복녹(福祿)으로 감당호오리잇가? 복원(伏願) 셩샹(聖上)은

신의 작직(爵職)을 거두샤 셰샹의 용납(容納)게 호소셔."

샹이 슈문의 쥬스[120]를 드르시고 더옥 긔특이 넉이샤[여기시어] 문왈,

"경(卿)의 션조(先祖)의 닙조[121]흔 니 잇느뇨?"

한님이 쥬왈(奏曰),

"신이 오셰(五歲)의 난(亂)을 만나 부모를 신산[失散]호여스오니 션셰(先

世)의 닙조(立朝)호믈 긔록지 못호오며, 신의 아비는 난시(亂時) 젼(前)의

실니(失離)호오미 아지 못호미로소이다."

샹왈,

---

116) 참방(參榜): 과거에 급제하여 이름이 榜目에 오르던 일.

117) 장구지슐(長久之術): 《史記》〈酈生陸賈列傳〉의 "육고는 수시로 高帝 劉邦 앞에 나아가

詩經과 尙書를 인용하여 말하였는데, 이에 고조가 육고를 꾸짖었으니 '나는 말 위에서

천하를 얻었으니 어찌 시경과 상서를 일삼겠는가?' 하자, 육고가 '말 위에서 천하를 얻으

셨지만 어찌 말 위에서 천하를 다스릴 수 있겠습니까, 나아가 殷나라 湯王과 周나라 武王

은 역으로 취하여 순으로 지켰으니, 文武를 아울러 쓰는 것이 나라를 길이 보존하는 방법

입니다.'(高帝罵之曰: '乃公居馬上而得之, 安事詩書!' 陸生曰: '居馬上得之, 寧可以馬

上治之乎? 且湯武逆取而以順守之, 文武幷用, 長久之術.')"에서 나오는 말.

118) 쳥삼(青衫): 관리가 나라의 祭享 때에 입는 남색 도포.

119) 츈방학스(春坊學士): 뒤에서 줄여 일컫는 것이 翰林이라 하는지라, 春坊翰林學士라

해야 할 듯.

120) 쥬스(奏辭): 임금에게 아뢰는 말.

121) 닙조(立朝): 벼슬에 오름.

"경(卿)의 부모롤 실니(失離)ᄒ미 능히 취쳐(娶妻)ᄒ미 업스리로다."

한님이 쥬왈(奏曰),

"혈혈단신(孑孑單身)이 도로(道路)의 분쥬(奔走)ᄒ와 의탁(依託)ᄒ올 곳이 업삽더니, 참지졍ᄉ(參知政事) 셕광위의 무휼(撫恤)ᄒ므로 그 녀식(女息)을 취(娶)ᄒ니이다."

샹왈,

"셕광위는 츙효겸젼(忠孝兼全)ᄒ 지샹(宰相)이라 발셔[벌써] 고인(故人)이 되여시나, 경(卿)을 어더[얻어] ᄉ회[사위]롤 삼으믄 범연(泛然)치 아니토다[아니하도다]."

ᄒ시고, 쌍기[122]와 니원풍악[123]을 샤급[124]ᄒ시니. 한님이 마지못ᄒ여 ᄉ은퇴조(謝恩退朝)ᄒ고 쥬인(主人)의 집으로 올시 도로(道路) 관광재(觀光者ㅣ) 희한ᄒ 과거(科擧)도 잇다 ᄒ며 칙칙(嘖嘖)이 칭찬ᄒ더라.

한님이 몸이 영귀[125]ᄒ미 이시나[있으나] 부모롤 생각ᄒ미 자연 눈물이 이음츠[줄줄이] 쳥삼(靑衫)의 쩌러지니, 쥬인이 위로ᄒ고 왈,

"샹공이 소복(小僕)을 아지 못ᄒ시리니, 소복은 디샹공 조자[奴子] 츄복이옵쩌니. 디샹공이 젹소(謫所)의 가실 졔 이 집을 맛겨삽더니, 슈일(數日) 젼의 일몽(一夢)을 엇ᄉ오니. 쥬인댁 공지(公子ㅣ)라 ᄒ여 문 압 돌 우희 안자[앉아] 쉬더니 이윽ᄒ여 황뇽(黃龍)을 타고 공즁(空中)의 오르거늘. 놀나 끼여 늘이 밝은 후 져 돌의 안자 쉬는 스롬을 기다리더니, 과연 샹공이 그 돌의 안자 쉬믈 보고 반겨 뫼시미러니. 이제 샹공이 문무(文武) 양과(兩科)롤 ᄒ시샤 문호(門戶)롤 다시 회복ᄒ시리니, 소복(小僕)도 엇지

---

122) 쌍기(雙蓋): 화려하게 장식한 두 개의 의장용 일산.

123) 니원풍악(梨園風樂): 과거에 급제한 사람을 축하하기 위하여 임금이 내려주는 연주패의 연주.

124) 샤급(賜給): 내려 줌.

125) 영귀(榮貴): 지체가 높고 귀함.

즐겁지 아니ᄒ리잇고?"

한님이 홀연 이 말을 드르미 크게 반가와 문왈(問曰),

"그디 디상공의 휘자(諱字)ᄅᆞᆯ 알 거시오, 무삼 일노 적소(謫所)의 가시뇨?"

츠복 왈,

"그 휘자는 택지오, 벼살이 니부시랑이러니. 뜻밧긔 황슉(皇叔) 연왕이 모역(謀逆)홀 시 상공 일홈이 역초[126]의 이시므로 무량도의 정비(定配)ᄒ시니, 기후(其後)는 소식을 아지 못ᄒ나이다."

한님이 청파(聽罷)의 헤오디,

'부친이 젹거(謫居)ᄒ시단 말을 드르미 희미ᄒ더니, 과연 이 말을 드르니 올토다.'

ᄒ고, 전후슈말(前後首末)을 자셔히 무러{물어} 알고 차복의 유공(有功)ᄒ믈 일ᄏᆞᄅᆞ며. 삼일유가[127] 후(後) 표(表)ᄅᆞᆯ 올여{올려} 부모 찻기ᄅᆞᆯ 쥬달(奏達)ᄒ온디, 샹이 굴아샤디,

"경(卿)의 효셩이 지극ᄒ여 실산(失散)ᄒᆫ 부모ᄅᆞᆯ 찻고져 ᄒ나, 아직 국ᄉ(國事)ᄅᆞᆯ 보살피고 후일(後日) 말미ᄅᆞᆯ 어더{얻어} 텬윤의 온전ᄒ믈 일치 말나[128]."

ᄒ시니, 한님이 마지못ᄒ여 다시 쥬달(奏達)치 못ᄒ고 직임(職任)의 나아 가나, 미양 부모ᄅᆞᆯ 생각ᄒ며 석소져ᄅᆞᆯ 닛지{잊지} 못ᄒ여 석부의 츠자가 물 원ᄒ더라.

츠시(此時) 남만왕(南蠻王)이 반(叛)홀 뜻이 이시믈{있음을} 샹이 근심ᄒ샤 만조(滿朝)ᄅᆞᆯ 모호시고 위유샤[129]ᄅᆞᆯ 졍(定)코져 ᄒ실시, 디신(大臣)이

---

126) 역초(逆招): 역적이 진술하여 꾸민 조서.

127) 삼일유가(三日遊街): 과거 시험에서 급제한 사람이 사흘 동안 스승과 선배 및 친지들을 찾아 인사를 드리기 위해 받는 휴가.

128) 텬윤(天倫)의 온전(穩全)ᄒ믈 일치{잃지} 말나: 천륜에 온전히 하는 것을 잃지 말라. 부모를 찾아 천륜을 완전히 하라는 말이다.

쥬왈(奏曰),

"남만(南蠻)은 강국이오니 달닉기 어려울지라. 이제 현슈문 곳 아니오면 그 소임(所任)을 당(當)치 못ᄒᆞ오리니 이를 보닉시미 조흘가 ᄒᆞ나이다."

샹이 올히 넉이샤 현슈문으로 남만 위유ᄉᆞ(南蠻慰諭使)를 빅(拜)ᄒᆞ시니. 한님이 즉시 샤은(謝恩)ᄒᆞ고 길을 찰힐시{차릴 새}, 샹이 당부(當付)ᄒᆞ여 갈아ᄉᆞ되,

"짐(朕)이 경(卿)의 츙셩을 아나니 삼촌혀[130]로 남만(南蠻)을 달닉여 반(叛)ᄒᆞ미 업슬진딕 경(卿)의 공을 닛지{잊지} 아니ᄒᆞ려니와, 일홈{이름}이 육국(六國)의 진동(振動)ᄒᆞ던 소진[131]의 공명(功名)을 압두[132]ᄒᆞ리니 엇지 만딕(萬代)의 허루(虛漏)ᄒᆞᆫ 공이리오?"

한님이 셩교(聖教)를 밧자와{받자와} 샤은(謝恩)ᄒᆞ고 발행(發行)ᄒᆞ여 슈삭(數朔) 만의 남만국(南蠻國)의 니ᄅᆞ니, 왕이 제신(諸臣)을 모호고{모으고} 의논 왈,

"송텬ᄌᆞㅣ(宋天子ㅣ) 교유샤[慰諭使]를 보닉여시니{보내었으니} 좌우의 도부슈[133]를 미복(埋伏)ᄒᆞ엿다가 만일 뜻과 갓지{같지} 못ᄒᆞ거든 당당이{堂堂히} 쥭이리라."

ᄒᆞ고, 텬샤(天使)를 볼 ᄉᆡ, 어ᄉᆡ(御使ㅣ) 드러가니. 왕이 교위[交椅]의 거러안자{걸터앉아} 텬샤를 맛거늘, 어ᄉᆡ 딕로(大怒)ᄒᆞ여 ᄭᅮ지져 왈,

"족ᄒᆞ[134]ᄂᆞᆫ 일방(一邦)의 젹은{작은} 왕이오, 나는 텬ᄌᆞ(天子)의 샤신이

---

129) 위유사(慰諭使): 지방에 천재지변 또는 병란·민란이 일어났을 때 지방 사정을 살피고, 백성을 위무하기 위해 파견하던 관리.

130) 삼촌혀: 三寸之舌. 세 치의 혀. 뛰어난 말재주.

131) 소진(蘇秦): 중국 전국시대의 遊說家. 孫臏·龐涓·張儀 등과 함께 鬼谷선생 문하에 있었다고 한다. 강국 秦나라에 대적하기 위해 나머지 6국이 연합하는 합종설을 주장하였다.

132) 압두(壓頭): 상대편을 누르고 첫째 자리를 차지함.

133) 도부슈(刀斧手): 큰 칼과 큰 도끼로 무장한 군사.

134) 족ᄒᆞ(足下): 비슷한 나이의 사람들 사이에서 상대방을 높여 이르는 말. 천자는 陛下,

라. 조셔(詔書)를 뫼시고 왓거늘 당돌이 거러안져[걸터앉아] 텬샤(天使)를
보니 그 녜법(禮法)이 업스믈 알거니와, 그윽히 족하를 위하여 취(取)치
아니하노라."

왕이 노긔더발(怒氣大發)하여 샬니 니여 버히라 하니, 어시(御史ㅣ) 안
식(顏色)을 불변(不變)하고 꾸짓기를 마지아니하니. 왕이 텬샤(天使)의 위
인(爲人)을 취맥[135]코져 하다가 졈졈 실쳬[136]하믈 끼다라[깨달아] 그졔야
쓸의 나려[내려가] 샤죄(謝罪) 왈,

"과인(寡人)의 무례(無禮)하믈 용셔하소셔."

어시 비로소 알고 공경 왈,

"복[137]이 더왕의 셩심(誠心)을 아나니 무삼 허믈이 이시리오? 이제 우
리 황샹이 셩신문무[138]하샤 덕택(德澤)이 졔국(諸國)의 밋쳐거늘, 왕은 엇
지 그를 아지 못하고 공슌(恭順)하시미 젹으시뇨."

왕이 만만샤례(萬萬謝禮) 왈,

"과인(寡人)이 군신지녜(君臣之禮)를 모로미 아니로디, 황샹이 과인국(寡
人國)을 앗기지 아니시미 자연 불공(不恭)한 의스를 두어시나 이제 셩지(聖
旨) 여츠(如此)하시믈 밧자오니, 엇지 감히 티만(怠慢)하미 이시리오?"
하고, 황금(黃金) 일쳔 냥과 치단(綵緞) 일쳔 필을 쥬니. 어시 ᄇᆞ다[받아]
가지고 길을 떠나니, 왕이 먼니[멀리] 나와 젼송하더라.

어시(御史ㅣ) 본국(本國)으로 도라올시, 길의셔[길에서] 먼져 무스이[무
사히] 도라오는 표(表)를 샹달(上達)하여더니. 샹이 보시고 디열(大悅)하샤

제후는 殿下, 대부는 臺下 혹은 節下·閤下라 하고, 선비는 座下라고 한다.
135) 취맥(取脈): 남의 동정을 더듬어 살핌.
136) 실쳬(失體): 체면이나 면목을 잃음.
137) 복(僕): '저'를 문어적으로 이르는 말.
138) 셩신문무(聖神文武): 지극히 성스럽고 神과 같은 존재로서 文武에 통달한 사람.

또 교지(敎旨)룰 나리와[내려],

「도르오는 길의 각쳐(各處) 민심(民心)을 진졍(鎭靜)ᄒ되, 혹 쥬리는 백셩이 잇거든 창고(倉庫)룰 여러[열어] 진휼(賑恤)ᄒ라.」

ᄒ시니, 어시(御史]) 교지룰 밧자와[받자와] 북향샤은[139]ᄒ고 각읍(各邑)을 순슈[巡行]홀시 위의(威儀)룰 물니치고 암행(暗行)으로 단니니, 각읍진현[各邑郡縣]이 션치(善治)치 아니 리 업고 백셩드리 어ᄉ룰 위ᄒ여 송덕(頌德) 아니 리 업더라.

두루 단니다가[다니다가] ᄒ 곳의 다다르니, 이곳은 금산ᄉ 칠보암이라. 제승(諸僧)이 관행(官行)이 니르믈 알고 황황(遑遑)ᄒ여 피(避)코져 ᄒ더니, 어시 당상(堂上)의 좌졍(坐定)ᄒ고 제승을 불너 문왈,

"이 졀을 즁슈(重修)홀 ᄯᅢ의 권션문(勸善文)을 가지고 단니던 승이 그져 잇나냐?"

그 즁 ᄒ 노승(老僧)이 디왈,

"소승(小僧)이 과연 그여니와, 노이[140] 엇지 ᄒ문(下問)ᄒ시나니잇고?"

ᄒ며, 어ᄉ룰 자시[자세히] 보니, 삼ᄉ 년 젼의[전에] 구계촌의셔 은자(銀子) 일백 양 시쥬(施主)ᄒ시던 현 상공이라, 디경디희(大驚大喜)ᄒ여 다시 합장ᄉ비(合掌四拜) 왈,

"소승의 쳔(賤)ᄒ 나히[나이] 만ᄉ와[많사와] 눈이 어둡기로 밋쳐[미처] 아지 못ᄒ와삽거니와, 은자 일백 냥 시쥬(施主)ᄒ시던 현 상공이시니잇가?"

어시(御史]) 노승의 말을 듯고 씨다라 그 ᄉ이 무고(無故)이 이시믈 깃

---

139) 북향샤은(北向謝恩): 북향은 임금이 있는 궁궐 쪽을 향하는 것이니, 궁궐에 있는 임금을 향하여 감사하다는 예를 표하는 것을 일컬음.

140) 노이[老爺]]: 남을 높여 이르는 말.

거ᄒ며 문왈,

"앗가[아까] 법당(法堂)의 ᄒᆞᆫ 소년션ᄇᆡ 나를 보고 피ᄒᆞ니, 그 엇던 스룸고?"

노승이 ᄃᆡ왈,

"그 스룸이 이 졀의 머무런지 오릭되 거쥬 셩명을 아지 못ᄒᆞᆸ고, 혹 불젼(佛前)의 츅원(祝願)ᄒᆞᆯ 쩌 상공 셩시(姓氏)와 명자(名字)를 듯고[듣고] 가장 반겨ᄒᆞ더이다."

어시 이 말을 듯고 문득 놀나 혜오디,

'닉 잠간 볼 쩌의 얼골이 심이[심히] 닉기로 고이히 녁여더니 무산[무슨] 곡졀[141]이 잇도다.'

ᄒᆞ고, 그 소년 보기를 권[願]ᄒᆞ니, 노승이 즉시 어ᄉᆞ를 인도(引導)ᄒᆞ여 그 소년의 쳐소(處所)로 오니.

잇썩 셕 소졔 어ᄉᆞ의 행ᄎᆞ(行次)를 구경ᄒᆞ다가 셔로 눈이 마조치미 낫치[낯이] 심이[심히] 닉으므로 가군[142]을 생각ᄒᆞ고 침셕(寢席)의 누어더니, 문득 니괴(尼姑ㅣ) 급히 드러와[들어와] 고왈(告曰),

"일 일가(一家)라 ᄒᆞ고 반겨ᄒᆞ던 현 상공이 어ᄉᆞ(御史)로 맛참[마침] 와 계시미 공자(公子)를 위ᄒᆞ여 뵈시고 왓나이다."

소졔 미급답(未及答)의 어시 드러 보니, 비록 복색(服色)을 곳쳐시나 엇지 쥬야(晝夜) 사모(思慕)ᄒᆞ던 셕 소져를 몰나 보리오, 반가오믈 니긔지 못ᄒᆞ여 반향[143]이나 말을 일우지 못ᄒᆞ더니 오랜 후 정신을 찰혀[차려] 소져를 ᄃᆡᄒᆞ여 왈,

"그디 모양을 보니 방시의 화(禍)를 보고 피(避)ᄒᆞ여시믈 짐작ᄒᆞ거니와, 이곳의셔 만놀 쥴 엇지 뜻ᄒᆞ여시리오?"

---

141) 곡졀(曲折): 순조롭지 아니하게 얽힌 이런저런 복잡한 사정이나 까닭.

142) 가군(家君): 남에게 자기 남편을 이르는 말.

143) 반향(半晌): 반나절. 여기서는 '오랫동안' 뜻으로 쓰였다.

소제 그제야 현생인쥴 알고 누쉬(淚水丨) 여우(如雨)ᄒ여 진진[144]이 늣기며[145] 왈,

"첩(妾)의 팔지(八字丨) 긔구(崎嶇)ᄒ미오니 엇지ᄒ오리잇가마ᄂᆞ, 그 ᄉᆞ이 군직(君子丨) 무산{무슨} 벼살노 이곳의 지나시니잇고?"

어ᄉᆞ 탄식(歎息)ᄒ고 전후슈말(前後首末)을 자시{자세히} 니르며 왈,

"텬은(天恩)이 망극(罔極)ᄒ여 문무(文武)의 함긔 참방(參榜)ᄒ여더니, 외람(猥濫)이 즁작[146]을 당ᄒ여 교유슌무도어ᄉᆞ[慰論巡撫都御史]롤 ᄒ이시미 맛참{마침} 이곳의 니르러 그디롤 만나니, 이ᄂᆞ 하늘이 지시ᄒ미라 엇지 만행(萬幸)이 아니리오?"

소제 ᄂᆡ심(內心)의 깃거 전후(前後) ᄉᆞ단(事端)을 닐너 왈,

"첩(妾)이 이곳의 은신(隱身)ᄒ여다가 텬우신조(天佑神助)ᄒ여 군자(君子)롤 만나시니, 이제 죽으나 무슨 한(恨)이 이스오리잇가?"

ᄒ고, 옥뉘(玉淚丨) 종행(縱橫)ᄒ여 옷깃슬 적시ᄂᆞᆫ지라. 어ᄉᆞ 즉시 본부의 젼영(傳令)ᄒ여,

"위의(威儀)롤 갓초와 오라."

ᄒ고, 제승을 불너 그 은공을 니르며 금은을 ᄂᆡ여 쥬니, 제승이 백비샤례ᄒ고,

"텬하의 희한흔 일도 잇도다."

ᄒ며, 여러 히 깁흔{깊은} 졍이 일조(一朝)의 니별ᄒ믈 이연(哀然)ᄒ여 눈물을 흘니더라.

이윽고 본부의 위의(威儀) 왓거ᄂᆞᆯ, 석소져와 춘셤이 불젼(佛前)의 하직ᄒ고 제승(諸僧)의게 니별ᄒ며 교자[147]롤 타고 금산ᄉᆞ롤 쩌나니, 행

---

144) 진진(津津): 흠뻑. 넘쳐흐르는 모양이다.

145) 늣기며(느끼며): 서럽거나 감격에 겨워 울며.

146) 즁작(重爵): 높고 중요한 벼슬과 지위.

츳(行次)의 거록ᄒ미 일경(一境)의 둘네더라[148].

여러 눌 만의 황셩(皇城)의 니ᄅ러, 셕 부인은 츳복의 집으로 행ᄒ게 ᄒ고 어시 ᄇ로 궐ᄒ[149]의 봉명[150]ᄒ온디. 샹이 인견(引見)ᄒ시고 남만왕 (南蠻王)의 위유(慰諭)함과 각읍(各邑)의 슌무(巡撫)ᄒ던 일을 무ᄅ시고 디 열(大悅)ᄒ샤 갈아샤되,

"만일 경(卿) 곳 아니런들 엇지 이 일을 당홀가?"

ᄒ시고, 즉시 벼살을 도도와{돋우어} 문현각 티학ᄉ롤 ᄒ이시니. 학시 여 러번 ᄉ양(辭讓)ᄒ되 샹이 불윤(不允)ᄒ시미 마지못ᄒ여 샤은(謝恩)ᄒ고. 쳐 셕시 만ᄂ 일을 쥬달(奏達)ᄒ오니, 샹이 드ᄅ시고 더욱 희한이 넉이샤 부인 직쳡(職牒)을 나리오시니. 학스의 은총이 조졍(朝廷)의 진동ᄒ더라.

각셜(却說). 북초[151]왕이 반(叛)ᄒ여 철긔(鐵騎) 십 만을 거나리고 북방 을 침노[152]ᄒ니 여러 군현(郡縣)이 도젹의게 아인{앗긴} 비 되니, 인쥬자ᄉ 왕평이 급히 졔문[啟聞][153]ᄒ여거눌. 샹이 보시고 디경(大驚)ᄒ샤 토젹(討 賊)홀 일을 의논ᄒ실 시, 반부[154] 즁의 일인이 츌반쥬왈(出班奏日),

"신이 비록 지죄(才操ㅣ) 업ᄉ오나 도젹을 파(破)ᄒ오리니, 복원(伏願) 셩샹(聖上)은 일지군[155]을 쥬시면 폐ᄒ의 근심을 덜니이다."

---

147) 교자(轎子): 고관들이 타던 가마.
148) 둘네더라{들네더라}: 야단스럽게 떠들더라.
149) 궐ᄒ(闕下): 대궐 아래 또는 대궐 殿閣 아래라는 뜻으로, 임금 앞을 이르는 말.
150) 봉명[復命]: 명령을 받고 일을 처리한 사람이 그 결과를 보고함.
151) 북초(北楚): 중국에서, 925년에 高季興이 江陵에 도읍하여 세운 나라. 963년 송나라에 망하였다. 시기적으로는 맞으나 麟州라는 지명과 북방 침입이라는 사실과는 부합하지 않는다. 북쪽의 토번왕이라야 맞을 것으로 판단된다.
152) 침노(侵擄): 남의 나라를 불법으로 쳐들어가거나 쳐들어옴.
153) 졔문[啟聞]: 신하가 글로 임금에게 아뢰던 일.
154) 반부(班部): 班列. 조회에 참가한 대열.
155) 일지군(一枝軍): 一枝兵. 한 떼의 병사.

모다 보니, 문현각 틱학ᄉ 현슈문이라. 샹이 긔특이 넉이샤 왈,

"짐(朕)의 박덕(薄德)ᄒ므로 도젹이 침노(侵擄)ᄒ미 경(卿)의 년소(年少)ᄒ믈 꺼려더니, 이제 경이 츌젼(出戰)ᄒ믈 자원(自願)ᄒ니 짐(朕) 심이 환열[156]ᄒ도다."

ᄒ시고, 딕원슈(大元帥)롤 ᄒ이시며 졍동장군(征東將軍) 양긔로 부원슈(副元帥)롤 ᄒ이샤, 졍병(精兵) 팔십만을 조발(調發)ᄒ여 쥬시며 왈,

"짐(朕)이 경(卿)의 츙셩을 아나니 슈이[쉬이] 도젹을 파(破)ᄒ고 도로오면[돌아오면] 강산(江山)을 반분(半分)ᄒ리라."

원슈 돈슈샤은(頓首謝恩)ᄒ고 딕군(大軍)을 휘동(麾動)ᄒ여 여러 놀만의 감몽관의 니르러 결진(結陣)ᄒ니, 젹진이 발셔 진을 굿게 쳣ᄂᆞᆫ지라. 원슈 딕호(大呼) 왈,

"젹장은 셜니 나와 칼을 ᄇᆞ드라."

ᄒ고, 황금 투고의 쇄자갑[157]을 닙고 손의 삼쳑장검(三尺長劍)을 쥐어시니, 위풍(威風)이 밍호(猛虎) 갓고 군졔(軍制) 엄슉(嚴肅)ᄒ더라. 북호왕[158]이 ᄇᆞ르보미, 비록 소년딕장(少年大將)이나 의긔등등(意氣騰騰)ᄒ여 텬신(天神)이 하강(下降)ᄒᆫ 듯ᄒ지라. 아모리 여러 고을을 어더[얻어] 승승장구(乘勝長驅)ᄒ여시나 마음이 최찰[159]ᄒ여 ᄊᆞ홀 뜻이 업더니, 선봉장(先鋒將) 약딕 졍창츌마[160]ᄒ여 딕호(大呼) 왈,

"송장(宋將) 현슈문은 셜니 나와 자웅(雌雄)을 결(決)ᄒ자,"

ᄒ며 너닷거늘, 원슈 딕로(大怒)ᄒ여 마자 ᄊᆞ홀시. 슈합(數合)이 못ᄒ여

---

156) 환열(歡悅): 매우 기뻐함.
157) 쇄자갑(鎖子甲): 철사로 작은 고리를 만들어서 서로 꿴 갑옷.
158) 북호왕: 북쪽 토번왕으로 통일함.
159) 최찰[摧折]: 마음이나 기운이 꺾임.
160) 졍창츌마(挺槍出馬): 창을 겨누어 들고 말을 타고 나아감.

적장이 져당¹⁶¹⁾치 못홀 줄 알고 다라나거늘 원쉬 짜라 츙돌(衝突)ㅎ니, 칼이 다닷는 곳의 적장의 머리 츄풍낙엽 갓고, 호통이 이는 곳의 북초왕이 스로잡힌 빅 된지라. 원쉬 본진(本陣)의 도라와(돌아와) 승견(勝戰)흔 잔치룰 파ㅎ고, 샹긔 표(表)룰 올니니라.

츳시(此時) 또 셕상왕이 반(叛)ㅎ여 졍병(精兵) 십만을 거나리고 디국(大國)을 침노(侵擄)홀싀. 강병(强兵) 밍장(猛將)이 무슈(無數)ㅎ므로 지나는 븟의 망풍귀항¹⁶²⁾ㅎ니, 샹이 드르시고 디경(大驚)ㅎ샤 갈아샤되,

"도적이 쳐쳐(處處)의 분긔¹⁶³⁾ㅎ니 이룰 장찻 엇지 ㅎ리오?"

우승상(右丞相) 경필이 쥬왈,

"이제 밋쳐 초적¹⁶⁴⁾을 파(破)치 못ㅎ옵고 또 북적(北狄)이 침노(侵擄)ㅎ니 조졍(朝廷)의 당홀 장쉬(將帥ㅣ) 업스오믹, 현슈문의 도라오믈 기다려 파(破)ㅎ미 조홀가(좋을까) ㅎ나이다."

샹이 양구(良久) 후 굴아샤디,

"현슈문이 비록 용밍(勇猛)ㅎ나 남만국(南蠻國)의 다녀와 즉시 젼장(戰場)의 나가스니, 무산(무슨) 힘으로 또 이 도적을 파(破)ㅎ리오? 짐(朕)이 친졍(親征)코져 ㅎ나니 경등(卿等)은 다시 니르지 말나."

ㅎ시고, 먼져 현 원슈(元帥)긔 샤¹⁶⁵⁾룰 보닉여 이 일을 알게 ㅎ고, 샹이 친히 디장(大將)이 되샤 경필노 부원슈(副元帥)룰 삼고 표긔장군(驃騎將軍) 두원길노 즁군장(中軍將)을 ㅎ이시고 거긔장군(車騎將軍) 조경으로 도셩(都城)을 직희오고 택일츌졍(擇日出征)ㅎ실싀, 졍긔(旌旗)는 폐일

161) 져당(抵當): 맞서서 겨룸.
162) 망풍귀항(望風歸降): 멀리 바라보고 놀라서 싸우지도 않고 귀순하거나 항복함.
163) 분긔(紛起): 여기저기서 말썽이 생김.
164) 초적(草賊): 지배자의 압박과 수탈에 항거해 항쟁을 벌인 농민저항군.
165) 샤(使): 使者. 명령이나 부탁을 받고 심부름하는 사람.

(蔽日)하고 고각(鼓角)은 훤텬[166)]하더라.

여러 눌 만의 양희관이 니르니, 적장 왕긔 송텬지(宋天子ㅣ) 친정(親征)하시믈 듯고 의논 왈,

"우리 진중(陣中)의 용밍훈 장쉬(將帥ㅣ) 무슈하거늘, 텬지 아모리 친이{친히} 와 싼호고져{싸우고자} 하나 우리룰 엇지 당하리오?"

하고, 방포일셩(放砲一聲)의 진문(陣門)을 크게 열고 훈 장쉬(將帥ㅣ) 니다라 싼홈을 도도니{돋우니}, 이는 양평공이라. 샹이 보시고 부장 경필노 하여곰 나 싼호라 하시니, 두원길이 니다라 왈,

"폐하는 근심 마옵소셔. 신(臣)이 먼져 싼와 적장의 머리룰 버혀오리이다."

하고, 말긔 올나 칼을 츔츄이며 니다라 디호(大呼) 왈,

"적장은 나의 말을 드르라! 우리 텬지 셩신분무[聖神文武]하시고 덕택(德澤)이 아니 밋춘{미친} 나라이 업거눌, 너 갓치 무도(無道)훈 오랑키 그 덕택을 아지 못하고 감히 군(軍)을 발(發)하여 일경(一境)을 요란케 하니, 니 너롤 버혀 국가의 근심을 업시리라."

하고, 말을 맛츠며 바로 양평공을 취하니, 양평공이 마자 싼화 오십여(五十餘) 합[167)]의 승부룰 결치 못하더니. 적진 중으로 쏘훈 장쉬 니다라 양평공을 도으니, 두원길이 좌츙우돌(左衝右突)하여 싼호미 슈합(數合)이 못하여 죽은 비 되니. 샹이 근심하샤 진동장군(鎭東將軍) 하셰청으로 나아가 싼호라 하신디, 셰청이 원길의 죽는 양을 보고 분긔디발(憤氣大發)하여 말긔 올나 니다르며 디호(大呼) 왈,

"어졔 싼홈은 우리 장슈룰 죽여거니와, 오늘은 너롤 죽여 원길의 원슈룰 갑흐리라{갚으리라}."

하고, 마자 싼와 스십여(四十餘) 합(合)의 니르미, 샹이 장디[168)]의셔 양

---

166) 훤텬(喧天): 하늘을 진동할 정도로 요란스러움.
167) 합(合): 칼이나 창으로 싸울 때, 칼이나 창이 서로 마주치는 횟수를 세는 단위.

진(兩陣) 싸홈을 보시더니 눌이 느즈미 셰쳥이 행혀{행여} 샹(傷)홀가
ᄒᆞ샤 쟁(錚)을 쳐 군(軍)을 거두고. 눌이 밝으미 셰쳥이 분긔(憤氣)롤 이
긔지 못ᄒᆞ여 너다라 싸홈을 도도며 웨여 왈,

"젹장 양평공은 어제 미결(未決)혼 싸홈을 결(決)ᄒᆞ자."

ᄒᆞ고, 싸호더니 슈합이 못ᄒᆞ여 평공의 칼이 번듯ᄒᆞ며 셰쳥의 머리 마ᄒᆞ
(馬下)의 나려지ᄂᆞᆫ지라. 샹이 이롤 보시고 디경(大驚)ᄒᆞ샤 졔장(諸將)을 도
ᄅᆞ보아{돌아보아} 왈,

"뉘 능히 젹장의 머리롤 버혀{베어} 양장(兩將)의 원슈롤 갑흘고?"

좌위(左右 |) 묵묵(默默)ᄒᆞ고 나와 싸홀 장쉬 업ᄂᆞᆫ지라. 샹이 탄식홀 즈
음의 젹진이 ᄉᆞ면(四面)을 에워싸고 디호 왈,

"송졔(宋帝)ᄂᆞᆫ 섈니 나와 항복(降服)ᄒᆞ라."

ᄒᆞ니, 엇지 되고 ᄒᆞ회[169]롤 분셕(分析)ᄒᆞ라.

---

168) 장디(將臺): 장수가 올라서서 명령이나 지휘를 하던 대. 城, 堡 따위의 동서 양쪽에
돌로 쌓아 만들었다.
169) ᄒᆞ회(下回): 다음 차례.

권지즁

　츠셜(且說)。 텬지 적진(敵陣)의 의여 위급(危急)ᄒ미 조셕(朝夕)의 닛드
니{있더니}. 마참 현 원쉬 북초왕을 토평(討平)ᄒ고 승젼고(勝戰鼓)롤 울이
며{울리며} 완완(緩緩)히 회군(回軍)ᄒ여 형쥬지경(荊州之境)이 다다ᄅ니.
즁시[1] 교지(敎旨)롤 밧자와 드리거놀, 원쉬 북향사비(北向四拜)ᄒ고 써혀
보니,

> 「그 사이 쏘 셕상왕이 반(叛)ᄒ여 십이 읍(十二邑)을 항복 밧고 양희관
> 의 드러와 침노(侵擄)ᄒ미, 샹이 친졍(親征)ᄒ시니 원쉬(元帥ㅣ) 만일
> 승젼(勝戰) 귀국(歸國)ᄒ거든 샹(上)을 도으라.」

ᄒ신 조셰(詔書ㅣ)라. 원쉬 남필(覽畢)의 디경(大驚)ᄒ여 샤관(使官)을 돌녀
보니고, 즉시 선봉장(先鋒將) 양긔롤 불너 조셔의 말ᄉᆞᆷ을 닐으며 왈,
　"이제 텬지 친졍(親征)ᄒ시미 셕상왕의 강병(强兵)을 당(當)키 어려오시
리니. 니 단긔(單騎)로 먼져 급히 가 샹을 구ᄒ리니, 그디ᄂᆞ 디군(大軍)을
거ᄂᆞ리고 뒤흘{뒤를} 좃ᄎᆞ{좇아} 오라."
ᄒ고, 말을 달녀 셔평관을 향(向)ᄒ다가 양경지경의 니ᄅ러 피란(避亂)ᄒ
ᄂᆞ 빅셩의 말을 드ᄅ니,
　"텬지 양평관의셔 ᄊ호시미 격진(敵陣)의 ᄊᆞ이여 위티ᄒ미 시긱(時刻)
의 잇다."

---

1) 즁시(中使): 궁중에서 임금의 명령을 전하도록 파견한 使者. 주로 宦官이 맡았다.

ᄒ거눌, 원쉬 이 말을 듯고 텬지(天地) 아득ᄒ여 급히 말을 치쳐 바로 양
평관의 다다ᄅ니, 과연 텬지 여러 겹의 ᄊ이여 거의 위티(危殆)ᄒ신지라.
원쉬 분노(忿怒)ᄒ여 칼을 들고 소리ᄅᆯ 크게 지르며 젹진(敵陣)을 즛치니,
젹진 장졸(將卒)이 불의(不意)의 변(變)을 만ᄂ 죽ᄂᆫ 재(者ㅣ) 무슈(無數)ᄒ
니. 원쉬 단긔(單騎)로 다ᄅᆮ드러 십만 젹병(敵兵)을 무인지경(無人之境) 갓
치 횡힝(橫行)ᄒ며 사졸(士卒)을 풀 비듯ᄒ니, 그 용밍(勇猛)을 가히 알지
라. 젹장 양평공이 군사ᄅᆯ 거두어 믈너 진(陣)치고 현 원수의 용밍을 일
ᄏᆺ더라.

원쉬 즉시 텬자긔 복지(伏地)ᄒ여 왈,

"신(臣)이 북초ᄅᆯ 파(破)ᄒ 후로 다른 변(變)이 업슬가{없을까} ᄒ여습더
니, ᄯᅩ 셕상 도젹이 니러ᄂ 폐ᄒ(陛下)의 친졍(親征)ᄒ시믈 듯숩고 썰니
오지 못ᄒ와 셩쳬[2] 곤(困)ᄒ시믈 미쳐 구완치 못ᄒ오니, 신(臣)의 죄(罪)
만사무셕[3]이로소이다."

샹이 젹진(敵陣)의 ᄊ이여 ᄒ마{벌쎄} 항복고져 ᄒ민 졔장(諸將)의 간
(諫)ᄒ믈 듯고 혼빅(魂魄)이 몸이 잇지 아니ᄒ여 다만 장탄유체(長歎流涕)
홀 ᄯᆞ름이러니, 믄득 진즁(陣中)이 요란ᄒ며 젹병(賊兵)이 믈너가믈 보고
텬신(天神)이 도으샤 송실(宋室)을 보젼(保全)ᄒ민가 ᄒ고 장탄ᄒ더니. 믄
득 현 원쉬 복지쥬언(伏地奏言)을 드르시고 몽즁(夢中)인가 의심ᄒ며 반가
오믈 니긔지 못ᄒ여 그 손을 잡으시고 유체(流涕) 왈,

"경(卿)이 국가ᄅᆯ 위ᄒ여 공(功)을 셰우미 ᄒᆫ두 번이 아니므로 경의 츙
셩을 일ᄏᆺ더니. 이제 경이 ᄯᅩ 짐(朕)의 위티ᄒ믈 구ᄒ여 샤직(社稷)을 안
보[4]케 ᄒ니 만고(萬古)의 디공(大功)이라 엇지 보필지신[5]이 아니리오?"

---

2) 셩쳬(聖體): 임금의 몸을 높여 이르는 말.
3) 만사무셕(萬死無惜): 만 번 죽어도 아까울 것이 없음.
4) 안보(安保): 아무 탈 없이 안전히 지키고 보호함.

원쉬 고두쥬왈(叩頭奏曰),

"신(臣)이 적장(賊將)의 형세를 보오니 졸연(猝然)이 파(破)키 어려올지라 명일(明日)은 당당이{당당히} 적장을 버혀{베어} 오리니 폐하는 근심치 마옵소셔."

하고, 군사를 정졔(整齊)하며 졔장(諸將)을 불너 약속(約束)을 졍할시. 이윽고 북초왕 파(破)한 디군(大軍)이 니르러거늘, 원쉬 군(軍)을 합(合)하여 졈고[6]하니 졍병(精兵)이 빅만이오 용장(勇將)이 슈십 원(數十員)이라. 우양(牛羊)을 잡아 디군(大軍)을 호궤(犒饋)하고 잇흔날 원쉬 말긔 올나 진문(陣門)을 크게 열고 쓰홈을 도도니{돋우니}, 적장 양평공이 원슈의 위풍(威風)을 보고 즐겨 나지 아니하더니. 한 장쉬 니다라{내달아} 마즈 쓰호니, 이는 적장 약디라. 원쉬 쇼리를 크게 지르고 교봉[7] 팔십여 합(合)의 승부를 결치 못하더니, 날이 져물민 냥진(兩陣)이 징을 쳐 군을 거두니. 원쉬 도라와{돌아와} 황샹긔 쥬왈,

"신(臣)이 거의 적장을 잡게 되여더니, 엇지 군(軍)을 거두시니잇고?"

샹왈,

"적장 약디는 용밍한 장쉬라, 혹 실슈할가 하여 군(軍)을 거두니라."

하시니, 원쉬 분함믈 니긔지 못하여 믈너느니라.

원쉬 츠야(此夜)의 졔장(諸將)을 불너 파젹(破敵)할 계교(計巧)를 의논할시, 션봉장 유긔를 불너 왈,

"그디는 오쳔군(五千軍)을 거느리고 셔(西)으로 삼십니(三十里)만 가면 화산이란 뫼이 이시니, 그곳의 매복(埋伏)하엿다가 여츠여츠하라."

하고, 쏘 후군장 쟝익을 불너 왈,

"그디는 철긔(鐵騎) 오천을 거느리고 호람원의 미복호엿다가 이리이리
호면 가히 적장을 사로잡으리라."

호고, 텬지 거줏[거짓] 중군(中軍)이 되여 군마(軍馬)룰 거느리고 적진(敵
陣) 압희[앞에] 나아가 쓰홈을 도도시게 호여 약속을 졍호고. 날이 밝은
후 진문(陣門)을 크게 열고 쓰홈을 도도니[돋우니], 약디 불승분노(不勝忿
怒)호여 양평공을 디호여 왈,

"오날날 쓰홈의 송장(宋將) 현슈문을 잡지 못호면 밍세코 도르오지[돌
아오지] 아니리이다."

호고, 언파(言罷)의 진(陣) 밧긔 니닷거눌, 양평공 왈,

"장군은 경젹[8)]지 말느."

약디 응낙(應諾)호고 말을 달녀 니다르며 디호(大呼) 왈,

"젹장은 미결(未決)혼 자웅(雌雄)을 오날날 결(決)호자!"

호고 니다르니, 원슈 냉소(冷笑)호고 마즈 쓰화 칠십여 합(合)의 승부룰
결치 못호더니. 원슈 말을 도로혀 다르난디 약디 쓰로더니, 믄득 좌우의
함셩이 진동호며 손외[9)] 일시(一時)의 디발(大發)호여 군시(軍士 l) 무슈(無
數)이 죽고. 약디의 말 발이 걸여[걸려] 것구러지민 갑쥬(甲胄)눈 다 씨여
지고 방천검[10)]이 부러지니 겨유[겨우] 목숨을 도망호여 본진(本陣)의 도르
가니, 양평공이 위로 왈,

"장군이 큰 말을 호기로 니 념녀(念慮)호여더니 불힝(不幸)이 패(敗)호
믈 보니. 추후(此後)는 경젹(輕敵)지 말느!"

호더라. 원슈 계교(計巧)로쎠 약디룰 잡게 되여더니 제 본디 용밍호므로

---

8) 경젹(輕敵): 적을 업신여김.

9) 손외[쇠뇌]: 활의 일종. 활에 쇠로 된 발사장치가 있어 그 기계적인 힘에 의해 화살을
쏘는 고대의 무기.

10) 방천검(方天劍): 偃月刀나 창 모양으로 만든 옛날 중국 무기의 하나.

잡지 못ᄒᆞᄆᆞᆯ 분노(憤怒)ᄒᆞ여 ᄯᅩ 무슨{어떤} 계교로 잡으ᄆᆞᆯ 의논ᄒᆞ더라.

ᄎᆞ시(此時) 양평공이 송진(宋陣) 파(破)홀 묘책(妙策)을 의논ᄒᆞ더니. 밤이 깁흔{깊은} 후 믄득 자ᄒᆞ산의 함성(喊聲)이 니러ᄂᆞ거늘, 양평공이 놀ᄂᆞ 탐지(探知)ᄒᆞ니 아모 것도 업ᄂᆞᆫ지라, 심ᄒᆞ의{심하게} 고이히 넉여 혹 귀졸[11]인가 ᄒᆞ여더니. ᄯᅩ 산 좌편(左便)의셔 납함[12]ᄒᆞᄂᆞᆫ 소리 나거늘, 적진(敵陣) 장졸(將卒)이 니다라 막고져 ᄒᆞ더니. 체탐(體探)이 보(報)ᄒᆞᄃᆡ,

"그 산의 군사 ᄒᆞ나도{하나도} 업고, 다만 눈의 지{재} 갓흔{같은} 거시{것이} 뵈더이다."

ᄒᆞ거늘, 양평공이 크게 의혹(疑惑)ᄒᆞ여 왈,

"송장(宋將) 현슈문은 당시[13] 명장(名將)이라, 직조(才操)를 부려 우리를 놀니미로다."

ᄒᆞ고, 제장(諸將)을 불너,

"진중(陣中)이 요동(搖動)치 말ᄂᆞ."

ᄒᆞ더라.

원쉬 제장(諸將)을 불너 왈,

"니 앗가 슐법(術法)을 힝ᄒᆞ여 적장의 ᄆᆞᄋᆞᆷ을 속여시니, 지금 우리 일시(一時)의 협공(挾攻)ᄒᆞ면 제 반다시{반드시} 나{나와} 싸호리니, 적장 잡기롤 엇지 조심(操心)ᄒᆞ리요?"

ᄒᆞ고, 디군(大軍)을 모라{몰아} 크게 납함(吶喊)ᄒᆞ며 일시(一時)의 줏쳐 드러가니. 적진이 쳐음은 헷일{헛일}노 알고 준비ᄒᆞ미 업다가 십만 디병(大兵)이 급히 쳐드러오미, 밋쳐{미처} 손을 놀니지 못ᄒᆞ여 죽ᄂᆞᆫ 장졸(將卒)이 무슈(無數)ᄒᆞ고 사산분궤[14]ᄒᆞᄂᆞᆫ지라. 양평공이 디로(大怒)ᄒᆞ여 약디를

---

11) 귀졸(鬼卒): 자질구레한 온갖 잡살뱅이 귀신.

12) 납함(吶喊): 적진을 향하여 돌진할 때 군사가 일제히 고함을 지름.

13) 당시: 구어체의 이 대화문에서는 불필요한 말임.

거ᄂᆞ리고 쥭기로써 ᄊᆞ호ᄆᆡ, 화광(火光)이 츙텬(衝天)ᄒᆞ고 함셩(喊聲)이 물 끌틋{끓듯} ᄒᆞ니 쥭엄{주검}이 ᄊᆞ이여{쌓여} 산을 일위고{이루고} 유혈(流血)이 모이여 ᄂᆡ 되여더라. 원슈 양평공을 취ᄒᆞ니, 평공이 당치 못ᄒᆞ여 다ᄅᆞᄂᆞ니. 셕상왕이 원슈의 용밍ᄒᆞ믈 보고 ᄊᆞ홀 ᄆᆞ옴이 업셔 다ᄅᆞᄂᆞ니, 날이 임의{이미} ᄉᆡ여더라.

ᄒᆞᆫ 장ᄉᆡ 일군(一軍)을 거ᄂᆞ리고 ᄌᆞᆺ쳐오니, 셕상왕이 갈 길이 업ᄂᆞᆫ지라. 양평공이 닐너 왈,

"사셰(事勢ㅣ) 위급ᄒᆞ니 왕은 잠간{잠깐} 요슐(妖術)을 ᄒᆡᆼ(行)ᄒᆞ소셔."

셕상왕이 올히 넉여{여겨} 진언을 념ᄒᆞ니[15] 믄득 안ᄀᆡ 자옥ᄒᆞ여 지쳑(咫尺)을 분변(分辨)치 못ᄒᆞ니. 원슈 뒤흘{뒤를} ᄯᆞ로다가 날이 밝으믈 다ᄒᆡᆼ(多幸)이 넉여더니, 믄득 안ᄀᆡ 자욱ᄒᆞ여 길이 아득ᄒᆞ믈 보고 사ᄆᆡ로ᄌᆞᆺ초{소매에서} 단져(短笛)ᄅᆞᆯ ᄂᆡ여 부니 안ᄀᆡ 사ᄅᆞ지고 일광(日光)이 명낭(明朗)ᄒᆞᆫ지라. 원슈 그ᄌᆡ야{그제야} 적장의 ᄃᆞᆺᄂᆞᆫ{달아나는} 냥을 보고 풍우와 갓치[16] ᄯᆞᄅᆞ니, 셕상왕이 그 져소ᄅᆡ{피리소리}ᄅᆞᆯ 듯고 ᄃᆡ경실ᄉᆡᆨ(大驚失色)ᄒᆞ여 왈,

"오날날 아등(我等)이 이곳의셔 명(命)을 맛ᄎᆞ리로다. 송국(宋國) ᄃᆡ장 현슈문의 ᄌᆡ조(才操)ᄅᆞᆯ 오날이야 쾌(快)히 알괘라. 나의 슐법(術法)은 다만 안ᄀᆡ 퓌올 쥴만 아더니, 현슈문의 져소ᄅᆡ{피리소리}ᄂᆞᆫ 셔역국(西域國) 일광ᄃᆡ사의 우졔셩[玉笛聲]이니 엇지 놀납고 두렵지 아니리오? ᄂᆡ 십년(十年) 공부ᄒᆞ여 ᄌᆡ조ᄅᆞᆯ ᄇᆡ와시ᄆᆡ 나ᄅᆞᆯ ᄃᆡ적(對敵)ᄒᆞᆯ ᄌᆡ(者ㅣ) 업슬가 ᄒᆞ여더니, 이졔 속졀업시 되여시니 엇지 앗갑고 슬푸지 아니ᄒᆞ리오?"

---

14) 사산분궤(四散奔潰): 사방으로 흩어져 재빨리 달아남.

15) 진언(眞言)을 념(念)ᄒᆞ니: 비밀스러운 어구를 윈다는 뜻. 주로 술법을 부리거나 귀신을 쫓을 때 외는 글귀를 외우는 것을 일컫는다.

16) 풍우(風雨)와 갓치{같이}: 비바람이 몰려오는 모양과 같이 거세고 빨리.

호고, 장탄불니[17]호며 닷더니 군마(軍馬 ㅣ) 피곤호여 먼니[멀리] 가지 못
호고. 원슈의 디진(大陣)이 다다라 호 번도 쓰호지 못호고 원슈의 자룡검
(紫龍劍)이 니른는 곳의 약디의 머리 나려지는지라[떨어지는지라]. 양평공
이 낙담상혼[18]호여 아모리 홀 줄 모로고 석상왕다려 왈,

"우리 긔병(起兵)혼 후로 쓰홈을 당호미 송장(宋將) 현슈문만 못호지 아니
호더니, 오날 져소리[피리소리] 일곡(一曲)의 명장(名將) 약디 죽고 우리 쪼혼
죽게 되여시니 누룰 한(恨)호리오. 니룬바 텬지망애오 비원지죄라[19]."
호고, 언파(言罷)의 자문(自刎)코져 호더니, 일셩호통[20]의 석상왕과 양평
공이 사로잡힌 비 되니. 원쉬 군즁(軍衆)의 호령호여 함거[21]의 너코[넣고]
디진(大陣)을 도로혀[돌리어] 본진(本陣)으로 도른올시, 승젼(勝戰)혼 북소
리 원근(遠近)의 진동(振動)호더라.

ᄎ시(此時) 샹이 현 원슈의 오래 도른오지 아니믈 근심호샤 부장(副將)
양긔롤 보니여 돕고져 호시더니. 날이 시고 사시(巳時) 지니도록 소식이
업스믈 크게 근심호시더니, 문득 원쉬 약디의 머리롤 버혀들고[베어들고]
승젼호여 도른오믈 보시미 반가오믈 니긔지 못호여 마조[마중] 나와 원슈
롤 마즈니. 원쉬 급히 말긔[말에서] 나려 복지(伏地)호온디, 샹이 굴ᄋ샤디,

"만일 경(卿) 곳 아니런들 짐(朕)의 목숨이 지금 사른시며[살았으며], 경
(卿)의 용밍 곳 아니면 엇지 적장 약디롤 버히리오[베리오]? 짐(朕)이 그
공(功)을 혜아리면 텬ᄒ(天下)롤 반분(半分)호여도 갑지[갚지] 못호리로다."

---

17) 장탄불니(長歎不已): 길게 탄식해 마지않음.
18) 낙담상혼(落膽喪魂): 크게 놀라거나 근심하여 정신을 잃음.
19) 텬지망애(天之亡我 ㅣ)오 비원지죄[非戰之罪]라:《史記》〈項羽本紀〉의 "項羽가 '지금 이
   렇게 곤경에 처한 것은 하늘이 나를 망하게 하려는 것이지, 결코 내가 잘못 싸운 것이
   아니다.(然今卒困於此, 此天之亡我, 非戰之罪.)'라고 한 것"에서 인용한 말.
20) 일셩호통(一聲號筒): 한 곡조 나팔소리.
21) 함거(檻車): 죄인을 실어 나르던 수레.

원쉬 셩교(聖敎) 여츠ᄒ시믈 망극(罔極)ᄒ여 고두쥬왈(叩頭奏曰),

"신이 셩은(聖恩)을 닙사와 조졍(朝廷)의 츙슈[22]ᄒ오미, 난시(亂時)를 당ᄒ오면 젼장(戰場)의 나아가 도젹을 소멸(掃滅)ᄒ오미 군신지도(君臣之道)의 덧덧ᄒ온 일이오니. 폐희(陛下ㅣ) 엇지 셩교(聖敎)를 과도이 ᄒ샤 신(臣)의 몸이 니치 못ᄒ게 ᄒ시ᄂ니잇고?"

샹이 원슈의 츙셩된 말을 더욱 긔특이 넉이시고 졔장군졸(諸將軍卒)을 모와 소를 잡으며 술을 걸너 삼군[23]을 호궤(犒饋)ᄒ고 사로잡힌 젹장들를 원문[24] 밧긔 쳐참(處斬)ᄒ라 ᄒ시고 즉일(卽日) 회군(回軍)ᄒ실ᄉ, 자사슈령(刺史守令)이 지경디후[25]ᄒ더라.

힝(行)ᄒ여 츙쥬의 니르니, 츙쥬자사 연슉이 샹긔 쥬왈,

"근간(近間) 시졀이 흉흉(洶洶)ᄒ여 쳐쳐(處處)의 도젹이 단니오며, 쥬려 니산(離散)ᄒᄂ 빅셩이 만사오디{많사오되} 홀노{유독} 심흔 곳은 셔쳔(西天) ᄯ히오니, 복망(伏望) 폐ᄒᄂ 진무사(鎭撫使)를 보ᄂ오샤 빅셩을 무휼[26]ᄒ소셔."

ᄒ거늘, 샹이 쥬사(奏辭)를 드르시고 근심ᄒ샤 환국(還國)ᄒ신 후 안찰사(按察使)를 갈희여{가리어} 보ᄂ고져 ᄒ시더니, 원쉬 쥬왈,

"이졔 도젹을 평졍(平定)ᄒ여시미 턴ᄒ 빅셩이 안둔[27]치 못ᄒ오리니. 신(臣)이 비록 병혁[28]의 곤(困)ᄒ미 잇사오ᄂ 셔쳔(西天)의 가 빅셩을 진졍(鎭靜)ᄒ고 긔황(饑荒)의 쥬리믈 면(免)케 ᄒ오리니, 폐ᄒᄂ 근심치 마르

---

22) 츙슈(充數): 보충함. 충당함. 수효를 채움.

23) 삼군(三軍): 全軍.

24) 원문(轅門): 軍營·陣營의 문. 군영·진영을 가리키기도 한다.

25) 지경디후(地境待候): 지경에서 기다림.

26) 무휼(撫恤): 어루만져 구호함.

27) 안둔(安屯): 마음이나 생각 따위를 정리하여 안정되게 함.

28) 병혁(兵革): 전쟁. 무력을 사용하여 싸움.

소셔."

ㅎ거늘, 샹이 원슈의 몸이 곤뇌ㅎ므로 셔천(西天)의 보닉를 앗겨{아깝게
여겨} 왈,

"경(卿)이 엇지 쏘 그 소임(所任)을 당ㅎ리오? 경(卿)을 위ㅎ여 허(許)치
아니ㅎㄴ니, 경은 무려[29]ㅎ라."

원쉬 구지{굳이} 고(告)ㅎ여 가기를 원ㅎ온디, 샹이 마지 못ㅎ여 바로
셔천(西天)으로 보닉고. 샹이 황성(皇城)으로 도르오샤 졔장군졸(諸將軍卒)
을 상샤(賞賜)ㅎ시고 만조[30]를 모와 진하(陳賀)ㅎ시며 만셰를 부르더라.

각셜(却說). 쟝부인이 무량도의 가 현 시랑과 흔가지로{함께} 의지ㅎ
여, 부뷔 미양 슈문을 싱각ㅎ고 슬픈 눈물이 마를 날이 업스므로 거의
죽게 되여더니, 갈사록{갈수록} 팔지(八字 ㅣ) 불힝(不幸)ㅎ여 셕상왕의 난
을 만느시니. 무량은 셔천 쏘히요 셕상국의 갓가온지라{가까운지라}, 난
시(亂時)를 당ㅎ니 밥을 어더{얻어} 먹지 못ㅎ여 여러 늘 쥬리믈{주림을}
견디지 못ㅎ여 부뷔 셔로 단니며 쥬린 양(量)을 치오더니.

일일은 그곳 빅셩이 니산(離散)ㅎ여 오야촌으로 가는지라. 현 시랑의
부부도 흔가지로{함께} 오야로 가더니, 도젹이 편야[31]ㅎ여 사람을 죽이고
양식(糧食)을 탈취ㅎ는지라. 현 시랑이 도젹을 만느 약간 어든{얻은} 양식
을 도젹의 일코{잃고} 부인 쟝시를 츠즈니 간 곳이 업는지라. 사면(四面)
으로 츠지되 맛느지 못ㅎ미 필연(必然) 도젹의게 죽은가 ㅎ여 쥬야(晝夜)
로 통곡ㅎ며. 먼니{멀리} 가지 못ㅎ는 죄인이미, 다만 무량을 써느지 못
ㅎ더니.

텬지 친정(親征)ㅎ샤 도젹을 파(破)ㅎ시고 황성(皇城)의 회환(回還)ㅎ샤,

---

29) 무려(無慮): 아무 염려할 것이 없음.
30) 만조(滿朝): 滿朝百官. 조정의 모든 벼슬아치.
31) 편야(遍野): 들에 가득함.

녯날 시랑 현틱지의 무죄(無罪)ᄒ믈 씨다르시고 특별이 죄명(罪名)을 샤(赦)ᄒ시며 인ᄒ여 계양틱슈롤 ᄒ이시니. 샤관³²⁾이 급히 나려와 현 시랑을 ᄎ자 계양으로 도임(到任)케 ᄒ시니, 현 시랑이 북향샤은(北向謝恩)ᄒ고 계양의 가 도임ᄒ니 엇지 즐겁지 아니리오마는, 부인 쟝시 수만 니(數萬里) 젹소(謫所)의 나려와 ᄯ로 실산(失散)ᄒ믈 싱각ᄒ미 눈물이 시음{샘}솟듯ᄒ여 심장을 살오며{사르며} 어니 날 만ᄂᆞ믈 원ᄒ더라.

이젹의 쟝 부인이 도젹의게 쫏치여{쫓기어} 현 시랑을 닐코{잃고} ᄎ즐 길 업셔 오야촌의셔 잇더니. 슌무어시(巡撫御史ㅣ) 나려와 니향(離鄕)ᄒᆫ 빅셩은 제 본곳{본고장}으로 돌녀 보니고, 쥬린 빅셩은 창고롤 여러{열어} 진휼(賑恤)ᄒ니, 쟝부인이 도로 무량으로 가ᄂᆞᆫ지라. 슌무시(巡撫史ㅣ) 친히 졈고(點考)ᄒ여 보닐시, 어시 믄득 쟝부인의 턱 아래 혹이 이시믈{있음을} 보고 ᄆᆞ음이 자연 슬허{슬퍼} 자긔 모친을 싱각ᄒ고 갓가이 오믈 닐너 별좌(別坐)ᄒ고 문왈,

"부인의 힝식(行色)을 보니 여항³³⁾의 사람은 아닌가 시부니{싶으니} 무삼{무슨} 일노 이곳의 사ᄂᆞ니잇고?"

부인이 어사의 친문(親問)ᄒ믈 드르미 감격ᄒ믈 니긔지 못ᄒ여 눈물을 흘니고 왈,

"쳡(妾)이 본디 경사³⁴⁾ 사람으로 가군(家君)이 젹거(謫居)ᄒ오미 다만 아자(兒子)롤 다리고 금능(金陵) ᄯ히 사옵더니, 운남의 난을 만ᄂᆞ 아자롤 일코{잃고} 의지홀 곳이 업스미 이곳 가군(家君) 젹소(謫所)로 왓습더니. 갈사록{갈수록} 팔지(八字ㅣ) 긔구(崎嶇)ᄒ여 ᄯ로 난을 만ᄂᆞ미, 가군을 일코{잃고} 이곳의 혼자 의지(依支)ᄒ연지 오ᄅᆞ지{오래지} 아니ᄒ옵더니 이제

---

32) 샤관(辭官): 임금의 명령을 전달하는 일을 맡아보던 벼슬아치.
33) 여항(閭巷): 백성의 살림집이 많이 모여 있는 곳.
34) 경사(京師): 한 나라의 중앙 정부가 있는 곳.

어사사도(御史使道)의 하문(下問)ᄒ오시믈 엇사오니{언사오니} 진졍[35]을 발
ᄒ오미 엇지 슬프지 아니ᄒ오리잇가?"

ᄒ며 누쉬(淚水ㅣ) 여우(如雨)ᄒ니, 어시 그 부인의 말을 드르미 자연 슬
허 흉격[36]이 막히오고 호흡을 통(通)치 못ᄒ더니, 믄득 가졋던 봉셔(封書)
를 쩌혀보니, ᄒ여시되,

> 「갑자 츄구월(秋九月) 이십사일의 도적을 파(破)ᄒ고 딕공(大功)을
> 일운 후 오야의 드러가{들어가} 실산(失散)ᄒ 부모롤 ᄎ자리라.」

ᄒ여거늘, 어시 놀ᄂ 즉시 부인 압희{앞에} 갓가이{가까이} 안즈며{앉으며}
문왈,

"그리ᄒ오면 아자(兒子)의 일홈{이름}이 무어시며{무엇이며}, 몃{몇} 살이
ᄂ 되엿더니잇고?"

부인이 탄왈,

"아자의 일홈은 슈문이오, 셩은 현이오 겨오, 다삿 살{다섯 살} 되여 일
허습ᄂ니이다."

원쉬[37] 이 말을 듯고 계ᄒ(階下)의 ᄂ려 직비통곡(再拜痛哭) 왈,

"불초자(不肖子) 슈문이로소이다."

ᄒ며, 모친을 붓들고 방셩딕곡(放聲大哭)ᄒ니, 쟝 부인이 쳔만몽미[38]의
아자(兒子) 슈문이 와시믈{왔음을} 알고 일변(一邊) 반갑고 일변 놀ᄂ 아모
리 홀줄을 아지 못ᄒ고 자시{자세히} 보니, 과연 어려셔 모습이 잇거늘 어

---

35) 진졍(眞情): 참된 사정.
36) 흉격(胸膈): 마음속. 가슴 속.
37) 원쉬(元帥ㅣ): 문맥상 '어사'가 보다 적합함.
38) 쳔만몽미(千萬夢寐): 千萬夢寐之外. 전혀 꿈에서도 생각지 못함.

사의 손을 잡고 통곡 왈,

"니 너롤 일헌(잃은) 지 발셔(벌써) 십삼 년이라 싱사롤 아지 못ᄒ여 쥬야(晝夜)로 셜워(서러워) ᄒ더니. 이제 몸이 져러틋(저렇듯) 그 사이 영귀(榮貴)ᄒ여 산 낫츠로(낯으로) 모지(母子 ㅣ) 상봉(相逢)ᄒ니, 이는 하놀이 도으시미로다."

어시 울며 왈,

"소지(小子ㅣ) 어려서 모친 무릅희(무릎에) 안자(앉아) 미양 모친 턱 아래 잇는 혹을 만지며 노던(놀던) 일과 모친이 소자롤 안으시고 니ᄅ시되, '네 부친이 젹소(謫所)의 계셔 너롤 오작(오죽) 보시고 시부랴(싶으랴) ᄒ시던 말슴이 싱각ᄒ오면 희미ᄒ오ᄂ 눌다려(누구에게) 무롤(물을) 곳이 업더니. 소지 과거 볼 ᄢ의 창두[39] 츠복이라 ᄒ고 후히 디졉ᄒ며 자셔히 가라치기로 부모 찻기롤 원ᄒ오ᄂ, 외람(猥濫)이 벼술의 참녀(參預)ᄒ 후로 풍진[40]의 요란ᄒ미 잇사와 갑쥬(甲胄)롤 버슬(벗을) 날이 젹으므로 천연[41]ᄒ와ᅌᆞᆸ더니. 이제 모친은 만ᄂᅌᆞᆸ거니와 부친을 어ᄂ 눌 만ᄂ리잇고?"

ᄒ며, 쥬인(主人)ᄒ엿던 사람을 불너 그 사이 은혜롤 니ᄅ며 은자(銀子)롤 쥬어 졍(情)을 표(表)ᄒ고. 위의(威儀)롤 갓초와 모부인을 뫼시고 올ᄂᅌᆞᆯ 시, 먼져 샹긔 표(表)롤 올녀 셔쳔 제읍(西天諸邑)이 안둔ᄒ믈 상달(上達)ᄒ고, 버거[42] 실산(失散)ᄒ엿던 모친 만ᄂ 소유(所由)롤 쥬달(奏達)ᄒ엿더라. 원쉬 모부인을 뫼시고 올ᄂᅌᆞᆯ 시, 소과군현(所過郡縣)이 지경디후(地境待候)ᄒ며 텬ᄒ의 희한(稀罕)ᄒ 일도 잇다 ᄒ며 분분(紛紛) 치하(致賀)ᄒ더라.

---

39) 창두(蒼頭): 사내종. 종살이를 하는 남자.
40) 풍진(風塵): 싸움터에서 일어나는 티끌이라는 뜻으로, 전쟁으로 인하여 어수선하고 어지러운 분위기 또는 그런 전쟁 통을 이르는 말.
41) 천연(遷延): 일이나 날짜 따위를 미루고 지체함.
42) 버거[버금]: 으뜸의 바로 다음. 다음으로.

여러 날 만의 소홍현의 다다라, 믄득 석공을 싱각ᄒ고 그 집의 소식을 무르니, 혹(或)이 디왈,

"석 참졍(參政) 부인 상시[43] 가산(家産)이 탕패[44]ᄒ여 살길이 어려오므로 동니(洞里) 빅셩을 붓치여[부쳐] 지물을 구ᄒ다가 혹 아니 쥬면 악형(惡刑)으로 침노(侵擄)ᄒ니, 동니 빅셩이 살길 업셔 혹 도망도 ᄒ며 혹 욕도 ᄒ더니. 기간(其間)의 불힝ᄒᆫ 사람이 이셔[있어] 그 집의 잡히여 악형을 당ᄒ더니 인ᄒ여 죽으믹, 살인(殺人)으로 얽히여 그 집 석싱이 살인 원범[45]이 되여시믹. 지금 옥중(獄中)의 갓치여[갇히어] 사지 못ᄒ겟다."

ᄒ거늘, 원쉬 쳥파(聽罷)의 방시 요악(妖惡)을 짐작ᄒᄂ 악장(岳丈)의 유언(遺言)을 싱각ᄒ고 그 석침을 불상이 넉이며, 즉시 틱슈(太守)를 보고 석침을 빅방[46]ᄒ고 침을 불너 보니, 침이 아지 못ᄒ고 다만 머리를 조아 은혜를 샤례(謝禮)ᄒ니, 원쉬 왈,

"네 나를 알소냐? 얼골을 드러[들어] 자시[자세히] 보라!"

침이 곡졀(曲折)을 아지 못ᄒ고 잠간 눈을 드러[들어] 보니, 여러 히 오믹불망[47]ᄒ던 믹부(妹夫) 현싱과 방불[48]ᄒ되 그 실사[實相]를 아지 못ᄒ여 묵묵부답(黙黙不答)이어늘, 원쉬 왈,

"나는 곳 네 믹형이라, 엇지 몰ᄂ보ᄂᆫ뇨?"

ᄒ고, 가닉(家內) 안부(安否)를 무르니, 석싱이 반가오믈 니긔지 못ᄒ여 눈물을 흘니고 말을 니지 아니ᄒ더니 오랜 후 졍신을 찰혀[차려] 왈,

"현형(賢兄)이 나가신 후로 소식을 아지 못ᄒ더니, 이제 믹형이 져럿틋

---

43) 상시: '방씨'의 오기.
44) 탕패(蕩敗): 蕩盡. 가지고 있는 재물을 다 없앰.
45) 원범(原犯): 자기의 의사에 따라 범죄를 실제로 저지른 사람.
46) 빅방(白放): 죄가 없음이 밝혀져 잡아 두었던 사람을 놓아줌.
47) 오믹불망(寤寐不忘): 자나 깨나 잊지 못함.
48) 방불(髣髴): 거의 비슷함.

{저렇듯} 영귀(榮貴)ᄒ여 죽을 인싱을 살게 ᄒ오니 은혜난망(恩惠難忘)이오
ᄂ, 소졔(小姐)ᄂ 모친의 편협(偏狹)으로 이런 가화⁴⁹⁾ᄅᆯ 당ᄒ오니 참괴(慙
愧)ᄒᄆᆯ 니긔지 못ᄒ리로소이다."

원쉬 즉시 침을 당샹(堂上)의 올니고 젼후슈말(前後首末)을 무ᄅ며 일
변(一邊) 자사의게 젼영(傳令)ᄒ여,

"졔젼(祭典)을 찰히되{차리되} 셕 참졍 산소로 등디⁵⁰⁾ᄒ라."
ᄒ더라.

각셜(却說). 텬지 환국(還國)ᄒ신 후로 현원슈의 도ᄅ오ᄆᆯ 날노 기다리
더니. 믄득 표(表)ᄅᆯ 올녀거ᄂᆯ 보시니, 셔쳔(西天) 빅셩을 진무(鎭撫)ᄒ고,
난시(亂時)의 실산(失散)ᄒ엿던 모친을 만ᄂ 흔가지로{함께} 도ᄅ오ᄂ 표
문이라. 샹이 남필(覽畢)의 그 진츙보국(盡忠保國)ᄒᄆᆯ 못ᄂ 일카ᄅ시며
{일컬으시며} ᄯᅩ흔 모친을 만ᄂᄆᆯ 희한이 넉이샤 골ᄋ샤디,

"디원슈 현슈문은 문뮈(文武ㅣ) 겸비(兼備)ᄒ고 츙회(忠孝ㅣ) ᄡᅡᆼ젼(雙全)
ᄒ니 만고(萬古)의 희한흔지라, 엇지 송실(宋室)의 보필지신(輔弼之臣)이
아니리오?"
ᄒ시고, 벼슬을 도도사{돋우시어} 금자광녹디부(金紫光祿大夫) 우승샹(右丞
相) 겸 계림후 위국공 삼도슌무어사(三道巡撫御史)ᄅᆯ ᄒ이시고, 그 모친은
졍경부인(貞敬夫人) 직쳡⁵¹⁾을 나리오샤 샤관(辭官)으로 ᄒ여곰 쥬야(晝夜)
로 달녀가게 ᄒ시니. 잇써 샤관이 교지(敎旨)ᄅᆯ 밧들고 원슈ᄅᆯ 츠자 나려
오다가 소흥현의 니ᄅ러 원슈의 힝ᄎ(行次)ᄅᆯ 만ᄂ니. 원쉬 샤관을 마ᄌ
교지ᄅᆯ 밧잡고 북향사비(北向四拜)ᄒ며 셩은(聖恩)이 융셩(隆盛)ᄒᄆᆯ 망극
(罔極)ᄒ여 눈물을 홀니니. 열읍슈령(列邑守令)이 츄앙(推仰) 아니 리 업셔

---

49) 가화(家禍): 집안에 일어난 재앙.
50) 등디(等待): 미리 준비하고 기다림.
51) 직쳡(職牒): 관작을 줄 때 내리는 임명장.

힝혀(행여) 무슨 죄의 걸닐가(걸릴까) 져허ᄒ더라(두려워하더라).

승샹이 샤관(辭官)을 돌녀보닌고 모부인게 이 일을 고(告)ᄒ며 즉시 석공 분묘(墳墓)의 올ᄂ가니, 발셔(벌써) 포진(鋪陳) · 범졀(凡節)과 졔슈(祭需)롤 등디(等待)ᄒ여더라. 승샹이 석공 묘젼(墓前)의 나아가 졔문(祭文)지어 졔(祭)ᄒ니, 그 졔문의 왈,

「모년 모월 모일의 금자광녹디부(金紫光祿大夫) 우승샹(右丞相) 겸 삼도 슌무어사(三道巡撫御史) 소셔(小壻) 현슈문은 삼가 악장(岳丈) 석공 묘하(墓下)의 고(告)ᄒ옵ᄂ니. 오회(嗚呼)라! 소지(小子ㅣ) 일즉(일찍) 부모롤 실ᄂ[52]ᄒ고 혈혈단신(孑孑單身)이 졍쳐(定處)업시 단니미, 그 츄(醜)ᄒ 모양이 인유[53]의 셧기지(섞이지) 못ᄒ거놀. 악장(岳丈)이 거두어 사랑ᄒ시니 그 은공(恩功)은 틱산(泰山)이 가비옵고 하히(河海) 엿거놀(옅거늘), 허물며(하물며) 천금지녀(千金才女)로 호연[婚姻]을 허(許)ᄒ시니 쇄골분신(碎骨粉身)ᄒ와도 엇지 은혜롤 갑ᄒ리잇고(갚으리까)? 그러ᄂ 소자의 운쉬(運數ㅣ) 불길(不吉)ᄒ믈 면(免)치 못ᄒ여 잠간 은혜롤 닛고(잊고) 귀틱(貴宅)을 쩌ᄂ오미, 우연이 문무과(文武科)의 참방(參榜)ᄒ여 외람(猥濫)이 조졍의 츙슈(充數)ᄒ오미. 젼장(戰場)의 나아가 도젹을 파(破)ᄒ고 벼술이 일품(一品)의 거(居)ᄒ오니 텬은(天恩)이 망극(罔極)ᄒ온지라. 악장(岳丈)의 이휼지틱(愛恤之澤)이 아니면 엇지 목숨이 보젼(保全)ᄒ여 이의 니르리잇고? 오호통지(嗚呼痛哉)라! 악장의 유교[54]롤 봉힝(奉行)ᄒ여 사사(事事)의 영험(靈驗)ᄒ시믈 보오니 엇지 아르시미 이 갓사오며(같사오며), 또ᄒ 쳐(妻)의 열힝(烈行)이 무상[55]ᄒ여 여화위남(女化爲男)ᄒ믈 보오니 엇지 감동치 아

---

52) 실니(失離): 잃고서 헤어짐.
53) 인유(人類): 사람의 무리.
54) 유교(遺敎): 遺言. 부모가 죽을 때에 부탁하는 말.
55) 무상(無上): 그 위에 더할 수 없음.

니리잇고? 그러느 금일 침아롤 만느니 악장을 만느 뵈옴 갓흔지라. 슬푸
다. 석일(昔日) 은공을 엇지 이즈리잇고{잊으리꼬}? 만일 악장의 영혼이
계실진디, 흔 잔 슐을 흠향[56]호소셔.」

호엿더라. 닑기롤 맛츠미 일장통곡[57]호니 산쳔(山川)이 슬허호는 듯호더
라. 석셩이 쏘흔 녯닐을 싱각호고 슬피 통곡호니, 승샹이 위로호고 산의
나려 석부로 니른니. 쟝부인이 발셔{벌써} 석부의 와 아자 현 승샹 도라오
믈 기다리더라.

잇씩 방시 현싱이 나간 후로 모음의 시원호여 알튼{앓던} 니 쎄임{빠짐}
갓더니 여러 셰월이 지닌 후 엇지 귀히 되어 석공 산소의 소분[58]호고 집
의 니름믈 듯고 디경(大驚)호여 놀는 긔운이 가슴의 가득호미 흔 슐 믈도
먹지 아니코 젼일(前日)을 싱각호여 아모리 홀 줄 모로더니. 이윽고 현
승샹이 드러와 비알(拜謁)호거놀, 방시 황망[59]이 답녜(答禮)호고 무류[60]이
안자거놀. 승샹이 방시의 긔식(氣色)을 알고 문후[61]호는 말을 맛츠미, 방
시 왈,

"니 석일(昔日) 현셔(賢壻)롤 굿호여{구태여} 괄시(恝視)호미 업스미, 그
디 스스로 집을 바리고{버리고} 나가니 니 모음이 심이 불안(不安)호거니
와, 녀이(女兒 l) 쏘흔 그디의 싱사(生死)롤 아지 못호여 쥬야(晝夜) 슬허
호더니 인병불긔(因病不起)호여 셰상을 바련{버린} 지 발셔{벌써} 삼 년이
지는지라. 이제 그디 져쳐로{저처럼} 몸이 영귀(榮貴)호믈 보니 제 사릭 이
시면{살아 있었으면} 영화(榮華)롤 흔가지로{함께} 보리니. 이 일을 싱각호

---

56) 흠향(歆饗): 神明이 제물을 받아서 먹음.
57) 일장통곡(一場痛哭): 한바탕 통곡함.
58) 소분(掃墳): 경사로운 일이 있을 때 조상의 산소를 찾아가 돌보고 제사를 지냄.
59) 황망(慌忙): 마음이 몹시 급하여 당황하고 허둥지둥하는 면이 있음.
60) 무류[無聊]: 부끄럽고 열없음.
61) 문후(問候): 웃어른의 안부를 물음.

면 엇지 슬푸지 아니ᄒ리오?"

ᄒ고 눈물을 흘니거늘, 승상이 이 말을 듯고 짐짓 모로는 체ᄒ여 경왈(驚曰),

"소셔(小壻)의 팔지(八字 ㅣ) 사오느와 오셰의 부모롤 실니ᄒ고 졍쳐업시 단니니, 그 츄(醜)ᄒ 몸이 사람 갓지(같지) 아니커늘 샹공이 거두어 이휵(愛恤)ᄒ샤 귀소져(貴小姐)로 비우(配偶)롤 졍ᄒ시미, 샹공 유교(遺敎)롤 잇지 아니ᄒ고 소져(小姐)롤 ᄎ자 부귀(富貴)롤 ᄒ가지로[함께] 지닐가 ᄒ여더니. 니졔[이제] 소셔(小壻)룰 말미암아 셰상을 바려시니, 소셰(小壻 ㅣ) 무산[무슨] 낫츠로[낯으로] 악장(岳丈) 분모(墳墓)의 가 뵈오며 악모(岳母)롤 디(對)ᄒ리잇고? 그러느 그 산소느 가르쳐 쥬소셔."

방시 이 말을 드르미 언시(言辭 ㅣ) 디덕ᄒ믈 즁심(中心)의 헤아리고 무슨 말노 디답ᄒ고 ᄒ여 묵묵부답(黙黙不答)이러니 양구(良久) 후 희허(噫嘘) 탄왈,

"제 죽은 후 그디의 사싱(死生)도 아지 못ᄒ고 ᄯᅩᄒ 혈식(血息)이 업스므로 님자 업는 신체(身體)라 ᄒ여 화장(火葬)을 ᄒ여시니. 이 일을 싱각ᄒ면 더고느[더구나] 면목이 밋쳐[미처] 말을 못ᄒ노라."

승샹이 방시의 간특(62)ᄒᄆᆯ 아느 본디 관후장지(63)라 조곰도 불케이 넉이지 아니ᄒ고 셕셩을 불너 가져온 바 금은(金銀)을 쥬며 그 사이 노모(老母)롤 봉양(奉養)ᄒ라 ᄒ고. 지셩각의 가 젼에 잇던 쳐소(處所)롤 보니, 자최 완연(64)ᄒ고 셕공의 가ᄅ치시던 말슴이 들니는 듯ᄒ여 비챵(65)ᄒ 눈물이 관디(冠帶)로 좃ᄎ 흉비(66)롤 젹시는지라. 인ᄒ여 셕공 사묘(67)의 ᄒ직

---

62) 간특(奸慝): 간사하고 악독함.
63) 관후장지(寬厚長者 ㅣ): 관후하고 점잖은 사람.
64) 완연(宛然): 눈에 보이는 것처럼 아주 뚜렷함.
65) 비챵(悲愴): 마음이 슬프고 서운함.
66) 흉비(胸褙): 문무관이 입는 관복의 가슴과 등에 학이나 범을 수놓아 붙이던 사각형의 表章.

(下直)ᄒ고 방시다려 왈,

"소세(小壻ㅣ) 국사(國事)로 와시민 즁훈 졀월[68]이 밧긔 오래 지쳬(遲滯)
ᄒ미 불가(不可)ᄒ고로 지금 쩌ᄂ느노라."

ᄒ고 모부인을 뫼시고 길을 써ᄂ늘 시. 당초 쟝부인이 시비 치셤을 다리고
무량으로 갓더니 난니(亂離)룰 만ᄂ느 분산(分散)ᄒ여 ᄒ가지로(함께) 오지
못ᄒ여더니, 엇지 이 일을 알고 뒤흘 ᄯᆞ르 왓ᄂ는지라. 쟝부인이 반가오믈
니긔지 못ᄒ여 ᄒ가지로 올ᄂ오니 치셤은 보교[69]룰 틱와더라.

소과열읍(所過列邑)이 명함(名銜)을 드리고(들이고) 지경디후(地境待候)
ᄒ더니. 계양의 니르러ᄂ느 틱쉬 공장[70]과 명함을 드리거ᄂ늘, 보니 계양틱
쉬 현틱지라 ᄒ여거ᄂ늘. 승샹이 크게 의혹(疑惑)ᄒ여 혹 동셩(同姓)이 잇ᄂ는
가 ᄒ고 쟝탄불니(長歎不己)ᄒ더니, 모부인 쟝시 급히 승샹을 쳥ᄒ여 왈,

"앗가 일몽(一夢)을 어드니 너의 부친이 니르디, '아자(兒子) 슈문을 다
려왓다.' ᄒ며 통곡ᄒ거ᄂ늘 놀ᄂ느 ᄭᅢ다르니(깨어나니) ᄆᆞ옴이 어자러워(어지
러워) 너롤 쳥ᄒ미니, 오날날 무슨 소식을 드롤 둣ᄒ도다."

승샹 왈,

"앗가 본현(本縣)의 명함을 보니 부친의 셩함과 갓흔지라 심이 고이ᄒ
도소이다."

쟝부인이 ᄯᅩ흔 의아(疑訝)ᄒ여 슈식(愁色)이 만면(滿面)ᄒ거ᄂ늘, 승샹이
자연 긔운이 막혀 호흡을 통치 못ᄒ더니, 믄득 봉셔(封書)룰 싱각ᄒ고 쩌
혀보니, ᄒ여시되,

---

67) 사묘(祠廟): 사당. 祠宇.
68) 졀월(節鉞): 장수의 진영에 꽂는 깃대와 도끼. 專任權을 상징한다.
69) 보교(步轎): 사람이 메는 가마의 하나. 네 기둥을 세우고 사방으로 장막을 둘렀으며, 뚜
껑은 가운데 솟고 네 귀가 내밀어서 후자의 지붕 모양을 하고 있으며, 바닥과 기둥·뚜껑
은 각각 뜯게 되어 있다.
70) 공장(公狀): 지방의 관원이 상부 관원을 공식적으로 만날 때 내던 관직명을 적은 편지.

「갑자(甲子) 동십일월(冬十一月)의 우승샹(右丞相) 위국공의 니르고,
계양짜흘 지느다가 부지(父子ㅣ) 상봉(相逢)ᄒ리라.」

ᄒ여거늘, 승샹이 남필(覽畢)의 신긔(神奇)ᄒᆯ믈 탄복(歎服)ᄒ고 디경디희
(大驚大喜)ᄒ여 즉시 티슈ᄅᆞᆯ 쳥ᄒ여 드러오라 ᄒ니. 티쉬 황공(惶恐)ᄒ여
무슨 죄가 잇는가 ᄒ고 게ᄒ(階下)의 니르러 비알(拜謁)ᄒ니, 승샹이 급히
뜰의 나려 황망(慌忙)이 답녜(答禮)ᄒ고 ᄒᆫ가지로{함께} 당(堂)의 올느 자
시{자세히} 보니, 빅발노인(白髮老人)이라 쳬되[71] 단아슈려(端雅秀麗)ᄒ고
긔위[72] 엄슉(嚴肅)ᄒ여 호호(皓皓)ᄒᆫ 슈염이 무릅히{} 갓가온지라. 승샹이
일견(一見)의 유체(流涕) 왈,

"감이{감히} 뭇잡느니 자졔(子弟) 잇습느니잇가."

티쉬 왈,

"소관[73]이 본디 자녀간 두지 못ᄒᆯ믈 한(恨)ᄒ더니 늣게야 일자(一子)ᄋᆞᆯ
두어 후사(後嗣)ᄅᆞᆯ 니을가{이을까} ᄒ엿더니. 제 오셰(五歲)의 니르러 소관
(小官)이 무량도의 졍비(定配)ᄒ오미, 집의 가 단녀가지{다녀가지} 못ᄒᆞ므
로 제 얼골을 보지 못ᄒ고 쳐(妻)의게도 니별(離別)을 니르지 못ᄒ고 바로
젹소(謫所)의 나려가 집안 소식을 젼(傳)치 못ᄒ더니. 쳐 쟝시 난(亂)늘 만
느 아들을 일코{잃고} 의지ᄒᆯ 곳이 업셔 소관(小官)의 젹소(謫所)로 ᄎᆞ자오
미 요젹(寥寂)ᄒᆞᆫ 면(免)ᄒ오느, 귀(貴)히 녁이던 자식을 일허사오니{잃었
사오니} 발셔{벌써} 죽어 쎠도 남지 못ᄒ리로되. 완명[74]이 보젼(保全)ᄒ여
몽은(蒙恩)ᄒ기ᄅᆞᆯ 바르더니, 가지록 흉(兇)ᄒᆫ 운슈(運數)ᄅᆞᆯ 만느 석상의

---

71) 쳬되(體度ㅣ): 체모와 태도.
72) 긔위(氣威): 기품과 위세.
73) 소관(小官): 관원이 자신을 낮추어 일컫는 겸칭어.
74) 완명(頑命): 죽지 않고 모질게 살아 있는 목숨.

난을 당호오미. 또 그곳의셔 쳐(妻)롤 일코{잃고} 무음을 진졍(鎭靜)치 못
호더니, 텬은(天恩)이 망극(罔極)호여 소관(小官)의 죄명(罪名)을 풀으시고
탕쳑서용[75]호여 이 골{고을} 틱슈(太守)롤 호이시니 마지못호여 도임(到
任)은 호여시느 쳐자(妻子)롤 싱각호고 셰월을 보니더니. 오날날 승샹 노
야(老爺)의 힝치(行次ㅣ) 욕림[76]호샤 하문(下問)호시믈 엇사오니 소관(小
官)의 심시(心思ㅣ) 자연 조치{좋지} 못호도소이다."

승샹이 쳥파(聽罷)의 그 부친이시믈 짐작호고 우문왈(又問曰),

"아자(兒子)의 일홈을 무어시라 호시니잇가."

답왈,

"슈문이로소이다."

승샹이 급히 당의 느려 지비통곡(再拜痛哭) 왈,

"불초자(不肖子) 슈문이로소이다."

호고 방셩디곡(放聲大哭)호니, 틱슈 어린{황홀한} 다시{듯이} 안자다가{앉았
다가} 그졔야 아자(兒子) 슈문이믈 알고 붓들고 통곡호니, 열읍슈령(列邑
守令)이 모다가 이 일을 보고 희한이 넉이더라.

틱슈 슈문을 붓들고 젼후슈말(前後首末)을 자시{자세히} 무르며 신긔히
넉이더니, 승샹이 모부인을 만느 뫼시고 오는 말의 니르러는 틱슈 더옥
{더욱} 방셩통곡(放聲痛哭)호니. 시비 치셤 또흔 통곡호고 듯고 보는 사람
이 다 우니, 모다 우는 빗치라. 승상 부자와 부인이며 시비 치셤과 일
당[77]의 모이여 지는 일을 일카르며 종일토록 즐기고. 날이 밝은 후 승샹
이 또 표(表)롤 올녀 부친 만는 소유(所由)롤 상달(上達)호엿더니, 샹이 보
시고 희한이 넉이샤 골 ㅇ샤티,

---

75) 탕쳑서용(蕩滌敍用): 죄명을 씻어 주고 다시 벼슬에 올려 쓰는 일.
76) 욕림(辱臨): 남이 자기 있는 곳으로 찾아옴을 높여 이르는 말.
77) 일당(一堂): 한자리.

"현퇴지 슈문의 부친인 줄 발셔 알앗던들 엇지 무량도의 오래 두어시
며 벼슬을 도도지 아니ᄒ리오?"

ᄒ시고 현퇴지로 양현후 초국공을 봉(封)ᄒ시고 샤관(辭官)을 보니시니,
샤관이 쥬야비도[78]ᄒ여 계양의 니ᄅ민. 퇴슈와 승상이 교지(敎旨)롤 밧자
와 북향사비(北向四拜)ᄒ고 황은(皇恩)이 감츅(感祝)ᄒ믈 못니 일카ᄅ며
샤관(辭官)을 돌녀보니고. 퇴쉬 신관(新官)과 교체(交替)ᄒ며 길을 쩌ᄂ ᄒ
가지로 올ᄂ올 시, 금능(金陵) 선산(先山)의 올ᄂ 소분(掃墳)ᄒ고 고퇴(古
宅)을 츳자보니. 형용은 의구[79]ᄒᄂ 풀이 사면의 무셩ᄒ여시니, 초창[80]ᄒ
믈 니긔지 못ᄒ여. 이웃 빅셩을 불너 금은(金銀)을 쥬며 녯 졍을 표ᄒ고
여러 날 만의 황셩(皇城)의 득달(得達)ᄒ니. 샹이 승상 부자의 도ᄅ오믈
드ᄅ시고 궐문 밧게 ᄂ와 마즈시니, 승상 부지 복지샤은(伏地謝恩)ᄒ온
디. 텬지 반겨 승상의 손을 잡으시고 갈오샤디,

"짐(朕)이 경(卿)을 만 니(萬里) 외(外)의 보니고 념녀(念慮)롤 놋치(놓지)
못ᄒ여더니, 슈츳(數次) 올닌 표(表)롤 보고 무사이 열읍빅셩(列邑百姓)을
진무(鎭撫)ᄒ믈 아ᄅ시니. 경(卿)의 효셩(孝誠)이 지극(至極)ᄒ여 실산(失
散)ᄒ 부모롤 츳자 ᄒ가지로(함께) 도ᄅ오믈 드ᄅ니 만고(萬古)의 희한ᄒ
일이라. 엇지 깃부지 아니ᄒ리오? 그러ᄂ 짐(朕)이 경(卿)의 부친을 아지
못ᄒ여 오래 무량도 악풍(惡風)을 쏘이게 ᄒ여시니, 짐(朕)이 엇지 용열
(庸劣)ᄒ믈 면ᄒ리오?"

승상 부지 면관돈슈[81] 왈,

"신(臣)의 부지 텬은(天恩)이 망극(罔極)ᄒ와 외람(猥濫)이 놉흔 벼슬의

---

78) 쥬야비도(晝夜倍道): 밤낮을 가리지 아니하고 보통 사람 갑절의 길을 걸음.

79) 의구(依舊): 옛날 그대로 변함이 없음.

80) 초창(怊悵): 한탄스러우며 슬픔.

81) 면관돈슈(免冠頓首): 관을 벗고 이마가 땅에 닿도록 머리를 조아림.

츙슈(充數)ᄒ오니, 복(福)이 손(損)홀가 두리오미 동동쵹쵹[82)]ᄒ와 몸 둘
바롤 아지 못ᄒ옵거눌. 폐히(陛下 ㅣ) 가지록[갈수록] 셩교(聖敎) 여ᄎ(如此)
ᄒ시니 도로혀 후히 이실가[있을까] 져허[저어] ᄒᄂ이다."

상이 더옥 긔특이 넉이시고 만조(滿朝)롤 모와 크게 잔치ᄒ시고, 츌젼
(出戰)ᄒ엿던 졔장(諸將)을 불너 벼술을 도도시고 사졸(士卒)을 상샤(賞賜)
ᄒ시며 조회(朝會)롤 파ᄒ시니. 승샹 부지 퇴조(退朝)ᄒ여 츳복이 잇는 곳
으로 오니, 모부인이 셕부인으로 더부러 말슴ᄒ고. 쏘ᄒ 집을 크게 곳쳐
시니, 이는 발셔 나라의셔 곳쳐 쥬시미라. 차복이 초국공과 승샹을 뫼셔
지극히 셤기니, 가즁사[83)]롤 총찰(總察)케 ᄒ더라.

츳시(此時) 텬지 승샹의 공(功)을 긔린각[84)]의 올니시고 단셔[85)]칠권
을 종묘(宗廟)의 두시샤 만디(萬代)의 유젼(遺傳)케 ᄒ시고 현승샹을 명
초[86)]ᄒ샤 왈,

"짐(朕)이 경(卿)의 공을 갑ᄒ미 젹기로 이제 위왕을 봉ᄒᄂ니, 경은 위국
의 가 치국안민(治國安民)ᄒ면, 짐의 꺼리는[걸리는] 바롤 면(免)홀지라."
ᄒ시고, 디완마[87)] 쳔 필을 샤급(賜給)ᄒ시니, 승샹이 면관돈슈(免冠頓首)
샤왈(謝曰),

"신이 하방(遐方)의 포의셔싱(布衣書生)으로 우연이 문무방(文武榜)의
참녀(參預)ᄒ와 약간 공이 잇다 ᄒ옵고 벼술이 일품(一品)의 거(居)함도

---

82) 동동쵹쵹(洞洞燭燭): 공경하고 삼가며 매우 조심스러움.

83) 가즁사(家中事): 집안의 사사로운 일.

84) 긔린각(麒麟閣): 漢나라 宣帝가 지은 樓閣. 功臣 11명의 像을 그리어 이 閣上에 걸었다
    고 한다.

85) 단셔(丹書): 붉은 글씨는 쉽게 지워지지 않으므로 자손 대대로 죄를 용서해 주겠다는
    약속의 의미가 있음.

86) 명초(命招): 임금의 명으로 신하를 부름.

87) 디완마(大宛馬): 명마. 대완은 漢代 러시아의 탄시켄트 지방에 있었던 나라로, 名馬의
    생산지였다.

외람(猥濫)ᄒ와 황공무지(惶恐無地)ᄒ옵거늘, 이제 폐희(陛下ㅣ) 쏘 왕작
(王爵)의 나아가라 ᄒ시니 이는 죽사와도 감히 당(當)치 못ᄒ오리니. 폐희
엇지 이런 조셔(詔書)를 나리와 신의 외람(猥濫)ᄒ믈 더으고져{더하고자}
ᄒ시ᄂ니잇고?"

샹이 불윤(不允)ᄒ시고 퇴조(退朝)ᄒ라 ᄒ시니, 승샹이 옥계[88]의 머리
를 조아[조아려] 흐르는 피 니음ᄎ되{이어지되} 연ᄒ여 불윤ᄒ시니. 승샹
이 마지못ᄒ여 샤은퇴조(謝恩退朝)ᄒ고 본부(本府)의 도르와{돌아와} 부친
초국공과 모부인게 탑전셜화(榻前說話)를 고ᄒ고, 갈사록 황은(皇恩)이 망
극ᄒ믈 일ᄏ더라.

각셜(却說). 제람후 조길은 황졔 지친(至親)이라 미양 찬역[89]ᄒ올 뜻을
두어, 군마(軍馬)를 만히{많이} 모ᄒ고{모우고} 연습ᄒ며 용역(勇力) 잇는
사람을 모와 병(兵)을 닐희고져{일으키고자} ᄒ되, 다만 현슈문을 두려 감
히 싱의[90]치 못ᄒ는지라. ᄎ시(此時) ᄒ 사람이 이시니{있으니} 셩명은 우
사괴라, 용역이 과인ᄒ므로 일즉{일찍} 별장(別將)을 ᄒ여더니. 현승샹이
토번을 칠 쩌의 장계(狀啓) 지완[91]ᄒ 죄로 죽이려 ᄒ다가 샤(赦)ᄒ고 결
곤[92] 사십도(四十度)의 너쳐더니. 벼슬도 못ᄒ미 제람후를 ᄎ자 보고 ᄒ
가지로{함께} 모역(謀逆)ᄒ니, 제람휘 그 용역(勇力)과 ᄌ조(才操)를 긔특
이 넉여 괴슈[93]를 정ᄒ엿더니. ᄎ시(此時) 현슈문이 나라의 유공(有功)ᄒ
믈 뮈이{밉게} 넉녀{여겨} 우사괴로 ᄒ여곰 업시코자{없애고자} 홀 시, 제람
휘 칼을 쥬며 왈,

---

88) 옥계(玉階): 대궐 안의 섬돌.
89) 찬역(簒逆): 임금의 자리를 빼앗으려고 반역함.
90) 싱의(生意): 어떤 일을 하려고 마음을 먹음.
91) 지완(遲緩): 더디고 늦음.
92) 결곤(決棍): 곤장으로 죄인을 치는 형벌을 집행하던 일.
93) 괴슈(魁帥): 못된 짓을 하는 무리의 장수.

"그디 이 칼을 가지로[가지고] 궐하(闕下)의 가 이리이리 ᄒ면 텬지 반다시 현슈문을 죽이지 아니ᄒ면 원찬(遠竄)ᄒ리니, 그디ᄂᆞᆫ 이 일을 힝ᄒᆞ라."

사긔 응낙(應諾)ᄒ고 가니라. ᄎᆞ시(此時) 텬지 미양궁의 계시더니 직홰(災禍ㅣ) 이시믈 피ᄒᆞ샤 틱양궁의 올무시니[옮기시니]. 틱양궁은 궐문(闕門)의셔 깁지[깊지] 아니ᄒᆞᆫ지라. 사긔 본디 용녁(勇力)이 이셔[있어] 능히 십장(十丈)을 뛰ᄂᆞᆫ지라. 사긔 칼흘 들고 궁장(宮牆)을 뛰어 너머 미양궁을 ᄎᆞ자 단니더니, 문 직흰[지킨] 장슈의게 잡힌 비 되여 텬자게 알외온디, 샹이 진노(震怒)ᄒᆞ샤 급히 오천문의 젼좌(94) ᄒ시고 그 놈을 잡아드려 국문(鞫問)ᄒ시니, 사긔 쥬왈,

"승샹 현슈문이 신(臣)다려 니ᄅᆞ되, '니 국가를 위ᄒᆞ여 허다(許多) 도적을 파(破)ᄒᆞ미 그 공이 젹지 아니ᄒᆞ되, 텬지 거즛[거짓] 디졉(待接)ᄒᆞᄂᆞᆫ 체ᄒᆞ시고 조치 아닌[좋지 않은] 위왕을 시기시니 마지못ᄒᆞ여 위국으로 가려니와, 실노 나를 위ᄒᆞ미 아니니 네 이 칼을 가지고 궐즁(闕中)의 드러가[들어가] 샹을 ᄒᆞ슈(95)ᄒᆞ면 그 공으로 너를 벼슬을 즁(重)히 시기리니 부디 니 말을 허슈이[허술히] ᄋᆞ지 말ᄂᆞ,' ᄒᆞ옵거ᄂᆞᆯ, 신이 그 말을 듯고 이의 미ᄎᆞ미오니[미침이오니] 다른 일은 업스미로소이다[없음이로소이다]."

샹이 이 말을 드르시고 혜오되,

'이ᄂᆞᆫ 필연(必然) 엇던 역젹이 이셔[있어] 현슈문을 업시코자[없애고자] ᄒᆞ미로다.'

ᄒᆞ시고 셩심이 진노(瞋怒)ᄒᆞ샤, 먼져 이 놈을 엄형(嚴刑)을 즁이ᄒᆞ미 졔 엇지 견디리오. 기기복초(96)ᄒᆞᄂᆞᆫ 말이 무비(97) 현슈문을 모함ᄒᆞᄂᆞᆫ 말이라.

---

94) 젼좌(殿座): 임금 등이 정사를 보거나 조하를 받으려고 正殿이나 便殿에 나와 앉음.
95) ᄒᆞ슈(下手): 손을 대어 사람을 죽임.
96) 기기복초(個個服招): 죄를 낱낱이 자백함.
97) 무비(無非): 아닌 것이 없음.

황제 크게 노호샤 급히 사긔롤 쳐참(處斬)호고 군(軍)을 발(發)호여 졔람
후 조길을 잡아 죽이려 호실시, 급히 위왕 현슈문을 명초(命招)호시니.
이쩌 위왕이 부즁(府中)의 이셔{있어} 위국으로 가랴 호고 치힝[98]호더니,
불의(不意)의 이런 변괴(變故ㅣ) 이시믈 듯고 위왕 부지(父子ㅣ) 궐외(闕外)
의 니르러 죄롤 기다리더니. 믄득 부르시는 패문[99]을 보고 비복(拜伏) 왈,

"이제 슈문이 죄명(罪名)을 면(免)치 못호고 심상[100]이 탑호(榻下)의 닙
시(入侍)호오미 신자(臣子)의 도리 아니오니, 황샹의 명교(命敎)롤 봉승(奉
承)치 못호리니 이 일노 샹달(上達)호라."

호고, 부지(父子ㅣ) 관(冠)을 벗고 ᄯ히 초셕[101]을 깔고 궐외(闕外)의 업디
여거놀, 명관(命官)이 드러가 이디로 샹달(上達)호온디. 샹이 드르시고 디
경(大驚)호샤 갈오샤디,

"위왕 현슈문은 나의 고굉지신[102]이라, 비록 흉젹(凶賊)이 이셔{있어}
참소(譏訴)호는 지(者ㅣ) 이시니 그 츙심효힝(忠心孝行)은 거울 갓치 알거
놀, 엇지 그런 거조(擧措)롤 호여 나의 ᄆᆞ음을 불안(不安)케 호랴."

호시고 위왕게 조셔(詔書)롤 나리와 위로호시며 ᄲᆞᆯ니 닙시(入侍)호믈 지
촉호시니, 위왕 부지 황공호여 즉시 관(冠)을 갓초고 탑호(榻下)의 복지
(伏地)호온디. 샹이 반기샤 왈,

"짐(朕)이 경(卿)의 츙성을 아ᄂᆞ니, 비록 참소(譏訴)호는 말이 이시ᄂᆞ{있
으나} 녯날 증모의 북 더지고 다르ᄂᆞᆷ을[103] 본밧지 아니리니. 경은 안심 찰

---

98) 치힝(治行): 길 떠날 채비를 함.

99) 패문(牌文): 공문서. 나무에 새긴 명령문.

100) 심상(尋常): 대수롭지 않고 예사로움.

101) 초셕(草席): 거적자리.

102) 고굉지신(股肱之臣): 다리와 팔에 비길 만한 신하라는 뜻으로, 임금이 가장 믿고 중하
게 여기는 신하라는 말.

103) 증모(曾母)의 북 더지고{던지고} 다르ᄂᆞᆷ을: 投杼之惑. 三至走母. 曾參이 費에 살 적에
같은 이름을 가진 사람이 살인을 했으므로 잘못 한 사람들이 증삼의 모친에게 말해주었

직[104] 홀지어다."

위왕이 다시 니러{일어나} 비쥬(拜奏) 왈,

"셩교(聖教) 여츠(如此)ㅎ옵시니 알욀{아뢸} 말솜 업거니와, 신(臣)의 일홈이 발셔{벌써} 죄인 구초[105]의 씹혀사오니{씹혔사오니} 복망(伏望) 폐ㅎ는 신(臣)의 작위(爵位)룰 샥(削)ㅎ샤 후인(後人)을 징계(懲戒)ㅎ소셔."

샹이 불윤(不允)ㅎ시고 굴ㅇ샤디,

"이제 졔람후 조길이 반(叛)ㅎ믈 꾀ㅎ미 경(卿)의 용밍을 쩌려 경(卿)을 업시코져 ㅎ미니, 급히 조길을 잡아 죽이고져 ㅎ느니. 경(卿) 곳 아니면 능히 당홀 쟤(者ㅣ) 업는지라. 경(卿)은 모로미 힝(行)ㅎ라."

ㅎ시고, 졍(正)이 조셔(詔書)홀 즈음의, 좌승샹 셜기 급히 드러와{들어와} 쥬달(奏達)ㅎ되,

"는디업는 도적이 황셩(皇城) 밧긔 니르러 빅셩을 무슈이 죽인다."

ㅎ거눌, 샹이 디경(大驚)ㅎ샤 급히 위왕으로 ㅎ여곰 어림군[106] 삼쳔(三千)을 푸러 쥬시며 그 도적을 잡으라 ㅎ시니, 이 도적은 졔람후 조길이 발셔{벌써} 모시(謀事ㅣ) 발각(發覺)ㅎ ㄴ 쥴 알고 긔군(起軍)ㅎ미라.

위왕이 군을 거느리고 융복(戎服)을 갓초와 닙고 토산마룰 타고 젼의 쓰던 자룡검을 빗기 들고 나아가니. 조길의 군미(軍馬ㅣ) 긔암이{개미} 갓치 왕니(往來)ㅎ거눌, 위왕이 여셩디미[107] 왈,

"무지흔 필뷔(匹夫ㅣ) 외람(猥濫)흔 뜻을 두고 긔병(起兵) 범궐(犯闕)ㅎ

는데, 처음에는 그 모친이 믿지 않았으나 세 번째 사람이 말해 주었을 때는 그 말을 믿고 베 짜던 북을 던지고 달아났다는 고사이다. 헛소문이라도 세 번 들리면 믿게 된다는 뜻이다.

104) 찰직(察職): 직무를 두루 살핌.
105) 구초(口招): 죄인이 신문에 대하여 진술함.
106) 어림군(御林軍): 황제 직속의 근위대.
107) 여셩디미(厲聲大罵): 목소리를 높여 크게 꾸짖음.

니, 네 엇지 살기롤 바르리오?"

ᄒ고 다르드니, 조길이 더왈,

"텬지 무의무오[無義無道]ᄒ여 날갓튼 츙양지신(忠亮之臣)을 멸시(蔑視)
ᄒ고 간신(奸臣)을 갓가이 ᄒ므로 오르지(오래지) 아니ᄒ여 텬희(天下ㅣ)
다른 사람의게 도르갈(돌아감) 줄 알고, 찰ᄒ리(차라리) 날 갓탄(같은) 황친
(皇親)이느 가지미(가짐이) 조흘가(좋을까) ᄒ여 하늘게 명을 밧잡고 옥시
(玉璽)롤 츠자려(차지하려) ᄒ거늘, 네 엇지 텬시[108]롤 아지 못ᄒ고 나롤
항거(抗拒)코져 ᄒᄂ뇨? 이제 네 머리롤 버혀(베어) 나의 위엄(威嚴)을 빗
니리라."

ᄒ고, 다르드러(달려들어) 슈합(數合)을 쏜호더니, 위왕의 자룡검이 번듯
ᄒ며 조길의 머리 나려지는지라(내려지는지라). 그 머리롤 긔(旗)의 달고
드러와(들어와) 샹게 쥬달(奏達)ᄒ온디, 샹이 초국공으로 더부러 말슴ᄒ
시다가 위왕이 반일지니(半日之內)의 반적(叛賊)의 머리롤 버혀오믈 크게
긔특이 넉여 갈오샤디,

"경(卿)의 용병(用兵)은 고금(古今)의 희한ᄒ도다."

위왕 왈,

"이 조길 갓혼(같은) 도젹은 셔졀구투[109]요니, 엇지 족히 근심ᄒ오리
잇가."

샹이 깃그사(기쁘사) 도로혀 위국의 나려가면 조졍이 뷔여시믈 슬허ᄒ
시느 마지 못ᄒ여 쩌ᄂ가믈 지쵹ᄒ시니. 왕이 쏘흔 이연(哀然)ᄒᄂ 인ᄒ
여 하직(下直)ᄒ고 부친 초국공과 모부인 쟝시와 부인 셕시와 시비들을
거ᄂ리고 길을 찰혀(차려) 위국으로 나려가니, 풍셩(豊盛)흔 위의(威儀) 거
룩ᄒ더라.

---

108) 텬시(天時): 하늘의 도움이 있는 시기.

109) 셔졀구투(鼠竊狗偸): 쥐나 개처럼 몰래 물건을 훔친다는 뜻으로, '좀도둑'을 이르는 말.

각셜(却說). 선시(先時)의 석상왕이 반(叛)ᄒᆞ여 현원슈로 더부러 쏘호다가 패ᄒᆞ미, 약디와 양평공이 죽은 후로 그 가속(家屬)을 츳자{찾아} 쳐 참(處斬)ᄒᆞ더니. 약디의 녀(女)ᄂᆞᆫ 일홈이 노양츈이니 나히 십육(十六)이오, 양평공의 녀(女)ᄂᆞᆫ 계양츈이니 나히 십칠셰(十七歲)라 밋쳐{미처} 츌가(出嫁)치 못ᄒᆞ고 집의 잇더니, 자식을 다 잡아 죽이믈 보고 도망ᄒᆞ여 무계산의 드러가{들어가} 숨고 둘이 약속ᄒᆞ되,

"우리 조상이 다 번국신히(藩國臣下ㅣ)라 우리 부친이 불힝흔 씨로 만ᄂᆞᆫ 현슈문의게 목숨을 바린 비 되어거니와, 우리ᄂᆞᆫ 비록 남자ᄂᆞᆫ 아니ᄂᆞ 아븨 원슈롤 갑지{갚지} 못ᄒᆞ면 지하(地下)의 도르가ᄂᆞ{돌아가나} 하면목(何面目)으로 부친을 뵈오리오? 요사이 드르니{들으니} 현슈문이 그 공으로써 위왕을 봉(封)ᄒᆞ여 위국으로 온다 ᄒᆞ니, 슈문은 본디 소년이라 우리 얼골이 비록 곱지 못ᄒᆞᄂᆞ 제 우리롤 보면 반다시 ᄆᆞ음을 도로혀 갓가이{가까이} 보기롤 구ᄒᆞ리니. 이씨의 우리 소원(所願)을 닐우면{이루면} 그 날 죽어도 한(恨)이 업스리니, 엇지 다힝(多幸)치 아니리오?"

ᄒᆞ고 위국의 가 보슈[110]홀 일을 꾀ᄒᆞ더라.

지셜(再說). 위왕이 길을 힝(行)ᄒᆞ미 셔쳔(西天) 군마(軍馬)와 졔신(諸臣)이 시위(侍衛)ᄒᆞ여시니, 위의(威儀) 거록ᄒᆞ미 진실노 왕쟈(王者)의 힝ᄒᆞ믈 가히 알지라. 맛참{마침} 소흥으로 지나더니, 젼군(全軍)의 젼영(傳令)ᄒᆞ여 석참졍 부즁(府中)으로 사쳐[111]롤 졍ᄒᆞ라 ᄒᆞ니라. 잇씨 방시 가산(家産)이 졈졈 탕패(蕩敗)ᄒᆞ여 조셕(朝夕)을 일우지 못ᄒᆞ더니 뜻밧긔 위왕의 힝ᄎᆞ(行次ㅣ) 니론다 ᄒᆞ거늘, 방시 경왈(驚曰),

"니 집이 비록 빈한(貧寒)ᄒᆞᄂᆞ 사부(士夫)의 집이어늘, 무삼 일노 니 집의 사쳐롤 졍ᄒᆞ니 실노 괴이ᄒᆞ도다."

---

110) 보슈(報讎): 양갚음. 남이 저에게 해를 준 대로 저도 그에게 그 해를 돌려주는 것이다.
111) 사쳐: 손님이 길을 가다가 묵음.

ᄒ고, 황황불니(遑遑不已)ᄒ더니. 이윽고 왕이 바로 너당(內堂)으로 드러 오거늘 압히 아자(兒子) 침이 인도ᄒ여 드러오니 다ᄅ니 아니오 곳 현성 이라. 건장ᄒᆫ 위의(威儀) 젼도곤{젼보다} 더ᄒ고 면뉴관[112]의 곤뇽포[113]를 닙고 빅옥홀(白玉笏)을 쥐어시니 봉의 눈[114]을 살피지 아니ᄒ고 아람다온 슈염이 가슴의 다아시미{닿았으매} 단졍ᄒᆫ 거름{걸음}으로 당상(堂上)의 오 ᄅ거늘, 방시 황망이 당하의 나려셔ᄂᆫ지라. 왕이 오르시믈 쳥ᄒ고 녜ᄒᆫ 디, 방시 아모리 홀 쥴 아지 못ᄒ고 ᄆᆞ음의 황공ᄒ여 감히 닙을 여지 못 ᄒ니, 왕이 문왈,

"앗가 침아를 보고 악모(岳母)의 안영(安寧)ᄒ시믄 알아거니와, 그 사이 향화(香火)ᄂᆞ 긋지 아니ᄒ고 망녀(亡女) 계사ᄂᆞ 졀(絶)치 아니ᄒ시니잇가"

방시 답왈,

"왕이 녯일을 닛지{잊지} 아니시고{않으시고} 이쳐로{이처럼} 춧자보며 봉졔범졀(奉祭凡節)을 무르시니{물으시니} 황공 감샤ᄒ거니와, 아모리 빈 한(貧寒)ᄒᆞᄂᆞ 망녀(亡女)의 졔사는 잇써까지{이때까지} 궐(闕)치 아니ᄒ여 시니 졔 죽은 날을 당(當)ᄒ면 소첩(小妾)이 비감(悲感)ᄒ여 ᄒᆞᄂᆞ이다."

졍언간[115]의 시비(侍婢) 고(告)ᄒ되,

"위국 즁젼낭낭(中殿娘娘)이 시비(侍婢) 츈셥을 다리고{데리고} 오신다."

ᄒ거늘 방시 왈,

"츈셥은 죽은 소져(小姐)의 시비(侍婢)라 소져와 갓치{같이} 셰상을 니별

---

112) 면뉴관(冕旒冠): 帝王의 正服에 갖추어 쓰던 관. 거죽은 검고 속은 붉으며, 위에는 긴 사각형의 판이 있고 판의 앞에는 五彩의 구슬꿰미를 늘어뜨린 것으로, 국가의 大祭 때나 왕의 즉위 때 썼다.

113) 곤뇽포(袞龍袍): 임금이 입던 正服. 누런빛이나 붉은빛의 비단으로 지었으며, 가슴과 등과 어깨에 용의 무늬를 수놓았다.

114) 봉의 눈: 鳳目隆準에서 나온 말. 봉의 눈같이 가늘고 길며 눈초리가 위로 째지고 붉은 기운이 있는 눈과 우뚝한 코. 이러한 눈과 코는 貴相으로 여긴다.

115) 졍언간(正言間): 바로 이런 이야기를 하고 있을 때.

ᄒ엿거늘, 네 엇지 그랏{그릇} 보고 와 분쥬이{분주히} 구는다?"

ᄒ고 ᄭ짓더니. 이윽고 위왕비 칠보화관(七寶花冠)의 운무[116])롤 닙고 ᄲ앙옥패(雙玉佩)롤 ᄎ시니{찼으니}, 무산선녜[117]) 요지[118])의 나림{내림} 갓고{같고} 월궁항이[119]) 옥황(玉皇)[120])의 오람{오름} 갓ᄒ니{같으니}. 보기의 황홀ᄒ여 무슨 곡졀(曲折)을 아지 못ᄒ고 박힌 다시{듯이} 섯다가 왈,

"낭낭(娘娘)이 향쵼(鄕村)의 외로온 사람을 보고 이다지{이처럼} 공경(恭敬)ᄒ시니 황공무지(惶恐無地)로소이다."

낭낭(娘娘)이 미급답(未及答)의 취셤[121])이 급히 드러와{들어와} 고왈,

"낭낭(娘娘)은 곳 석소제라, 부인이 엇지 몰ᄂ 보시ᄂ니잇고?"

ᄒ며 문안을 드리거늘, 방시 이 말을 듯고 디경실식(大驚失色)ᄒ여 안식(顏色)이 여르[如土]ᄒ고 눈의 동지(瞳子ㅣ) 업슴{없음} 갓ᄒ여 위비와 취셤을 이윽히{그윽이} 보다가 다만 두 손을 부뷔며{비비며} 셔셔 죽은 사람 갓거늘, 왕이 좌(座)의 안잣다가 그 거동을 보고 즉시 침을 부르니. 침이 게ᄒ[階下]의 ᄂ릴러 모친의 긔망(欺罔)ᄒ 죄(罪)롤 디죄(待罪)ᄒᄃ, 위왕비 침의 디죄(待罪)ᄒᄆ 보고 친히 당(堂)의 ᄂ려 그 손을 잡고 눈물을 홀

---

116) 운무(雲霧): 雲霧衣. 구름과 안개처럼 가볍고 아름다운 옷을 일컬음.

117) 무산선녜(巫山仙女ㅣ): 중국 전설에서, 얼굴이 매우 예쁘고 아름답다는 선녀. 옛날 楚나라 懷王이 高唐에 놀러와 낮잠을 자고 있었는데 꿈에 한 여인이 나타나더니, "첩은 무산의 선녀입니다. 고당에 놀러왔다가 임금께서 오셨단 말을 듣고 왔습니다. 바라옵건대 베개와 자리를 받들어 올릴까 하옵니다."라고 청했다. 그리하여 회왕은 그녀와 사람에 빠졌다 그러나 이내 그녀는 "첩은 무산 남쪽 높은 절벽 위에 살고 있습니다. 아침에는 구름이 되고, 저녁에는 지나가는 비가 되어 아침마다 저녁마다 陽臺 아래에서 임금님을 그리며 지나가겠습니다."라는 말을 남기며 떠나갔다고 한다.

118) 요지(瑤池): 周나라 穆王이 西王母와 만났다는 仙境으로 崑崙山에 있었다는 연못.

119) 월궁항이(月宮姮娥ㅣ): 월궁에 산다는 선녀. 항아는 본시 羿의 아내인데, 羿가 西王母에게서 부탁하여 구해둔 不死藥을 훔쳐 먹고 월궁에 도망가서 혼자 살았다는 여인이다.

120) 옥황(玉皇): 玉京의 오기인 듯. 옥황상제가 다스리는 하늘 위의 서울.

121) 취셤: '춘섬'의 착종. 이하 동일하다.

니며 흔가지로{함께} 당(堂)의 올느 겻히{곁에} 안치고{앉히고} 위로 왈,

"너룰 그 사이 오래 보지 못흐엿더니 이쳐로{이처럼} 장셩흐니, 엇지 긔 특지 아니리오?"

흐고 방시 압희{앞에} 나아가 위로 왈,

"틱틱느 과려[122]치 마르소셔! 이왕사(已往事)룰 싱각흐시고 무싀[123]이 녁이시느{여기시나}, 다 소녀의 운쉬(運數ㅣ) 불길(不吉)흐오미오니. 싱각흐오면 일장춘몽(一場春夢)이라, 엇지 텬윤지니(天倫之理)의 참괴[124]흐믈 품으리잇고?"

흐며 침아룰 불상이 녁여 눈물을 흘니거눌, 방시 이 말을 듯고 더욱 무안(無顔)흐여 아모 말도 디답지 못흐더라. 이날 왕과 비 셕공 샤묘(祠廟)의 나아가 흔가지로{함께} 비알(拜謁)흐고 슬피 통곡흐며 직셩각의 가 밤을 지닐시 녯일을 싱각흐고 비회교집(悲懷交集)흐여 눈물 흐르믈 씨닷지 못흐느지라. 날이 밝은 후 왕과 비 방시게 흐직흐고 길을 써느 여러 날 만의 위국의 니르니, 문무빅관(文武百官)이 모이여 쳔셰[125]룰 부르더라.

일일은 비 왕다려{왕에게} 왈,

"쳡의 겨모[繼母] 방시 비록 심싀{마음씨가} 어지지 못흐느 이제 우리 영귀(榮貴)흐믈 보시고 심이{심히} 무안(無顔)이 녁이시니 침아다려{침아에게} 되시고 오라 흐여 슈삼삭(數三朔) 되시미 엇더흐니잇고?"

왕이 올히{옳게} 녁여 글월과 위의룰 보니여더니, 그 사이 방시 이말느{애끓어} 죽고 홀노 셕셩이 초토[126]의 잇기로 셕셩만 다려 왓다 흐거눌,

---

122) 과려(過慮): 정도에 지나치게 염려함.

123) 무싀(無色): 겸연쩍고 부끄러움.

124) 참괴(慙愧): 매우 부끄러워함.

125) 쳔셰(千歲): 신하들이 임금의 만수무강을 축원하여 두 손을 치켜들고 만세를 부르던 일. 천자에게는 만세를 부르나, 제후왕에게는 천세를 부른다.

126) 초토(草土): 거적자리와 흙 베개라는 뜻으로, 상중에 있음을 이르는 말.

왕비 침의 손을 붓들고 통곡ᄒ며 침을 불상이 넉여 위국의 혼가지로(함께) 잇더라. 왕이 위국의 즉위(卽位)ᄒ여 그 부친 초국공으로 퇴상왕(太上王)을 봉(封)ᄒ고 나라홀 다사리니(다스리니), 빅성이 평안ᄒ여 길의 흐른 (흘린) 거슬 줍지 아니ᄒ고 산의 도젹이 업스니, 위왕의 인덕(仁德)을 가히 알니러라.

각셜(却說). 이ᄯᅵ 계양츈 등이 무계산의 은거ᄒ엿더니, 위왕이 나려와 위(位)의 즉(卽)ᄒᄆᆯ 듯고 무양츈[127]과 혼가지로(함께) 남복(男服)을 기착(改着)ᄒ고 셔동(書童)의 모양갓치 ᄒ여 형졔(兄弟)라 칭(稱)ᄒ고 위국의 니르러 ᄒ 사람을 ᄎᆞ자 쥬인(主人)을 졍ᄒ여이시니(정하였으니), 이 사람은 위국 궁녀(宮女)의 아비라. 그 셔동(書童)드리 도로 여복(女服)을 갓초고 의탁(依託)ᄒᄆᆯ 구ᄒ거ᄂᆞᆯ, 그 쥬인(主人)이 본디 ᄌᆞ녀간 업스므로 심이(심히) 사랑ᄒ여 부녀지의(父女之義)롤 밋고(맺고) 혼가지로(함께) 이시니. 계양츈 형졔[姊妹] 인물이 일식[128]이므로 동니(洞里) 사람이 일ᄏᆞᆺ지 아니리 업스미, 자연 위국 궁녀(宮女)들도 불너 보기롤 자조(자주) ᄒ미 소문(所聞)이 파다(頗多)ᄒ여 위왕도 아ᄂᆞ지라.

위왕이 귀경코자 ᄒ여 그 녀아(女兒)롤 부르라 ᄒ니, 계양츈 등이 ᄆᆞ음의 깃거(기뻐) 졔 원(願)을 닐울가(이룰까) ᄒ고 단장(丹粧)을 셩비(盛備)히 ᄒ여 젼하(殿下)의 니르니. 왕이 눈을 드러(들어) 자시(자세히) 보미, 두 아ᄒᆡ 얼골이 과연 아람다와(아름다워) 퇴되(態度ㅣ) 심이 졍슉(貞淑)ᄒᄂᆞ 미간(眉間)의 살긔(殺氣) 은은[129]ᄒ고 요긔(妖氣)의 모양이 낫타나는지라. 왕이 일견(一見)의 괴이이(괴이하게) 넉여 믈니치니, 양츈 등이 믈너와 소원(所願)을 닐우지(이루지) 못ᄒᄆᆯ 혼탄(恨歎)ᄒ더니 믄득 ᄒ 계

---

127) 무양츈: 노양춘의 오기. 이하 동일하다.
128) 일식(一色): 뛰어난 미인.
129) 은은(隱隱): 겉으로 뚜렷하게 드러나지 아니하고 어슴푸레하며 흐릿함.

교(計巧)룰 싱각ᄒ고 의논 왈,

"우리 등이 궁녀의 참녀(參預)ᄒ면 반다시 왕의게 근시(近侍)ᄒ리니. 왕이 비록 녀싁(女色)을 조아{좋아} 아니ᄒᄂ, 친압[130]ᄒ미 간절ᄒ즉 그 ᄆ음을 도로혀기{돌이키기} 쉬오리니 엇지 썩 조치{좋지} 아니ᄒ리오?"

ᄒ고, 궁녀(宮女)되믈 자원(自願)ᄒ엿더니, 과연 궁녀의 츙슈(充數)ᄒ미 거즛{거짓} 동유[131]의 사랑ᄒ고 인의[132] 이시니{있으니}, 모든 궁녀들도 다 힝(多幸)이 넉이더라.

ᄎ시(此時) 좌승샹(左丞相) 노상경이 쥬왈,

"요사이 궁즁의 요긔(妖奇)로온 긔운이 잇사오니, 신이 혜아리옵건디 궁녀 즁 무슨 요열[133]이 잇ᄂ가 ᄒ오니, 젼ᄒᄂ 살피소셔."

ᄒ거눌 왕이 크게 의혹ᄒ여 궁녀드롤{궁녀들을} 초퇵[134]ᄒ니, 과연 젼의{전에} 불너 보던 계양츈 형졔{자매} 잇ᄂ지라. 왕이 그 요녀(妖女)룰 죽이고져 ᄒ되 죄의 범(犯)치 아니므로 먼니{멀리} 닉치라 ᄒ니.

계양츈 등이 ᄒᆯ일업셔 나오미 분노(憤怒)ᄒᆯ믈 니긔지 못ᄒ여 도로 남복(男服)을 기착(改着)ᄒ고 진국을 ᄎ자 가니. 진왕이 본디 텬자롤 원망ᄒ며 긔병(起兵)ᄒᆯ 의사(意思)룰 두어시ᄂ, 양국이 현슈문의게 망ᄒᆯ믈 보고 싱심(生心)도 발구[135]치 못ᄒ엿더니. ᄎ시(此時) 양평왕[136]의 녀(女) 계양츈이 진국의 와 궁녀 되믈 듯고 양츈을 불너보니, 텬ᄒ의 드믄 일싁(一色)이라. 드디여 쳡(妾)을 삼고 무양츈으로 디장 우골디의 쳡(妾)

---

130) 친압(親狎): 아무 흉허물 없이 사이가 가까움.

131) 동유(同流): 同輩. 나이나 신분이 서로 같거나 비슷한 사람.

132) 인의(人義): 사람으로서 마땅히 지켜야 할 도의.

133) 요열[妖孼]: 요망스러운 사람.

134) 초퇵(抄擇): 여러 가운데서 필요한 것을 골라 뽑음.

135) 발구(發口): 입을 열어 말을 함.

136) 양평왕: 양평공의 오기.

을 삼게 ᄒ니라.

진왕이 쥬야(晝夜)로 계양츈의게 혹(惑)ᄒ여 놀며 왈,

"너의 부친이 현슈문의게 망ᄒ니{죽었으니} 너의 ᄆᆞ음이 엇지 셟지 아니ᄒ랴?"

양츈이 울며 왈,

"쳡이 평성 소원이 아비 원슈ᄅᆞᆯ 갑고져 ᄒ되 계집의 소견이 ᄆᆡ양 좁기로 의사ᄅᆞᆯ 닉지 못ᄒ여더니, 이제 왕이 쳡을 위ᄒ여 ᄒᆞᆫ번 슈고ᄅᆞᆯ 앗기지{아끼지} 아니신즉 양편지ᄉᆞ{攘天之事ㅣㅣ} 다 조흘가{좋을까} ᄒᆞᄂᆡ이다."

왕이 희문왈(喜問曰),

"엇지 니ᄅᆞ미뇨?"

계양츈이 고왈,

"이제 현슈문이 조졍을 ᄶᅥᄂᆞ 슈쳔 니(數千里)의 이시니{있으니}, 이ᄯᆡ를 타 긔군(起軍)ᄒ여 바로 황셩(皇城)을 치면 조졍의 당(當)ᄒᆞᆯ 장쉬(將帥ㅣ) 업스미 반다시 송졔(宋帝)ᄅᆞᆯ 항복바드리니. 왕이 스스로 텬자위(天子位)의 즉(卽)ᄒᆞ시면 현슈문을 죽이기는 여반장[137]이오니 엇지 이ᄅᆞᆯ 싱각지 아니시ᄂᆞᆫ잇고?"

진왕이 쳥파(聽罷)의 무릅홀 치며 왈,

"닉 과연 이져더니{잊었더니} 이제 네 말을 드ᄅᆞ니 흉금[138]이 열이ᄂᆞᆫ지라 오날노좃ᄎᆞᆯ 일을 힝ᄒᆞ리라."

ᄒ고, 드ᄃᆡ여 졔장군졸(諸將軍卒)을 조발(調發)ᄒᆞᆯ식. 우골더로 션봉(先鋒)을 삼고, 마골더로 후군장(後軍將)을 삼고, 호골더로 즁군(中軍)을 삼아 졍병(精兵) 십만을 조발(調發)ᄒ여 황셩(皇城)으로 힝(行)ᄒᆞᆯ식, 진왕이 스스로 디원쉬(大元帥) 되여 졔장(諸將)으로 의논 왈,

---

137) 여반장(如反掌): 손바닥을 뒤집는 것 같다는 뜻으로, 일이 매우 쉬움을 이르는 말.
138) 흉금(胸襟): 마음속 깊이 품은 생각.

"우리 이제 힝군(行軍)ᄒ여 송졔(宋帝)를 잡으려 ᄒ미 일이 발각(發覺)
ᄒ면 디사(大事)를 일우지{이루지} 못ᄒ리니 밤이면 힝(行)ᄒ고 낫이면 산
의 숨어 사람이 모로게 힝진(行進)ᄒ여 바로 황셩(皇城)을 치면 텬지 미쳐
피(避)치 못ᄒ고 사로잡히리니, 졔장(諸將)은 영(令)을 어기지 말ᄂ!"
ᄒ고, 힝군을 지촉ᄒ니, 이ᄯᅥ 무양츈이 우골디다려 왈,

"장군이 병을 거ᄂ리고 황셩으로 향ᄒ미 쳡이 ᄯᅩ흔 말 뒤를 좃고져{좃
고자} ᄒᄂ니. 녯날 초패왕[139]도 우미인[140]을 다리고{데리고} 젼장(戰場)의
단녀시니{다녔으니} 족히 붓그럽지{부끄럽지} 아닐지라. 조ᄎ{좇아} 다니믈
원ᄒᄂ이다."

진왕이 올히 녁여 흔가지로{함께} 힝(行)ᄒ니라. 우골디 등이 낫[낮]이
면 산의 숨고 밤이면 길을 ᄂ니, 지ᄂᄂ 바의 자사슈령(刺史守令)이 아지
못ᄒ고 ᄯᅩ흔 위국이 수쳔니(數千里) 외(外)의 이시미 위왕도 아득히 모로
니, 엇지 송실(宋室)이 위티(危殆)치 아니리오{않으리오}.

이젹의 진왕이 군(軍)을 모ᄅ{몰아} 함곡관[141]의 니ᄅ니, 관 직흰 장슈
조현이 막거늘 일합(一合)의 버히고 달녀 황도(皇都)의 니르니, 츠시(此時)
텬지 불의(不意)에 변(變)을 만ᄂᄂ지라 성문(城門)을 구지{굳게} 닷고 아
모리 ᄒ 줄 모로더니, 샹이 앙텬(仰天) 탄왈,

"짐(朕)이 미양 진국을 꺼리더니, 이제 반(叛)ᄒ여 젹병(賊兵)이 셩ᄒ(城

---

139) 초패왕(楚霸王): 項羽. 秦나라 말기의 농민봉기 지도자이자 項梁의 조카이다. 秦나라
    가 망하자 자립하여 西楚霸王이 되었다. 楚漢전쟁에서 劉邦에게 패하여 烏江에서 자결
    했다.

140) 우미인(虞美人): 중국 秦나라의 무장 項羽의 愛妾. 항우가 垓下에서 劉邦의 군대에 포
    위되어 군량도 떨어지고 군사마저 부족하자 軍幕에서 함께 술을 마시고 비분강개하여
    노래하니 그녀가 화답하고는 "丈夫에게 짐이 될 수 없다."고 말하면서 눈물을 흘리며 노
    래를 부르고 자결하여 항우를 격려했다고 한다.

141) 함곡관(函谷關): 중국 河南省 북서부의 교통 요충. 古關과 新關이 있는데 고관은 靈寶
    縣 동쪽 5㎞에 있으며 그 서쪽 지방을 關中이라 한다.

下)의 니ᄅ미 조졍의 당(當)ᄒᆞᆯ 쟝쉬(將帥 |) 업고 슈문은 슈쳔 니(數千里)
밧긔{밖에} 이시미, 누구롤 밋고{믿고} 샤직(社稷)을 안보(安保)ᄒᆞ리오!"

말을 맛츠며 뇽뉘(龍淚 |) 죵힁(縱橫)ᄒᆞ니 반부(班部) 즁의 일인(一人)이
츌반쥬왈(出班奏曰),

"신(臣)이 비록 지죄(才操 |) 업사오ᄂᆞ 일지군(一枝軍)을 쥬시면 젹병을
소멸(掃滅)ᄒᆞ고 폐ᄒᆞ의 근심을 덜니이다."

모다 보니, 졍동쟝군(征東將軍) 쟝긔[142]라. 샹이 디열(大悅) 왈,

"경(卿)이 셕일(昔日) 현슈문을 ᄯᅡᄅᆞ 양국 도젹을 파(破)ᄒᆞᆯ 쩌의 소년디
쟝(少年大將)으로 그 녜긔[143]룰 미더거니와{믿었거니와}, 이제 발셔{벌써}
빅슈노쟝(白鬚老將)이라도 남은 용역(勇力)이 이셔{있어} 급흔 도젹을 파
(破)코져 ᄒᆞ니, 엇지 만힁(萬幸)이 아니리요!"

ᄒᆞ시고, 즉시 슈셩군(守城軍) 십만을 조발(調發)ᄒᆞ여 파젹(破敵)ᄒᆞ라 ᄒᆞ시
니, 쟝긔 군(軍)을 거ᄂᆞ리고 일셩포향(一聲砲響)의 셔문(西門)을 크게 열고
니다ᄅᆞ 디호(大呼) 왈,

"너 비록 노쟝(老將)이ᄂᆞ 너 갓흔{같은} 쥐무리는 초기(草芥) 갓치{같이}
알거눌 너의 오랑캐 감히 나롤 디젹(對敵)ᄒᆞᆯ소냐?"

ᄒᆞ고, 마ᄌ ᄊᆞ화 팔십여 합(合)의 승부룰 결(決)치 못ᄒᆞ더니, 우골디 거즛
{거짓} 픠(敗)ᄒᆞ여 다ᄅᆞᄂᆞ다가 도로 돌쳐셔며 칼홀 드러 쟝긔의 머리롤 버
히고 좌츙우돌ᄒᆞ며 송황졔 항복ᄒᆞᄆᆞᆯ 지쵹ᄒᆞ니 능히 당ᄒᆞᆯ 쟤(者 |) 업ᄂᆞᆫ지
라. 샹이 뉴쳬(流涕) 왈,

"조졍의 양쟝[144]이 업고 밧게{밖에} 도젹이 급ᄒᆞ니, 이롤 쟝찻 엇지ᄒᆞ리

---

142) 쟝긔: 앞부분에선 '양긔'로 되었다가 이후부터 '쟝긔'로 나오나, '양긔'로 통일함. 현택
    지 부인의 아버지가 병마대도독 장기였으므로, 현수문의 외할아버지이기 때문이다. 이하
    동일하다.

143) 녜긔(銳氣): 날카롭고 굳세며 적극적인 기세.

144) 양장(良將): 재주와 꾀가 많은 훌륭한 장수.

요? 사람을 위국의 보니여 위왕 현슈문을 청(請)ᄒ면 이 도적을 근심홀 비 업스되 슈쳔 니(數千里) 밧긔 엇지 사람을 보니며, 비록 보니미 이시ᄂ 도적이 죽이고 보니지 아니리니, 엇지 오빅 년 종샤(宗社)룰 오날날 망홀 쥴 알니오?"

ᄒ고, 슬피 통곡ᄒ니, 조신(朝臣)드리 능히 말을 일우지{이루지} 못ᄒ고 다만 쳬읍(涕泣)홀 ᄯᄅ롬이라.

각셜(却說)。 위왕이 본국(本國)의 이션{있은} 지 발셔{벌써} 쥬년[數年]이라 텬자게 조회(朝會)ᄒ려 ᄒ고 군마(軍馬)룰 거ᄂ리고 황성(皇城)으로 나아갈시, 진교역의 니르러 밤을 지니더니 믄득 ᄒᆫ 빅발노인(白髮老人)이 갈건도복(葛巾道服)으로 표연(飄然)이 니르러 왈,

"나ᄂ 남악화산(南岳華山)의 일광디시러니, 급히 젼홀 말이 잇기로 왓노라."

ᄒ고 왈,

"이제 진국이 반(叛)ᄒ여 가마니{가만히} 황성(皇城)을 침범(侵犯)ᄒ미 그 위티(危殆)ᄒ미 시긱(時刻)의 잇거놀, 왕이 엇지 아지 못ᄒ고 구(救)치 아닌ᄂ뇨?"

ᄒ고 밧그로 나가거놀, 위왕이 디사룰 보고 반겨 다시 말을 뭇고져 ᄒ다가 놀ᄂ 씨다르니[깨어나니] 침상일몽[145]이라. ᄆ음이 서늘ᄒ여 잠을 이루지 못ᄒ고 뜰의 나려{내려} 텬문(天文)을 살펴보니, 과연 자미셩[146]이 희미ᄒ여 곤(困)ᄒ미 특심(特甚)ᄒ거놀. 무슨 변괴(變故ㅣ) 이시믈 알고 급히 군마(軍馬)룰 몰니고 쳔니(千里) 토산마룰 치쳐 청슈강을 건닐시, 진관이 쥬왈,

---

145) 침상일몽(枕上一夢): 잠을 자면서 잠깐 꾼 꿈.
146) 자미셩(紫微星): 북두성의 동북쪽에 벌어 있는 15개 별 가운데의 하나. 점성술에서 이 별은 천자의 주성으로서 그의 운명과 관련된다고 한다.

"진번이 반(叛)ᄒ여 황셩(皇城)을 치미, 황졔의 사싱(死生)이 엇지 된 줄 모로오니 왕은 급히 구ᄒ소셔!"

ᄒ거늘 왕이 디경(大驚)ᄒ여 말을 치쳐 달녀가니 일쥬야(一晝夜)의 일쳔 삼빅 니(里)롤 힝(行)ᄒ미. 토산미 곤(困)ᄒ여 능히 가지 못ᄒ거늘, 왕이 잠간 쉬여 피란(避亂)ᄒ는 빅셩다려 무ᄅ니 답ᄒ되,

"도적이 셔문을 파(破) 무슈ᄒ 쟝슈롤 버히고 궁셩(宮城)을 아스니{앗으니} 셩즁(城中)이 크게 위티ᄒ다."

ᄒ거늘 위왕이 이 말을 듯고 망극ᄒ여 나는 다시{듯이} 송진(宋陣)의 니ᄅ니. 발셔{벌써} 송장(宋將) 쟝긔 도적의게 죽고 병마사 조쳘이 군(軍)을 거ᄂ리고 나 ᄊᆞᆯ ᄆᆞ음이 업셔 황황망극[147]ᄒ더니. 위왕이 단긔(單騎)로 진(陣)을 헤치고 드러오믈 보고 반가오믈 니긔지 못ᄒ여 울며 황샹의 위티ᄒ믈 니ᄅ니, 왕이 문왈,

"황샹이 어디 계시뇨?"

조쳘 왈,

"젹병이 셔문으로 드러가 ᄊᆞ호더니, 샹이 어니 곳의 피(避)ᄒ신지 아지 못ᄒ도소이다."

위왕이 ᄎᆞ언(此言)을 드르미 분긔츙돌(憤氣衝突)ᄒ여 조쳘다려 군사롤 거ᄂ리고 뒤흘 ᄯᆞ로라 ᄒ며 셔문의 니ᄅ러 격진을 엄살[148]ᄒ는지라.

ᄎᆞ시(此時) 진왕이 셔문누(西門樓)의 올ᄂ 졔장(諸將)을 모ᄒ고 송졔(宋帝)의 항복ᄒ믈 지쵹ᄒ며 계양츈과 즐기며 왈,

"네 만일 남자로 낫실진디{났을진대} 지혜 죡히 텬ᄒ(天下)롤 어더{얻어} 농두봉궐[149]의 놉히 안고 육국졔후(六國諸侯)의 조공(朝貢)을 바드리로다.

---

147) 황황망극(遑遑罔極): 황황하기 그지없음.
148) 엄살(掩殺): 별안간 습격하여 죽임.
149) 농두봉궐[龍樓鳳闕]: 궁궐을 아름답게 이르는 말.

네 흔번 묘책(妙策)을 니미 니 텬흐룰 취(取)케 되여시니, 이는 천고(千古)
의 회시(稀事 |)라. 니 보위[150]의 오르는 날 널노써 황후(皇后)룰 봉(封)ᄒ
여 빅년을 열낙[151]ᄒ리라."

ᄒ니 양츈이 이 말을 듯고 양양자득[152)]ᄒ더니. 믄득 셔문이 요론(搖亂)ᄒ
며 일원(一員) 디장이 칼을 들고 진즁(陣中)을 싀살[153)]ᄒ미, 장졸(將卒)이
무슈이 죽고 호골디 쏘흔 죽엇는지라. 진왕이 디경실식(大驚失色)ᄒ여 마
골디로 나 싸호라 ᄒ니, 마골디 진(陣) 밧긔[밖에] 니다르며 꾸지져 왈,
　"네 무지흔 필뷔(匹夫 |) 텬의(天意)룰 아지 못ᄒ고 송제(宋帝)의 항복바
든 우리룰 항거ᄒᄂ뇨?"

ᄒ고 니다르니, 위왕이 분발[怒髮]이 츙관(衝冠)ᄒ여 황금투고의 은갑(銀
甲)을 닙고 쳔니 토산마룰 타시며 손의 자룡검을 들고 니다르니, 사람은
쳔신(天神) 갓고 말은 비룡(飛龍) 갓더라. 소리룰 크게 ᄒ여 꾸지져 왈,
　"나는 위왕 현슈문이라. 너의[너희] 무도흔 오랑캐 감히 황성(皇城)을
범ᄒ니, 엇지 하늘이 두렵지 아니리오? 샐니 나와 목숨을 지쵹ᄒ라!"

ᄒ고, 마즈 싸호더니 슈합(數合)이 못ᄒ여 자룡검이 니르는 곳의 마골디
의 머리 마ᄒ(馬下)의 나려지는지라. 위왕이 좌츙우돌(左衝右突)ᄒ여 격진
을 즛바으니[짓밟으니], 죽엄[주검]이 뫼 갓고 피 흘너 니히 되여더라. 위
왕이 바로 진왕을 버히고져 ᄒ여 무인지경(無人之境) 갓치 횡힝ᄒ니, 격
진 장졸(將卒)이 현슈문이론 말을 듯고 황겁[154)]ᄒ여 싸호지 아니ᄒ거놀.
위왕이 그제야 셔문의 니르러 문을 널ᄂ ᄒ니 문 직흰 장쉬 구지 막거놀,

---

150) 보위(寶位): 임금의 자리.
151) 열낙(悅樂): 기뻐하고 즐거워함.
152) 양양자득(揚揚自得): 뜻을 이루어 뽐내며 꺼드럭거림.
153) 싀살(廝殺): 전투에서 마구 침.
154) 황겁(惶怯): 당황하고 겁에 질림.

"위왕이 현슈문 와시믈 텬자긔 알외라."

흔되, 이윽고 문을 여눈지라.

잇써 샹이 셩 밧긔 나 피(避)치 못ᄒ고 위왕 현슈문만 싱각ᄒ고 눈물을 나리오시며 항복고져 ᄒ시더니, 믄득 현슈문이 와 적진을 믈니치고 셔문을 여러 달ᄂ ᄒ는 말을 드르시고 디희(大喜)ᄒ여 꿈인가 상신가(생시인가) ᄒ시다가 문 외의 나 마즈시니. 위왕이 말긔 나려 복지유체(伏地流涕)ᄒ온디, 샹이 위왕의 손을 잡으시고 유체 왈,

"경(卿)이 위국의 이시미 슈쳔 니(數千里) 외(外)의 통긔[155]ᄒ미 업거늘, 경(卿)이 엇지 알고 니르러 짐(朕)의 급ᄒ믈 구ᄒ니, 이ᄂ 하놀이 경(卿)을 니시샤 짐(朕)을 쥬시미로다."

위왕이 읍쥬(泣奏) 왈,

"폐ᄒ의 곤(困)ᄒ시미 다 신(臣)의 더듸온 죄로소이다."

ᄒ고, 알고 온 슈말(首末)을 쥬달(奏達)ᄒ온디. 샹이 더옥 희한이 넉이시며 파젹(破敵)홀 일을 의논ᄒ시니, 위왕 왈,

"이제 적병이 셩밧 십니(十里)롤 믈녀 진(陣) 쳐시니(쳤으니), 폐ᄒ는 근심치 마르소셔!"

ᄒ고, 토산마롤 닛그러(이끌어) 너니(내니) 그 말이 죽거거눌, 위왕이 붓들고 통곡 왈,

"니 네 공을 힘닙어 텬자롤 위ᄒ더니, 네 오날날 뜻밧긔 날을 ᄇ리고 죽으니 니 엇지ᄒ리오?"

ᄒ고, 슬허ᄒ믈 마지 아니ᄒ니, 텬지 이롤 보시고 크게 놀ᄂ샤 타시던 디완마(大宛馬)롤 샤급(賜給)ᄒ시고. 쳘긔(鐵騎) 삼쳔(三千)을 쥬시며, 님긔로 션봉(先鋒)을 삼고 적진을 파(破)ᄒ라 ᄒ시니. 위왕이 샤은(謝恩)ᄒ

---

155) 통긔(通奇): 기별을 보내어 알게 함.

며 즉시 군(軍)을 거느리고 성문(城門)을 나니, 적진 장졸(將卒)이 먼니{멀리} 바라보고 위풍(威風)의 쫏치여{쫓기어} 강을 건너 진(陣)치고 나지 아니ᄒ거늘. 위왕이 ᄯ라 강을 건너 진치고 제장(諸將)을 불너 왈,

"예셔 십니(十里)만 가면 '사곡'이룬 들이 이셔{있어} 무성(茂盛)ᄒ 갈이 빅니(百里)룰 연(連)ᄒ 곳이라. 오날 사경(四更)의 군사 ᄒ아식{하나씩} 흘녀가{흩어져 가} 그곳의 미복(埋伏)ᄒ엿다가 명일(明日) ᄊᆞ홈의 적군이 그 압흘{앞을} 지리니{지나리니} 일시의 불을 노와 그 뒤흘 치면 가히 진왕을 사로잡으리라."

님지[156] 청영(聽令)ᄒ고 물러ᄂᄂ니라.

ᄎ시(此時) 진왕이 현슈문의게 일군(一軍)이 디패(大敗)ᄒ믈 분노(憤怒)ᄒ여 우골더로 선봉(先鋒)을 삼고 ᄊᆞ홈을 도도ᄂ{돋우니}, 위왕이 진문(陣門)을 크게 열고 말긔 올ᄂ 디미(大罵) 왈,

"너의 무도ᄒ 오랑캐 엇지 날을 당ᄒ소냐? 샐니 나와 니 칼을 바드라{받으라}!"

ᄒ고, 마ᄌ ᄊᆞ와 삼십여 합(合)의 승부룰 결(決)치 못ᄒ더니, 우골더 긔운이 진(盡)ᄒ고 군미(軍馬ㅣ) 곤뇌[157]ᄒ미 군(軍)을 도로혀{돌리어} 본진(本陣)으로 다ᄅᄂ거늘, 위왕이 급히 ᄊᆞ라니 적진이 사곡으로 지ᄂᄂ지라. 믄득 사곡으로ᄌᆞᄎ 방포(放砲) 소리 나며 일시(一時)의 불이 니러ᄂ고{일어나고} 사면(四面)의 함성이 물 쓸틋ᄒ거늘, 적진이 황겁(惶怯)ᄒ여 셔로 항오(行伍)룰 찰히지{차리지} 못ᄒ고 사산분궤[158]ᄒᄂ지라. 진왕이 우골더룰 붓들고 계양춘을 도라보아 왈,

"이룰 장찻 엇지 ᄒ리오. 사면(四面)의 화광(火光)이 츙텬(衝天)ᄒ고 복

---

156) 님지: '님긔'의 오기.

157) 곤뇌(困惱): 시달려 고달픔.

158) 사산분궤(四散奔潰): 사방으로 흩어져 재빨리 달아남.

병(伏兵)이 디발(大發)ᄒ니, 비록 날기 이셔도{있어도} 살기롤 도모치 못ᄒ
리로다."

ᄒ고 방성디곡(放聲大哭)ᄒ니 장졸(將卒)이 다 넉슬{넋을} 닐코{잃고} 아모
리 홀 쥴 모로ᄂ지라. 위왕이 불 니러ᄂ믈 보고 승승장구(乘勝長驅)ᄒ여
격진을 쇠살(廝殺)ᄒ고 자룡검을 드러 우골디의 머리롤 버혀 나리치니{내
려치니}, 진왕이 우골디의 죽는 양을 보고 ᄒᄂᆯ을 우러러 통곡 왈,

  "텬지망아(天之亡我 ㅣ)요 비젼지죄(非戰之罪)라."

ᄒ며, 칼을 ᄲᅡ혀 계양츈을 버히고 스스로 멱 질너 죽으니. 모든 군사(軍士
ㅣ) 손을 묵거{묶어} 살기롤 빌거ᄂᆯ, 위왕이 그 항졸(降卒)을 살녀 보니고
진(陣)을 거두어 도ᄅ올시. 진왕의 머리롤 버혀{베어} 긔(旗)의 달고 승젼
고(勝戰鼓)롤 울니며 회군(回軍)ᄒ더니, 믄득 ᄒᆫ 계집이 이연(哀然)이 울거
ᄂᆯ 자시{자세히} 보니 젼일 위국의셔 보던 양츈이라. 크게 고이히 넉여 인
ᄒ여 죽이고, 황성(皇城)의 드러와{들어와} 격진을 함몰(咸沒)ᄒ믈 쥬달(奏
達)ᄒ온디, 샹이 디열(大悅)ᄒ샤 갈오샤디,

  "먼져 경(卿)이 니ᄅ러 오미 짐이 보고 ᄆᆞ음을 노아더니{놓았더니} 이제
승젼(勝戰)ᄒ믈 드ᄅ니{들으니} ᄆᆞ음이 더욱 평안(平安)ᄒ지라, 경(卿)의
츙성이 하ᄂᆯ의 니ᄆᆞᆺ츼다{이음차다}. 격병을 파(破)ᄒ고 오날날 진국 도
격을 파(破)ᄒ여 짐(朕)의 위티(危殆)ᄒ믈 건져 너여시니 쳔고(千古)의 **ᄥᅡᆼ**
(雙)업슨 디공(大功)이라, 무어스로 갑ᄒ리오{갚으리오}?"

ᄒ시고 제장군졸(諸將軍卒)을 상샤(賞賜)ᄒ시며 만조(滿朝)롤 모와 크게
잔치ᄒ시고, 사방의 방(榜) 붓쳐 빅성을 안무(按撫)ᄒ고 조회(朝會)롤 파
(破)ᄒ시니. 위왕이 텬은(天恩)이 감츅(感祝)ᄒ믈 샤례(謝禮)ᄒ고 위국
으로 도ᄅ올이 샹이 십니(十里)의 나와 젼송[159]ᄒ시고 ᄯᅥᄂᆞ믈 심이 결

---

159) 젼송(餞送): 예를 갖추어 떠나보냄.

연[160] ᄒᆞ샤 뇽누(龍淚)를 나리시니, 위왕이 ᄯᅩᄒᆞᆫ 눈믈을 흘니고 니별ᄒᆞ여 본국(本國)으로 도르오니.

틱상왕(太上王) 부부와 왕비며 석침이 반겨 무사 반국(返國)ᄒᆞᆷ믈 못닉 일ᄏᆞᆺ더라. 위왕이 미양 침을 사랑ᄒᆞ미 벼슬을 쥬어더니, 이날 그 벼슬을 도도아 우승상(右丞相)을 삼으니. 위왕의 용밍함과 어진 덕틱(德澤)이 텬ᄒᆞ의 진동ᄒᆞ더라.

---

160) 결연(缺然): 서운하게 여김.

권지흥

츳셜(且說)。 위왕 부뫼 훙(薨)커늘, 위왕이 거상[1]의 이회(哀毀) 지극(至極)ᄒ거늘, 텬지 드르시고 삼연(三年) 조공(朝貢)을 말나 ᄒ시며 조문(弔問)ᄒ시니. 위왕이 텬은(天恩)을 일컷고, 삼상[2] 맛츤 후 일년(一年)의 ᄒ 번식 조회의 참녜(參預)ᄒ니, 샹이 갈오샤ᄃ,

"짐(朕)이 이제 년만[3]ᄒ여 경(卿)을 오리 보지 못ᄒ리니 흔심ᄒ거니와, 틱지(太子ㅣ) 이시니[있으니] 족히 종샤(宗社)룰 이으리로ᄃ 아는 일이 젹으미 치국(治國)ᄒ믈 넘녀(念慮)ᄒᄂ니 경(卿)의 ᄋ들 흔아룰[하나룰] 쥬어 틱지룰 돕게 ᄒ면 짐(朕)의 ᄆᆞᆷ이 조흘가[좋을까] ᄒ노라."

위왕이 돈슈(頓首) 쥬왈(奏曰),

"신(臣)의 자식이 여러이[여럿이] 잇ᄉ오니[있사오나] 다 용열(庸劣)ᄒ오니 엇지 감당ᄒ오리잇가마는, 졔 이자(二子) 담으로 틱자룰 뫼시게 ᄒ오면 반다시 유익(有益)ᄒ미 잇슬 듯ᄒᆞᆸ고. 쏘 셰 스람을 쳔거(薦舉)ᄒ오리니 빅마쳔과 긔슈ᄒ와 여동위라. 이 스람이 족히 틱자룰 보필(輔弼)ᄒ오리니 무슴 넘녜(念慮ㅣ) 잇ᄉ오리잇가?"

샹이 ᄃ열(大悅)ᄒ샤 샤쟈(使者)룰 보ᄂ여 현담을 부르시며 삼인을 불너 인견(引見)ᄒ시고 왈,

"그ᄃ 등을 위왕이 쳔거ᄒ여 틱자룰 돕게 ᄒ미니, 녀등(汝等)은 종샤(宗

---

1) 거상(居喪): 부모의 상을 당하고 있음.
2) 삼상(三喪): 三年喪. 자식이 부모가 돌아가신 이후 3년 동안 낳아주시고 키워주신 부모에 대한 보은과 효도를 다하고자 하는 마음에서 居喪하는 의식.
3) 년만(年晚): 나이가 매우 많음.

社)롤 보젼케 ᄒ라."

  ᄉ인(四人)이 샤은(謝恩)ᄒ고 티자롤 뫼시니라. 위왕이 본국(本國)의 도
ᄅ가믈 ᄒ직(下直)ᄒ온ᄃᆡ, 샹이 타루[4] 왈,

  "짐(朕)의 나히 만코{많고} 경(卿)의 나히 만흐니{많으니} 피차(彼此) 셰상
이 오러지 아닐지라. 엇지 슬푸지 아니리오?"

  위왕이 쏘ᄒᆞᆫ 슬푼 심ᄉ를 금(禁)치 못ᄒ나 인ᄒᆞ여 ᄒ직(下直)ᄒ고 본국
(本國)의 도르가니라.

  슬푸다! 황졔 졸연[5] 환위[6] 계시샤 회츈(回春)치 못홀 줄 알으시고 티자
롤 불너 유체(流滯) 왈,

  "ᄂᆡ 죽은 후 너롤 밋ᄂᆞ니{믿나니}. 녜 이제 장셩ᄒ여시미 범ᄉ(凡事)롤
알녀니와, 속ᄒ[7]의 현담과 빅마쳔 등이 이시니{있으니} 간(諫)ᄒᄂᆞᆫ 말을
신쳔[信聽]ᄒ고, 혹 어려온 일니 잇거든 위왕 현슈문과 의논ᄒ면 텬히 티
평(太平)ᄒ리니. 삼가 유언(遺言)을 닛지{잊지} 말나!"
ᄒ시고 붕(崩)ᄒ시니 츈취(春秋]) 칠십오 셰(歲)라. 티지 망극이통(罔極哀
痛)ᄒ샤 션능(先陵)의 장(葬)ᄒ시고 보위(寶位)의 즉(卽)ᄒ시니, 임자 동십
일월(冬十一月) 갑지라. 문무빅관(文武百官)이 진하[8]롤 맛고 만셰롤 호챵
(呼唱)ᄒ더라.

  황슉[9] 등이 산즁(山中)의 피(避)ᄒ엿더니, 텬재 붕(崩)ᄒ시믈 듯고 드러
와 신텬자(新天子)롤 도으며 교언(巧言)으로 텬자긔 붓치여 간신(奸臣)이
되니. 샹이 부왕(父王)의 유교(遺敎)롤 돈연이[10] 이즈시고{잊으시고} 간신

---

  4) 타루(墮淚): 눈물을 흘림.
  5) 졸연(猝然): 갑작스럽게.
  6) 환위[患候]]: 웃어른의 병을 높여 이르는 말.
  7) 속ᄒ(屬下): 관할하. 밑.
  8) 진하(進賀): 나라에 경사가 있을 때에 벼슬아치들이 조정에 모여 임금에게 축하를 올림.
  9) 황슉(皇叔): 연평왕이 반란을 일으켰을 때, 원찬되었던 그의 아들.

의 말을 미드샤{믿어서} 정시(政事ㅣ) 눌노 어즈러온지라. 현담 등이 자조
{자주} 간(諫)ㅎ되 듯지{듣지} 아니시고 디신과 빅마쳔 등의 벼술을 파직
(罷職)ㅎ시며 현담의 죄롤 의논ㅎ시니, 간신 등이 쥬왈,

"위왕 현슈문이 비록 촌공[11]이 이시나{있으나} 선졔(先帝)의 디덕(大德)
으로 왕작(王爵)을 쥬옵시니 은혜 빅골난망(白骨難忘)이여눌, 일년(一年)
의 흔 번식 ㅎ던 조회(朝會)롤 폐(廢)ㅎ오니 만일 슈문을 그져 두오면 후
환(後患)이 되올지라. 이러무로 셔쳔(西天) 한즁[12]을 도로 드리라{들이라}
ㅎ시고 진공녜단[13]을 타국녜(他國例)로 거힝(舉行)ㅎ게 ㅎ소셔!"

샹이 올히 넉이샤 즉시 조셔(詔書)롤 ᄂᆞ리와 샤신[辭官]을 발송(發送)ㅎ
시니라.

각셜(却說). 위왕이 텬지 붕(崩)ㅎ시믈 듯고 방셩통곡(放聲痛哭)ㅎ여 황
셩(皇城)의 올나가 신텬자(新天子)게 조회(朝會)ㅎ려 ㅎ더니 믄득 샤관(辭
官)이 ᄂᆞ려와 교지(敎旨)롤 젼ㅎ거눌, 왕이 북향ᄉᆞ비(北向四拜)ㅎ고 조셔
롤 보니, 갈와시더,

> 「슬푸다! 국운(國運)이 불힝(不幸)ㅎ여 선졔(先帝) 붕(崩)ㅎ시고 짐(朕)
> 이 즉위ㅎ니 엇지 망극(罔極)지 아니리오? 경(卿)이 신지(臣子ㅣ) 되어
> 흔 번도 조회(朝會)치 아니ㅎ니 이는 선졔(先帝) 디덕(大德)을 져바리
> 미라. 맛당이 문죄(問罪)홀 일이로되 아직 용셔(容恕)ㅎ고 셔쳔 일지
> (一地)롤 환슈(還收)ㅎ되, 진공(進貢)은 타국녜(他國例)와 ᄀᆞ치 ㅎ라.」

---

10) 돈연이(頓然히): 어찌할 겨를도 없이 급하게. 조금도 돌아봄이 없이.

11) 촌공(寸功): 조그마한 공.

12) 한즁(漢中): 중국 陝西省 서남쪽, 漢水江 북쪽 기슭에 있는 지방. 四川·湖北 두 성에
　　걸쳐 있는 요충지로 한나라 고조의 근거지로 유명하다.

13) 진공녜단(進貢禮緞): 제후국에서 황제국에 예물로 바치던 비단.

ᄒ엿더라.

위왕이 ᄆ음의 혜오되,

'조정의 간신이 이셔{있어} 텬자의 총명(聰明)을 ᄀ리오미니 엇지 분한
(憤恨)치 아니리오?'

ᄒ고, 즉시 쥬문(奏文)을 지어 보니니 왈,

「위왕 현슈문은 돈슈빅비[14)]ᄒ고 글을 셩상(聖上) 탑ᄒ[15)]의 올니옵ᄂ
니, 오회(嗚呼ㅣ)라. 신(臣)이 선제(先帝) 디덕(大德)을 닙ᄉ와 벼슬이
왕작(王爵)의 잇ᄉ오니 진츙보국(盡忠報國)ᄒ믈 원(願)ᄒ오미 셩상(聖
上)의 조셔(詔書)디로 봉힝(奉行)치 아니리잇가마는, 선졔(先帝) 셔쳔
(西天)으로ᄡ 신(臣)을 쥬시미오 신(臣)이 셔쳔(西天)으로ᄡ 왕업[16)]이
되옵거늘, 이제 폐희(陛下ㅣ) 선제(先帝)의 유교(遺敎)롤 이즈시고{잇
으시고} 신(臣)으로 ᄒ여곰 부족히 넉이샤 버혀주신 ᄯ홀 덜고져{앗고
재} ᄒ시니 엇지 황공송율(惶恐悚慄)치 아니리잇고? 복망(伏望) 폐ᄒ
ᄂ 선졔의 유교롤 싱각ᄒ시ᄉ 조신(朝臣)의 그릇 간(諫)ᄒ믈 듯지 마
르시고 신(臣)의 차지ᄒ ᄯ홀 보존(保存)케 ᄒ소셔.」

ᄒ엿더라.

샹이 남필(覽畢)의 졔신(諸臣)을 뵈시고{보이고} 의논ᄒ시니, 졔신(諸
臣)이 쥬왈,

"위왕의 표(表)롤 보오니 그 첫지ᄂ 폐ᄒ롤 원망ᄒ여 밝지 아닌 님군으
로 돌녀보니미오, 둘지ᄂ 조정의 간신이 이셔{있어} 국졍(國政)을 문허ᄇ

---

14) 돈슈빅비(頓首百拜): 머리가 땅에 닿도록 거듭거듭 절함.

15) 탑ᄒ(榻下): 왕의 자리 앞.

16) 왕업(王業): 왕이 이룩한 통치의 대업.

리므로[무너져버림으로] 니르미니 극히 외람(猥濫)ᄒ온지라. 그러나 현슈문은 선황제(先皇帝) 총신(寵臣)이라 가부야이[가볍게] 다스리지 못ᄒ오리니, 먼져 현담을 나슈[17]ᄒ고 그 ᄯᅡ홀[땅을] 환슈(還收)ᄒᆫ다 ᄒ시면 제 엇지 거역(拒逆)ᄒ리잇고?"

샹이 올히 넉이샤[여기시어] 즉시 현담을 구리산의 가도시니, 빅마천 등 삼인(三人)이 틱자[18]ᄅᆞᆯ 브리고 위국의 도라와 텬자의 무도(無道)ᄒᆞᆷ믈 니ᄅᆞ니, 위왕이 이 말을 듯고 선제(先帝) 지우[19]ᄒ시던 은혜ᄅᆞᆯ 싱각ᄒ고 츙성된 눈물을 흘니며 탄식ᄒ더니. ᄯᅩ 샤신[辭官]이 니ᄅᆞ럿다 ᄒ거ᄂᆞᆯ, 왕이 젼(前)과 ᄀᆞᆺ치 ᄒᆞ여 돌녀 보니엿더니. 텬지 드르시고 디로(大怒)ᄒᆞ샤 긔병(起兵) 문죄(問罪)코져 ᄒ시거ᄂᆞᆯ, 만죠(滿朝ㅣ) 일시(一時)의 간왈,

"만일 병(兵)을 일회이면[일으키면] 반다시 위왕의게 픽(敗)ᄒ리니, 현담을 졋 담아 슈문의게 보니면 슈문이 보고 분노(憤怒)ᄒᆞ여 제 스스로 긔병(起兵)ᄒ리니 이ᄢᅵ의 슈문을 잡아 죽이미 만젼지책[20]일가 ᄒᆞ나이다."

샹이 디희(大喜)ᄒᆞ샤 즉시 현담을 졋 담아 위국의 보니니, 위왕이 이 일을 보고 크게 통곡ᄒ며 승샹 셕침을 도ᄅᆞ보아 왈,

"이제 텬지 자식을 죽여 아비ᄅᆞᆯ 뵈믄 나의 ᄆᆞᆷ을 분(憤)케 ᄒᆞ여 긔병(起兵)ᄒᆞᆷ믈 권ᄒ미오. 니 아모리 ᄒᆞ여도 이신벌군[21]은 아니리니 그디로 고ᄒᆞ라."

ᄒᆞᆫ디, ᄉᆞ지(使者ㅣ) 도ᄅᆞ와[돌아와] 위왕을 말을 고ᄒ니, 샹이 드르시고 일변(一邊) 무안(無顔)ᄒᆞ나 분긔(憤氣)ᄅᆞᆯ 참지 못ᄒ시거ᄂᆞᆯ, 졔신(諸臣)이 쥬왈,

---

17) 나슈(拿囚): 죄인을 잡아 가둠.
18) 틱자(太子): 현수문의 아들 현담을 가리킴.
19) 지우(知遇): 남이 자신의 인격이나 재능을 알고 잘 대우함.
20) 만젼지책(萬全之策): 실패의 위험이 없는 아주 안전하고 완전한 계책.
21) 이신벌군(以臣伐君): 신하 된 자로서 군사를 일으켜 임금을 침.

"위왕 현슈문이 비록 긔병[起兵]ᄒᆞ여 이시나{있으나} 그 용녁(勇力)을 당ᄒᆞᆯ 지 업ᄉᆞ오리니. 먼저 셔번국의 샤신(使臣)을 보ᄂᆡ여 위국을 치라 ᄒᆞ시면 번국이 반다시 위국을 칠 거시니{것이니}, 그ᄯᅢ ᄒᆞᆫ가지로{함께} ᄃᆡ군(大軍)을 일희여{일으켜} 좌우로 치면 슈문이 비록 용역(勇力)이 이시나{있으나} 엇지 냥국(兩國) ᄃᆡ병(大兵)을 당ᄒᆞ리잇고?"

샹이 크게 깃거 샤신(使臣)을 셔번국의 보ᄂᆡ시되,

「모월 모일의 위국을 치면 ᄃᆡ국(大國) 병마(兵馬)를 보ᄂᆡ여 졉응(接應)ᄒᆞ리라.」

ᄒᆞ여거ᄂᆞᆯ, 셔번왕이 마지못ᄒᆞ여 진골ᄃᆡ로 선봉을 삼고 구골ᄃᆡ로 후군장을 삼아 졍병 십만을 조발(調發)ᄒᆞ여 위국으로 나아가니 발셔{벌써} ᄃᆡ국 병미 니ᄅᆞ러더라.

ᄎᆞ시(此時) 위왕이 선제(先帝)를 ᄉᆡᆼ각ᄒᆞ고 셰상일이 그릇되믈 슬허{슬퍼} 눈물을 흘니고 ᄒᆡᆼ혀{행여} 텬심이 돌니실가{돌아설까} ᄒᆞ여 탄식ᄒᆞ믈 마지아니ᄒᆞ더니 믄득 보(報)ᄒᆞ되,

"셔번국이 병(兵)을 거ᄂᆞ리고 위국지경의 니ᄅᆞ러다."

ᄒᆞ더니, ᄯᅩ 보ᄒᆞ되,

"텬자의 ᄃᆡ병(大兵)이 니ᄅᆞ러다."

ᄒᆞ거ᄂᆞᆯ, 위왕이 ᄃᆡ경(大驚)ᄒᆞ여 급히 방비(防備)ᄒᆞᆯᄉᆡ, 졔일자 현후를 불너 왈,

"너ᄂᆞᆫ 삼천군(三千軍)을 거ᄂᆞ려 한즁(漢中)의 진(陣)치고 이리이리 ᄒᆞ라."

ᄒᆞ고, 졔삼자 현우을 불너 왈,

"너ᄂᆞᆫ 삼천 쳘긔(三千鐵騎)를 거ᄂᆞ리고 셔강원의 가 진을 치되 남쥐성 ᄇᆡᆨ셩을 다 피란(避亂)ᄒᆞ라."

ᄒ고, 계교(計巧)ᄅᆞᆯ 니ᄅᆞ며 위왕은 디군(大軍)을 거ᄂᆞ리고 성문(城門)을 나
진치더니. 과연 번국 디장 진골디 급피 군(軍)을 모ᄅᆞ 남쥬셩의 드러가니
{들어가니}, 빅셩이 ᄒᆞᆫ아토{하나도} 업고 셩즁(城中)이 뷔여거ᄂᆞᆯ. 진골디 디
경(大驚)ᄒᆞ여 도로 회진(回陣)코자 ᄒᆞ더니. 현휘 번군이 셩의 들믈 보고
군(軍)을 급히 나와 에워싸며 산상(山上)의 올나 웨어 왈,

 "셔번이 엇지 감히 우리ᄅᆞᆯ 당홀소냐? 녯ᄂᆞᆯ 양평공과 우골디 다 니 칼
의 죽어거ᄂᆞᆯ, 네 마자{맞아} 죽고져 ᄒᆞ니 어린 기아지 밍호(猛虎)ᄅᆞᆯ 모로
미로다. 제 죽은 혼이라도 날을{나를} 원(怨)치 말고 텬자ᄅᆞᆯ 원(怨)ᄒᆞ라."
ᄒᆞ고, 화젼(火箭)을 급히 쏘니, 셩즁의 화렴(火焰)이 창텬[22]ᄒᆞ여 모도 불
빗치라. 적군이 견디지 못ᄒᆞ여 화렴(火焰)을 무릅쓰고 다ᄅᆞ나더니, 쏘 위
왕의 진(陣)을 만나미 정신을 차리지 못ᄒᆞ고 셔로 즛바라{짓밟아} 죽는 지
(者ㅣ) 불가승쉬(不可勝數ㅣ)라. 진골디 탄왈,

 "위왕은 만고영웅(萬古英雄)이라 인역(人力)으로 못ᄒᆞ리로다."
ᄒᆞ고, 항복ᄒᆞ여 왈,

 "우리 왕이 굿ᄒᆞ여{구태여} 싸호려 ᄒᆞ미 아니오 텬자의 시기미니, 바ᄅᆞ
건디 위왕은 잔명(殘命)을 살니소셔."

 위왕 왈,

 "셔번이 과국(寡國)과 본디 친ᄒᆞ고 혐의(嫌疑) 업기로 노와 보ᄂᆞ거니와,
차후는 아모리 텬자의 조셰(詔書ㅣ) 이시나{있으나} 긔병(起兵)홀 의ᄉᆞᄅᆞᆯ
먹지 말나."
ᄒᆞ고 돌녀 보ᄂᆞ니라.

 ᄎᆞ시(此時) 텬병(天兵)이 구골디와 합병(合兵)ᄒᆞ여 화음현의 니ᄅᆞ니, 빅
셩드리 길의셔 울거ᄂᆞᆯ 그 연고(緣故)ᄅᆞᆯ 무른디, 디왈,

---

22) 창텬(漲天): 하늘에 퍼져 가득함.

"위왕이 셔번국의 픿(敗)ᄒ여 거창산의 드러가 빅셩을 모와 군(軍)을 삼으니, 겨마다 도망홀시 쳐자(妻子)롤 일허시미{잃었음에} 자연 슬허 우나이다."

ᄒ거눌 구골디 차언(此言)을 듯고 디열(大悅)ᄒ여 위왕을 잡으려 ᄒ고 거창산으로 군을 모ᄅ 드러가니, 길이 험ᄒ고 슈목(樹木)이 무셩ᄒ여 힝군(行軍)ᄒ기 어려온지라. 졈졈 드러가니 과연 산상(山上)의 긔치창검(旗幟槍劍)이 무슈이 꼿쳣고{꽂혔고} 진즁(陣中)이 고요ᄒ거눌 크게 고함ᄒ며 드러가니, 군시 다 초인(草人)이요 스람은 ᄒ아토{하나도} 업눈지라. 구골디 크게 놀나 아모리 홀 줄 모로더니, 믄득 산상(山上)의셔 방포(放砲) 소리 나며 불이 스면(四面)으로 니러나며 시셕(矢石)이 비오듯 ᄒ눈지라. 구골디 앙쳔탄왈(仰天歎曰),

"니 엇지 이곳의 드러와 죽을 쥴을 알니오?"

ᄒ고, 죽기로써 화렴(火焰)을 무릅쓰고 산문[23]을 느니, 쏘 좌우로좃차{좌우에서} 함셩이 디진(大震)ᄒ고 쫏쳐오니. 구골디 능히 디젹(對敵)지 못ᄒ여 투고롤 벗고 말긔 ᄂ려 복지(伏地)ᄒ며 살기롤 빌거눌, 위왕이 크게 꾸짓고 즁곤[24] 삼십(三十)을 쳐 ᄂ치니. 구골디가 빅비스례(百拜謝禮)ᄒ고 도르가다가 인ᄒ여 죽으니. 양국(兩國) 디병(大兵)이 디픿(大敗)ᄒ미, 번왕이 탄왈,

"니 텬자의 조셔(詔書)롤 보고 망영도이{망령되이} 긔병(起兵)ᄒ엿다가 앗가온{아까운} 장졸(將卒)만 죽여시니, 엇지 분흔(憤恨)치 아니리오? 이후는 위지롤 범(犯)치 못ᄒ리로다."

ᄒ더라.

ᄎ시(此時) 텬지 삼노병(三路兵)이 디픿(大敗)ᄒ믈 듯고 크게 몰나{놀라}

---

23) 산문(山門): 산의 어귀.

24) 즁곤(中棍): 죄인의 볼기를 치는 데에 쓰던 곤장의 하나.

차탄(嗟歎) 왈,

"위왕은 과연 텬신(天神)이로다. 뉘 능히 당ᄒ리오?"

제신(諸臣)이 쥬왈,

"폐히 위룰 쳐 함몰(咸沒)ᄒ고 위지룰 환슈(還收)코져 ᄒ시다가 도로혀 패(敗)ᄒᆫ 비 되여 열국(列國)의 우음{웃음}을 면치 못ᄒ게 되오니, 신등이 쏘흔 참괴²⁵⁾ᄒ도소이다."

샹이 차탄(嗟歎)ᄒ시믈 마지아니ᄒ시더라.

각셜(却說)。 이ᄢᅵ 흉노(匈奴) 묵특이 텬자의 혼암²⁶⁾ᄒ믈 듯고 디군(大軍)을 조발(調發)ᄒᆯ시, 왕굴통으로 디장을 삼고 진고란으로 참모장군(參謀將軍)을 삼아 먼져 옥문관을 쳐 항복밧고 ᄒ람셩의 니ᄅ니. 텬지 크게 황겁(惶怯)ᄒ여 쟝긔빅으로 디원슈룰 삼고 우홍으로 후군장을 삼아 십만 병(兵)을 쥬시며 북호(北胡)룰 파(破)ᄒ라 ᄒ시니, 쟝긔{빅이} 디군(大軍)을 휘동(麾動)ᄒ여 ᄒ람의 니ᄅ니. 격장 굴통이 진문(陣門)을 열고 나와 웨여{외쳐} 왈[曰],

"너의 텬지 무도포악[暴惡無道]ᄒ여 국체²⁷⁾룰 문허ᄇ리니{무너버리니}, 하늘이 날 ᄀᆺ흔 장슈룰 니시샤 무도(無道)ᄒᆫ 황졔룰 소멸(掃滅)케 ᄒ시니. 너의 무리 죽기룰 지쵹ᄒ거든 ᄲᆞᆯ니 나와 칼을 바드라{받으라}."

ᄒ고 니다르니, 쟝긔빅이 디로(大怒)ᄒ여 칼흘 들고 마자 싸홀시 슈합(數合)이 못ᄒ여 격장을 당(當)치 못ᄒᆯ 줄 알고 다ᄅᄂᆞ니. 굴통이 승셰²⁸⁾ᄒ여 물 미듯{밀듯} 드러오니, 황졔 디경실식(大驚失色)ᄒ여 셩문(城門)을 구지{굳게} 닷고 나지 아니니. 굴통이 군(軍)을 지쵹ᄒ여 황셩(皇城)을 겹으로

---

25) 참괴(慙愧): 매우 부끄러워함.

26) 혼암(昏闇): 어리석고 못나서 사리에 어두움.

27) 국체(國體): 나라의 체면.

28) 승세(乘勢): 유리한 형세나 기회를 탐.

싸고 엄살(掩殺)ᄒ니, 뉘 능히 당ᄒ리오. 상이 앙텬탄왈(仰天歎曰),

"이제 젹병이 강셩(强盛)ᄒ여 셩ᄒ(城下)의 다다르니, 엇지 ᄉ직(社稷)을 보존(保存)ᄒ리오?"

ᄒ시고, 시신(侍臣)을 거느려 차야(此夜)의 도망ᄒ실시 구리산으로 드러가니, 굴통이 텬지 도망ᄒ여 구리산으로 가믈 알고 군(軍)을 모릭[몰아] 급히 ᄯ로니라.

이젹의 진단이란 ᄉ람이 이시니 벼슬이 승샹(丞相)의 니르러더니[이르렀더니] 조졍(朝廷)을 ᄒ직(下直)ᄒ고 슈양산의 은거(隱居)ᄒ엿더니, 흉노(匈奴)의 병(兵)이 강셩(强盛)ᄒ여 텬지 위틱(危殆)ᄒ시믈 보고 쳔니마(千里馬)ᄅᆞᆯ 타 위국의 니르러 왕을 보고 왈,

"이제 신텬지(新天子ㅣ) 비록 무도(無道)ᄒ나 우리는 셰셰국녹지신(世世國祿之臣)이라 간졀ᄒᆞᆫ ᄆᆞ음을 노치[놓지] 못ᄒ더니. 이제 흉뇌(匈奴ㅣ) 긔병(起兵)ᄒ여 황셩(皇城)의 니르미 텬지 구리산으로 피란(避亂)ᄒ샤 급ᄒᆞ미 조셕(朝夕)의 이시나[있으나] 조졍(朝廷)의 모ᄉ밍장(謀士猛將)이 업스니 송실(宋室)이 위틱(危殆)홀지라. 왕곳 아니면 회복(回復)지 못ᄒ리니, 젼(前) 일을 긔회29)치 말고 선졔(先帝)ᄅᆞᆯ 싱각ᄒ여 텬자ᄅᆞᆯ 구ᄒ쇼셔."

위왕이 졍식(正色) 왈,

"황졔 무단이30) 복(僕)의 ᄌᆞ식을 죽여 졋 담어 보너니 그 일을 아지 못ᄒ고 ᄯ 긔병(起兵)ᄒ여시나 이는 젹국이라. 현형(賢兄)은 다시 니ᄅᆞ지 마ᄅᆞ쇼셔."

진단 왈,

"왕의 ᄋᆞ들은 곳 복(僕)의 ᄉ회라 ᄉ람이 엇지 온젼31)ᄒ리오마는, ᄒᆞ

---

29) 긔회(介懷): 어떤 일 따위를 마음에 두고 생각하거나 신경을 씀.
30) 무단(無端)이: 까닭 없이.
31) 온젼(穩全): 正常. 탈이 없이 제대로인 상태.

자식을 위ᄒᆞ여 선졔(先帝)롤 져ᄇᆞ리지 못ᄒᆞ리니 왕은 ᄌᆡ삼(再三) ᄉᆡᆼ각ᄒᆞ라."

왕이 그 튱셩(忠誠)된 말을 듯고 눈물을 흘니며 왈,

"복(僕)이 선졔(先帝)의 망극(罔極)ᄒᆞᆫ 은혜롤 이즈미{잊음이} 아니로되, 형장(兄丈)의 튱언(忠言)을 감동ᄒᆞ여 텬자롤 구ᄒᆞ리이다."

ᄒᆞ고, 즉시 군마(軍馬)롤 졍졔(整齊)ᄒᆞ여 구리산으로 향ᄒᆞᆯ시, 긔치창검(旗幟槍劍)이 ᄒᆡ빗츨 희롱(戲弄)ᄒᆞ더라.

ᄎᆞ시(此時) 텬지 격진의 싸이어스미{싸이었으매}, 양최[32] 진(盡)ᄒᆞ여 시신(侍臣)이 만히{많이} 쥬려 죽ᄂᆞᆫ지라. 샹이 앙텬탄식(仰天歎息)ᄒᆞ며 항(降)코져 ᄒᆞ더니, 믄득 틔글{티끌}이 니러나며{일어나며} 디진(大陣)이 풍(風)ᄀᆞ치 모ᄅᆞ{몰아} 와 굴통으로 싸호거놀. 샹이 셩누[33]의 올나 자시{자세히} 보니, 다란{다른} 이 아니오 곳 위왕 현슈문이라. 자룡검이 니ᄅᆞᄂᆞᆫ 곳의 장졸(將卒)의 머리 츄풍낙엽(秋風落葉) ᄀᆞ더니, 슈합(數合)이 못ᄒᆞ여 굴통의 머리 마ᄒᆞ(馬下)의 ᄂᆞ려지ᄂᆞᆫ지라. 흉뇌 위왕이 와시믈 알고 상혼낙담[34]ᄒᆞ여 약간 군ᄉᆞ롤 ᄃᆞ리고 쥐 숨듯 다ᄅᆞᄂᆞ니라. 위왕이 흉노(匈奴)롤 파(破)ᄒᆞ고 산문(山門)의 진(陣)치고 굴통의 머리롤 샹긔 보ᄂᆡ여 왈,

"나는 위왕 현슈문이라 오날 이곳의 와 텬자롤 구ᄒᆞᆷ믄 선졔(先帝) 유교(遺敎)롤 봉승(奉承)ᄒᆞ미니 다시 보기 어렵도다."

ᄒᆞ고, 진(陣)을 도로혀{돌리어} 본국(本國)으로 도ᄅᆞ가거놀, 텬지 이 거동(擧動)을 보시고 디찬(大讚) 왈,

"위왕은 실노 튱냥(忠亮)의 영웅이로다. 만일 위왕 곳 아니면 엇지 흉노(匈奴)롤 파(破)ᄒᆞ리오?"

ᄒᆞ시고, ᄉᆞ관(辭官)을 보ᄂᆡ여 치ᄉᆞ(致謝)코져 ᄒᆞ시거놀, 승샹 조진이 간왈,

---

32) 양최(糧草 ᅵ): 軍士가 먹을 양식과 말을 먹일 꼴을 통틀어 이르는 말.

33) 셩누(城壘): 적을 막으려고 성 밖에 임시로 만든 소규모의 요새.

34) 상혼낙담(喪魂落膽): 몹시 놀라거나 마음이 상해서 넋을 잃음.

"현슈문이 비록 공(功)이 이시나[있으나] 선졔(先帝)만 위ㅎ고 폐ㅎ(陛下)는 위(爲)치 아니ㅎ오니, 엇지 그런 번신[35]의게 치하(致賀)ㅎ리잇고?"

샹이 그러이 넉이시고 환국(還國)ㅎ시며 만조(滿朝)롤 모와 진ㅎ[致賀]ㅎ시더라.

각설(却說). 무양츈이 진국 디장 우골디 죽은 후 계우 목숨을 보전ㅎ여 천니마(千里馬)롤 타고 녀진국으로 향ㅎ더니, 진강산 ㅎ의 니르러는 길이 홀연 끗쳐져 갈 슈 업는지라 앙텬탄왈(仰天歎曰),

"니 녀자의 몸으로 만고(萬古)의 업는 일을 ㅎ다가 이제 이곳의셔 죽으리로다."

ㅎ고 슬허 통곡ㅎ더니, 믄득 일위(一位) 노옹(老翁)이 산샹(山上)으로 느려오거늘 반겨 가는 길을 무른디, 노옹 왈,

"그디 아비 원슈(怨讐)롤 갑고져[갚고자] ㅎ여 녀화위남(女化爲男)ㅎ고 쥬류텬ㅎ(周遊天下)니, 엇지 길을 날다려 뭇나뇨?"

양츈이 디경 왈,

"선싱이 발셔[벌써] 근본(根本)을 아르시니 엇지 은휘[36]ㅎ리잇고?"

ㅎ고 젼휴ㅅ(前後事)롤 자시[자세히] 니르니, 노옹 왈,

"위왕 현슈문은 일광디ㅅ의 슐법(術法)을 비화시니[배웠으니], 뉘 능히 당ㅎ리오? 니 텬문(天文)을 보니, 송티지 위왕을 박디(薄待)ㅎ여 망(亡)ㅎ기의 니르러시니 엇지 하늘이 무심(無心)ㅎ리오? 위왕이 흔번 공을 갑혼 후 다시 아니 도으리니, 그디는 녀진국의 가면 반다시 황휘(皇后ㅣ) 되리니. 텬긔(天機)롤 누셜치 말나."

ㅎ고 환약(丸藥) 세 기롤 쥬며 왈,

"졔일은 긔용단[37]이니 녀진의 갈 졔 먹고, 그 다음은 디국(大國)과 싸

---

35) 번신(藩臣): 황실을 지키는 重臣.
36) 은휘(隱諱): 꺼리어 감추거나 숨김.

홀 졔 자긱(刺客)을 먹이면 텬하롤 도모(圖謀)홀 거시오. 그디 가는 길의
쏘 도인(道人)을 만느리니, 셩명은 신비회라. 부디 그 스람을 다려가게
ᄒ라."

ᄒ고 인ᄒ여 니별ᄒ니, 무양츈이 비샤ᄒ직(拜謝下直)ᄒ고 흔 곳의 다다르
니 강물이 가로질너 건너기 망연ᄒ더니. 믄득 일인(一人)이 낙시롤 들고
믈가의 안자다가{앉았다가} 비롤 다혀{대어} 건네거늘, 양츈이 노인의 말
을 싱각ᄒ고 샤례ᄒ거늘, 기인(其人) 왈,

"금일 위연이{우연히} 만나 믈을 건너거니와, 공자는 소원(所願)을 일우
소셔{이루소서}."

ᄒ고 가거늘, 양츈이 니별ᄒ고 여러 날 만의 녀진의 니르러 기용단을 먹
으니 인물(人物)이 텬하일식(天下一色)이 된지라, 녀진 궁녀(宮女)드리 닷
토와{다투어} 귀경ᄒ더니. 왕이 이 말을 듯고 불너 보니 과연 일식(一色)이
라 일견(一見)의 디혹(大惑)ᄒ여 흔가지로{함께} 취침(就寢)ᄒ니, 이러므로
졍의 비훌 디 업셔. ᄋᆞ들을 나흐니{낳으니}, 녀진왕이 원간[38] 무자(無子)ᄒ
던 차 더옥 침혹(沈惑)ᄒ더라.

일일(一日)은 양츈이 왕다려 왈,

"이졔 군마와 장쉬 족(足)ᄒ니, 흔 번 중원(中原) 강산(江山)을 닷토와
변방(邊方)의 좁은 곳을 면(免)ᄒ오미 조흘가 ᄒ나이다."

왕왈,

"니 쏘흔 뜻이 이시되, 미양 위왕 현슈문을 꺼리노라."

양츈이 소왈,

"왕이 엇지 이다지 무식(無識)ᄒ뇨? 텬지 슈문을 박디(薄待) 티심[39]ᄒ

---

37) 기용단(改容丹): 얼굴 모습을 바꾸어 주는 환약.
38) 원간: 初. 워낙. 본디부터.
39) 티심(太甚): 너무 심함.

되, 슈문은 츙신이라 선졔(先帝)의 은혜룰 싱각ᄒ고 흉노난(匈奴亂)의 급
ᄒ믈 구ᄒ여거니와, 다시ᄂ 돕지 아니홀 거시니 넘녀(念慮)치 마르소셔."

왕이 쳥파(聽罷)의 디희(大喜)ᄒ여 왈,

"그디ᄂ 진짓 녀즁군ᄌ(女中君子ㅣ)로다. 너 엇지 긔병(起兵)치 아니리오."

양츈 왈,

"왕이 긔병(起兵)홀진디 모ᄉ(謀士)룰 어더야{얻어야} ᄒ리니, 듯자온즉
화룡강의 신비회란 스람이 이셔 지조(才操)와 도힝[40]이 졔갈무후[41]의 지
ᄂ다 ᄒ오니 쳥(請)ᄒ소셔."

왕이 녜단(禮緞)을 가지고 삼고초리[42]ᄒᄂ 녜(禮)룰 힝ᄒ여 ᄒᆫ가지로
{함께} 도라오니라. 왕이 양츈의 말이 다 신긔ᄒ믈 아름다이 넉여, 아골
디로 선봉(先鋒)을 삼고 신비회로 모ᄉ(謀士)룰 삼아 튁일츌ᄉ(擇日出師)
홀시, 양츈도 젼복(戰服)을 닙혀 ᄒᆫ가지로{함께} 군즁(軍衆)의 힝ᄒ니라.

지셜(再說)。 텬지 위왕의 도으므로{도움으로} 흉노의 핍박(逼迫)ᄒ믈 면
ᄒ여 종샤(宗社)룰 보젼(保全)ᄒ여시나 간신(奸臣)의 말을 듯고 위왕을 디
졉(待接)지 아니ᄒ나, 위왕은 한즁(漢中)을 버혀{베어} 텬자게 드리니. 텬
지 조신(朝臣)으로 모ᄒ고 즐겨ᄒ더니, 믄득 초미[43] 급보(急報)ᄒ되,

"녀진국 아골디 디군(大軍)을 거느리고 지경(地境)의 니ᄅ럿다."

ᄒ거늘, 황졔 디경(大驚)ᄒ여 만조(滿朝)룰 모와 의논ᄒ되, 뉘 적병을 막
으리오. 디ᄉ마(大司馬) 쟝계원이 츌반쥬왈(出班奏曰),

---

40) 도힝(道行): 道力. 도술을 닦은 능력.

41) 졔갈무후(諸葛武侯): 諸葛亮을 시호로 일컫는 말. 劉備의 간청으로 蜀나라의 丞相이 되
어 천하를 삼국으로 정립시키는데 결정적인 역할을 했으며, 魏나라를 공격해 천하통일을
이루려 했지만 뜻을 이루지 못하고 五丈原에서 죽었다.

42) 삼고초리[三顧草廬]: 劉備가 諸葛亮을 세 번이나 찾아가 자기편으로 만든 데서 유래한
말. 인재를 맞이하기 위해 참을성 있게 노력함을 이르는 말이다.

43) 초미(哨馬ㅣ): 기마정찰병.

"신이 비록 지죄(才操ㅣ) 업스오나 젹장의 머리롤 버혀오리이다."

샹이 깃그샤 뉵십만 디군(大軍)과 쳔여 원(千餘員) 장수(將士)롤 조발(調發)ᄒᆞ여 풍슈셩의 니르니, 젹장 아골디 군마(軍馬)롤 거느려 진치고 녀진왕이 십만 디병(大兵)을 거느려 후응(後應)이 되여시니, 호풍(胡風)이 쳔니(千里)의 놀나더라[놀라더라]. 쟝원쉬 진문(陣門)을 열고 디호(大呼) 왈,

"반젹(叛賊) 녀진은 썰니 나와 니 칼을 바드라. 나는 송조(宋朝) 디원슈(大元帥) 쟝계원이라. 너 ᄀᆞᆺᄒᆞᆫ 쥐 무리롤 업시코져 ᄒᆞᄂᆞ니, 만일 나롤 두리거든[두렵거든] 미리 항복ᄒᆞ여 목숨을 보전ᄒᆞ라."

ᄒᆞ고, 싸홈을 도도니[돋우니], 아골디 이 말을 듯고 분노ᄒᆞ여 칼을 들고 니다르며 왈,

"나는 녀진장 아골디라. 너의 황졔 무도(無道)ᄒᆞ므로 하놀이 날 ᄀᆞᆺᄒᆞᆫ 장수롤 니시샤 송실(宋室)의 더러온 님군을 업시ᄒᆞ고 텬ᄒᆞ롤 진졍(鎭靜)코자 ᄒᆞᄂᆞ니, 너는 텬의(天意)롤 아지 못ᄒᆞ고 당돌ᄒᆞᆫ 말을 ᄒᆞᄂᆞᆫ다?"

ᄒᆞ고 마자 싸홀시, 냥장(兩將)의 검광(劍光)이 번기 ᄀᆞᆺᄒᆞ니 진짓[짐짓] 젹쉬(敵手ㅣ)라. 칠십여 합(合)을 싸호되 승부롤 결(決)치 못ᄒᆞ고 각각 본진(本陣)의 도라오니라[돌아오니라]. 신비회 아골디다려 왈,

"송장(宋將) 쟝계원의 지조(才操)롤 보니 졸연이[44) 잡기 어려올지라. 이졔 ᄒᆞᆫ 계교(計巧) 이시니[있으니], 그디는 군(軍)을 거느려 구리셩의 진(陣)치고 후군장(後軍將) 신골디는 일쳔군(一千軍)을 거느리고 빅농강을 건너가 이리이리 ᄒᆞ라."

ᄒᆞ고, 진골디[45)]다려 왈,

"그디는 여차여차 ᄒᆞ라."

ᄒᆞ니, 졔장(諸將)이 디희(大喜)ᄒᆞ여 모스(謀士)의 신츌귀몰(神出鬼沒)ᄒᆞᆫ 계

---

44) 졸연(猝然)이: 까다롭거나 힘들지 않고 쉽게.
45) 진골디: 아골디의 오기.

교(計巧)롤 탄복(歎服)ᄒ고 물너느니라.

날이 밝으미, 쟝원쉬 분긔(憤氣)롤 참지 못ᄒ여 외갑(外甲)을 졍졔(整齊)ᄒ고 졍창츌마[46]ᄒ여 싸홈을 도도니, 아골디 ᄯᅩ혼 분노(憤怒)ᄒ여 니다라 왈,

"어졔 너의 목숨을 불상이 넉여 돌녀{돌려} 보니여거니와, 오날은 당당이 용셔치 못ᄒ리라."

ᄒ고, 십여 합(合)을 싸호더니 골디 거즛 픠(敗)ᄒ여 다르나미, 쟝원쉬 급히 그 뒤홀 ᄯᅩ로더니 홀연(忽然) ᄯᅡ히 문허지며{무너지며} 슈쳔 인마(人馬ㅣ) 지함[47]의 ᄲᅡ져 일진(一陣)이 디픠(大敗)ᄒ니. 젹진 쟝졸(將卒)이 일시(一時)의 좃치미, 쟝원쉬 투고롤 일코{잃고} 얼골이 샹(傷)ᄒ여 거의 죽게 되여더니 졔쟝(諸將)의 구(救)ᄒ믈 닙어 남은 군ᄉ롤 거느리고 빅뇽강을 바르고 다르느니 삼십여 리(里)롤 간지라. 긔갈(飢渴)을 참지 못ᄒ여 다투어 강슈(江水)롤 마시더니, 믄득 급혼 물이 니르러 죽은 군시(軍士ㅣ) 무슈(無數)혼지라. 쟝원쉬 계오 슈십 긔(騎)롤 거느리고 도망ᄒ여 경ᄉ(京師)로 올나오니라.

아골디 승승쟝구(乘勝長驅)ᄒ여 무인지경(無人之境) ᄀᆞᆺ치 함곡관(函谷關)의 다다러 진(陣)치고 군(軍)을 쉬오며 열읍창고(列邑倉庫)롤 여러{열어} 군냥(軍糧)을 삼으니, 위틱(危殆)ᄒ미 죠셕(朝夕)의 잇ᄂᆞᆫ지라.

ᄎ시(此時) 텬지 쟝원슈의 픠(敗)ᄒ여 오믈 보시고 크게 근심ᄒ샤 계신(諸臣)을 모ᄒ시고 도젹 파(破)ᄒ믈 의논(議論)ᄒ시더니, ᄯᅩ 보(報)ᄒ되,

"도젹이 함곡관(函谷關)의 니르러 진(陣)치고 열읍창고(列邑倉庫)롤 여러{열어} 군긔(軍器)와 양식(糧食)을 너여 임의(任意)로 쳐치[48]ᄒ니 위틱ᄒ

---

46) 졍창츌마(挺槍出馬): 창을 겨누어 들고 말을 타고 나아감.
47) 지함(地陷): 땅이 움푹 가라앉아 꺼짐. 땅을 파서 굴과 같이 만든 큰 구덩이.
48) 쳐치(處置): 처리하여 없애거나 죽여 버림.

미 조셕의 잇다."

ᄒ거ᄂᆞᆯ, 텬ᄌᆡ 드르시고 디경실ᄉᆡᆨ(大驚失色)ᄒᆞ여 하ᄂᆞᆯ을 우러러 탄식유체(歎息流滯) ᄒᆞᆯ,

"짐(朕)의 운쉬(運數ㅣ) 불길(不吉)ᄒᆞ여 허다(許多) 병혁[49]을 만나시되 위왕 현슈문 곳 아니면 종샤(宗社)ᄅᆞᆯ 보젼(保全)치 못ᄒᆞ리로다. 그 공을 밋쳐[미처] 싱각지 못ᄒᆞ고 그른 일을 만히[많이] ᄒᆞ여 앙홰(殃禍ㅣ) 이쳐로[이처럼] 밋쳐시나[미쳤으나] 아모리 급ᄒᆞᆫ들 무ᄉᆞᆷ 낫츠로[낯으로] 다시 구완을 쳥(請)ᄒᆞ리오?"

ᄒᆞ고 눈물을 흘니시며 아모리 ᄒᆞᆯ 줄 모로시니 좌우제신(左右諸臣)이 묵묵부답(黙黙不答)이러니, 믄득 ᄒᆞᆫ 사람이 쥬ᄒᆞᆯ,

"현슈문은 츙효겸젼(忠孝兼全)ᄒᆞᆫ 사람이라, 폐히 비록 져ᄅᆞᆯ 져ᄇᆞ리미 이시나[있으나] 져ᄂᆞᆫ 이런 줄 알면 반ᄃᆞ시 구(救)ᄒᆞ오리니. 이제 급히 샤관(辭官)을 틱졍(擇定)ᄒᆞ여 위국의 구완을 쳥ᄒᆞ시면 도젹을 파(破)ᄒᆞ리니와, 이제 만일 그러치[그렇지] 아니ᄒᆞ오면 송실(宋室)을 보젼(保全)치 못ᄒᆞ오리니. 복망(伏望) 폐ᄒᆞᄂᆞᆫ 익이[익히] 싱각ᄒᆞ소셔."

텬ᄌᆡ 이 말을 드르시고 룡안(龍顏)의 참ᄉᆡᆨ(慙色)이 가득ᄒᆞ샤 자시[자세히] 보니, 병마도총(兵馬都總) 박닉신이라. 마지못ᄒᆞ여 조셔(詔書)ᄅᆞᆯ 밧가[닦아] 샤자(使者)ᄅᆞᆯ 쥬어 위국으로 보닉시고 다시 군마(軍馬)ᄅᆞᆯ 조발(調發)ᄒᆞ여 쟝계원으로 디원슈ᄅᆞᆯ 삼고 박닉신으로 부원슈ᄅᆞᆯ 삼아 젹병을 파(破)ᄒᆞ라 ᄒᆞ시니. 양쟝(兩將)이 디군(大軍)을 휘동(麾動)ᄒᆞ여 함곡관(函谷關)의 다다르니, 졍병(精兵)이 빅만이오 용쟝(勇將)이 슈십 원(數十員)이라. 진셰(陣勢)ᄅᆞᆯ 엄슉히 ᄒᆞ고 싸홈을 도도니[돋우니], 젹진이 송진(宋陣)의 위엄을 보고 견벽불츌[50]ᄒᆞ며 파ᄒᆞᆯ 계교(計巧)ᄅᆞᆯ 의논ᄒᆞ더니 마양츈[51]

---

49) 병혁(兵革): 전쟁.

50) 견벽불츌(堅壁不出): 굳건한 벽으로 둘러싸인 곳에서 나오지 않는다는 뜻. 안전한 곳에

이 녀진왕다려 왈,

"첩(妾)이 아모 지식이 업스오나 송진(宋陣) 형세(形勢)롤 보니, 비록 먼져 흔번 이기여시나(이겼으나) 다시 파(破)흐기 어려오리니. 첩(妾)이 금야(今夜)의 양장(兩將)의 머리롤 버혀(베어) 오리이다."

왕이 밋지(믿지) 아니흐고 모스(謀士) 신비회롤 도르보아(돌아보아) 왈,

"녀지 엇지 양장(兩將)의 머리롤 버히리오(베리오)?"

흐고, 미소부답(微笑不答)이어늘, 양츈이 고왈,

"첩(妾)이 만일 그리치 못흐올진디 군법(軍法)을 면치 못흐리니 왕은 넘녀(念慮)치 마르소셔."

흐고, 가마니 진도관을 불너 왈,

"너 그디 직조(才操)롤 아느니 금야(今夜)의 자긱(刺客)이 되여 송진(宋陣)의 드러가(들어가) 양장(兩將)의 머리롤 버혀올소냐?"

도관 왈,

"드러가면(들어가면) 버혀(베어) 오려니와, 드러가기(들어가기) 어려오믈 근심흐노라."

양츈 왈,

"너게 긔이(奇異)흔 약(藥)이 이시니(있으니) 일홈은 변신부병단[52]이라. 이롤 먹으면 겻희(곁에) 스람이 몰나 보느니, 엇지 드러가기롤(들어가기를) 근심흐리오?"

도관이 응낙(應諾)고 약을 가지고 밤을 기다려 비슈(匕首)롤 품고 송진(宋陣)의 나아갈시. 그 약을 먹으니 과연 겻희(곁에) 군식(軍士ㅣ) 아지 못흐거눌 도관이 방심(放心)흐고 완완이[53] 디(臺)의 니르러 보니. 박너신은

___

들어앉아서 남의 침범으로부터 몸을 지킴을 이르는 말이다.

51) 마양츈: 노양춘의 오기.

52) 변신부병단[變身保命丹]: 몸을 변하고 목숨을 보존하게 하는 환약.

촉(燭)을 도도고{돋우고} 병셔(兵書)롤 닑고 쟝계원은 상쳐(傷處)롤 알아{앓 아} 셔안(書案)의 의지ᄒᆞ여 신음(呻吟)ᄒᆞ거눌. 도관이 비슈(匕首)롤 날여 {날려} 양쟝(兩將)의 머리롤 버혀들고 완완이 나오되 군중의 알 니(理) 업 더라. 도관이 본진(本陣)의 도로와{돌아와} 슈급(首級)을 양츈의게 드리니, 녀진왕이 이 말을 듯고 디희(大喜)ᄒᆞ여 양츈다려 왈,

"그디ᄂᆞᆫ 과연 신션(神仙)의 녀이(女兒ㅣ)로다."

ᄒᆞ고, ᄯᅩ 진도관을 보아 왈,

"네 비록 약을 먹어시나{먹었으나} 만군(萬軍) 중의 드러가 샹쟝[兩將]의 머리롤 낭중취물[54] ᄀᆞᆺ치 ᄒᆞ니, 엇지 일공(一功)이 아니리오?"

ᄒᆞ며, 그 슈급(首級)을 긔(旗)의 ᄃᆞ라{달아} 송군(宋軍)을 뵈여 왈,

"너의 디쟝(大將)의 머리롤 어더{얻어}와시니, 비록 쓸디업스나 차자 가라."

ᄒᆞ니, 송군(宋軍)이 디경(大驚)ᄒᆞ여 셔로 도망ᄒᆞ거눌, 싱각ᄒᆞ니 엇지 가련 치 아니리오.

이ᄶᅥ 아골디 ᄒᆞᆫ번도 싸호지 아니ᄒᆞ고 양쟝(兩將)의 머리롤 어드미 ᄆᆞ 음이 상활[55] ᄒᆞ여 송진(宋陣)을 쇠살(廝殺)ᄒᆞ니, 일합(一合)이 못ᄒᆞ여 함몰 (咸沒)ᄒᆞ고 군(軍)을 모로 드러올시. ᄯᅩ 창덕현을 파(破)ᄒᆞ고 물미듯 황성 (皇城)의 니ᄅᆞ니, 감히 나 싸홀 지(者ㅣ) 업더라.

ᄎᆞ시(此時) 텬지 이 말을 드르시고 통곡 왈,

"적세 강성(强盛)ᄒᆞ여 디국(大國) 명쟝(名將)을 다 죽이고 황성(皇城)을 범(犯)ᄒᆞᆫ다 ᄒᆞ니, 짐(朕)의게 니ᄅᆞ러 삼빅년 긔업(基業)이 망홀 쥴 엇지 알 니오?"

---

53) 완완(緩緩)이: 태연히.

54) 낭중취물(囊中取物): 주머니 속에 있는 물건을 취한다는 뜻으로, 아주 쉬운 일을 비유적으 로 이르는 말.

55) 상활(爽闊): 느낌이 시원하고 산뜻함.

ᄒ시고, 룡누(龍淚)를 ᄂ리오시니, 만조졔신(滿朝諸臣)이 막불유쳬(莫不流滯)러라.

각셜(却說)。 위왕 현슈문이 텬자의 박졀[56]ᄒ시믈 통한(痛恨)이 넉이나 그러나 조곰도 원망(怨望)치 아니ᄒ며, 미양 텬심(天心)이 존상[損傷]ᄒᄆᆯ 한(恨)ᄒ고 국운(國運)이 오르지 아니믈 슬허ᄒ며 여러 ᄋ들을 불너 경계(警戒) 왈,

"노뷔(老父ㅣ) 츌어셰상(出於世上)ᄒ여 허다(許多) 고초(苦楚)를 만히[많이] 지녀고 일즉[일찍] 농호방[57]의 참녀(參預)ᄒ여 츌쟝닙상[58]ᄒ니, 이는 텬은이 망극(罔極)ᄒ지라. 갈ᄉ록 텬은이 융셩(隆盛)ᄒ여 벼슬이 왕작(王爵)의 거(居)ᄒ니, 이는 포의[59]의 과극[60]ᄒ지라. 이러므로 몸이 맛도록[마치도록] 나라흘 돕고져 ᄒᄂ니, 녀등(汝等)은 진츙갈역(盡忠竭力)ᄒ여 텬자를 셤기고 소소(小小)ᄒᆫ 현담의 일을 ᄉᆡᆼ각지 말나!"

ᄒ고, 누슈를 흘니더니, 믄득 보(報)ᄒ되,

"텬자의 샤관(辭官)이 니르럿다."

ᄒ거늘, 위왕이 놀나 혜오되,

'텬지 ᄯᅩ 어늬 ᄯᅡ흘[땅을] 드리라 ᄒ시도다.'

ᄒ고, 셩외(城外)의 나 마즈니[맞으니], 샤관(辭官)이 조셔(詔書)를 드리며 왈,

"텬지 방금 녀진의 난을 만나 젹병이 황셩의 니르미, 그 위퇴ᄒ미 조셕(朝夕)의 잇기로 급히 구완을 쳥(請)ᄒ시더이다."

위왕이 텬샤(天使)의 말을 듯고 ᄃᆡ경(大驚)ᄒ여 북향ᄉᆞ비(北向四拜)ᄒ고

---

56) 박졀(迫切): 인정이 없고 쌀쌀함.

57) 농호방(龍虎榜): 문과와 무과, 또는 그 급제한 사람을 발표하는 방문을 이르는 말.

58) 츌쟝닙상(出將入相): 난시에는 싸움터에 나가서 장군이 되고 평시에는 재상이 되어 정치하는 것을 일컬음.

59) 포의(布衣): 벼슬이 없는 선비를 비유적으로 이르는 말.

60) 과극(過極): 몹시 분에 넘침.

조셔(詔書)롤 써혀보니, 그 조셔의 왈,

「짐(朕)이 불힝(不幸)ᄒ여 쏘 녀진의 난을 당ᄒ미, 젹셰 크게 강셩(强盛)ᄒ여 셩ᄒ(城下)의 니르니 샤직(社稷)의 위티ᄒ미 조셕(朝夕)의 잇ᄂ지라. 방금 조졍(朝廷)의 젹장 아골디 당홀 장쉬(將帥ㅣ) 업스니 엇지 죵샤(宗社)롤 보젼(保全)ᄒ리오? 이ᄂ 다 짐(朕)의 자취(自取)ᄒ 죄(罪)라, 누구롤 한(恨)ᄒ며 구구[누구]롤 원망(怨望)ᄒ리오? 허믈며 경(卿)은 션졔(先帝) 튱신(忠臣)이오 만고(萬古)의 디공[61]이어늘, 짐(朕)이 잠간 싱각지 아니코 간신(奸臣)의 말을 좃차 경(卿)을 부죡(不足)히 넉이며 그 ᄋ들을 졋 담가 보니여시니. 첫지ᄂ 션졔(先帝)의 유교(遺敎)롤 져바린 죄오, 둘지ᄂ 스승을 죽인 죄요, 셋지ᄂ 션조츙신[先帝忠臣]을 만모[62]ᄒ 죄요, 넷지ᄂ 셔쳔(西天)을 환슈(還收)ᄒ 죄니, 이런 즁죄(重罪)롤 짓고 엇지 안보(安保)ᄒ기롤 바르리오마는. 이왕(已往)의 자작지죄(自作之罪)ᄂ 회과(悔過)ᄒ여거니와, 이제 위티(危殆)ᄒᄆ믈 당ᄒ여 붓그리믈 무릅쓰고 샤쟈(使者)롤 경(卿)의게 보니ᄂ니. 경(卿)이 비록 년만(年晩)ᄒ여 용밍(勇猛)이 젼(前)만 못ᄒ나 그 지조(才操)ᄂ 늙지 아니ᄒ리니, 만일 노(怒)롤 감초고 원망(怨望)을 두지 아닐진디, ᄒ번 긔군(起軍)ᄒ여 슈고롤 앗기지 아니면 죡히 텬ᄒ롤 보존(保存)ᄒ리니. 국가 안위(國家安危)ᄂ 지차일계(在此一計)라, 모로미 경(卿)은 닉이[익히] 싱각ᄒ여 짐(朕)의 허믈을 샤(赦)ᄒ고 션졔(先帝)의 유교(遺敎)롤 도르보미[돌아봄이] 엇더ᄒ뇨?」

---

61) 디공(臺工): 목조 건물의 대들보 위에 설치되어 중종보나 마루보, 道里 등을 받치는 짧은 기둥.
62) 만모(慢侮): 거만한 태도로 남을 업신여김.

ᄒ엿더라.

위왕이 남필(覽畢)의 일변(一邊) 놀나고 일변 슬허 흐르는 눈물이 빅슈(白鬚)로좃차 이음차며{이어지며} 묵묵무언(黙黙無言)이러니, 오랜 후 표(表)ᄅᆞᆯ 닷가{지어} 샤관(辭官)을 돌녀보닉고. 급히 군ᄉᆞ(軍士)ᄅᆞᆯ 발(發)ᄒ여 텬자ᄅᆞᆯ 구코자 홀ᄉᆡ, 쟝자 휘로 후군장(後軍將)을 삼고, 차자 침[63]으로 좌익장(左翼將)을 삼고, 승샹 셕침으로 군ᄉᆞ장군(軍師將軍)을 삼아, 쳘긔(鐵騎) 빅만을 거ᄂᆞ리고 급히 ᄒᆡᆼ군(行軍)ᄒ여 황셩(皇城)으로 향ᄒᆞ니. 위왕이 홍안빅발[64]이 자못 싁싁{씩씩}ᄒ여 갑쥬(甲胄)ᄅᆞᆯ 졍졔(整齊)ᄒ고 손의 자룡검을 잡아시니 ᄉᆞ람은 텬신(天神) ᄀᆞᆺ고 말은 비룡(飛龍) ᄀᆞᆺᄒ여. 군졔(軍制) 엄슉(嚴肅)ᄒᆞᆫ 가온ᄃᆡ 졍긔(旌旗)ᄂᆞᆫ 폐일(蔽日)ᄒ고 금고(金鼓)ᄂᆞᆫ 훤텬(喧天)ᄒᆞ니, 가는 길의 비록 도젹이 이시나 위풍으로좃차 쓰러지니 위왕의 조화(造化) 이시믈{있음을} 가히 알지라. 여러 날 만의 황셩(皇城)의 니ᄅᆞ러 진(陣)치고 젹진 형셰ᄅᆞᆯ 살펴보니, 녀진왕이 아골ᄃᆡ로 더부러 진셰(陣勢)ᄅᆞᆯ 웅장이 ᄒ고 긔운이 활달ᄒ여 텬지ᄅᆞᆯ 흔들 듯ᄒᆞᆫ지라. 위왕이 군즁(軍衆)의 젼영(傳令)ᄒ여 왈,

"젹진이 비록 싸홈을 도도나{돋우나} 일졀[65] 요동(搖動)치 말나."

ᄒ고, 진(陣)을 변ᄒ여 팔문금ᄉᆞ진(八門金蛇陣)을 치고 샹게 표문(表文)을 올니며 연ᄒ여 군ᄉᆞ(軍士)ᄅᆞᆯ 쉬우더라.

ᄎᆞ셜(且說). 텬지 격셰 위틱ᄒᆞᆷ을 보시고 아모리 홀 쥴 아지 못ᄒ고 다만 하ᄂᆞᆯ을 우러러 장탄유쳬(長歎流滯)ᄒ시며, 요ᄒᆡᆼ(僥倖) 위왕의 구병(救兵)이 니ᄅᆞᆯ가 ᄒ여 셩문(城門)을 구지{굳게} 닷고{닫고} 쥬야(晝夜)로 기ᄃ

---

63) 차자 침: 삼자 현우의 오기. 침은 셕침으로 현수문의 이복쳐남이다.

64) 홍안빅발(紅顏白髮): 나이가 들어 머리는 셰엿으나 얼굴은 붉고 윤기가 돈다는 말.

65) 일졀(一切): 아주, 전혀, 절대로의 뜻으로, 흔히 행위를 그치게 하거나 어떤 일을 하지 않을 때에 쓰는 말.

리시더니. 과연 위왕이 십만[66] 딕병(大兵)을 거느리고 셩외(城外)의 니르러 표문(表文)을 올닌다 ㅎ거눌, 샹이 딕열(大悅)ㅎ샤 그 표문을 써혀보니, ㅎ여시되,

「위왕 현슈문은 삼가 표문(表文)을 황샹(皇上) 농탑ㅎ(龍榻下)의 올니옵ㄴ니. 신(臣)이 본딕 ㅎ방(遐方) 천싱(賤生)으로 선졔(先帝)의 망극혼 은혜를 만히[많이] 닙스오미, 그 갑흘[갚을] 바롤 아지 못ㅎ와 몸이 맛도록 셩은(聖恩)을 닛지[잊지] 아니ㅎ옵더니. 이제 폐히(陛下ㅣ) 선졔(先帝)의 뒤홀 이으샤 신(臣)의 용열(庸劣)ㅎ믈 씨다르시고 셔쳔(西天) 일지(一地)롤 도로 거두시며 죄롤 자식의게 미루여 그 뒤홀 닫코자 ㅎ시니. 신(臣)의 ᄆ음이 엇지 두렵지 아니리잇고마는 본딕 츙(忠)을 직희는[지키는] 뜻이 간졀(懇切)혼고로 져젹[67] 흉노(匈奴)의 난을 평졍(平定)ㅎ고 폐ㅎ(陛下)의 위틱(危殆)ㅎ믈 구(救)ㅎ여시나, 뵈옵지 아니코 가믄 폐히 신(臣)을 보기 슬흔[싫은] 뜻을 위ㅎ미러니. 이제 쏘 녀진이 반(叛)ㅎ여 황셩(皇城)의 니르미 그 위틱ㅎ믈 보시고 구완을 쳥(請)ㅎ시니, 신(臣)이 엇지 젹병의 니른 줄 알면 편이[편히] 이시믈[있음을] 취ㅎ리잇가마는, 쳔(賤)혼 나히[나이] 발셔[벌써] 칠순의 又 가온지라. 다만 힘이 젼(前)만 못ㅎ믈 두려 양아(兩兒)롤 드리고 군(軍)을 발(發)ㅎ여 니르러시나[이르렀으나] 녯늘 황츙[68]만 못ㅎ지 아니ㅎ오리니, 바르건딕 폐ㅎ는 근심치 마르소셔.」

66) 십만: 앞에서는 백만으로 기술되었으나, 십만으로 통일함.

67) 져젹(抵敵): 적이나 어떤 세력, 힘 따위와 맞서 겨룸. 또는 그 상대.

68) 황츙(黃忠): 중국 삼국시대 蜀漢의 무장. 용감하고 싸움에 능했다. 처음에는 劉表의 수하 中郎將으로 長沙를 지켰다. 赤壁大戰 후에 劉備에게 귀순했다. 유비를 따라 蜀으로 들어가면서 선봉을 맡았다. 유비가 유장을 공격할 때, 항상 먼저 가 적진을 함락시켰다. 유비는 익주를 안정시킨 후 그를 征西將軍에 임명했다. 후에 漢中을 차지하고는 曹操의 군사를 연파했으며 정군산에서는 조조의 대장인 夏侯淵을 베기도 한다.

ᄒᆡᆼ엿더라.

샹이 남필(覽畢)의 디찬(大讚) 왈,

"위왕은 만고츙신(萬古忠臣)이라, 짐(朕)이 무슨 낫흐로[낯으로] 위왕을
디ᄒᆞ리오?"

ᄒᆞ시고, 먼니[멀리] 나와 맛고져[맞고자] ᄒᆞ나, 젹병이 강셩ᄒᆞᆷ믈 두려 감히
움작이지 못ᄒᆞ고 쟝탄불니(長歎不已)ᄒᆞ시더니. 조신(朝臣) 즁 일인이 츌반
쥬왈(出班奏曰),

"이제 위왕 현슈문이 디군(大軍)을 거ᄂᆞ리고 와 진(陣)치미, 젹쟝 아골
디 그 진셰(陣勢) 엄슉ᄒᆞ믈 보고 십니(十里)를 믈너 진(陣)쳐시미. 그 겁
(怯)ᄒᆞᆫ 짐작ᄒᆞ오리니, 폐히 일지군(一枝軍)을 쥬시면 신(臣)이 ᄒᆞᆫ번 젼
쟝(戰場)의 나아가 위왕의 일비지역[69]을 돕ᄉᆞ올가 ᄒᆞ나이다."

모다 보니, 이는 도총병마[兵馬都總] 셜연이라. 샹이 깃그샤 즉시 군ᄉᆞ
를 논오니[나누니] 계오[겨우] 슈쳔 긔(騎)라 당부ᄒᆞ여 글으샤디,

"젹쟝 아골디는 지뫼(智謀ㅣ) 과인(過人)ᄒᆞ고 모스 신비회는 의량[70]이
신묘(神妙)ᄒᆞ니 삼가 경젹(輕敵)지 말나!"

셜연이 샤은(謝恩)ᄒᆞ고 군(軍)을 거ᄂᆞ려 위왕 진(陣)의 니르니, 위왕이
반기며 젹진 파(破)ᄒᆞᆯ 계교(計巧)를 의논ᄒᆞ고 제쟝(諸將)을 불너 왈,

"젹쟝 아골디는 진짓 지뫼(智謀ㅣ) 잇는 쟝쉬라 우리 군시 슈쳔 니(里)
를 모라[몰아] 와시미 반다시 그 피곤ᄒᆞᆷ믈 알고 쉬우지[쉬지] 못ᄒᆞ게 ᄒᆞ여
싸홈을 도도되[돋우되], 너 그 뜻을 알고 삼일을 견벽불츌(見壁不出)ᄒᆞ미
니 명일(明日) 싸홈의 제쟝은 나의 뒤흘 ᄯᆞ로라!"

ᄒᆞ고, 날이 밝은 후 방포일셩(放砲一聲)의 진문(陣門)을 크게 열고 말게 올

---

69) 일비지역(一臂之力): 한 팔 또는 한쪽 팔꿈치의 힘이라는 뜻으로, 남을 도와주는 작은
    힘을 이르는 말.
70) 의량(意量): 생각과 국량.

나 뇌다르며 디호(大呼) 왈,

"젹장 아골디는 썰니 나와 니 칼홀 바드라. 나는 위왕 현슈문이라. 나의 자룡검이 본디 〈정(私情)이 업기로 반젹(叛賊)의 머리롤 무슈이 버혓느니 허물며 너 〈혼 무도흔 오랑키 목숨은 오날 니 칼 아릭 달녀시니, 밧비 나와 칼홀 바드라."

ㅎ는 소리 우레 〈ㅎ니{같으니}, 아골디 분노ㅎ여 진 밧게{밖에} 뇌다르며 쑤지져 왈,

"나는 녀진국 디장 아골디라. 우리 왕이 하늘게 명(命)을 바다{받아} 무도(無道)흔 송텬자(宋天子)롤 멸(滅)ㅎ고 텬흐롤 다스리고져 ㅎ미 발셔{벌써} 삼십육도(三十六道) 군장(君長)을 쳐 항복밧고 이제 황성을 뭇질너 텬자롤 잡고져 ㅎ거눌, 너는 텬시(天時)롤 아지 못ㅎ고 무도흔 황제롤 구(救)코자 ㅎ니 니른바 조걸위학[71]이라. 네 엇지 늙은 소견이 이다지 모로나뇨?"

ㅎ고, 마자 싸홀 시, 칠십여 합(合)의 니르되 승부롤 결(決)치 못ㅎ눈지라. 위왕이 비록 노장(老將)이나 용역(勇力)이 족히 소년 골디롤 당ㅎ니 검광(劍光)이 번기 〈ㅎ여 동(東)을 쳐 셔(西)롤 응ㅎ고 남(南)을 쳐 북장(北將)을 버히니, 그 용역(勇力)을 가히 알지라.

날이 져물민, 각각 본진(本陣)으로 도로가니. 위왕이 분긔(憤氣)롤 니긔지 못ㅎ여 졔장군졸(諸將軍卒)을 모흐고 의논 왈,

"니 셔번 도젹을 칠 쩌의 초인(草人)을 날과 〈치 만들어 젹진을 속여더니 이제 쏘 그쳐로{그처럼} 속이리니, 그디는 약속을 닐치[잊지] 말나!"

ㅎ고, 슈일(數日)이 지눈 후 쳘긔(鐵騎) 빅만을 거느리고 진(陣) 좌편 호인곡의 미복(埋伏)ㅎ고 후군장(後軍將) 현위[72]롤 불너 왈,

---

71) 조걸위학(助桀爲虐): 桀王을 도와 잔학한 짓을 함. 악인을 도와 나쁜 일을 함.
72) 현위: 현후의 오기.

"너는 군(軍)을 거느리고 젹진과 싸호다가 이리이리 ᄒ라!"
ᄒ고, 밤들기를 기다려 싸호믈 도도며 디호(大呼) 왈,

"젹장 아골디ᄂᆞᆫ 젼일(前日) 미결(未決)ᄒᆞᆫ 승부ᄅᆞᆯ 오날날 결단(決斷)ᄒᆞ자!"
ᄒ고, 자룡검을 들고 니다르니, 녀진왕이 골디다려 왈,

"위왕 현슈문이 심야(深夜)의 싸홈을 지촉ᄒ니 무슨 계교(計巧) 이시미라{있음이라}, 삼가 경젹(輕敵)지 말나!"

골디 응낙(應諾)ᄒ고 말게 올나 진문(陣門)을 열고 니다라 싸홀ᄉᆡ, 등촉(燈燭)이 휘황(輝煌)ᄒᆞᆫ 가온디 위왕이 엄숙ᄒᆞᆫ 거동이 싁싁{씩씩} 쇄락73)ᄒᆞ여 금고(金鼓)소리ᄂᆞᆫ 산쳔(山川)이 움작이고 함셩(喊聲)은 텬지 진동(振動)ᄒ니 번기 ᄀᆞᆺᄒᆞᆫ 검광(劍光)은 홰불{횃불}이 무광(無光)ᄒ고 분분(紛紛)ᄒᆞᆫ 말발굽은 피차(彼此)ᄅᆞᆯ 모ᄅᆞᆯ너라. 셔로 삼십여 합(合)을 싸호더니 위왕이 거줏{거짓} 픽(敗)ᄒᆞ여 다ᄅᆞ올ᄉᆡ, 아골디 승셰(乘勢)ᄒᆞ여 급히 뒤흘 ᄯᆞ로미 위왕을 거의 잡을 듯ᄒᆞ여 슈십 니(里)ᄅᆞᆯ ᄯᆞ로니 골디의 칼이 위왕 목의 니ᄅᆞ기ᄅᆞᆯ ᄒᆞᆫ두 번이 아니로되 종시(終是) 동(動)치 아니ᄒᆞᄂᆞᆫ지라. 골디 의혹(疑惑)ᄒᆞ여 군(軍)을 도로히고자{돌리고자} ᄒᆞ더니 믄득 뒤흐셔{뒤에서} 함셩이 니러나며 ᄯᅩ 위왕이 녀진왕의 머리ᄅᆞᆯ 버혀 들고 군(軍)을 모ᄅᆞ{몰아} 즛치니. 압ᄒᆡᄂᆞᆫ 현위 현침74)과 도총병마 셜연이 치고 뒤ᄒᆡᄂᆞᆫ 위왕이 치니, 아골디 비록 용밍ᄒ나 거줏 위왕이 싸홈도 어렵거든 허믈며 졍작{실졔로} 위왕의 일광도ᄉᆞ 슐법(術法)을 당ᄒ리오. 위왕의 칼이 니ᄅᆞᄂᆞᆫ 곳의 장졸(將卒)의 머리 검광(劍光)을 좃차 ᄲᅥ러지니, 아골디 낙담상혼(落膽喪魂)ᄒᆞ여 동(東)을 바리고 다ᄅᆞ나ᄂᆞᆫ지라. 위왕이 군(軍)을 지촉ᄒᆞ여 ᄯᆞ로니, 아골디 디젹(對敵)지 못ᄒᆞᆯ 줄 알고 말게 ᄂᆞ려 항복ᄒᆞ여 왈,

"이제 우리 왕이 발셔{벌써} 죽엇고 소장이 세궁역진75)하여ᄉᆞ오니, 바

73) 쇄락(灑落): 기분이나 몸이 상쾌하고 깨끗함.
74) 현침: 현후의 오기.

라건디 위왕은 잔명(殘命)을 살오소셔[살리소셔]."

ᄒ거늘, 위왕이 아골디롤 잡아 꿀니고 꾸지져 왈,

"네 님군과 혼가지로[함께] 반(叛)ᄒ여 디국(大國)을 침범(侵犯)ᄒ니 맛당이 죽일 거시로되 항자(降者)롤 불살(不殺)이라 참아 죽이지 못ᄒ고 노와[놓아] 보니ᄂᆞ니. 너는 도르가[돌아가] ᄆᆞ음을 곳치고 힝실(行實)을 닷가 어진 스람이 되게 ᄒ라!"

ᄒ고, 등 팔십을 쳐 원문[76] 밧긔 니치고, 삼군(三軍)을 모와 상샤(賞賜)ᄒ며 방(榜) 붓쳐 빅셩을 안무(按撫)ᄒ고 승젼(勝戰)혼 표(表)롤 올니이라.

ᄎᆞ시(此時) 텬지 젹진의 싸이여 셩즁(城中) 빅셩이 만히[많이] 쥬려 죽으니. 이러므로 텬지 자로[자주] 통곡ᄒ시며 위왕의 승젼ᄒ기롤 하늘게 축슈ᄒ더니, 이날 위왕이 녀진왕을 죽이고 아골디롤 스로잡아 항복바든 표문(表文)을 보시고 크게 깃그샤 만조(滿朝)롤 모ᄒ시고 셩문(城門)을 나 위왕을 마조실ᄉᆡ. 위왕이 복지통곡(伏地痛哭)ᄒ온디, 샹이 슈리의 ᄂᆞ려 왕의 손을 잡으시고 침식[慙色]이 뇽안(龍顔)의 가득ᄒ샤 눈물을 홀니시며 ᄀᆞᄅᆞ샤디,

"짐(朕)이 혼암무지(昏闇無知)ᄒ여 경(卿) ᄀᆞᆺ흔 만고튱신(萬古忠臣)을 디졉(待接)지 아니ᄒ고, ᄯᅩ 경(卿)의 어진 ᄋᆞ들을 죽여시니 무슨 낫츠로 경(卿)을 디ᄒ리오! 이러므로 짐(朕)의 죄(罪)롤 하늘이 뮈이[밉게] 넉이샤 송실(宋室)을 위퇴(危殆)케 ᄒ시미로되, 경(卿)은 츄호[77]롤 혐의(嫌疑)치 아니ᄒ고 져젹의 흉노난(匈奴亂)을 소멸(掃滅)ᄒ며 이제 ᄯᅩ 녀진의 흉젹(凶賊)을 파(破)ᄒ니. 경(卿)의 튱셩은 만디(萬代)의 셕지[썩지] 아니ᄒ고 짐

---

75) 셰궁역진(勢窮力盡): 기세가 꺾이고 힘이 다 빠져 어찌할 수가 없음.
76) 원문(轅門): 장수의 營門의 바깥문.
77) 츄호(秋毫): 가을철에 털갈이하여 새로 돋아난 짐승의 가는 털. 매우 적거나 조금인 것을 비유적으로 이르는 말이다.

(朕)의 허물은 후셰(後世)의 침 밧흐믈{뱉음을} 면치 못ᄒ리니, 엇지 붓그럽지 아니리오!"

위왕이 텬자의 너모{너무} 자복[78]ᄒ시믈 보고 읍쥬(泣奏) 왈,

"신(臣)이 본디 츙셩(忠誠)을 효측[79]고져 ᄒ여 선졔(先帝)의 망극ᄒ 은혜롤 갑지{갚지} 못ᄒ와삽기로 몸이 맛도록{마치도록} 나라홀 위ᄒ오미. 엇지 폐ᄒ(陛下)의 약간 그르시믈 혐의(嫌疑)ᄒ오릿가마는, 겨젹 흉노(匈奴)롤 파(破)ᄒ고 폐ᄒ롤 뫼시지 아니코 곳바로 위국의 도르가믄 셰상공명(世上功名)을 ᄒ직[80]고져 ᄒ미러니. 갈스록 국운(國運)의 불ᄒᆡᆼ(不幸)ᄒ믈 면(免)치 못ᄒ와 ᄯᅩ 녀진의 눈(亂)을 만나샤 위틱(危殆)ᄒ시믈 듯자오미, 신(臣)이 비록 쳔(賤)ᄒ 나히 만스오나 엇지 젼장(戰場)을 두리리잇고{두려워하리잇고}? 이제 폐ᄒ(陛下)의 홍복(洪福)으로 도적을 파(破)ᄒ오나, 이는 하눌이 도으시미라. 신(臣)의 공(功)은 아니로소이다."

샹이 더옥 칭찬ᄒ시며 ᄒ가지로{함께} 궐즁(闕中)의 드러와{들어와} 시로이 진하(陳賀)ᄒ시고 위왕의 공을 못니 일카르시며 황금(黃金) 일천 냥과 치단(綵緞) 오빅 필을 샤송(賜送)ᄒ시고 굴ᄋ샤ᄃᆡ,

"짐(朕)이 경(卿)의 공(功)을 싱각ᄒ면 무어스로 갑흘{갚을} 바롤 아지 못ᄒᄂᆞ니, 이제 경(卿)의 나히 쇠로(衰老)ᄒᄆᆡ 년년(年年)이 조공(朝貢)ᄒᄂᆞ 녜(禮)롤 폐(廢)ᄒ고 안심찰직(安心察職)홀지어다."

위왕이 돈슈샤례(頓首謝禮)ᄒ고 인ᄒ여 하직(下直)ᄒ고 본국(本國)으로 도르가니라.

ᄌᆡ셜(再說). 아골디 겨오{겨우} 목숨을 부지(扶持)ᄒ여 모ᄉ 신비회와 무양츈을 차자{찾아} ᄃᆞ리고 녀진의 드러가{들어가} 분(憤)ᄒ믈 니긔지 못

<hr>

78) 자복(自服): 저지른 죄를 자백하고 복종함.
79) 효측(效則): 본받아서 법으로 삼음.
80) ᄒ직(下直): 무슨 일이 마지막이거나 무슨 일을 그만둠.

ᄒ여 왈,

"우리 양츈의 말을 듯고 빅만 디병(大兵)을 닐희여{일으켜} 디국(大國)을 치미 위왕 현슈문의 칼 아리 귀신이 다 되고, 다만 도르오는 사람은 우리 슈삼인(數三人)이라 엇지 통한(痛恨)치 아니리오?"

ᄒ고, 다시 반(叛)ᄒ믈 꾀ᄒ더라.

위왕이 본국(本國)의 도르가 현위, 현침[81] 두 ᄋ들의 무사이 도르옴과 석침이 ᄯᅩᄒᆫ 셩공ᄒ고 ᄒᆫ가지로{함께} 도르오믈 깃거 모든 자녀롤 거느리고 잔치롤 비셜(排設)ᄒ여 크게 즐길시, 왕비 석시롤 도르보아 왈,

"비(妃)와 과인(寡人)의 녯날 일을 싱각ᄒ면 일장춘몽(一場春夢)이라 엇지 이쳐로{이처럼} 귀히 되믈 뜻ᄒ여시리오? 다만 한(恨)ᄒᆫ는 바는 송실(宋室)이 오리 누리지 못홀가 두리ᄂᆞ니{두렵나니}. 이제 과인이 년긔(年紀) 팔순이라 오르지 아니ᄒ여 황쳔길흘 면치 못ᄒ리니, 엇지 슬푸지 아니리오?"

왕비 ᄯᅩᄒᆫ 비회교집(悲懷交集)ᄒ여 왈,

"신쳡(臣妾)이 당초 져모(繼母)의 화(禍)롤 피(避)ᄒ여 칠보암의 이실 졔 노승(老僧)의 후은(厚恩)을 닙솨 우리 부뷔 셔로 만나게 ᄒ여시니 이롤 싱각ᄒ면 그 은혜 젹지 아니ᄒᆞ온지라. 이제 사람을 그 졀의 보닉여 불공(佛供)ᄒ고 졔승(諸僧)의게 은혜롤 갑고져{갚고자} ᄒ오니 복망(伏望) 뎐ᄒ(殿下)는 신쳡(臣妾)의 ᄉᆞ졍(事情)을 살피소셔."

위왕이 올히{옳게} 넉여 금은치단(金銀綵段)으로 녯졍을 표ᄒ여 보닉더라. 추시(此時) 빅관(百官)이 왕과 ᄯᅩ 비의 셩덕(盛德)을 하례(賀禮)ᄒ고 조회(朝會)롤 맛고{마치고} 잔치롤 파(破)ᄒ니 위국 인민(人民)이 칭복(稱福)지 아니 리[人] 업더라.

일일은 위왕이 ᄆᆞ옴의 자연 비감(悲感)ᄒ여 젼(前)의 닙던 갑쥬(甲冑)와

---

81) 현위 현침: 현후와 현우의 오기.

자룡검을 니여 보니, 스스로 삭아 조각이 쩌러지고 칼이 바아져(부수러 져) 셕은(썩은) 풀 ㄱ흔지라. 위왕이 디경(大驚) 탄왈,

"슈십 년 젼(前)의 늬 타던 말이 쥭으미 의심ᄒ여더니 그 후로 과연 션 졔(先帝) 붕(崩)ᄒ시고, ᄯ 이졔 셩공흔 갑쥬(甲胄)와 칼이 스스로 삭아 쓸 디업시 되어시니, 차(此)는 반다시 나의 명(命)이 진(盡)흔 줄 알지라. 슬 푸다! 셰상 스람이 다 각각 슈흔의 정ᄒ미 잇ᄂ니 늬 엇지 홀노 면(免) ᄒ리오?"

ᄒ고, 즉시 현침을 봉(封)ᄒ여 셰자(世子)를 삼고 셕침으로 좌승샹(左丞相)을 삼으며, 농샹(龍床)의 눕고 니지 못ᄒ더니 스스로 회츈(回春)치 못홀 줄 알고 왕비(王妃)와 후궁(後宮)을 부르며 모든 ᄋ들을 불너 유체(流滯) 왈,

"과인(寡人)이 초분은 비록 스오나오나 이졔 벼슬이 왕쟉(王爵)의 거 (居)ᄒ고 슬하(膝下)의 ᄋ들 구형졔를 두어시니 무슨 흔(恨)이 이시리오. 그러나 송실(宋室)이 장구(長久)치 못홀가 근심ᄒᄂ니, 도르가는 ᄆ음이 가장 슬푸도다. 너의는(너희는) 모로미 후ᄉ(後嗣)를 이어 츙셩으로 나라 흘 밧들고(받들고) 졍ᄉ(政事)를 닷가 빅셩을 평흔(平安)케 ᄒ라."

ᄒ고, 상(床)의 누으며 명(命)이 진(盡)ᄒ니 츈취(春秋ㅣ) 칠십팔이라. 왕비 와 모든 자졔(子弟ㅣ) 발샹거이ᄒ니 위국 신민(臣民)이 통곡(痛哭) 아니 리(人) 업고 일월(日月)이 무광(無光)ᄒ더라. 왕비 셕시 일셩통곡(一聲痛哭) 의 혼졀(昏絶)ᄒ니 시녀(侍女)의 구(救)흐믈 닙어 계오(겨우) 졍신을 찰힌 지라(차린지라). 왕비 셰자 침을 불너 왈,

"스람의 명(命)은 도망키 어려온지라. 셰자는 모로미 과도(過度)히 슬 허 말고 만슈뮤강(萬壽無疆)ᄒ라."

---

82) 슈흔(壽限): 타고난 수명.
83) 초분(初分): 사람의 평생을 셋으로 나눈 것의 처음 부분. 젊은 때의 운수나 처지를 이른다.
84) 발샹거이(發喪擧哀): 머리를 풀고 슬피 울어 초상난 것을 알림.

ᄒ고, 이어 훙(薨)ᄒ니, 모든 자녀(子女)와 군신(群臣)의 이통(哀痛)ᄒᄆ 니라도[이르지도] 말고 석침이 슬허ᄒᄆ 부모상(父母喪) ᄀᆞᆺ치 ᄒ여 지극이통(至極哀痛)ᄒ며 상구(喪具)ᄅᆞᆯ 찰혀[차려] 신능[85]의 안장(安葬)ᄒ니라.

ᄌᆡ셜(再說). 텬지 위왕의 관인디덕[86]을 오리 닛지 못ᄒ샤 ᄒᆡ마다 샤신(使臣)을 보니여 위문(慰問)ᄒ시더니. 일일은 텬문[87]이 쥬(奏)ᄒ되,

"금월(今月) 모일(某日)의 셔방(西方)으로 두우셩(斗牛星)이 ᄯᅥ러지오니 심히 괴이ᄒ도소이다."

샹이 드르시고 괴이히 넉이시더니, 믄득 위왕이 훙(薨)ᄒᆫ 쥬문(奏文)을 보시고 방성디곡(放聲大哭)ᄒ시며 즉시 조문샤(弔問使)ᄅᆞᆯ 보니샤 녜단(禮緞)을 후히 보니시니. 인국(隣國)이 ᄯᅩᄒᆫ 위왕의 훙(薨)ᄒᄆᆯ 듯고 슬허ᄒᄆᆯ 마지 아니ᄒ며 다 각각 부의(賻儀)ᄅᆞᆯ 보니니 불가승쉬(不可勝數ㅣ)라.

텬지 위왕의 계삼자 침[88]을 봉(封)ᄒ여 위왕을 삼으시고 종샤(宗社)ᄅᆞᆯ 니으라 ᄒ시니, 침이 교지(敎旨)ᄅᆞᆯ 밧자와 북향샤은(北向謝恩)ᄒ고 인ᄒ여 위(位)의 즉(卽)ᄒ니, 임신(壬申) 츄구월(秋九月) 갑지(甲子ㅣ)라. 문무빅관(文武百官)이 모히여 쳔셰(千歲)ᄅᆞᆯ 호창(呼唱)ᄒ고 진하(進賀)ᄅᆞᆯ 맛ᄎᆞ니. 왕이 자못 부풍모습[89]이 잇는 고로 졍ᄉᆞ(政事)ᄅᆞᆯ 다ᄉᆞ리니, ᄉᆞ방(四方)의 일이 업고 빅셩이 티평(太平)ᄒ더라.

ᄎᆞ시(此時) 텬지 위왕 현슈문이 훙(薨)ᄒᆫ 후로 그 공(功)을 참아[차마] 닛지 못ᄒ여 친히 졔문(祭文)을 지으시고, 샤관(辭官)을 명ᄒ여 위왕묘의 졔(祭)ᄒ라 ᄒ시니, 샤관(辭官)이 달녀 위국의 니ᄅᆞ미, 왕이 마자 텬은(天恩)

---

85) 신능(新陵): 현수문이 묻힌 능을 일컬음.
86) 관인디덕(寬仁大德): 너그럽고 인자한 덕.
87) 텬문관(天文官): 천문에 관한 일을 맡아보던 벼슬아치.
88) 졔삼자 침: '제일자 후'의 오기인 듯. 위왕이 후를 세자로 봉한 대목이 앞에 있다.
89) 부풍모습(父風母習): 생김새나 말, 행동 등이 아버지와 어머니를 골고루 닮음.

을 샤례(謝禮)ᄒ고 ᄒᆫ가지로{함께} 능침(陵寢)의 올나 졔(祭)ᄒ니, 그 졔문
(祭文)의 갈아시되,

「모년 모월 모일의 송텬자(宋天子)ᄂᆫ 샤신(使臣)을 보니어 위왕 현공
묘ᄒ(墓下)의 졔(祭)ᄒᄂᆞ니, 오호통지(嗚呼痛哉)라! 왕의 튱셩(忠誠)이
하ᄂᆞᆯ의 ᄉᆞ못차미여, 션졔(先帝) 귀히 디졉(待接)ᄒ시도다. 도젹이 자
로{자주} 긔병(起兵)ᄒ미여, 슈고ᄅᆞᆯ 앗기지 아니토다. 송실(宋室)의 위
틱(危殆)ᄒᄆᆞᆯ 붓들미여, 죡히 텬ᄒᄅᆞᆯ 반분(半分)ᄒ리로다. 갑쥬(甲冑)
ᄅᆞᆯ 버슬{벗을} 날이 드물미여{드묾이여}, 그 공이 만고(萬古)의 희한ᄒ
도다. 냥조(兩朝)ᄅᆞᆯ 도아 샤직(社稷)을 안보(安保)ᄒ미여, 큰 공이 하
ᄂᆞᆯ의 다핫도다{닿았도다}. 허다(許多) 젹장을 버히미여, 일홈{이름}이
ᄉᆞ희(四海)의 진동ᄒ도다. 튱회겸젼(忠孝兼全)ᄒ미 고금(古今)의 드믈
미여{드묾이여}, 덕퇵(德澤)이 만민(萬民)의 밋쳐도다. 왕의 튱졀(忠節)
이 불변(不變)ᄒ미여, 맑으미 가을 물결 ᄀᆞᆺ도다. 원망(怨望)을 두지
아니미여, 늙도록 ᄆᆞ음이 변치 아니토다. 녀진을 파(破)ᄒ미여, 짐의
급(急)ᄒᄆᆞᆯ 구ᄒ도다. 갈ᄉᆞ록 공(功)이 놉흐미여, 갑홀{갚을} 바ᄅᆞᆯ 아
지 못ᄒ도다. 짐이 혼암(昏闇)ᄒ미 심ᄒ미여, 튱양(忠良)을 몰나보도
다. 죄상(罪狀)이 무궁(無窮)ᄒ미여, 후회막급(後悔莫及)이로다. 왕의
음셩(音聲)이 귀의 쟁쟁(錚錚)ᄒ미여, 지하(地下)의 도ᄅᆞ가 만나보기
붓그럽도다. 슬푸다! 왕이 ᄒᆫ 번 귀텬⁹⁰⁾ᄒ미, 어늬 날 그 공(功)을
싱각지 아니리오. 이제 짐(朕)이 구구(區區)ᄒᆫ 졍셩(精誠)을 차마 닛지
못ᄒ여 일비쳥쥬(一杯淸酒)ᄅᆞᆯ 표(表)ᄒᄂᆞ니 위유영혼(慰諭靈魂)은 흠
향(歆饗)ᄒ라.」

---

90) 귀텬(歸天): 사람이 죽음. 넋이 하늘로 돌아간다는 뜻에서 나온 말이다.

호엿더라. 닐기롤{읽기롤} 다호미 왕과 졔신(諸臣)이 일시(一時)의 통곡호니, 산천초목(山川草木)이 슬허호는 듯호더라. 왕이 샤관(辭官)을 위호여 녜단(禮緞)을 후히 호고, 텬은(天恩)이 망극호믈 못너 일크르며 먼니{멀리} 나와 젼송(餞送)호더라.

지셜(再說). 텬지 위왕 현슈문이 훙(薨)호 후로 고굉지신(股肱之臣)을 일허시미{잃었으매} 셩심(聖心)이 번뇌(煩惱)호샤 미양 변방(邊方)을 근심호시는지라. 조졍의 간신(奸臣)이 권셰(權勢)룰 잡으미 츙냥(忠良)을 모히(謀害)호며 불의(不義)룰 일삼으니, 텬지 아모리 총명영미(聰明英邁)호시나, 엇지 간신(奸臣)의 ᄀ리오믈 면호리오. 잇써 종실(宗室) 조츙이 쥬왈,

"위왕 현슈문이 비록 젼장(戰場)의 공이 이시나{있으나}, 선제(先帝)의 셩신문무[91]호신 덕퇵(德澤)으로 왕위(王位)룰 쥬시오니, 이는 져의게 과복(過福)호온지라. 혹쟈도 젹이 이시면 호번 젼장의 나아가 젼필승(戰必勝)호고 공필취(功必取)호믄 군신지리(君臣之理)의 덧덧호옵거늘, 슈문이 죽은 후로 또 그 ᄋ돌노 왕위(王位)룰 젼(傳)호게 호시니. 기자(其子) 침이 텬은(天恩)이 망극호믈 아지 못호고 도로혀{도리어} 뜻이 교앙[92]호여 텬자룰 업슈이넉이고{업신여기고} ᄆ음을 외람(猥濫)이 먹은즉, 반다시 졔어(制御)홀 도리 업ᄉ오리니, 복망(伏望) 폐호는 침의 왕작(王爵)을 거두샤 범을 길너 근심되미 업게 호소셔."

샹이 쳥파(聽罷)의 묵묵부답(黙黙不答)이어눌. 츠시(此時) 조졍(朝廷)이 조츙의 말을 두려 그론 줄 알되 부득이 쥰힝[93]호더니 이날 조츙의 쥬ᄉ(奏辭)룰 듯고 그겨 잇지 못호여 그 말이 올흔{옳은} 줄노 쥬달(奏達)호온

---

91) 셩신문무(聖神文武): 지극히 성스럽고 神과 같은 존재로서 文武에 통달한 사람이라는 뜻. 임금을 존칭해서 부르는 말이다.

92) 교앙(驕昻): 잘난 체하며 뽐내고 건방짐.

93) 쥰힝(遵行): 명령 따위를 그대로 좇아서 행함.

더, 텬지 양구(良久) 후 골으샤더,

"짐(朕)이 종샤(宗社)롤 보젼(保全)ᄒᆞ기는 현슈문 곳 아니면 엇지 ᄒᆞ리오. 그러나 선졔(先帝) 심이{심히} ᄉᆞ랑ᄒᆞ신 비여늘, 이졔 그 공을 닛지{잊지} 아니ᄒᆞ고 기자(其子)로 종샤(宗社)롤 닛게{잇게} ᄒᆞ미 잇더니. 경등(卿等)의 말을 드르니 심이{심히} 의심(疑心)되도다."

조츙이 또 쥬왈,

"현침도 또ᄒᆞᆫ 용역(勇力)이 잇는 재(者ㅣ)라 졔 형 담을 졋 담은 혐의[94]롤 미양 싱각ᄒᆞ고 황졔롤 원망(怨望)ᄒᆞ여 셜분(雪憤)ᄒᆞᆷ를 발뵈고져{드러내고자} ᄒᆞ나, 졔 아븨 교훈(教訓)이 엄슉ᄒᆞᄆᆞ로 밋쳐{미쳐} 못ᄒᆞ여더니. 이졔는 기븨(其父ㅣ) 도ᄅᆞ가고{돌아가고} 거리기미{거리낌이} 업스미 반다시 그져 잇지 아니ᄒᆞ오리니, 그 근심되미 젹지 아니ᄒᆞ올지라. 폐ᄒᆞᄂᆞᆫ 닉이 싱각ᄒᆞ소셔."

샹이 이 말을 드르시고 그러히{그렇게} 넉이샤 그 힘을 차차 덜고져 ᄒᆞ여, 셔쳔(西天) 일지(一地)롤 도로 밧치라 ᄒᆞ시고 조셔(詔書)롤 ᄂᆞ리오시니라.

각셜(却說). 위왕 현침이 부왕(父王)의 츙셩을 효측(效則)ᄒᆞ여 텬은이 늉셩(隆盛)ᄒᆞᆷ를 망극히 넉이고 위국을 다스리니, 위국 인민이 풍속의 아람다오믈 즐겨 송덕(頌德)지 아니 리[人] 업더라.

일일은 위왕이 조회(朝會)롤 파(罷)ᄒᆞᆫ 후 상(床)의 의지ᄒᆞ여더니, 믄득 빅발노옹(白髮老翁)이 쳥녀장[95]을 집고{짚고} 난간(欄杆)으로좃차 방즁(房中)의 니르거늘. 왕이 잠간 보미 긔위(其威) 엄슉ᄒᆞᆫ지라, 황망이 니러{일어}셔로 녜(禮)ᄒᆞ고 좌(座)롤 졍ᄒᆞ미. 왕이 문왈,

"존공(尊公)은 어디 계시관더, 엇지 이리 오시니잇고?"

노옹 왈,

---

94) 혐의(嫌疑): 어떤 일이나 범죄를 저질렀으리라는 의심.
95) 쳥녀장(靑藜杖): 명아줏대로 만든 지팡이.

"나는 남악 화산(南岳華山) 일광딕시라 그딕 부친(父親)이 나의 졔직(弟子ㅣ) 되여 지조(才操)를 비홀 쩍의 졍(情)의 부자간(父子間) ㄸㅎ여 팔년을 혼가지로{함께} 지닉미, 그 졍셩이 지극ㅎ믈 탄복ㅎ여 혹 어려온 일을 가르치미 잇더니. 하늘이 도으샤 일신(一身)의 영귀(榮貴)ㅎ믈 누리다가 셰월이 무졍(無情)ㅎ여 어닉 덧 팔십 향슈(享壽)ㅎ고 텬샹(天上)의 올나 가시니 가쟝 슬푸거니와, 쏘 그딕를 위ㅎ여 니롤{이를} 말이 잇기로 왓노라."

왕이 노옹의 말을 듯고 다시 니러{일어나} 직빈(再拜) 왈,

"딕인(大人)이 션친(先親) 스승이라 ㅎ오니 반갑기 층양(測量) 업거니와, 무슴 말슴을 니르고져 ㅎ시ᄂ니잇고?"

딕시(大士ㅣ) 왈,

"그딕 부왕(父王)의 뒤흘 니어 왕위(王位)의 거(居)ㅎ니 그 무강[96]ㅎ 복녹(福祿)은 비(比)홀 딕 업거니와, 이제 신텬지(新天子ㅣ) 혼암무도(昏闇無道)ㅎ여 간신(奸臣)의 그릇ㅎ는 일을 신쳥(信聽)ㅎ니, 기셰(其勢) 부쟝(不長)이라. 그딕의 튱양(忠良)을 아지 못ㅎ고 크게 의심을 발ㅎ여 왕쟉(王爵)을 거두고져 ㅎ시리니, 만일 위틱(危殆)ㅎ 일이 잇거든 그딕 부왕(父王)의 가졋던 단졔(短笛) 이시리니. 그 져(笛)는 곳 당초 셕참경을 쥬어 그딕 부친의게 젼(傳)ㅎ 비라. 이롤 가졋다가 너여 불면 위틱ㅎ미 업스리니 그딕는 명심불망(銘心不忘)ㅎ라!"

ㅎ고 쏘 스민로좃차 환약(丸藥) 일기(一個)롤 너여 쥬며 왈,

"이 약 일홈은 회싱단(回生丹)이니 텬자의 환위[患候ㅣㅣ] 계시거든 이 약을 쓰라."

ㅎ고, 인ㅎ여 하직ㅎ고 가거눌. 왕이 신긔(神奇)히 녁여 다시 말을 뭇고져 ㅎ다가 홀연 계하(階下)의 학(鶴)의 소릭로 놀나 씨다르니 침상일몽(枕

---

96) 무강(無疆): 한이 없음.

上一夢)이라. 왕이 정신을 찰혀{차려} 자리롤 보니 환약(丸藥)이 노혀거놀
{놓였거늘}, 심중(心中)의 의혹(疑惑)ᄒ여 집어 간슈ᄒ고 즉시 좌승상(左丞
相) 셕침을 명초(命招)ᄒ여 몽중셜화(夢中說話)롤 니ᄅ며, 부왕(父王)의 가
졋던 져(笛)롤 니여 보고 탄식ᄒ믈 마지아니ᄒ더라.

슈월(數月)이 지닌 후 홀연(忽然) 텬ᄉ(天使ㅣ) 니ᄅ럿다 ᄒ거놀 왕이 마
자{맞아} 샤례(謝禮)ᄒ온디, 샤관(辭官) 왈,

"텬지 왕의 지방(地方)이 좁고 길이 멀믈{멂을} 넘녀ᄒ샤 먼져 셔쳔(西
天) 일지(一地)롤 환슈(還收)ᄒ라 ᄒ시고, 왕을 보지 못ᄒ믈 한(恨)ᄒ샤 특
별이 샤관(辭官)을 보니시며 ᄒ가지로{함께} 올나오믈 기ᄃ리시더이다."
ᄒ고 조셔(詔書)롤 드리거놀, 왕이 조셔롤 보고 북향ᄉ비(北向四拜)ᄒ며
의아ᄒ믈 마지아니ᄒ여 왈,

"망극ᄒ 황은(皇恩)이 이쳐로{이처럼} 밋쳐시니 엇지 황공송늘[97]치 아니
리오?"
ᄒ고, ᄒ가지로{함께} 발힝(發行)ᄒᆯ시, 좌승샹 셕침을 ᄃ리고 황셩(皇城)으
로 향ᄒ니라. 여러 날 만의 황셩의 다다르니, 홀연 슈쳔 군미(軍馬ㅣ) 니
다ᄅ 위왕을 에워싸며 무슈이 핍박(逼迫)ᄒ거놀, 위왕이 크게 놀나 믄득
일광디ᄉ의 가르친 일을 싱각ᄒ고 단져롤 니여 부니. 소리 심이 쳐량ᄒ
여 사람으로 ᄒ여곰 ᄆ음을 인도ᄒᄂ지라, 여러 군ᄉ(軍士ㅣ) 일시(一時)
의 허여지니{흩어지니}. 이ᄂ 종실(宗室) 조츙이 본디 외람(猥濫)ᄒ 뜻을
두어시나 미양 위왕 부자(父子)롤 쩌리더니 이제 비록 현슈문은 죽어시나
기자(其子) 침을 시긔ᄒ여 샹긔 참소(讒訴)ᄒ더니. 이날 가만이 위왕 침을
잡아 업시코자{없애고자} ᄒ다가 홀연 져소리롤 듯고 스스로 ᄆ음이 푸러
진{풀어진} 비 되니, 텬도(天道)의 무심(無心)치 아니믈 가히 알지라.

---

[97] 황공송늘(惶恐悚慄): 위엄이나 지위 따위에 눌리어 매우 두려워함.

위왕이 그 급(急)흔 화(禍)롤 면흐고 바로 궐닉(闕內)의 드러가(들어가)
탑젼(榻前)의 복지(伏地)흐온디, 샹이 보시고 일변(一邊) 반기시며 일변(一
邊) 붓그리샤 갈오샤디,

"경(卿)을 차마 닛지(잊지) 못흐여 갓가이 두고자 흐미러니, 이제 짐(朕)
의 몸이 불평(不平)흐여 말을 니르지(이르지) 못흐노라."

흐시고, 도로 뇽상(龍床)의 누어 혼졀(昏絕)흐시니, 급흐시미 시긱(時刻)
의 잇는지라. 만죄(滿朝1) 황황망조(遑遑罔措)흐고 위왕이 쏘흔 샹 위급
흐시믈 크게 놀나 믄득 환약을 싱각흐고 낭즁(囊中)으로좃차 니여 시신
(侍臣)을 쥬며 왈,

"이 약이 비록 조치(좋지) 못흐나 응당 효험(效驗)이 이실(있을) 듯흐니
가라(갈아) 쓰미(씀이) 엇더흐뇨?"

만죄(滿朝1) 다 황황(遑遑)흔 가온디 혹 다힝(多幸)이 넉이며 혹 의심(疑
心)도 너니 잇더니, 겻해(곁에) 조춍이 뫼셧다가 이룰 보고 싱각흐되,

'만일 샹이 회츈(回春)치 못홀진디, 셩ᄉᆞ(成事)홀 조각을 만나미니 엇지
다힝치 아니리오?'

흐고, 급히 바다(받아) 시녀(侍女)로 흐여곰 가르(갈아) 쓰게 흐엿더니, 오르
지(오래지) 아니흐여 호흡을 능히 통흐시고 쏘 정신이 싁싁(씩씩)흐샤 오히
려 젼도곤(이전보다) 심시 황홀흐신지라. 급히 위왕을 인견(引見)흐샤 왈,

"짐(朕)이 앗가 혼졀(昏絕)흐여실 ᄢᅢ의 흔 도관[98]이 니르되, '송텬지(宋
天子1) 츙양지신(忠良之臣)을 몰나보고 난신젹ᄌᆞ[99]롤 갓가이 흐ᄂᆞᆫ 죄(罪)
로 오날 문죄(問罪)코져 흐여더니, 송국(宋國)의 위왕 현침의 츙셩이 지극
흐기로 환약을 쥬어 구흐라.'고 흐여시니 급히 나가라 흐거늘, ᄢᅢ여 싱각
흐니 경(卿)이 무슨 약으로 짐(朕)의 급흔 병을 구흐뇨?"

---

98) 도관(導管): 절의 모든 일을 감독하는 직책.
99) 난신젹ᄌᆞ(亂臣賊子): 나라를 어지럽히는 불충한 무리.

왕이 쥬왈,

"맛참 환약(丸藥)이 잇스와 다힝이 용체(龍體)의 환위[患候]] 급ᄒ시믈 구ᄒ오나, 이는 다 폐ᄒ(陛下)의 셩덕(盛德)이로소이다."

샹이 희한이 넉여 ᄀᆞᆯᄋ샤디,

"경(卿)의 부친이 튱효지극ᄒ여 선제(先帝)와 짐(朕)을 도은 공이 틱산(泰山)이 오히려 가비얍고 하히(河海) 오히려 엿흔지라[옅은지라] 그 갑흘 바롤 알 못ᄒ더니, 기자(其子) 경(卿)이 ᄯᅩ 튱효쌍전ᄒ여 파적(破敵)흔 공은 니ᄅ도 말고 선약(仙藥)을 어더[얻어] 짐(朕)의 죽을 병을 살와ᄂᆞ니[살려내] 만고(萬古)의 업는 일디튱신(一代忠臣)이라. 무어스로[무엇으로] 그 공을 갑흐리오[갚으리오]?"

ᄒ시고, 좌우롤 도ᄅ보시니 조튱 등 팔십여 인이 다 간신(奸臣)이라. 샹이 그 환약(丸藥)을 진어[100]ᄒ신 후로 흐리던 정신이 맑아지고 어두온 ᄆᆞ음이 온전ᄒ여 누구는 그르며 누구는 올흐믈[옳음을] 판단ᄒ시니. 이러므로 자연 텬히 디치ᄒ더라.

이날 위왕이 본국(本國)의 도ᄅ가믈 쥬(奏)ᄒ고 샤은퇴조(謝恩退朝)ᄒ온디, 샹이 위로 왈,

"짐(朕)이 망영되어 경(卿)의게 샤신(使臣)을 보니여 셔토(西土)롤 드리라 ᄒ여더니, 이제 경(卿)을 만ᄂᆞ 후로 짐(朕)의 그릇흔 일을 황연이[101] ᄭᅢ다ᄅᆞ시니, 경은 의심치 말고 안심치국(安心治國)ᄒ라."

ᄒ시고, 조셔(詔書)롤 거두시며 금은칙단(金銀綵段)을 만히[많이] 샹샤(賞賜)ᄒ시니, 위왕이 텬은(天恩)을 샤례(謝禮)ᄒ고 셕침과 ᄒᆞᆫ가지로[함께] 본국의 도ᄅ가 여러 디군을 모와 형제 셔로 텬자의 ᄒ시던 일을 니ᄅ며 일광디스의 긔이흔 일을 일ᄏᆞᆺ더라.

---

100) 진어(進御): (높이는 뜻으로) 임금이 먹고 입음.

101) 황연(晃然)이: 환하게 밝은 모양.

일일은 좌승상 석침이 쥬왈,

"신(臣)이 선왕(先王)의 후은(厚恩)을 닙스와 벼슬이 상위(相位)의 거(居) ᄒ오니 은혜 망극ᄒ온지라. 오러 부친 산소의 단녀오지 못ᄒ여시니, 바 ᄅ건디 젼하(殿下)는 슈삭(數朔) 말믜롤 쥬시면 단녀올가 ᄒ나이다."

왕이 이말을 듯고 희허(噫噓) 탄왈'

"선왕(先王)이 ᄆᆡ양 석참졍 산소의 자로[자주] 친힝(親行)ᄒ시믈 과인(寡 人)이 잇지[잊지] 아니ᄒ여시나, 그 ᄉ이 삼년상(三年喪)을 지니고 ᄯᅩ 텬자 의 명초(命招)ᄒ시믈 인ᄒ여 자연이 이즌[잊은] 모양 ᄀᆺ더니, 이제 승샹의 말을 드르니 과인(寡人)도 선왕(先王)의 ᄒ시던 일을 효측(效則)ᄒ여 ᄒᆞᆫ가 지로[함께] 나아ᄀ리라."

ᄒ고, 즉시 발ᄉᆡᆼ[發行]ᄒ여 석참졍 산소의 가 졍셩으로 졔ᄒ고 도ᄅ와 졍 ᄉᆞ롤 다스리니, 위국이 티평(太平)ᄒ여 격양가(擊壤歌)롤 부르더라.

셰월이 여류(如流)ᄒ여 위왕의 나히 스십이 되ᄆᆡ 삼자일녀(三子一女)롤 두고, 여러 형제 다 각각 자녀롤 만히 두어 영총이 무궁ᄒ니, 텬ᄒ의 이런 복녹(福祿)이 어디 이시리오[있으리오]. 디디(代代)로 츙신열ᄉᆞ(忠臣烈士 ㅣ) 계계승승(繼繼承承)ᄒ더라. 텬지 ᄯᅩᄒᆞᆫ 위왕 부자의 디공(大功)을 닛지 아 니ᄒ시고, 그 화상(畫像)을 그려 긔린각(麒麟閣)의 걸고, 단셔[102] 칠권(七 卷)을 만드러 만고츙신(萬古忠臣)이라 ᄒᆞ샤 ᄉᆞ젹(事蹟)을 긔록(記錄)ᄒ시고 종묘(宗廟)의 감(鑑)ᄒ시니라.

---

102) 단셔(丹書): 임금의 명령을 일반에게 알릴 목적으로 적은 문서.

찾아보기

역주자 신해진(申海鎭)

경북 의성 출생
고려대학교 국어국문학과 및 동대학원 석·박사과정 졸업(문학박사)
전남대학교 제23회 용봉학술상(2019)
현재 전남대학교 인문대학 국어국문학과 교수

저역서 『경판방각본 영웅소설선』(보고사, 2019)
『완판방각본 유충렬전』(보고사, 2018)
『완판방각본 이대봉전』(보고사, 2018)
『용문전』(지만지, 2010)
『장풍운전』(지만지, 2009)
『소대성전』(지만지, 2009)
『서류 송사형 우화소설』(보고사, 2008)
『역주 조선후기 가정소설선』(월인, 2000)
『조선후기 우화소설선』(공편)(태학사, 1998)
이외 다수의 저역서와 논문

경판방각본
현수문전

2021년 1월 21일 초판 1쇄 펴냄

역주자 신해진
펴낸이 김흥국
펴낸곳 도서출판 보고사

책임편집 이경민
표지디자인 손정자

등록 1990년 12월 13일 제6-0429호
주소 경기도 파주시 회동길 337-15 보고사 2층
전화 031-955-9797(대표)
　　　02-922-5120~1(편집), 02-922-2246(영업)
팩스 02-922-6990
메일 kanapub3@naver.com/bogosabooks@naver.com
http://www.bogosabooks.co.kr

ISBN 979-11-6587-133-8　93810
ⓒ 신해진, 2021

정가 18,000원

2018년 대한민국 교육부와 한국연구재단의 지원을 받아 수행된 연구임(NRF-2018S1A6A3A04042721)